百年中国
女性文学作品选

乔以钢
总主编

小说 第二卷
1938—1949

主编 ● 刘 堃

黑龙江大学出版社
HEILONGJIANG UNIVERSITY PRESS
哈尔滨

图书在版编目（CIP）数据

百年中国女性文学作品选．小说．第二卷：1938—
1949 / 乔以钢总主编；刘堃分册主编． -- 哈尔滨：黑
龙江大学出版社，2022.12
ISBN 978-7-5686-0690-5

Ⅰ．①百… Ⅱ．①乔… ②刘… Ⅲ．①中国文学－现
代文学－妇女文学－作品综合集②中国文学－当代文学－
妇女文学－作品综合集③小说集－中国－现代 Ⅳ．
① I216.1 ② I246

中国版本图书馆 CIP 数据核字 (2021) 第 173413 号

百年中国女性文学作品选·小说·第二卷：1938—1949
BAINIAN ZHONGGUO NÜXING WENXUE ZUOPINXUAN XIAOSHUO DI-ER JUAN：1938—1949
刘　堃　主编

责任编辑　宋丽丽
出版发行　黑龙江大学出版社
地　　址　哈尔滨市南岗区学府三道街 36 号
印　　刷　三河市铭诚印务有限公司
开　　本　720 毫米 ×1000 毫米　1/16
印　　张　25.5
字　　数　331 千
版　　次　2022 年 12 月第 1 版
印　　次　2022 年 12 月第 1 次印刷
书　　号　ISBN 978-7-5686-0690-5
定　　价　88.00 元

本书如有印装错误请与本社联系更换，联系电话：0451-86608666。

总　序

乔以钢

《百年中国女性文学作品选》是国家社会科学基金重大项目"《中国女性文学大系》及女性文学史研究"（17ZDA242）的阶段性成果。课题组在广泛搜集、系统整理二十世纪初至今百余年来中国女作家不同文体创作的基础上，精选部分优秀篇章，多侧面呈现出中国女作家的创作成就，为读者展示出五彩斑斓的文学景观。

一

文学创作是人类精神生活的重要方式之一，负载着极为丰富的历史文化信息，其中包括人们在社会实践中的生命感受和性别体验。关于这一点，通常不难取得共识。然而，在此基础上如果提出"女性文学"的命题则常会遭遇质疑：文学属于全人类，为什么要专门将其与"女性"连在一起谈论呢？

实际上，我们如果能够客观地看待女性在世界范围内所具有的共通性的历史地位，不回避这个性别在父权社会中总体上居于从属地位的基本事实，就不难理解，女性的文学活动作为性别弱势群体的一种表达方式，被视为具有特定人文内涵的观照对象是不无道理的。

在漫长的历史进程中,女性始终是人类文化活动的参与者。从古希腊抒情诗人萨福的诗作,到中国最早的诗歌总集《诗经》中出自女作者之手的篇章;从日本紫式部的小说《源氏物语》、清少纳言的散文集《枕草子》,到墨西哥女诗人索尔·胡安娜、美国女诗人安妮·布雷兹特里特的创作;从十九世纪英国女作家简·奥斯汀、乔治·艾略特、勃朗特姐妹,法国女作家乔治·桑,到二十世纪初的中国现代女作家……不同时代、不同地域的文学女性,以不同的民族语言谱写出异彩纷呈的篇章,在人类审美之旅中留下了宝贵的印记。然而受宗法制影响,曾长期存在男尊女卑、男主女从、男外女内的等级观念和社会运行机制,反映在各类历史叙事作品中,女性的文学创作活动或被湮没,或难以得到公正的评价。二十世纪上半叶,在妇女解放运动和新文化思潮的推动下这种状况开始发生改变。时至今日,涉及性别平等的社会制度和思想文化建设已取得重大进展,越来越多的人认识到,性别问题反映着人类文明的程度,女性创作除了具备一般意义上的文学功能之外,还蕴含着对性别平等的诉求。从这个角度来说,女性在文学活动中的创造既是中华民族文化史的有机构成,具有不可替代的人文价值,同时也是一种符合时代进步要求,具有文化批判和文化建设双重意义的文学现象,无疑值得关注。

不可否认,女性文学这一命题的展开与性别差异有着密切的关联。这里所说的差异,以不同性别之间的生物学差异为基础,同时强调社会文化建构的重要作用。不过,性别差异并不能构成具体作品的面貌及其价值的决定性因素,因为任何一部文学作品都是诸多因素复合作用的结果,它很可能包含"性别",但并非止于"性别"。

为此,我们在阅读和谈论具体创作时应顾及整体,而不是仅据作品流露的性别倾向做出判断。事实上,阅读丛书收录的作品可以了解到,百余年来的中国女性文学不仅生动地传达了与性别生存相关的体验,而且切入广阔复杂的社会生活,在艺术方面做出了不拘一格的尝试和创造。这里,性别视角作为阅读和理解作品的途径之一,只是提示我们自觉关注文本中常被忽略的性别文化内涵,而并不否认这些创作本身所具有的多样性特征。

二

冰心曾说:"世界上若没有女人,这世界至少要失去十分之五的'真'、十分之六的'善'、十分之七的'美'。"(《〈关于女人〉后记》)这虽然是一种主观性颇强的描述,却也间接地透露出作者对具有真、善、美品性的女人的期许。百余年来的女性创作未曾受限于传统文化有关女性性别的思维定式,而是以缤纷的艺术生命力敞开了宇宙自然和人类生活的景观。她们的文字跨越地域,穿越时空,描摹世间万象,抵达人性幽微,其中有深邃的历史、鲜活的现实以及流动的心灵世界,蕴含的内容极为丰富。丛书所展现的正是女作家笔下色彩绚丽的文学世界的一个缩影。

首先,"人"的主体意识的觉醒,是百余年来中国女性文学创作最为鲜明、具有划时代意义的特征。此前,古代才女往往以抒写个人生活际遇和情感为中心,缠绵多思,多愁善感。十九世纪末二十世纪初,秋瑾等人的创作注入了女性人格意识,辐射开阔的社会领域。在"五四"催生的新一代女作家身上,进一步体现出时代的影响,小说、诗歌、散文、戏剧等各类文学体裁的创作中都有女作家的身影。在反映女性境遇的同时,她们以强烈的参与意识面向社会,展现出迥异于旧时才女的精神视野。社会责任感和历史使命感的增强,塑造了女作家崭新的人生气度,拓展了其创作思维空间。二十世纪三四十年代以后,相当一部分女作家的文学实践汇入带有社会革命色彩和民族解放斗争气息的文学主潮,其社会性主题突出并得到长期延续。二十世纪八十年代,文学的发展进入新时期,文学女性的主体意识空前增强,其创作在启蒙主义、人道主义思潮引领下焕发出新的生机。自那时至今四十多年来,女性文学创作大大地突破了传统的狭小格局,以独立的人格精神和鲜明的艺术个性在中国文坛上绽放光彩,而且产生了世界性的影响。

其次,来自生命本体以及社会文化涵育的性别意识,在女性文学创作中有着或隐或显的体现。从这套丛书收录的作品可以看出,一方面,在特定的历史环境中,部分女作家倾向于将女性命运融入对国家、民族命运的关注,她们突破传统文化脉络中的女性书写方式,既没有以个人生活为中心,也不曾限于对妇女解放的诉求,而是关注大时代的社会风云。另一方面,部分女作家自觉关注女性的受压迫命运以及传统历史文化在她们身上留下的痼疾,在作品中揭示礼教和社会恶势力对女性的戕害,同时对女性自身进行严肃的自审和反思,昭示着女性精神的成长。在这样的过程中,作者的性别意识程度不同、形态各异地渗透到创作活动中,对作品的思想文化内涵产生了深刻的影响。

最后,开放而多元的审美倾向,才华横溢的艺术创造,可谓百余年来中国女性文学实践的重要收获。不难发现,女性文学的现代性演进是全方位的,其思维空间的拓展、文学观念的更新,带来了传统审美模式的突破和艺术表现的新变。现代女性文学突破了传统才女文学的情感倾向和审美趣味,取而代之的是多元的审美倾向和绚烂的艺术风貌。其植根于中华民族的历史和现实,萃取传统文学的精华,包括尝试赋予旧有的文学形式以新的内容;与此同时,女作家们以积极的心态从世界文学经典中汲取营养,将丰饶的文学想象力和创作才华运用于不同文学体裁的实践中,奉献出了风采各异的作品。

三

本丛书萃取二十世纪初至 2020 年间中国女作家的优秀之作,依体裁进行编排,分为小说、诗歌、散文、戏剧文学和电影文学五种,共十二卷。各卷大体依作家出生及作品发表的时间进行排序;对作品的版本择善而从,文末注明具体出处。需要说明的是,丛书对中华人民共和国成立之前的作品,侧重文献整理,在编辑出版过程中,除订正明显讹误之外,字词、标点、句法尊重原文予以保留,不做调改。

由于丛书篇幅有限,我们在编选时重点收录中、短篇作品;与此同时,对包括长篇作品在内的女性文学创作概貌在各册"前言"中择要加以介绍,以便读者了解各类体裁和不同时期女性文学创作的整体面貌、主要成就及特征。

担任丛书各册主编的是来自国内多所高校、在女性文学研究领域取得重要成绩的学者,同时也是国家社会科学基金重大项目"《中国女性文学大系》及女性文学史研究"各子课题的负责人及主要成员。具体情况为:

小说(第一、二卷):刘堃(南开大学)

（第三卷）:董丽敏(上海师范大学)

（第四、五卷）:马春花(中国海洋大学)

（第六卷）：郭冰茹（中山大学）

诗歌：李润霞（南开大学）

散文：吕若涵（福建师范大学）

戏剧文学：苏琼（厦门大学）

电影文学：许航（北京电影学院）

我们期待这套丛书的出版，有助于从特定的角度丰富读者对中华民族优秀传统文化资源的认知，并为基于性别平等观念的文学史写作及学术研究提供参考。

前　言

刘　堃

　　现代生活对 20 世纪 30 年代中国知识女性的冲击之一,就是在她们内心深处呼唤出一股无法抑制的寻求解放的欲望。她们不甘于困守闺阁,希望融入广阔的社会生活,获得权利与义务。她们渴望创造,渴望发挥自己的才华和能力,为未来的美好的现代中国贡献力量。由于社会不断发生变化,特别是受到抗日战争和解放战争的影响,她们投身于时代的浪潮之中,革命和战争的主题成为主流。世情之鼎沸,国是之蜩螗,个人生活之颠沛流离,都镌刻在她们的创作中。

　　抗日战争全面爆发以后,中国陷入民族危机之中,政治局势复杂而动荡,底层民众处于水深火热之中。此时,女性文学创作在总体上发生了"转向":从关注女性的个人经验、情感生活,转向关注大众和广阔的社会生活;从表现新旧时代的婚恋观念冲突,转向表现尖锐的民族矛盾和社会矛盾。女作家们逐渐摆脱了五四时代的女学生身份和"女儿"心态,以更加成熟的姿态投身于革命与战斗的洪流中。

　　丁玲在《风雨中忆萧红》中写道:"萧红和我认识的时候,是在一九三八年春初。那时山西还很冷,很久生活在军旅之中,习惯于粗犷的我,骤睹着她的苍白的脸,紧紧闭着的嘴唇,敏捷的动作和神经质的笑声,使我觉得很特别,而唤起许多回忆,但她的说话是很自然而直率的。"①这是活跃于 20 世纪 30 年代文坛上的两位女作家的第一次见面,也是最后一次见面。当时,丁玲率领八路军"西北战地服务团"在山西前线开展抗日宣传活动,与前来投奔民族革命大学的萧红在临汾相遇。不久,萧红与端木蕻良、聂绀弩等人随同丁玲的"西北战地服务团"去西安。在西安,萧红与萧军决定分手,萧军去延安,萧红与端木蕻良结伴回武汉。1940 年,萧红与端木蕻良飞抵香港,在香港完成了《呼兰河传》的写作。1942 年,萧红病逝。

丁玲认为,延安"的确可以使一个人少顾虑于日常琐碎,而策划于较远大的。并且这里有一种朝气,或者会使她能更健康些"②。她为惺惺相惜的两个人没有更多的交集而感到遗憾。但在 1940 年前后,她们各自经历了思想与创作的转折,各自向时代交出了具有代表性的"转折之作"。

于萧红而言,这个转折是《呼兰河传》。它"不像小说",茅盾说它是一篇叙事诗、一幅多彩的风土画、一串凄婉的歌谣。它牢牢地抓住我们的心,让我们为祖父的后花园而欣喜,为小团圆媳妇的悲惨遭遇而战栗,为冯歪嘴子两个儿子的命运而揪心。就连那愚昧至极的跳大神的鼓声、歌声所引出的萧红式感叹,也会长久地萦绕在我们的心上:"满天星光,满屋月亮,人生何似,为什么这么悲凉。"如果说《呼兰河传》刻画民众麻木的生存状态、揭露民众自欺欺人的愚昧,是继承了鲁迅开创的"国民性批判"传统的话,那么萧红的不同之处在于她为这种麻木和愚昧的生存状态所震撼,她对知识分子所认为的凭借启蒙可以

---

① 张炯:《丁玲全集 5》,河北人民出版社 2001 年版,第 135 页。
② 张炯:《丁玲全集 5》,河北人民出版社 2001 年版,第 136 页。

改变这种状态的信念有所怀疑。对于跳大神的鼓声，她说道："那鼓声就好像故意招惹那般不幸的人，打得有急有慢，好像一个迷路的人在夜里诉说着他的迷惘，又好像不幸的老人在回想着他幸福的短短的幼年。""又好像不幸的老人在回想着他幸福的短短的幼年"，不正是萧红创作《呼兰河传》时的心境吗？"人生何似，为什么这么悲凉"，不正是萧红拖着病痛之躯创作《呼兰河传》时发自肺腑的心声吗？萧红曾经谈到她和鲁迅的区别："鲁迅以一个自觉的知识分子，从高处去悲悯他的人物……我开始也悲悯我的人物，他们都是自然奴隶，一切主子的奴隶。但写来写去，我的感觉变了。我觉得我不配悲悯他们，恐怕他们倒应该悲悯我咧！"①

《我在霞村的时候》描写了一个知识分子的所见所闻。"我"的观察对象贞贞，是一个不幸的女性。她先是在逃婚途中被日本兵掠去，被迫做了慰安妇，冒死出逃之后，又因革命工作的需要不得不重回敌营"重操旧业"，做"卧底"，搞情报。最后，她患病回霞村休养，但乡人却把她的经历视作伤风败俗。令人窒息的压抑环境使怀有心理创痛的贞贞难以忍受，她决定离开家乡去治病。在与观察者"我"的对话中，贞贞表达了明确的主体意识和求生意志："我总得找活路，还要活得有意思……一条命要死好像也不大容易，你说是么？"同时，她又做出了一种消极的解释："总之，是一个不干净的人了。既然已经有了缺憾，就不想再有福气，我觉得活在不认识的人面前，忙忙碌碌的，比活在家里，比活在有亲人的地方好些。"她体现出多重矛盾：一方面用男权社会的道德眼光看待自己，认为自己"不干净"，另一方面又有着极

---

① 彭放：《中国沦陷区文学研究》，黑龙江人民出版社 2007 年版，第 404—405 页。

强的个性与自我尊严感,用"狰狞的眼睛"瞪着把她视为"怪物""破鞋"的民众,像"复仇女神"一样选择了出走;一方面表现出常人难以企及的坚强意志和不妥协的革命精神,另一方面又从不断的出逃行动中透露出强烈的焦虑感与不安感。读者很想知道,贞贞的"病"能否得到医治;丁玲也很想知道,类似于贞贞这样有着独特个性与性别经验的女性,能否在革命熔炉的淬炼中成长为新的革命主体。

正如学者贺桂梅所说,丁玲的逻辑"就是她始终以强烈的主体意识面对、认知外在世界,并在行动和实践过程中重新构造自他、主客关系,以形成新的自我"①。从上海时期的梦珂和莎菲,到延安时期的贞贞、陆萍和桑干河畔的黑妮,再到晚年的杜晚香,这些女性人物形象富于变化,但也具有某种一致性,即对纯粹理想的渴望,对在黑暗中的现实的反抗。这是革命者的气质,是理想主义的气质,也是时代赋予丁玲而被她内化的精神气质。

1931年,丁玲出任左联机关刊物《北斗》的主编,而葛琴的第一篇小说《总退却》就在丁玲的支持下发表在《北斗》杂志上。《总退却》算是一篇战场上的人物速写,以纪实性的笔触和口吻,描写士兵被迫退却时的愤懑和失望。草明的《倾跌》也具有类似的风格,描写上海丝厂女工参与大罢工的经历。葛琴和草明的小说,体现了女性作家表现社会生活、进行"宏大叙事"的一种选择:忘记自己的性别身份,选择一种"去性别"的叙述视角。

与丁玲一样,陈学昭也是经历了"延安转折"的女作家,于1927年留学法国,获得文学博士学位,同时担任《大公报》驻欧特派记者。1934年,陈学昭回国。她发表了《延安访问记》,向外界介绍延安的战

---

① 贺桂梅:《丁玲的逻辑》,载《读书》2015年第5期。

斗生活情况。1942年5月,陈学昭参加延安文艺座谈会,此后担任《解放日报》副刊编辑。她的小说《新柜中缘》撷取了战争状态下的一个戏剧性片段:在鬼子进村扫荡的关口,金妮的命运因偶然的"柜中躲避"而发生改变,金妮从一个愁嫁的农家女儿,变成中国共产党领导下的妇救会干部,成为一个有组织、有身份的"公家人",同时还收获了爱情。更重要的是,金妮借此摆脱了父亲的打骂和控制,从一个受到父权压迫的对象,转变为"听党的话,跟党走"的"革命女儿"。《柜中缘》本是传统戏曲名篇,讲的是岳飞之子岳雷被官兵追捕,被许家小姐翠莲搭救,藏入闺房柜中,获得了一段姻缘。陈学昭的《新柜中缘》改写了"富家小姐搭救落难公子"的通俗剧桥段,把"躲藏 – 出走"的主体都置换为女性,表现了女性积极寻求身份的行动力和主体性。

沉樱是第二代女作家中少有的"科班出身"的作家,她毕业于上海大学中文系,1934年留学日本,专攻日本文学。抗战期间,她蛰居重庆,后来担任复旦大学中文系教授。但与凌叔华、冯沅君等"学者作家"不同,她的作品体现了现代女性的自我剖析,充满了婚姻生活的烟火气。她的《喜筵之后》描写了被丈夫冷落的少妇遇到昔日的恋人,却没有发生期待中的暧昧,因为对丈夫的感情已经占据了她的身心,而这种"忠诚"并不对等。这篇小说揭示了某类婚姻的真相:男性和女性对婚姻的投入与期待存在根本的不同,女性以全部情感和人生自由作为赌注,换来的是否是幸福? 这也是值得今天的女性读者深思的问题。

白朗的小说《四年间》同样以沉重的笔调描写了婚姻对女性的影响。女主人公黛珈是一位"出走的娜拉",勇敢地追求爱情,但真实的婚姻生活却并不像她想象的那样美好,身心都遭到重创的黛珈,发出了"婚姻是陷阱,是埋葬女人的坟墓"的哀叹。与凌叔华的作品相比,沉樱、白朗作品的艺术性相对逊色一些，但她们的作品贵在真诚，直抒胸臆，把女性在婚姻中受到的伤害，以控诉和呐喊的方式传达出来，使得原本被遮蔽的女性经验被看见、被书写，因此具有历史文本的意义。

抗战胜利后，多数沦陷区作家从文坛上销声匿迹，并被后来的各种文学史冷落。从20世纪80年代初开始，沦陷区作家逐步"重返"学术视野。

华北沦陷区的作家梅娘，曾留学日本，回国后担任《妇女杂志》编辑，作品广泛见于华北、东北和日本的报刊。梅娘的代表作是小说《蚌》《鱼》《蟹》。本卷收录了《鱼》《蟹》。《蚌》《鱼》《蟹》的情节和人物之间没有连续性，但潜在的一致的性别关怀将它们维系在一起。而三篇小说的篇名是三种水生动物，其隐喻是明显的：它们都离不开水（爱情与婚姻），离开了就无法生存。与张爱玲深入解剖和分析"十里洋场"遗老遗少在时代背景下的复杂人性不同，梅娘将女性置于男性的绝对对立面，这使得她笔下的性别议题极端化、简单化。

这些女作家以及她们笔下的女性人物，都在历史的舞台上谢幕了。五四的众声喧哗，左翼的风云叱咤，抗日的战火纷飞，均已成陈迹。然而，回望悠悠岁月，女性文学世界的一代风华，有如雨过天晴，彩虹横空，依然值得我们回望和铭记。

百年中国女性文学作品选·小说

第二卷

2

◇ 丁玲

　　丁玲(1904—1986)，原名蒋伟，字冰之，湖南临澧人。1927年在《小说月报》发表处女作《梦珂》，1928年发表代表作《莎菲女士的日记》。1930年加入中国左翼作家联盟，随后担任《北斗》主编。1936年去陕北，历任苏区中国文艺协会主任、《解放日报》文艺副刊主编、陕甘宁边区文协副主任。新中国成立后，历任《文艺报》主编、中央文学研究所所长、中共中央宣传部文艺处处长、中国作协副主席、《人民文学》主编、中国文联党组副书记等。晚年创办并主编文学杂志《中国》。主要代表作品有《母亲》《水》《在医院中》《田保霖》《杜晚香》《我在霞村的时候》《太阳照在桑干河上》等。其中长篇小说《太阳照在桑干河上》获1951年斯大林文艺奖。

莎菲女士的日记

十二月二十四

今天又刮风！天还没亮，就被风刮醒了。伙计又跑进来生火炉。我知道，这是怎样都不能再睡得着了的，我也知道，不起来，便会头昏，睡在被窝里是太爱想到一些奇奇怪怪的事上去。医生说顶好能多睡，多吃，莫看书，莫想事，偏这就不能，夜晚总得到两三点才能睡着，天不亮又醒了。像这样刮风天，真不能不令人想到许多使人焦躁的事。并且一刮风，就不能出去玩，关在屋子里没有书看，还能做些什么？一个人能呆呆地坐着，等时间的过去吗？我是每天都在等着，挨着，只想这冬天快点过去；天气一暖和，我咳嗽总可好些，那时候，要回南便回南，要进学校便进学校，但这冬天可太长了。

太阳照到纸窗上时，我在煨第三次的牛奶。昨天煨了四次。次数虽煨得多，却不定是要吃，这只不过是一个人在刮风天为免除烦恼的养气法子。这固然可以混去一小点时间，但有时却又不能不令人更加生气，所以上星期整整的有七天没玩它，不过在没想出别的法子时，又不能不借重它来像一个老年人耐心着消磨时间。

报来了，便看报，顺着次序看那大号字标题的国内新闻，然后又看国外要闻，本埠琐闻……把教育界，党化教育，经济界，九六公债盘价……全看完，还要再去温习一次昨天前天已看熟了的那些招男女编级新生的广告，那些为分家产起诉的启事，连那些什么六〇

2

六,百零机,美容药水,开明戏,真光电影……都熟习了过后才懒懒地丢开报纸。自然,有时会发现点新的广告,但也除不了是些绸缎铺五年六年纪念的减价,恕讣不周的讣闻之类。

报看完,想不出能找点什么事做,只好一人坐在火炉旁生气。气的事,也是天天气惯了的。天天一听到从窗外走廊上传来的那些住客们喊伙计的声音,便头痛,那声音真是又粗,又大,又嘎,又单调:"伙计,开壶"或是"脸水,伙计"! 这是谁也可以想象出来的一种难听的声音。还有,那楼下电话也不断地有人在电机旁大声地说话。没有一些声息时,又会感到寂沉沉的可怕,尤其是那四堵粉垩的墙。它们呆呆地把你眼睛挡住,无论你坐在哪方:逃到床上躺着吧,那同样的白垩的天花板,便沉沉地把你压住。真找不出一件事是能令人不生嫌厌的心的,如那麻脸伙计,那有抹布味的饭菜,那扫不干净的窗格上的沙土,那洗脸台上的镜子——这是一面可以把你的脸拖到一尺多长的镜子,不过只要你肯稍微一偏你的头,那你的脸又会扁得使你自己也害怕……这都可以令人生气了又生气。也许只我一人如是。但我宁肯能找到些新的不快活,不满足;只是新的,无论好坏,似乎都隔我太远了。

吃过午饭,苇弟便来了,我一听到那特有的急遽的皮鞋声从走廊的那端传来时,我的心似乎便从一种窒息中透出一口气来感到舒适。但我却不会表示,所以当苇弟进来时,我只默默地望着他;他以为我又在烦恼,握紧我一双手,"姊姊,姊姊"那样不断地叫着。我,我自然笑了! 我笑的什么呢,我知道! 在那两颗只望到我眼睛下面的跳动的眸子中,我准懂得那收藏在眼睑下面,不愿给人知道的是些什么东西! 这有多么久了,你,苇弟,你在爱我! 但他捉住过我吗? 自然,我是不能负一点责,一个女人应当这样。其实,我算够忠厚了;我不相信会有第二个女人这样不捉弄他的,并且我还确确实实地可怜他,竟有时忍不住想指点他:"苇弟,你不可以换个方法吗? 这样只能反使我不高兴的……"对的,假使苇弟能够再聪明一点,我是可以比较喜欢他些,但他却只能如此忠实地去表现他

莎菲女士的日记

的真挚！

苇弟看见我笑了，便很满足。跳过床头去脱大氅，还脱下他那顶大皮帽。假使他这时再掉过头来望我一下，我想他一定可以从我的眼睛里得些不快活去。为什么他不可以再多地懂得我些呢？

我总愿意有那么一个人能了解得我清清楚楚的，如若不懂得我，我要那些爱、那些体贴做什么？偏偏我的父亲，我的姊姊，我的朋友都如此盲目地爱惜我，我真不知他们爱惜我的什么；爱我的骄纵，爱我的脾气，爱我的肺病吗？有时我为这些生气，伤心，但他们却都更容让我，更爱我，说一些错到更使我想打他们的一些安慰话。我真愿意在这种时候会有人懂得我，便骂我，我也可以快乐而骄傲了。

没有人来理我，看我，我会想念大家，或恼恨人家，但有人来后，我不觉得又会给人一些难堪，这也是无法的事。近来为要磨炼自己，常常话到口边便咽住，怕又在无意中竟刺着了别人的隐处，虽说是开玩笑。因为如此，所以可以想象出来，我是拿一种什么样的心情在陪苇弟坐。但苇弟若站起身来喊走时，我又会因怕寂寞而感到怅惘，而恨起他来。这个，苇弟是早就知道的，所以他一直到晚上十点钟才回去。不过我却不骗人，并不骗自己，我清白，苇弟不走，不特于他没有益处，反只能让我更觉得他太容易支使，或竟更可怜他的太不会爱的技巧了。

十二月二十八

今天我请毓芳同云霖看电影，毓芳却邀了剑如来。我气得只想哭，但我却纵声地笑了。剑如，她是多么可以损害我自尊之心的；因为她的容貌，举止，无一不像我幼时所最投洽的一个朋友，所以我不觉地时常在追随她，她又特意给了我许多敢于亲近她的勇气。但后来，我却遭受了一种不可忍耐的待遇，无论什么时候想起，我都会痛恨我那过去的，不可追悔的无赖行为：在一个星期中我曾足足地给了她八封长信，而未被人理睬过。毓芳真不知想的哪一股劲,明知我不愿再提起从前的事,却故意邀着她来,像有心要挑逗我的愤恨一样,我真气了。

我的笑,毓芳和云霖不会留意这有什么变异,但剑如,她能感觉到;可是她会装,装糊涂,同我毫无芥蒂地说话。我预备骂她几句,不过话到口边便想到我为自己定下的戒条。并且做得太认真,反令人越得意。所以我又忍下心去同她们玩。

到真光时,还很早,在门口遇着一群同乡的小姐们,我真厌恶那些惯做的笑靥,我不去理她们,并且我无缘无故地生气到那许多去看电影的人。我乘毓芳同她们说到热闹中,丢下我所请的客,悄悄回来了。

除了我自己,没有人会原谅我的。谁也在批评我,谁也不知道我在人前所忍受的一些人们给我的感触。别人说我怪僻,他们哪里知道我却时常在讨人好,讨人欢喜。不过人们太不肯鼓励我说那太违心的话,常常给我机会,让我反省我自己的行为,让我离人们却更远了。

夜深时,全公寓都静静的,我躺在床上好久了。我清清白白地想透了一些事,我还能伤心什么呢?

十二月二十九

一早毓芳就来电话。毓芳是好人,她不会扯谎,大约剑如是真病。毓芳说,起病是为我,要我去,剑如将向我解释。毓芳错了,剑如也错了,莎菲不是欢喜听人解释的人。根本我就否认宇宙间要解释。朋友们好,便好;合不来时,给别人点苦头吃,也是正大光明的事。我还以为我够大量,太没报复人了。剑如既为我病,我倒快活,我不会拒绝听别人为我而病的消息。并且剑如病,还可以减少点我从前自怨自艾的烦恼。

我真不知应怎样才能分析我自己。有时为一朵被风吹散了的白云,会感到一种渺茫的,不可捉摸的难过;但看到一个二十多岁的男子(苇弟其实还大我四岁)把眼泪一颗一颗掉到我手背时,却像野人一样在得意地笑了。苇弟从东城买了许多信纸信封来我这里玩，为了他很快乐，在笑，我便故意去捉弄，看到他哭了，我却快意起来，并且说："请珍重点你的眼泪吧，不要以为姊姊像别的女人一样脆弱得受不起一颗眼泪……""还要哭，请你转家去哭，我看见眼泪就讨厌……"自然，他不走，不分辩，不负气，只蜷在椅角边老老实实无声地去流那不知从哪里得来的那么多的眼泪。我，自然，得意够了，又会惭愧起来，于是用着姊姊的态度去喊他洗脸，抚摩他的头发。他镶着泪珠又笑了。

在一个老实人面前，我已尽自己的残酷天性去磨折他，但当他走后，我真想能抓回他来，只请求他："我知道自己的罪过，请不要再爱这样一个不配承受那真挚的爱的女人了吧！"

一月一号

我不知道那些热闹的人们是怎样的过年，我只在牛奶中加了一个鸡子，鸡子是昨天苇弟拿来的，一共二十个，昨天煨了七个茶卤蛋，剩下十三个，大约够我两星期吃。若吃午饭时，苇弟会来，则一定有两个罐头的希望。我真希望他来。因为想到苇弟来，我便上单牌楼去买了四盒糖，两包点心，一篓橘子和苹果，预备他来时给他吃。我断定今天只有他才能来。

但午饭吃过了，苇弟却没来。

我一共写了五封信，都是用前几天苇弟买来的好纸好笔。我想能接得几个美丽的画片，却不能。连几个最爱弄这个玩意儿的姊姊们都把我这应得的一份儿忘了。不得画片，不稀罕，单单只忘了我，却是可气的事。不过自己从不曾给人拜过一次年，算了，这也是应该的。

晚饭还是我一人独吃，我烦恼透了。

夜晚毓芳云霖来了，还引来一个高个儿少年，我想他们才真算幸福；毓芳有云霖爱她，她满意，他也满意。幸福不是在有爱人，是在两人都无更大的欲望，商商量量平平和和地过日子。自然，有人将不屑于这平庸。但那只是另外人的,与我的毓芳无关。

毓芳是好人,因为她有云霖,所以她"愿天下有情人皆成眷属"。她去年曾替玛丽作过一次恋爱婚姻的介绍。她又希望我能同苇弟好,她一来便问苇弟。但她却和云霖及那高个儿把我给苇弟买的东西吃完了。

那高个儿可真漂亮,这是我第一次感觉到男人的美,从来我还没有留心到。只以为一个男人的本行是会说话,会看眼色,会小心能够了。今天我看了这高个儿,才懂得男人是另铸有一种高贵的模型,我看出在他面前的云霖显得多么委琐,多么呆拙……我真要可怜云霖,假使他知道他在这个人前所衬出的不幸时,他将怎样伤心他那些所有的粗丑的眼神,举止。我更不知,当毓芳拿这一高一矮的男人相比时,会起一种什么情感!

他,这生人,我将怎样去形容他的美呢?固然,他的顾长的身躯,白嫩的面庞,薄薄的小嘴唇,柔软的头发,都足以闪耀人的眼睛,但他还另外有一种说不出,捉不到的丰仪来煽动你的心。比如,当我请问他的名字时,他会用那种我想不到的不急遽的态度递过那只擎有名片的手来。我抬起头去,呀,我看见那两个鲜红的,嫩腻的,深深凹进的嘴角了。我能告诉人吗,我是用一种小儿要糖果的心情在望着那惹人的两个小东西。但我知道在这个社会里面是不准许任我去取得我所要的来满足我的冲动,我的欲望,无论这于人并没有损害的事,我只得忍耐着,低下头去,默默地念那名片上的字:

"凌吉士,新加坡……"

凌吉士,他能那样毫无拘束地在我这儿谈话,像是在一个很熟的朋友处,难道我能说他这是有意来捉弄一个胆小的人?我为要强迫地拒绝引诱,不敢把眼光抬平去一望那可爱慕的火炉的一角。两只不知羞惭的破烂拖鞋,也逼着我不准走到桌前的灯光处。我气我自己:怎么会那样拘束,不会调皮地应对?平日看不起别人的交际,今天才知道自己是显得又呆,又傻气。唉,他一定以为我是一

莎菲女士的日记

个乡下才出来的姑娘了！

云霖同毓芳两人看见我木木的，以为我不欢喜这生人，常常去打断他的话，不久带着他走了。这个我也感激他们的好意吗？我望着那一高两矮的影子在楼下院子中消失时，我真不愿再回到这留得有那人的靴印、那人的声音和那人吃剩的饼屑的屋子。

一月三号

这两夜通宵通宵地咳嗽。对于药，简直就不会有信仰，药与病不是已毫无关系吗？我明明厌烦那苦水，但却又按时去吃它，假使连药也不吃，我能拿什么来希望我的病呢？神要人忍耐着生活，安排许多痛苦在死的前面，使人不敢走近死亡。我呢，我是更为了我这短促的不久的生，我越求生得厉害；不是我怕死，是我总觉得我还没享有我生的一切。我要，我要使我快乐。无论在白天，在夜晚，我都在梦想可以使我没有什么遗憾在我死的时候的一些事情。我想能睡在一间极精致的卧房的睡榻上，有我的姊姊们跪在榻前的熊皮毡子上为我祈祷，父亲悄悄地朝着窗外叹息，我读着许多封从那些爱我的人儿们寄来的长信，朋友们都纪念我流着忠实的眼泪……我迫切地需要这人间的感情，想占有许多不可能的东西。但人们给我的是什么呢？整整两天，又一人幽囚在公寓里，没有一个人来，也没有一封信来，我躺在床上咳嗽，坐在火炉旁咳嗽，走到桌子前也咳嗽，还想念这些可恨的人们……其实还是收到一封信的，不过这除了更加我一些不快外，也只不过是加我不快。这是一年前曾骚扰过我的一个安徽粗壮男人寄来的，我没有看完就扯了。我真肉麻那满纸的"爱呀爱"的！我厌恨我不喜欢的人们的殷勤……

我，我能说得出我真实的需要是些什么呢？

一月四号

事情不知错到什么地方去了。我为什么会想到搬家，并且在糊里糊涂中欺骗了云霖，好像扯谎也是本能一样，所以在今天能毫不费力地便使用了。假使云霖知道莎菲也会骗他，他不知应如何伤心，莎菲是他们那样爱惜的一个小妹妹。自然我不是安心的，并且我现在在后悔。但我能决定吗，搬呢，还是不搬？

我不能不向我自己说："你是在想念那高个儿的影子呢！"是的，这几天几夜我无时不神往到那些足以诱惑我的。为什么他不在这几天中单独来会我呢？他应当知道他不该让我如此地去思慕他。他应当来看我，说他也想念我才对。假使他来，我不会拒绝去听他所说的一些爱慕我的话，我还将令他知道我所要的是些什么。但他却不来。我估定这像传奇中的事是难实现了。难道我去找他吗？一个女人这样放肆，是不会得好结果的。何况还要别人能尊敬我呢。我想不出好法子，只好先到云霖处试一试，所以吃过午饭，我便冒风向东城去。

云霖是京都大学的学生，他租的住房在京都大学一院和二院之间的青年胡同里。我到他那里时，幸好他没有出去，毓芳也没有来。云霖当然很诧异我在大风天出来，我说是到德国医院看病，顺便来这里。他就毫不疑惑，问我的病状，我却把话头故意引到那天晚上。不费一点气力，我便打探得那人儿住在第四寄宿舍，在京都大学二院隔壁。不久，我又叹起气来，我用许多言辞把在西城公寓里的生活，描摹得寂寞，暗淡。我又扯谎，我说唯一只想能贴近毓芳（我知道毓芳已预备搬来云霖处）。我要求云霖同我在近处找房。云霖当然高兴这差事，不会迟疑的。

在找房的时候，凑巧竟碰着了凌吉士。他也陪着我们。我真高兴，高兴使我胆大了，我狠狠地望了他几次，他没有觉得。他问我的病，我说全好了，他不信似的在笑。

我看上一间又低，又小，又霉的东房，在云霖的隔壁一家大元公寓里。他和云霖都说太湿，我却执意要在第二天便搬来，理由是那边太使我厌倦，而我急切地要依着毓芳。云霖无法，就答应了，还说好第二天一早他和毓芳过来替我帮忙。

我能告诉人，我单单选上这房子的用意吗？它位置在第四寄宿

莎菲女士的日记

舍和云霖住所之间。

他不曾向我告别，我又转到云霖处，尽我所有的大胆在谈笑。我把他什么细小处都审视遍了，我觉得都有我嘴唇放上去的需要。他不会也想到我在打量他，盘算他吗？后来我特意说我想请他替我补英文，云霖笑，他却受窘了，不好意思地含含糊糊地问答，于是我向心里说，这还不是一个坏蛋呢，那样高大的一个男人还会红脸？因此我的狂热更炎炽了。但我不愿让人懂得我，看得我太容易，所以我驱遣我自己，很早就回来了。

现在仔细一想，我唯恐我的任性，将把我送到更坏的地方去，暂时且住在这有洋炉的房里吧，难道我能说得上是爱上了那南洋人吗？我还一丝一毫都不知道他呢。什么那嘴唇，那眉梢，那眼角，那指尖……多无意识，这并不是一个人所应需的，我着魔了，会想到那上面。我决计不搬，一心一意来养病。

我决定了，我懊悔，懊悔我白天所做的一些不是，一个正经女人所做不出来的。

一月六号

都奇怪我，听说我搬了家，南城的金英，西城的江周，都来到我这低湿的小屋里。我笑着，有时在床上打滚，她们都说我越小孩气了，我更大笑起来。我只想告诉她们我想的是什么。下午苇弟也来了。苇弟最不快活我搬家，因为我未曾同他商量，并且离他更远了。他见着云霖时，竟不理他。云霖摸不着他为什么生气。望着他。他更板起脸孔。我好笑，我向自己说："可怜，冤枉他了，一个好人！"

毓芳不再向我说剑如。她决定两三天便搬来云霖处，因为她觉得我既这样想傍着她住，她不能让我一人寂寂寞寞地住在这里。她和云霖待我比以前更亲热。

一月十号

这几天我都见着凌吉士,但我从没同他多说几句话,我决不先提补英文事。我看见他一天两次往云霖处跑,我发笑,我断定他以前一定不会同云霖如此亲密的。我没有一次邀请他来我那儿玩,虽说他问了几次搬了家如何,我都装出不懂的样儿笑一下便算回答。我把所有的心计都放在这上面,好像同什么东西搏斗一样。我要那样东西,我还不愿去取得,我务必想方设计让他自己送来。是的,我了解我自己,不过是一个女性十足的女人,女人只把心思放到她要征服的男人们身上。我要占有他,我要他无条件地献上他的心,跪着求我赐给他的吻呢。我简直癫了,反反复复地只想着我所要施行的手段的步骤,我简直癫了!

毓芳云霖看不出我的兴奋,只说我病快好了。我也正不愿他们知道,说我病好,我就装着高兴。

一月十二

毓芳已搬来,云霖却搬走了。宇宙间竟会生出这样一对人来,为怕生小孩,便不肯住在一起,我猜想他们连自己也不敢断定:当两人抱在一床时是不会另外干出些别的事来,所以只好预先防范,不给那肉体接触的机会。至于那单独在一房时的拥抱和亲嘴,是不会发生危险,所以悄悄表演几次,便不在禁止之列。我忍不住嘲笑他们了,这禁欲主义者!为什么会不需要拥抱那爱人的裸露的身体?为什么要压制住这爱的表现?为什么在两人还没睡在一个被窝里以前,会想到那些不相干足以担心的事?我不相信恋爱是如此的理智,如此的科学!

他俩不生气我的嘲笑,他俩还骄傲着他们的纯洁,而笑我小孩气呢。我体会得出他们的心情,但我不能解释宇宙间所发生的许许多多奇怪的事。

这夜我在云霖处(现在要说毓芳处了)坐到夜晚十点钟才回

莎菲女士的日记

11

来，说了许多关于鬼怪的故事。

鬼怪这东西，我在一点点大的时候就听惯了，坐在姨妈怀里听姨爹讲《聊斋》是常事，并且一到夜里就爱听。至于怕，又是另外一件不愿告人的。因为一说怕，准就听不成，姨爹便会蹑过对面书房去，小孩就不准下床了。到进了学校，又从先生口里得知点科学常识，为了信服那位周麻子二先生，所以连书本也信服，从此鬼怪便不屑于害怕了。近来人更在长高长大，说起来，总是否认有鬼怪的，但鸡栗却不肯因为不信便不出来，毫毛一根根也会竖起的。不过每次同人说到鬼怪时，别人不知道我想拗开说到别的闲话上去，为的怕夜里一个人睡在被窝里时想到死去了的姨爹姨妈就伤心。

回来时，看到那黑魆魆的小胡同，真有点胆悸。我想，假使在哪个角落里露出一个大黄脸，或伸出一只毛手，在这样像冻住了的冷巷里，我不会以为是意外。但看到身边的这高大汉子（凌吉士）做镖手，大约总可靠，所以当毓芳问我时，我只答应"不怕，不怕"。

云霖也同我们出来，他回他的新房子去，他向南，我们向北，所以只走了三四步，便听不清那橡皮鞋底在泥板上发出的声音。

他伸来一只手，拢住了我的腰：

"莎菲，你一定怕哟！"

我想挣，但挣不掉。

我的头停在他的胁前，我想，如若在亮处，看起来，我会像个什么东西，被挟在比我高一个头还多的人的腕中。

我把身一蹲，便窜出来了，他也松了手陪我站在大门边打门。

小胡同里黑极了，但他的眼睛望到何处，我却能很清楚地看见。心微微有点跳，等着开门。

"莎菲，你怕哟！"

门闩已在响，是伙计在问谁。我朝他说：

"再——"

他猛地握住我的手，我无力再说下去。

伙计看到我身后的大人，露着诧异。

到单独只剩两人在一房时，我的大胆，已经变得毫无用处了，想故意说几句客套话，也不会，只说："请坐吧！"自己便去洗脸。

鬼怪的事，已不知忘到什么地方去了。

"莎菲！你还高兴读英文吗？"他忽然问。

这是他来找我，提到英文，自然他未必欢喜白白牺牲时间去替人补课，这意思，在一个二十岁的女人面前，怎能瞒过，我笑了（这是只在心里笑）。我说：

"蠢得很，怕读不好，丢人。"

他不说话，把我桌上摆的照片拿来玩弄着，这照片是我姊姊的一个刚满一岁的女儿。

我洗完脸，坐在桌子那头。

他望望我，又去望那小女孩，然后又望我。是的，这小女孩长得真像我。于是我问他：

"好玩吗？你说像我不像？"

"她，谁呀！"显然，这声音表示着非常认真。

"你说可爱不可爱？"

他只追问着是谁。

忽的，我明白了他意思，我又想扯谎了。

"我的。"于是我把相片抢过来吻着。

他信了。我竟愚弄了他，我得意我的不诚实。

这得意，似乎便能减少他的妩媚，他的英爽。要不，为什么当他显出那天真的诧愕时，我会忽略了他那眼睛，我会忘掉了他那嘴唇？否则，这得意一定将冷淡下我的热情。

然而当他走后，我却懊悔了。那不是明明安放着许多机会吗？我只要在他按住我手的当儿，另做出一种眼色，让他懂得他是不会遭拒绝，那他一定可以做出一些比较大胆的事。这种两性间的大胆，我想只要不厌烦那人，会像把肉体融化了的感到快乐无疑。但我为什么要给人一些严厉，一些端庄呢？唉，我搬到这破房子里来，到底为的是什么呢？

一月十五

近来我是不算寂寞了，白天在隔壁玩，晚上又有一个新鲜的朋友陪我谈话。但我的病却越深了。这真不能不令我灰心，我要什么呢，什么也于我无益。难道我有所眷恋吗？一切又是多么的可笑，但死却不期然地会让我一想到便伤心。每次看见那克利大夫的脸色，我便想：是的，我懂得，你尽管说吧，是不是我已没希望了？但我却拿笑代替了我的哭。谁能知道我在夜深流出的眼泪的分量！

几夜，凌吉士都接着接着来，他告人说是在替我补英文，云霖问我，我只好不答应。晚上我拿一本"Poor People"放在他面前，他真个便教起我来。我只好又把书丢开，我说："以后你不要再向人说在替我补英文吧，我病，谁也不会相信这事的。"他赶忙便说："莎菲，我不可以等你病好些教你吗？莎菲，只要你喜欢。"

这新朋友似乎是来得如此够人爱，但我却不知怎的，反而懒于注意到这些事。我每夜看到他丝毫得不着高兴地出去，心里总觉得有点歉仄，我只好在他穿大氅的当儿向他说："原谅我吧，我有病！"他会错了我的意思，以为我同他客气。"病有什么要紧呢，我是不怕传染的。"后来我仔细一想，也许这话含得有别的意思，我真不敢断定人的所作所为像可以想象出来的那样单纯。

一月十六

今天接到蕴姊从上海来的信，更把我引到百无可望的境地。我哪里还能找得几句话去安慰她呢？她信里说："我的生命，我的爱，都于我无益了……"那她是更不需要我的安慰，我为她而流的眼泪了。唉！从她信中，我可以揣想得出她婚后的生活，虽说她未肯明明地表白出来。神为什么要去捉弄这些在爱中的人儿？蕴姊是最神经质、最热情的人，自然她更受不住那渐渐的冷淡，那遮饰不住的虚情……我想要蕴姊来北京，不过这是做得到的吗？这还是疑问。

苇弟来的时候,我把蕴姊的信给他看:他真难过,因为那使我蕴姊感到生之无趣的人,不幸便是苇弟的哥哥。于是我向他说了我许多新得的"人生哲学"的意义:他又尽他唯一的本能在哭。我只是很冷静地去看他怎样使眼睛变红,怎样拿手去擦干,并且我在他那些举动中,加上许多残酷的解释。我未曾想到在人世中,他是一个例外的老实人,不久,我一个人悄悄地跑出去了。

　　为要躲避一切的熟人,深夜我才独自从冷寂寂的公园里转来,我不知怎样度过那些时间,我只想:"多无意义啊! 倒不如早死了干净……"

一月十七

　　我想:也许我是发狂了! 假使是真发狂,我倒愿意。我想,能够得到那地步,我总可以不会再感到这人生的麻烦了吧……

　　足足有半年为病而禁了的酒,今天又开始痛饮了。明明看到那吐出来的是比酒还红的血。但我心却像被什么别的东西主宰一样,似乎这酒便可在今晚致死我一样,我不愿再去细想那些纠纠葛葛的事……

一月十八

　　现在我还睡在这床上,但不久就将与这屋分别了,也许是永别,我断得定我还能再亲我这枕头,这棉被……的幸福吗? 毓芳,云霖,苇弟,金夏都守着一种沉默围绕着我坐着,焦急地等着天明了好送我进医院去。我是在他们忧愁的低语中醒来的,我不愿说话,我细想昨天上午的事,我闻到屋子中遗留下来的酒气和腥气,才觉得心正在剧烈地痛,于是眼泪便汹涌了。因了他们的沉默,因了他们脸上所显现出来的凄惨和暗淡,我似乎感到这便是我死的预兆。假设我便如此长睡不醒了呢,是不是他们也将如此沉默地围绕着我僵硬的尸体? 他们看见我醒了,便都走拢来问我。这时我真感到了那可怕的死别! 我握着他们,仔细望着他们每个的脸,似乎要将这记

莎菲女士的日记

忆永远保存着。他们都把眼泪滴到我手上,好像我就要长远离开他们走向死之国一样。尤其是苇弟,哭得现出丑脸。唉,我想:朋友呵,请给我一点快乐吧⋯⋯于是我反而笑了。我请他们替我清理一下东西,他们便在床铺底下拖出那口大藤箱来,箱子里有几捆花手绢的小包,我说:"这我要的,随着我进协和吧。"他们便递给我,我给他们看,原来都满满是信札,我又向他们笑:"这,你们的也在内!"他们才似乎也快乐些了。苇弟又忙着从抽屉里递给我一本照片,是要我也带去的样子,我更笑了。这里面有七八张是苇弟的单像,我又容许苇弟吻我的手,并握着我的手在他脸上摩擦,于是这屋子才不像真有个僵尸停着的一样,天这时也慢慢显出了鱼肚白。他们忙乱了,慌着在各处找洋车。于是我病院的生活便开始了。

三月四号

接蕴姊死电是二十天以前的事,我的病却一天好一天。一号又由送我进院的几人把我送转公寓来,房子已打扫得干干净净。因为怕我冷,特生了一个小小的洋炉,我真不知怎样才能表示我的感谢,尤其是苇弟和毓芳。金和周在我这儿住了两夜才走,都充当我的看护,我每日都躺着,舒服得不像住公寓,同在家里也差不了什么了!毓芳决定再陪我住几天,等天气暖和点便替我上西山找房子,我好专去养病,我也真想能离开北京,可恨阳历三月了,还如是之冷!毓芳硬要住在这儿,我也不好十分拒绝,所以前两天为金和周搭的一个小铺又不能撤了。

近来在病院把我自己的心又医转了,实实在在是这些朋友们的温情把它重暖了起来,觉得这宇宙还充满着爱呢。尤其是凌吉士,当他到医院看我时,我觉得很骄傲,他那种丰仪才够去看一个在病院的女友的病,并且我也懂得,那些看护妇都在羡慕着我呢。有一天,那个很漂亮的密司杨问我:

"那高个儿,是你的什么人呢?"

"朋友!"我忽略了她问的无礼。

"同乡吗?"

"不,他是南洋的华侨。"

"那么是同学?"

"也不是。"

于是她狡猾地笑了,"就仅是朋友吗?"

自然,我可以不必脸红,并且还可以警诫她几句,但我却惭愧了。她看到我闭着眼装要睡的狼狈样儿,便得意地笑着走去。后来我一直都恼着她。并且为了躲避麻烦,有人问起苇弟时,我便扯谎说是我的哥哥。有一个同周很好的小伙子,我便说是同乡,或是亲戚的乱扯。

当毓芳上课去,我一个人留在房里时,我就去翻在一月多中所收到的信,我又很快活,很满足,还有许多人在纪念我呢。我是需要别人纪念的,总觉得能多得点好意就好。父亲是更不必说,又寄了一张像来,只有白头发似乎又多了几根。姊姊们都好,可惜就为小孩们忙得很,不能多替我写信。

信还没有看完,凌吉士又来了。我想站起来,但他却把我按住。他握着我的手时,我快活得真想哭了。我说:

"你想没想到我又会回转这屋子呢?"

他只瞅着那侧面的小铺,表示不高兴的样子,于是我告诉他从前的那两位客已走了,这是特为毓芳预备的。

他听了便向我说他今晚不愿再来,怕毓芳厌烦他。于是我心里更充满乐意了,便说:

"难道你就不怕我厌烦吗?"

他坐在床头更长篇地述说他这一个多月中的生活,怎样和云霖冲突,闹意见,因为他赞成我早些出院,而云霖执着说不能出来。毓芳也附着云霖,他懂得他认识我的时间太短,说话自然不会起影响,所以以后他不管这事了,并且在院中一和云霖碰见,自己便先回来。

我懂得他的意思,但我却装着说:

17

"你还说云霖，不是云霖我还不会出院呢，住在里面舒服多了。"

于是我又看见他默默地把头掉到一边去，不答我的话。

他算着毓芳快来时，便走了，悄悄告诉我说等明天再来。果然，不久毓芳便回来了。毓芳不曾问，我也不告她，并且她为我的病，不愿同我多说话，怕我费神，我更乐得借此可以多去想些另外的小闲事。

三月六号

当毓芳上课去后，把我一人撂在房里时，我便会想起这所谓男女间的怪事；其实，在这上面，不是我爱自夸，我所受的训练，至少也有我几个朋友们的相加或相乘，但近来我却非常不能了解了。当独自同着那高个儿时，我的心便会跳起来，又是羞惭，又是害怕，而他呢，他只是那样随便地坐着，近乎天真地讲他过去的历史，有时握着我的手，不过非常自然，然而我的手便不会很安静地被握在那大手中，慢慢地会发烧。一当他站起身预备走时，不由得我心便慌张了，好像我将跌入那可怕的不安中，于是我盯着他看，真说不清那眼光是求怜，还是怨恨；但他却忽略了我这眼光，偶尔懂得了，也只说："毓芳要来了哟！"我应当怎样说呢？他是在怕毓芳！自然，我也不愿有人知道我暗地所想的一些不近情理的事，不过我又感到有别人了解我感情的必要；几次我向毓芳含糊地说起我的心境，她还是那样忠实地替我盖被子，留心我的药，我真不能不有点烦闷了。

三月八号

毓芳已搬回去，苇弟又想代替那看护的差事。我知道，如若苇弟来，一定比毓芳还好，夜晚若想茶吃时，总不至于因听到那浓睡中的鼾声而不愿搅扰人便把头缩进被窝算了；但我自然拒绝他这好意，他固执着，我只好说："你在这里，我有许多不方便，并且病呢,也好了。"他还要证明间壁的屋子空着,他可以住间壁,我正在无法时,凌吉士来了。我以为他们还不认识,而凌吉士已握着苇弟的手,说是在医院见过两次。苇弟冷冷地不理他,我笑着向凌吉士说:"这是我的弟弟,小孩子,不懂交际,你常来同他玩吧。"苇弟真的变成了小孩子,丧着脸站起身就走了。我因为有人在面前,便感得不快,也只掩藏住,并且觉得有点对凌吉士不住,但他却毫没介意,反问我:"不是他姓白吗,怎会变成你的弟弟?"于是我笑了:"那么你是只准姓凌的人叫你做哥哥弟弟的!"于是他也笑了。

　　近来青年人在一处时,老喜欢研究到这一个"爱"字,虽说有时我似乎懂得点,不过终究还是不很说得清。至于男女间的一些小动作,似乎我又太看得明白了。也许是因为我懂得了这些小动作,于"爱"才反迷糊,才没有勇气鼓吹恋爱,才不敢相信自己是一个纯粹的够人爱的小女子,并且才会怀疑到世人所谓的"爱",以及我所接受的"爱"……

　　在我稍微有点懂事的时候,便给爱我的人把我苦够了,给许多无事的人以诬蔑我,凌辱我的机会,以致我顶亲密的小伴侣们也疏远了。后来又为了爱的胁迫,使我害怕得离开了我的学校。以后,人虽说一天天大了,但总常常感到那些无味的纠缠,因此有时不特怀疑到所谓"爱",竟会不屑于这种亲密。苇弟说他爱我,为什么他只常常给我一些难过呢?譬如今晚,他又来了,来了便哭,并且似乎带了很浓的兴味来哭一样,无论我说:"你怎么了,说呀!""我求你,说话呀,苇弟!……"他都不理会。这是从未有的事,我尽我的脑力也猜想不出他所骤遭的这灾祸。我应当把不幸朝哪一方去揣测呢?后来,大约他哭够了,才大声说:"我不喜欢他!""这又是谁欺侮了你呢,这样大嚷大闹的?""我不喜欢那高个子!那同你好的!"哦,我这才知道原来是怄我的气。我不觉得笑了。这种无味的嫉妒,这种自私的占有,便是所谓爱吗?我发笑,而这笑,自然不会安慰那有野心的男人的。并且因我不屑的态度,更激起他那不可抑制的怒气。我看着他那放亮的眼光,我以为他要噬人了,我想:

19

"来吧！"但他却又低下头哭了，还揩着眼泪，踉跄地走出去。

这种表示，也许是称为狂热的，真率的爱的表现吧，但苇弟却不加思索地用在我面前，自然是只会失败；并不是我愿意别人虚伪，做作，我只觉得想靠这种小孩般举动来打动我的心，全是无用。或者因为我的心生来便如此硬；那我之种种不惬于人意而得来烦恼和伤心，也是应该的。

苇弟一走，自自然然我把我自己的心意去揣摩，去仔细回忆那一种温柔的，大方的，坦白而又多情的态度上去，光这态度已够人欣赏像吃醉一般的感到那融融的蜜意，于是我拿了一张画片，写了几个字，命伙计即刻送到第四寄宿舍去。

三月九号

我看见安安闲闲坐在我房里的凌吉士，不禁又可怜苇弟，我祝祷世人不要像我一样，忽略了蔑视了那可贵的真诚而把自己陷到那不可拔的渺茫的悲境里；我更愿有那么一个真诚纯洁的女郎去饱领苇弟的爱，并填实苇弟所感得的空虚啊！

三月十三

好几天又不提笔，不知是因为我心情不好，或是找不出所谓的情绪。我只知道，从昨天来我是只想哭了。别人看到我哭，以为我在想家，想到病，看见我笑呢，又以为我快乐了，还欣庆着这健康的光芒……但所谓朋友皆如是，我能告谁以我的不屑流泪，而又无力笑出的痴呆心境？因我看清了自己在人间的种种不愿舍弃的热望以及每次追求而得来的懊丧，所以连自己也不愿再同情这未能悟彻所引起的伤心。更哪能捉住一管笔去详细写出自怨和自恨呢！

是的，我好像又在发牢骚了。但这只是隐忍在心头反复向自己说，似乎还无碍。因为我未曾有过那种胆量，给人看我的蹙紧眉头，和听我的叹气，虽说人们早已无条件地赠送过我以"狷傲""怪僻"等等好字眼。其实，我并不是要发牢骚，我只想哭，想有那么一个人来让我倒在他怀里哭,并告诉他:"我又糟蹋我自己了!"不过谁能了解我,抱我,抚慰我呢?是以我只能在笑声中咽住"我又糟蹋我自己了"的哭声。

　　我到底又为了什么呢,这真难说!自然我未曾有过一刻私自承认我是爱恋上那高个儿了的,但他在我的心心念念中又蕴蓄着一种分析不清的意义。虽说他那颀长的身躯,嫩玫瑰般的脸庞,柔软的嘴唇,惹人的眼角,可以诱惑许多爱美的女子,并以他那娇贵的态度倾倒那些还有情爱的。但我岂肯为了这些无意识的引诱而迷恋一个十足的南洋人!真的,在他最近的谈话中,我懂得了他的可怜的思想;他需要的是什么?是金钱,是在客厅中能应酬买卖中朋友们的年轻太太,是几个穿得很标致的白胖儿子。他的爱情是什么?是拿金钱在妓院中,去挥霍而得来的一时肉感的享受,和坐在软软的沙发上,拥着香喷喷的肉体,抽着烟卷,同朋友们任意谈笑,还把左腿叠压在右膝上;不高兴时,便拉倒,回到家里老婆那里去。热心于演讲辩论会,网球比赛,留学哈佛,做外交官,公使大臣,或继承父亲的职业,做橡树生意,成资本家……这便是他的志趣!他除了不满于他父亲未曾给他过多的钱以外,便什么都可使他在一夜不会做梦的睡觉;如有,便只是嫌北京好看的女人太少,有时也会厌腻起游戏园,戏场,电影院,公园来……唉,我能说什么呢?当我明白了那使我爱慕的一个高贵的美型里,是安置着如此一个卑劣灵魂,并且无缘无故还接受过他的许多亲密。这亲密,还值不了他从妓院中挥霍里剩余下的一半!想起那落在我发际的吻来,真使我悔恨到想哭了!我岂不是把我献给他任他来玩弄来比拟到卖笑的姊妹中去!这只能责备我自己使我更难受,假设只要我自己肯,肯把严厉的拒绝放到我眸子中去,我敢相信,他不会那样大胆,并且我也敢相信,他所以不会那样大胆,是由于他还未曾有过那恋爱的火焰燃炽……唉!我应该怎样来诅咒我自己了!

三月十四

这是爱吗,也许爱才具有如此的魔力,要不,为什么一个人的思想会变幻得如此不可测! 当我睡去的时候,我看不起美人,但刚从梦里醒来,一揉开睡眼,便又思念那市侩了。我想:他今天会来吗?什么时候呢,早晨,过午,晚上? 于是我跳下床来,急忙忙地洗脸,铺床,还把昨夜丢在地下的一本大书捡起,不住地在边缘处摩挲着,这是凌吉士昨夜遗忘在这儿的一本《威尔逊演讲录》。

三月十四晚上

我有如此一个美的梦想,这梦想是凌吉士给我的。然而同时又为他而破灭。我因了他才能满饮着青春的醇酒,在爱情的微笑中度过了清晨;但因了他,我认识了"人生"这玩意,而灰心而又想到死;至于痛恨到自己甘于堕落,所招来的,简直只是最轻的刑罚! 真的,有时我为愿保存我所爱的,我竟想到"我有没有力去杀死一个人呢"。

我想遍了,我觉得为了保存我的美梦,为了免除使我生活的力一天天减少,顶好是即刻上西山,但毓芳告诉我,说她托找房子的那位住在西山的朋友还没有回信来,我怎好再去询问或催促呢?不过我决心了,我决心让那高小子来尝一尝我的不柔顺,不近情理的倨傲和侮弄。

三月十七

那天晚上苇弟赌气回去,今天又小小心心地自己来和解,我不觉笑了,并感到他的可爱。如若一个女人只要能找得一个忠实的男伴,做一生的归宿,我想谁也没有我苇弟可靠。我笑问:"苇弟,还恨姊姊不呢?"他羞惭地说:"不敢。姊姊,你了解我吧! 我除了希冀你不摈弃我以外不敢有别的念头。一切只要你好,你快乐就够了!"这还不真挚吗? 这还不动人吗? 比起那白脸庞红嘴唇的如何？但后来我说："苇弟，你好，你将来一定是一切都会很满意的。"他却露出凄然的一笑："永世也不会——但愿如你所说……"这又是什么呢？又是给我难受一下！我恨不得跪在他面前求他只赐我以弟弟或朋友的爱吧！单单为了我的自私，我愿我少些纠葛，多点快乐。苇弟爱我，并会说那样好听的话，但他忽略了：第一他应当真的减少他的热望，第二他也应该藏起他的爱。我为了这一个老实的男人，感到无能的抱歉，也够受了。

三月十八

我又托夏在替我往西山找房了。

三月十九

凌吉士居然几日不来我这里了。自然，我不会打扮，不会应酬，不会治事理家，我有肺病，无钱，他来我这里做什么！我本无须乎要他来，但他真的不来却又更令我伤心，更证实他以前的轻薄。难道他也是如苇弟一样老实，当他看到我写给他的字条"我有病，请不要再来扰我"，就信为是真话，竟不可违背，而果真不来吗？我只想再见他一面，审看一下这高大的怪物到底是怎样地在觑看我。

三月二十

今天我往云霖处跑了三次，都未曾遇见我想见的人，似乎云霖也有点疑惑，所以他问我这几天见着凌吉士没有。我只好怅怅地跑回来。我实在焦烦得很，我敢自己欺自己说我这几日没有思念他吗？

晚上七点钟的时候，毓芳和云霖来邀我到京都大学第三院去听英语辩论会，乙组的组长便是凌吉士。我一听到这消息，心就立刻怦怦地跳起来。我只得拿病来推辞了这善意的邀请。我这无用的弱者，我没有胆量去承受那激动，我还是希望我能不见着他。不过他俩走时，我却请他俩致意凌吉士，说我问候他。唉，这又是多无

莎菲女士的日记

意识啊！

三月二十一

我刚吃过鸡子牛奶，一种熟悉的叩门声响着，纸格上映印上一个顾长的黑影。我只想跳过去开门，但不知为一种什么情感所支使，我咽着气，低下头去了。

"莎菲，起来没有？"这声音如此柔嫩，令我一听到会想哭。

为了知道我已坐在椅子上吗？为了知道我无能发气和拒绝吗？他轻轻地托开门走进来了。我不敢仰起我滋润的眼皮。

"病好些没有，刚起来吗？"

我答不出一句话。

"你真在生我的气啊。莎菲，你厌烦我，我只好走了。莎菲！"

他走，于我自然很合适，但我又猛然抬起头拿眼光止住了他开门的手。

谁说他不是一个坏蛋呢，他懂得了。他敢于把我的双手握得紧紧的。他说：

"莎菲，你捉弄我了。每天我走你门前过，都不敢进来，不是云霖告诉我说你不会生我气，那我今天还不敢来。你，莎菲，你厌烦我不呢？"

谁都可以体会得出来，假使他这时敢于拥抱我，狂乱地吻我，我一定会倒在他手腕上哭出来："我爱你呵！我爱你呵！"但他却如此的冷淡，冷淡得使我又恨他了。然而我心里在想："来呀，抱我，我要吻你咧！"自然，他依旧握着我的手，把眼光紧盯在我脸上，然而我搜遍了，在他的各种表示中，我得不着我所等待于他的赐予。为什么他仅仅只懂得我的无用，我的不可轻侮，而不够了解他在我心中所占的是一种怎样的地位！我恨不得用脚尖踢他出去，不过我又为另一种情绪所支配，我向他摇头，表示不厌烦他的来到。

于是我又很柔顺地接受了他许多浅薄的情意，听他说着那些使他津津回味的卑劣享乐，以及"赚钱和花钱"的人生意义，并承他暗示我许多做女人的本分。这些又使我看不起他,暗骂他,嘲笑他,我拿我的拳头,隐隐痛击我的心,但当他扬扬地走出我房时,我受逼得又想哭了。因为我压制住我那狂热的欲念,未曾请求他多留一会儿。

唉,他走了!

三月二十一夜

去年这时候,我过的是一种什么生活!为了蕴姊千依百顺地疼我,我便装病躺在床上不肯起来。为了想蕴姊抚摩我,我伏在桌上想到一些小不满意的事而哼哼唧唧地哭。有时因在整日静寂的沉思里得了点哀戚,但这种淡淡的凄凉,更令我舍不得去扰乱这情调,似乎在这里面我可以味出一缕甜意一样的。至于在夜深的法国公园,听躺在草地上的蕴姊唱《牡丹亭》,那是更不愿想到的事了。假使她不被神捉弄般地去爱上那苍白脸色的男人,她一定不会死得这样快,我当然不会一人漂流到北京,无亲无爱地在病中挣扎。虽说有几个朋友,他们也很体惜我,但在我所感应得出的我和他们的关系能和蕴姊的爱在一个天平上相称吗?想起蕴姊,我真应当像从前在蕴姊面前撒娇一样地纵声大哭,不过这一年来,因为多懂得了一些事,虽说时时想哭却又咽住了,怕让人知道了厌烦。近来呢,我更不知为了什么只能焦急。想得点空闲去思虑一下我所做的,我所想的,关于我的身体,我的名誉,我的前途的好歹的时间也没有,整天把紊乱的脑筋放到一个我不愿想到的去处,因为是我想逃避的,所以越把我弄成焦烦苦恼得不堪言说!但是我除了说"死了也活该",是不能再希冀什么了。我能求得一些同情和慰藉吗?然而我又似乎在向人乞怜了。

晚饭一吃过,毓芳和云霖来我这儿坐,到九点我还不肯放他俩走。我知道,毓芳碍住面子只好又坐下来,云霖借口要预备明天的课,执意一人走回去了。于是我隐隐向毓芳吐露我近来所感得的窘状,我想她能懂得这事,并且能做主把我的生活改变一下,做我自

25

己所不能胜任的。但她完全把话听到反面去了,她忠实地告诫我:"莎菲,我觉得你太不老实,自然你不是有意,你可太不留心你的眼波了。你要知道,凌吉士他们比不得在上海同我们玩耍的那群孩子,他们很少机会同女人接近,受不起一点好意的,你不要令他将来感到失望和痛苦。我知道,你哪里会爱他呢?"这错误是不是又该归我,假设我不想求助于她而向她饶舌,是不是她不会说出这更令我生气,更令我伤心的话来?我噎着气又笑了:"芳姊,不要把我说得太坏了吓!"

毓芳愿意留下住一夜时,我又赶她走了。

像那些才女们,因为得了一点点不得受用,便能"我是多愁善感呀","悲哀呀我的心……""……",做出许多新旧的诗。我呢,没出息,白白被这些诗境困着,想以哭代替诗句来表现一下我的情感的搏斗都不能。光在这上面,为了不如人,也应撂开一切去努力做人才对,便退一千步说,为了自己的热闹,为了得一群浅薄眼光之赞颂,我也不该拿不起笔或枪来。真的便把自己陷到比死还难忍的苦境里,单单为了那男人的柔发,红唇……

我又梦想到欧洲中古的骑士风度,拿这来比拟不会有错,如其有人看到过凌吉士的话,他把那东方特长的温柔保留着。神把什么好的,都慨然赐给他了,但神为什么不再给他一点聪明呢?他还不懂得真的爱情呢,他确是不懂,虽说他已有了妻(今夜毓芳告我的),虽说他,曾在新加坡乘着脚踏车追赶坐洋车的女人,因而恋爱过一小段时间,虽说他曾在韩家潭住过夜。但他真得到过一个女人的爱吗?他爱过一个女人吗?我敢说不曾!

一种奇怪的思想又在我脑中燃烧了。我决定来教教这大学生。这宇宙并不是像他所懂的那样简单啊!

三月二十二

在心的忙乱中,我勉强竟写了这些日记了。早先因为蕴姊写信来要,再三再四的,我只好开始写。现在蕴姊死了好久,我还舍不

26

得不继续下去,心想为了蕴姊在世时所谆谆向我说的一些话便永远写下去纪念蕴姊也好。所以无论我那样不愿提笔,也只得胡乱画下一页半页的字来。本来是睡了的,但望到挂在壁上蕴姊的像,忍不住又爬起,为免掉想念蕴姊的难受而提笔了。自然,这日记,我是除了蕴姊不愿给任何人看。第一因为这是为了蕴姊要知道我的生活而记下的一些琐琐碎碎的事,二来我怕别人给一些理智的面孔给我看,好更刺透我的心;似乎我自己也会因了别人所尊崇的道德而真的感到像犯罪一样的难受。所以这黑皮的小本子我许久以来都安放在枕头底下的垫被的下层。今天不幸我却违背我的初意了,然而也是不得已,虽说似乎是出于毫未思考。原因是苇弟近来非常误解我,以致常常使得他自己不安,而又常常波及我,我相信在我平日的一举一动中,我都能表示出我的态度来。为什么他不懂我的意思呢?难道我能直捷地说明,和阻止他的爱吗?我常常想,假设这不是苇弟而是另外一人,我将会知道怎样处置是最合法的。偏偏又是如此令我忍不下心去的一个好人!我无法了,只好把我的日记给他看。让他知道他在我的心里是怎样的无希望,并知道我是如何凉薄的反反复复的不足爱的女人。假使苇弟知道我,我自然会将他当作我唯一可诉心肺的朋友,我会热诚地拥着他同他接吻。我将替他愿望那世界上最可爱,最美的女人……日记,苇弟看过一遍,又一遍了,虽说他曾经哭过,但态度非常镇静,是出我意料之外的。我说:

"懂得了姊姊吗?"

他点头。

"相信姊姊吗?"

"关于哪方面的?"

于是我懂得那点头的意义。谁能懂得我呢,便能懂得这只能表现我万分之一的日记,也只令我看到这有限的伤心哟!何况,希求人了解,以想方设计用文字来反复说明的日记给人看,是多么可伤心的事!并且,后来苇弟还怕我以为他未曾懂得我,于是不住

27

地说：

"你爱他，你爱他！我不配你！"

我真想一赌气扯了这日记。我能说我没有糟蹋这日记吗？我只好向苇弟说："我要睡了，明天再来吧。"

在人里面，真不必求什么！这不是顶可怕的吗？假设蕴姊在，看见我这日记，我知道，她会抱着我哭："莎菲，我的莎菲！我为什么不再变得伟大点，让我的莎菲不至于这样苦啊……"但蕴姊已死了，我拿着这日记应怎样地痛哭才对！

三月二十三

凌吉士向我说："莎菲！你真是一个奇怪的女子。"我了解这并不是懂得了我的什么而说出的一句赞叹。他所以为奇怪的，无非是看见我的破烂了的手套，搜不出香水的抽屉，无缘无故扯碎了的新棉袍，保存着一些旧的小玩具……还有什么？听见些不常的笑声，至于别的，他便无能去体会了，我也从未向他说过一句我自己的话。譬如他说"我以后要努力赚钱呀"，我便笑；他说到邀起几个朋友在公园追着女学生时，"莎菲那真有趣"，我也笑。自然，他所说的奇怪，只是一种在他生活习惯上不常见的奇怪。并且我也很伤心，我无能使他了解我而敬重我。我是什么也不希求了，除了往西山去。我想到我过去的一切妄想，我好笑！

三月二十四

当他单独在我面前时，我觑着那脸庞，聆着那音乐般的声音，心便在忍受那感情的鞭打！为什么不扑过去吻他的嘴唇，他的眉梢，他的……无论什么地方？真的，有时话都到口边了："我的王！准许我亲一下吧！"但又受理智，不，我就从没有过理智，是受另一种自尊的情感所裁制而又咽住了。唉！无论他的思想怎样坏，他使我如此癫狂的动情，是曾有过而无疑，那我为什么不承认我是爱上了他咧？并且，我敢断定，假使他能把我紧紧地拥抱着，让我吻遍他全身，然后他把我丢下海去，丢下火去，我都会快乐地闭着眼等待那可以永久保藏我那爱情的死的来到。唉！我竟爱他了，我要他给我一个好好的死就够了……

三月二十四夜深

我决心了。我为拯救我自己被一种色的诱惑而堕落，我明早便到夏那儿去，以免看见凌吉士又痛苦，这痛苦已缠缚我如是之久了！

三月二十六

为了一种纠缠而去，但又遭逢着另一种纠缠，我不得不又急速地转来了。我去夏那儿的第二天，梦如便去了。虽说她是看另一人去的，但使我感到很不快活。夜晚，她大发其对感情的一种新近所获得的议论，隐隐地含着讥刺向我，我默然。为不愿让她更得意，我睁着眼，睡在夏的床上等到天明，才忍着气转来……

毓芳告诉我，说西山房子已找好了，并且另外替我邀了一个女伴，也是养病的，而这女伴同毓芳又是很好的朋友。听到这消息，应该是很欢喜吧，但我刚刚在眉头舒展了一点喜色，一种默然的凄凉便罩上了。虽说我从小便离开家，在外面混，但都有我的亲戚朋友随着我。这次上西山，固然说起来离城只是几十里，但在我，一个活了二十岁的人，开始一人跑到陌生的地方去，还是第一次。假使我竟无声无息地死在那山上，谁是第一个发现我死尸的？我能担保我不会死在那里吗？也许别人会笑我担忧到这些小事，而我却真的哭过。当我问毓芳舍不舍得我时，毓芳却笑，笑我问小孩话，说这一点点路有什么舍不得，直到毓芳答应我每礼拜上山一次，我才不好意思地揩干眼泪。

下午我到苇弟那儿去，苇弟也说他一礼拜上山一次，填毓芳不去的空日。

回来已夜了，我一人寂寂寞寞地收拾东西，想到我要离开北京的这些朋友们，我又哭了。但一想到朋友们都未曾向我流泪，我又

莎菲女士的日记

擦去我脸上的泪痕。我又将一人寂寂寞寞地离开这古城了。

在寂寞里，我又想到凌吉士了，其实，话不是这样说，凌吉士简直不能说"想起""又想起"，完全是整天都在系念到他，只能说："又来讲我的凌吉士吧。"这几天我故意造成的离别，在我是不可计的损失，我本想放松他，而我把他捏得更紧了。我既不能把他从心里压根儿拔去，我为什么要躲避着不见他的面呢？这真使我懊恼，我不能便如此同他离别，这样寂寂寞寞地走上西山……

三月二十七

一早毓芳便上西山去了，去替我布置房子，说好明天我便去。为她这番盛情，我应怎样去找得那些没有的字来表示我的感谢？我本想再待一天在城里，也不好说了。

我正焦急的时候，凌吉士才来，我握紧他双手，他说：

"莎菲！几天没见你了！"

我很愿意这时我能哭出来，抱着他哭，但眼泪只能噙在眼里，我只好又笑了。他听见明天我要上山时，显出的那惊诧和嗟叹，很安慰到我，于是我真的笑了。他见到我笑，便把我的手反捏得紧紧的，紧得使我生痛。他怨恨似的说：

"你笑！你笑！"

这痛，是我从未有过的舒适，好像心里也正锥下去一个什么东西，我很想倒向他的手腕，而这时苇弟却来了。

苇弟知道我恨他来，他偏不走。我向凌吉士使眼色，我说："这点钟有课吧？"于是我送凌吉士出来。他问我明早什么时候走，我告他；问他还来不来呢，他说回头便来；于是我望着他快乐了，我忘了他是怎样可鄙的人格，和美的相貌了，这时他在我的眼里，是一个传奇中的情人。哈，莎菲有一个情人了！……

三月二十七晚

自从我赶走苇弟到这时已整整五个钟头了。在这五点钟里，我

30

应怎样才想得出一个恰合的名字来称呼它？像热锅上的蚂蚁在这小房子里不安地坐下，又站起，又跑到门缝边瞧，但是——他一定不来了，他一定不来了，于是我又想哭，哭我走得这样凄凉，北京城就没有一个人陪我一哭吗？是的，我应该离开这冷酷的北京，为什么我要舍不得这板床，这油腻的书桌，这三条腿的椅子……是的，明早我就要走了，北京的朋友们不会再腻烦莎菲的病。为了朋友们轻快舒适，莎菲便为朋友们死在西山也是该的！但如此让莎菲一人看不着一点热情孤孤寂寂地上山去，想来莎菲便不死，也不会有损害或激动于人心吧……不想了！不想！有什么可想的？假使莎菲不如此贪心攫取感情，那莎菲不是便很可满足于那些眉目间的同情了吗？……

关于朋友，我不说了。我知道永世也不会使莎菲感到满足这人间的友谊的！

但我能满足些什么呢？凌吉士答应来，而这时已晚上九点了。纵是他来了，我会很快乐吗？他会给我所需要的吗？……

想起他不来，我又该痛恨自己了！在很早的从前，我懂得对付哪一种男人应用哪一种态度，而现在反蠢了。当我问他还来不来时，我怎能显露出那希求的眼光，在一个漂亮人面前是不应老实，让人瞧不起……但我爱他，为什么我要使用技巧？我不能直接向他表明我的爱吗？并且我觉得只要于人无损，便吻人一百下，为什么便不可以被准许呢？

他既答应来，而又失信，显见得是在戏弄我。朋友，留点好意在莎菲走时，总不至于是一种损失吧。

今夜我简直狂了。语言、文字是怎样在这时显得无用！我心像被许多小老鼠啃着一样，又像一盆火在心里燃烧。我想把什么东西都摔破，又想冒着夜气在外面乱跑，我无法制止我狂热的感情的激荡，我躺在这热情的针毡上，反过去也刺着，翻过来也刺着，似乎我又是在油锅里听到那油沸的响声，感到浑身的灼热……为什么我不跑出去呢？我等着一种渺茫的无意义的希望到来！哈……想到红

莎菲女士的日记

唇,我又癫了!假使这希望是可能的话——我独自又忍不住笑,我再三再四反复问我自己:"爱他吗?"我更笑了。莎菲不会傻到如此地步去爱上南洋人。难道因了我不承认我的爱,便不可以被人准许做一点儿于人无损的事?

假使今夜他竟不来,我怎能甘心便悄然上西山去……

唉!九点半了!

九点四十分!

三月二十八晨三时

莎菲生活在世上,要人们了解她体会她的心太热太恳切了,所以长远地沉溺在失望的苦恼中,但除了自己,谁能够知道她所流出的眼泪的分量?

在这本日记里,与其说是莎菲生活的一段记录,不如直接算为莎菲眼泪的每一个点滴,是在莎菲心上,才觉得更切实。然而这本日记现在要收束了,因为莎菲已无需乎此——用眼泪来泄愤和安慰,这原因是对于一切都觉得无意识,流泪更是这无意识的极深的表白。可是在这最后一页的日记上,莎菲应该用快乐的心情来庆祝,她从最大的失望中,蓦然得到了满足,这满足似乎要使人快乐得死才对。但是我,我只从那满足中感到胜利,从这胜利中得到凄凉,而更深地认识我自己的可怜处,可笑处,因此把我这几月来所萦萦于梦想的一点"美"反缥缈了,——这个美便是那高个儿的丰仪!

我应该怎样来解释呢?一个完全癫狂于男人仪表上的女人的心理!自然我不会爱他,这不会爱,很容易说明,就是在他丰仪的里面是躲着一个何等卑丑的灵魂!可是我又倾慕他,思念他,甚至于没有他,我就失掉一切生活意义了;并且我常常想,假使有那么一日,我和他的嘴唇合拢来,密密的,那我的身体就从这心的狂笑中瓦解去,也愿意。其实,单单能获得骑士般的那人儿的温柔的一抚摩,随便他的手尖触到我身上的任何部分,因此就牺牲一切,我也肯。

我应当发癫，因为这些幻想中的异迹，梦似的，终于毫无困难地都给我得到了。但是从这中间，我所感到的是我所想象的那些会醉我灵魂的幸福吗？不啊！

当他——凌吉士——晚间十点钟来到时候，开始向我嗫嚅地表白，说他是如何的在想我……还使我心动过好几次；但不久我看到他那被情欲燃烧的眼睛，我就害怕了。于是从他那卑劣的思想中发出的更丑的誓语，又振起我的自尊心！假使他把这串浅薄肉麻的情话去对别个女人说，一定是很动听的，可以得一个所谓的爱的心吧。但他却向我，就由这些话语的力，把我推得隔他更远了。唉，可怜的男子！神既然赋予你这样的一副美形，却又暗暗地捉弄你，把那样一个毫不相称的灵魂放到你人生的顶上！你以为我所希望的是"家庭"吗？我所欢喜的是"金钱"吗？我所骄傲的是"地位"吗？"你，在我面前，是显得多么可怜的一个男子啊！"我真要为他不幸而痛哭，然而他依样把眼光镇住我脸上，是被情欲之火燃烧得如何的怕人！倘若他只限于肉感的满足，那么他倒可以用他的色来摧残我的心；但他却哭声地向我说："莎菲，你信我，我是不会负你的！"啊，可怜的人，他还不知道在他面前的这女人，是用如何的轻蔑去可怜他的这些做作，这些话！我竟忍不住笑出声来，说他也知道爱，会爱我，这只是近于开玩笑！那情欲之火的巢穴——那两只灼闪的眼睛，不正宣布他除了可鄙的浅薄的需要，别的一切都不知道吗？

"喂，聪明一点，走开吧，韩家潭那个地方才是你寻乐的场所！"我既然认清他，我就应该这样说，教这个人类中最劣种的人儿滚出去。然而，虽说我暗暗地在嘲笑他，但当他大胆地贸然伸开手臂来拥我时，我竟又忘了一切，我临时失掉了我所有的一些自尊和骄傲，我完全被那仅有的一副好丰仪迷住了，在我心中，我只想："紧些！多抱我一会儿吧，明早我便走了。"假使我那时还有一点自制力，我该会想到他的美形以外的那东西，而把他像一块石头般，丢

33

到房外去。

唉！我能用什么言语或心情来痛悔？他，凌吉士，这样一个可鄙的人，吻了我！我静静默默地承受着！但那时，在一个温润的软热的东西放到我脸上，我心中得到的是些什么呢？我不能像别的女人一样晕倒在她那爱人的臂膀里！我张大着眼睛望他，我想："我胜利了！我胜利了！"因为他所使我迷恋的那东西，在吻我时，我已知道是如何的滋味——我同时鄙夷我自己了！于是我忽然伤心起来，我把他用力推开，我哭了。

他也许忽略了我的眼泪，以为他的嘴唇给我如何的温软，如何的嫩腻，把我的心融醉到发迷的状态里吧，所以他又挨我坐着，继续说了许多所谓爱情表白的肉麻话。

"何必把你那令人惋惜处暴露得无余呢？"我真这样的又可怜起他来。

我说："不要乱想吧，说不定明天我便死去了！"

他听着，谁知道他对于这话是得到怎样的感触？他又吻我，但我躲开了，于是那嘴唇便落到我手上……

我决心了，因为这时我有的是充足的清晰的脑力，我要他走，他带点抱怨颜色，缠着我。我想："为什么你也是这样傻劲呢？"他直挨到夜十二点半钟才走。

他走后，我想起适间的事情。我用所有的力量，来痛击我的心！为什么呢，给一个如此我看不起的男人接吻？既不爱他，还嘲笑他，又让他来拥抱？真的，单凭了一种骑士般的风度，就能使我堕落到如此地步吗？

总之，我是给我自己糟蹋了，凡一个人的仇敌就是自己，我的天，这有什么法子去报复而偿还一切的损失？

好在在这宇宙间，我的生命只是我自己的玩品，我已浪费得尽够了，那么因这一番经历而使我更陷到极深的悲境里去，似乎也不成一个重大的事件。

但是我不愿留在北京，西山更不愿去了，我决计搭车南下，在无

人认识的地方,浪费我生命的余剩;因此我的心从伤痛中又兴奋起来,我狂笑地怜惜自己:

"悄悄地活下来,悄悄地死去,啊! 我可怜你,莎菲!"

选自《丁玲全集 3》,河北人民出版社 2001 年

莎菲女士的日记

我在霞村的时候

　　因为政治部太嘈杂，莫俞同志决定要把我送到邻村去暂住，实际我的身体已经复原了，不过既然有安静的地方暂时休养，趁这机会整理一下近三月来的笔记，觉得也很好，我便答应他到霞村去住两个星期，那里离政治部有三十里路。

　　同去的还有一位宣传科的女同志，她大约有些工作，她不是个好说话的人，所以一路显得很寂寞。加上她是一个"改组派"的脚，我的精神又不大好，我们上午就出发，太阳快下山了，才到达目的地。

　　远远看这村子，也同其他村子差不多。但我知道，这村子里还有一个未被毁去的建筑得很美丽的天主教堂和一个小小的松林，我就将住在靠山的松林里，从这里可以直望到教堂。现在已经看到靠山的几排整齐的窑洞和窑洞上的绿色的树林，我觉得很满意这村子。

　　从我的女伴口里，我认为这村子是很热闹的；但当我们走进村口时，却连一个小孩子，一只狗也没有碰到，只是几片枯叶轻轻地被风卷起，飞不多远又坠下来了。

　　"这里从先是小学堂，自从去年鬼子来后就毁了，你看那边台阶，那是一个很大的教室呢。"阿桂（我的女伴）告诉我，她显得有些激动，不像白天那样沉默了。她接着又指着一个空空的大院子："一年半前这里可热闹呢，同志们天天晚饭后就在这里打球。"

　　她又急起来了："怎么今天这里没有人呢？ 我们是先到村公所

去,还是到山上去呢？咱们的行李也不知道捎到什么地方去了,总得先闹清才好。"

村公所大门墙上,贴了很多白纸条,上面写着"××会办事处""××会霞村分会""……"。但我们到了里边,却静悄悄地找不到一个人,几张横七竖八的桌子空空地摆在那里。我们正奇怪,匆匆地跑来一个人,他看了一看我,似乎想问什么,接着又把话咽下去了,还想往外跑,但被我们叫住了。

他只好连连地答应我们:"我们的人嘛,都到村西口去了。行李?嗯,是有行李,老早就抬到山上了,是刘二妈家里。"他一边说一边也打量着我们。

我们知道了他是农救会的人,便要求他陪同我们一道上山去,并且要他把我写给这边一个同志的条子送去。

他答应替我们送条子,却不肯陪我们,而且显得有点不耐烦的样子,把我们丢下独自跑走了。

街上也是静悄悄的,有几家在关门,有几家门还开着,里边黑漆漆的,我们也没有找到人。幸好阿桂对这村子还熟,她引导着我走上山,这时已经黑下来了,冬天的阳光是下去得快的。

山不高,沿着山脚上去,错错落落有很多石砌的窑洞,也常有人站在空坪上眺望着。阿桂明知没有到,但一碰着人便要问:

"刘二妈的家是这样走的么?""刘二妈的家还有多远?""请你告诉我怎样到刘二妈的家里?"或是问:"你看见有行李送到刘二妈家去过? 刘二妈在家么?"

回答总是使我们满意的,这些满意的回答一直把我们送到最远的、最高的刘家院子里,两只小狗最先走出来欢迎我们。

接着有人出来问了。一听说是我,便又出来了两个人,他们掌着灯把我们送进一个院子,到了一个靠东的窑洞里。这窑洞里面很空,靠窗的炕上堆得有我的铺盖卷和一口小皮箱,还有阿桂的一条被子。

他们里面有认识阿桂的,拉着她的手问长问短的,后来索性把

我在霞村的时候

37

阿桂拉出去了。我一个人留在这屋子里，只好整理铺盖。我刚要躺下去，她们又涌进来了。有一个青年媳妇托着一缸面条，阿桂、刘二妈和另外一个小姑娘拿着碗、筷和一碟子葱同辣椒，小姑娘又捧来一盆烧得红红的火。

她们殷勤地督促着我吃面，也摸我的两手、两臂。刘二妈和那媳妇也都坐上炕来了。她们露出一种神秘的神气，又接着谈讲着她们适才所谈到的一个问题。我先还以为她们所诧异的是我，慢慢我觉得不是这样的，她们只热心于一点，那就是她们谈话的内容。我只无头无尾地听见几句，也弄不清，尤其是刘二妈说话之中，常常要把声音压低，像怕什么人听见似的那么耳语着。阿桂已经完全变了，她仿佛满能干的，很爱说话，而且也能听人说话的样子，她表现出很能把握住别人说话的中心意思。另外两人不大说什么，不时也补充一两句，却那么聚精会神地听着，深怕遗漏去一个字似的。

忽然院子里发生一阵嘈杂的声音，不知有多少人在同时说话，也不知道闯进了多少人来。刘二妈几人慌慌张张地都爬下炕去往外跑，我也莫名其妙地跟着跑到外边去看。这时院子里实在完全黑了，有两个纸糊的红灯笼在人丛中摇晃，我挤到人堆里去瞧，什么也看不见，他们也是无所谓地在挤着而已，他们都想说什么，都又不说，只听见一些极简单的对话，而这些对话只有更把人弄糊涂的：

"玉娃，你也来了么？"

"看见没有？"

"看见了，我有些怕。"

"怕什么，不也是人么，更标致了呢。"

我开始以为是谁家要娶新娘子了，他们回答我不是的；我又以为是俘虏兵到了，却还不是的。我跟着人走到中间的窑门口，却见窑里挤得满满的是人，而且烟雾沉沉地看不清，我只好又退出来。人似乎也在慢慢地退去了，院子里空旷了许多。

我不能睡去，便在灯底下整理着小箱子，翻着那些练习簿、相片,又削着几支铅笔。我显得有些疲乏,却又感觉着一种新的生活要到来以前的那种昂奋。我分配着我的时间,我要从明天起遵守规定下来的生活秩序,这时却有一个男人嗓子在门外响起了:

"还没有睡么? ××同志。"

还没有等到我答应,这人便进来了,是一个二十岁左右的、还文雅的乡下人。

"莫主任的信我老早就看到了,这地方还比较安静,凡事放心,都有我,要什么尽管问刘二妈。莫主任说你要在这里住两个星期,行,要是住得还好,欢迎你多住一阵。我就住在邻院,下边的那几个窑,有事就叫这里的人找我。"

他不肯上炕来坐,地下又没有凳子,我便也跳下炕去:

"呵,你就是马同志,我给你的一个条子收到了么? 请坐下来谈谈吧。"

我知道他在这村子上负点责,是一个未毕业的初中学生。

"他们告诉我,你写了很多书,可惜我们这里没有买,我都没有见到。"他望了望炕上开着口的小箱子。

我们话题一转到这里的学习情形时,他便又说:"等你休息几天后,我们一定请你做一个报告;群众的也好,训练班的也好,总之,你一定得帮助我们,我们这里最难的工作便是'文化娱乐'。"

像这样的青年人我在前方看了很多很多,当刚刚接触他们的时候常常感到惊讶,觉得这些同自己有一点距离的青年们实在变得很快,我又把话拉回来。

"刚才,他们发生了什么事么?"

"刘大妈的女儿贞贞回来了。想不到她才了不起呢。"即刻我感到在他的眼睛里面多了一样东西,那里面放射着愉快的、热情的光辉。

我正要问下去时,他却又加上说明了:"她是从日本人那里回来的,她已经在那里干了一年多了。"

"呵!"我不禁也惊叫起来了。

他打算再告诉我一些什么时，外边有人在叫他了，他只好对我说明天他一定叫贞贞来找我。而且他还提起我注意似的，说贞贞那里"材料"一定很多的。

很晚阿桂才回来睡，她躺到床上老是翻来覆去地睡不着，不住地唉声叹气。我虽说已经疲倦到极点了，仍希望她能告诉我一些关于今晚上的事情。

"不，××同志！我不能说，我真难受，我明天告诉你吧，呵！我们女人真作孽呀！"于是她把被蒙着头，动也不动，也再没有叹息，我不知道她什么时候才睡着的。

第二天一早我到屋外去散步，不觉得就走到村子底下去了。我走进了一家杂货铺，一方面是休息，一方面买了他们很多枣子，是打算送给刘二妈家里煮稀饭吃的。那杂货铺老板听我说住在刘二妈家里，便挤着那双小眼睛，有趣地低声问我道：

"她那俀女儿你看见了么？听说病得连鼻子也没有了，那是给鬼子糟蹋的呀。"他又转过脸去朝站在里边门口的他的老婆说："亏她有脸面回家来，真是她爹刘福生的报应。"

"那娃儿向来就风风雪雪的，你没有看见她早前就在街上浪来浪去，她不是同夏大宝打得火热么？要不是夏大宝穷，她不老早就嫁给他了么？"那老婆子拉着衣角走了出来。

"谣言可多呢，"他转过脸来抢着又说。这次他的眼睛已不再眨动了，却做出一副正经的样子："听说起码一百个男人总'睡'过，哼，还做了日本官太太，这种缺德的婆娘，是不该让她回来的。"

我忍住了气，因为不愿同他吵，就走出来了。我并没有再看他，但我感觉到他又眯着那小眼睛很得意地望着我的背影。

走到天主堂转角的地方，又听到有两个打水的妇人在谈着，一个说：

"还找过陆神父，一定要做姑姑，陆神父问她理由，她不说，只哭，知道那里边闹的什么把戏，现在呢，弄得比破鞋还不如……"

另一个便又说："昨天他们告诉我，说走起路来一跛一跛的，唉,怎么好意思见人!"

"有人告诉我,说她手上还戴得有金戒指,是鬼子送的哪!"

"说是还到大同去过,很远的,见过一些世面,鬼子话也会说哪。"

这散步于我是不愉快的,我便走回家来了。这时阿桂已不在家,我就独自坐在窑洞里读一本小册子。

我把眼睛从书上抬起来,看见靠墙立着两个粮食篓子,那大约很有历史的吧,它的颜色同墙壁一般黑,我把一块活动的窗户纸掀开,看见一片灰色的天(已经不是昨天来时的天气了)和一片扫得很干净的土地,从那地的尽头,伸出几株枯枝的树,疏疏朗朗地划在那死寂的铅色的天上。

院子里没有什么人走动。

我又把小箱子打开,取出纸笔来写了两封信。怎么阿桂还没回来呢?我忘记她是有工作的,而且我以为她将与我住下去似的了。

冬天的日子本来是很短的,但这时我却以为它比夏天的还长呢。

后来我看见那小姑娘出来了,于是跳下炕到门外去招呼她,她只望着我笑了一笑,便跑到另外一个窑洞里去了。我在院子里走了两个圈,看见一只苍鹰飞到教堂的树林子里边去了。那院子里有很多大树。

我又在院子里走起来,走到靠右边的尽头,我听见有哭泣的声音,是一个女人,而且在压抑住自己,时时都在擤鼻涕。

我努力地排遣自己,思索着这次来的目的和计划,我一定要好好休养,而且按着自己规定的时间去生活。于是我又回到房子里来了,既然不能睡,而写笔记又是多么无聊呵!

幸好不久刘二妈来看我了,她一进来,那小姑娘跟着也来了,后来那媳妇也来了。她们都坐到我的炕上,围着一个小火盆。那小姑娘便察看着那小方炕桌上的我的用具。

"那时谁也顾不到谁,"刘二妈述说着一年半前鬼子打到霞村

41

来的事，"咱们住在山上的还好点，跑得快，村底下的人家有好些都没有跑走，也是命定下的，早不早迟不迟，这天咱们家的贞贞却跑到天主堂去了，后来才知道她是找那个外国神父要做姑姑去的，为的也是风声不好，她爹正在替她讲亲事，是西柳村一家米铺的小老板，年纪快三十了，填房，家道厚实，咱们都说好，就只贞贞自己不愿意，她向着她爹哭过。别的事她爹都能依她，就只这件事老头子不让，咱们老大又没儿，总企望把女儿许个好人家。谁知道贞贞却赌气跑到天主堂去了，就那一忽儿，落在火坑了哪，您说做娘老子的怎不伤心……"

"哭的是她的娘么？"

"就是她娘。"

"你的侄女儿呢？"

"侄女儿么，到底是年轻人，昨天回来哭了一场，今天又欢天喜地到会上去了，才十八岁呢。"

"听说做过日本人太太，真的么？"

"这就难说了，咱也摸不清，谣言自然是多得很，病是已经弄上身了，到那种地方，还保得住干净么？小老板的那头亲事，还不吹了，谁还肯要鬼子用过的女人！的的确确是有病，昨天晚上她自己也说了。她这一跑，真变了，她说起鬼子来就像说到家常便饭似的，才十八岁呢，已经一点也不害臊了。"

"夏大宝今天还来过呢，娘！"那媳妇悄声地说着，用探问的眼睛望着二妈。

"夏大宝是谁呢？"

"是村底下磨房里的一个小伙计，早先小的时候同咱们贞贞同过一年学，两个要好得很，可是他家穷，连咱们家也不如，他正经也不敢怎样的，偏偏咱们贞贞痴心痴意，总要去缠着他，一来又怪了他；要去做姑姑也还不是为了他？自从贞贞给日本鬼弄去后，他倒常来看看咱们老大两口子。起先咱们大爹一见他就气，有时骂他，他也不说什么，骂走了第二次又来，倒是一个有良心的孩子，现在自卫队当一个小排长呢。他今天又来了,好像向咱们大妈求亲来着呢,只听见她哭,后来他也哭着走了。"

"他知不知道你侄女儿的情形呢?"

"怎会不知道?这村子里就没有人不清楚,全比咱们自己还清楚呢。"

"娘,人都说夏大宝是个傻孩子呢。"

"嗯,这孩子总算有良心,咱是愿意这头亲事的。自从鬼子来后,谁还再是有钱的人呢?看老大两口子的口气,也是答应的。唉,要不是这孩子,谁肯来要呢?莫说有病,名声就实在够受了。"

"就是那个穿深蓝色短棉袄,戴一顶古铜色翻边毡帽的。"小姑娘闪着好奇的眼光,似乎也很了解这回事。

在我记忆里出现了这样一个人影:今天清晨我出外散步的时候,看见了这么一个年轻的小伙子,有着一副很机灵也很忠厚的面孔,他站在我们院子外边,却又并不打算走进来的样子;约莫当我回家时,又看他从后边的松林里走出来。我只以为是这院子里人或邻院的人,我那时并没有很注意他,现在想起来,倒觉得的确是一个短小精悍、很不坏的年轻人。

我的休养计划怕不能完成了,为什么我的思绪这样的乱?我并不着急于要见什么人,但我幻想中的故事是不断地增加着。

阿桂现出一副很明白我的神气,望着我笑了一下便走出去了。

我明白了她的意思,于是来回在炕上忙碌了一番;觉得我们的铺、灯、火都明亮了许多。我刚把茶缸子搁在火上的时候,果然阿桂已经回到门口了,我听见她后边还跟得有人。

"有客人来了,××同志!"阿桂还没有说完,便听见另外一个声音噗哧一笑:"嘻……"

在房门口我握住了这并不熟识的人的手了。她的手滚烫,使我不能不略微吃惊。她跟着阿桂爬上炕去时,在她的背上,长长地垂着一条发辫。

这间使我感到非常沉闷的窑洞,在这新来者的眼里,即很新鲜

43

似的,她用满有兴致的眼光环绕地探视着。她身子稍稍向后仰地坐在我的对面,两手分开撑住她坐的铺盖上,并不打算说什么话似的,最后把眼光安详地落在我的脸上了。阴影把她的眼睛画得很长,下巴很尖。虽在很浓厚的阴影之下的眼睛,那眼珠却被灯光和火光照得很明亮,就像两扇在夏天的野外屋宇里洞开的窗子,是那么坦白,没有尘垢。

我也不知道如何来开始我们的谈话,怎么能不碰着她的伤口,不会损害到她的自尊心。我便先从缸子里倒了一杯已经热了的茶。

"你是南方人吧?我猜你是的,你不像咱们省里的人。"倒是贞贞先说了。

"你见过很多南方人么?"我想最好随她高兴说什么我就跟着说什么。

"不,"她摇着头,仍旧盯着我瞧,"我只见过几个,总是有些不同。我喜欢你们那里人,南方的女人都能念很多很多的书,不像咱们,我愿意跟你学,你教我好么?"

我答应她之后忽的她又说了:"日本的女人也都会念很多很多书,那些鬼子兵都藏得有几封写得漂亮的信:有的是他们的婆姨来的,有的是相好来的,也有不认识的姑娘们写信给他们,还夹上一张照片,写了好些肉麻的话,也不知道她们是不是真心,总哄得那些鬼子当宝贝似的揣在怀里。"

"听说你会说日本话,是么?"

在她脸上轻微地闪露了一下羞赧的颜色,接着又很坦然地说下去:"时间太久了,跑来跑去一年多,多少就会了一点儿,懂得他们说话很有用处。"

"你跟着他们跑了很多地方么?"

"不是老跟着一个队伍跑的,人家总以为我做了鬼子官太太,享富贵荣华,实际我跑回来过两次,连现在这回是第三次了。后来我是被派去的,也是没有办法,我在那里熟,工作重要,一时又找不到别的人。现在他们不再派我去了,要替我治病。也好,我也挂牵

44

我的爹娘,回来看看他们。可是娘真没有办法,没有儿女是哭,有了儿女还是哭。"

"你一定吃了很多的苦吧。"

"她吃的苦真是想也想不到,"阿桂露出一副难受的样子,像要哭似的,"做了女人真倒霉,贞贞你再说吧。"她更挤拢去,紧靠她身边。

"苦么,"贞贞像回忆着一件辽远的事一样,"现在也说不清,有些是当时难受,于今想来也没有什么;有些是当时倒也马马虎虎地过去了,回想起来却实在伤心呢,一年多,日子也就过去了。这次一路回来,好些人都奇怪地望着我。就说这村子的人吧,都把我当一个外路人,有亲热我的,也有逃避我的。再说家里几个人吧,还不都一样,谁都偷偷地瞧我,没有人把我当原来的贞贞看了。我变了么,想来想去,我一点也没有变,要说,也就心变硬一点罢了。人在那种地方住过,不硬一点心肠还行么,也是因为没有办法,逼得那么做的哪!"

一点有病的样子也没有,她的脸色红润,声音清晰,不显得拘束,也不觉得粗野。她并不含一点夸张,也使人感觉不到她有什么牢骚,或是悲凉的意味,我忍不住要问到她的病了。

"人大约总是这样,哪怕到了更坏的地方,还不是只得这样,硬着头皮挺着腰肢过下去,难道死了不成?后来我同咱们自己人有了联系,就更不怕了。我看见日本鬼子吃败仗,游击队四处活动,人心一天天好起来,我想我吃点苦,也划得来,我总得找活路,还要活得有意思,除非万不得已。所以他们说要替我治病,我想也好,治了总好些。这几天病倒不觉得什么了,路过张家驿时,住了两天,他们替我打了两次药针,又给了一些药我吃。只有今年秋天的时候,那才厉害,人家说我肚子里面烂了,又赶上有一个消息要立刻送回来,找不到一个能代替的人,那晚上摸黑我一个人来回走了三十里,走一步,痛一步,只想坐着不走了。要是别的不关紧要的事我一定不走回去了,可是这不行哪,唉,又怕被鬼子认出来,又怕误了时间,后来整整睡了一个星期,才又拖着起了身。一条命要死好像也不大容易,你说是么?”

她并没有等我的答复,却又继续说下去了。

有的时候,她停顿下来,在这时间,她也望望我们,也许是在我们脸上找点反应,也许她只是思索着别的。看得出阿桂比贞贞显得更难受,阿桂大半的时候沉默着,有时说几句话,她说的话总只为的传达出她的无限的同情。但她沉默时,却更显得她为贞贞的话所震慑住了,她的灵魂被压抑,她感受了贞贞过去所受的那些苦难。

我以为那说话的人丝毫没有想到要博得别人的同情,纵是别人正为她分担了那些罪过,她似乎也没有感觉到,同时也正因为如此,就使人觉得更可同情了。如果她说起她这段历史的时候,并不是像现在这样,心平气和,甚至使你以为她是在说旁人那样,那是宁肯听她哭一场,哪怕你自己也陪着她哭,都是觉得好受些的。

后来阿桂倒哭了,贞贞反来劝她。我本有许多话准备同贞贞说的,也说不出口了,我愿意保持住我的沉默。当她走后,我强制自己在灯下读了一个钟头的书,连睡得那么邻近的阿桂,也不看她一眼,或问她一句,哪怕她老是翻来覆去地睡不着,一声一声地叹息着。

以后贞贞每天都来我这里闲谈,她不只是说她自己,也常常很好奇地问我许多那些不属于她的生活中的事。有时我的话说得很远,她便显得很吃力地听着,却是非常要听的。我们也一同走到村底下去,年轻人都对她很好;自然都是那些活动分子。但像杂货店老板那一类的人,总是铁青着脸孔,冷冷地望着我们,他们嫌厌她,鄙视她,而且连我也当着不是同类的人的样子看待了。尤其那一些妇女们,因为有了她才发生对自己的崇敬,才看出自己的圣洁来,因为自己没有被敌人强奸而骄傲了。

阿桂走了之后,我们的关系就更密切了,谁都不能缺少谁似的,一忽儿不见就会彼此挂念。我喜欢那种有热情的,有血肉的,有快乐、有忧愁、又有明朗的性格的人;而她就正是这样。我们的闲谈常常占去了很多时间，我总以为那些谈天，于我的学习和修养，就是非常有帮助的。可是日子一天天过去，贞贞对我并不完全坦白的事，竟被我发觉了；但我绝不会对她有一丝怨恨，而且我将永远不去触她这秘密，每个人一定有着某些最不愿告诉人的东西深埋在心中，这是指属于私人感情的事，既与旁人毫无关系，也不会关系于她个人的道德。

到了我快走的那几天，贞贞忽然显得很烦躁，并没有什么事，也不像打算要同我谈什么的，却很频繁地到我屋里来，总是心神不宁的，坐立不安的，一会儿又走了。我知道她这几天吃得很少，甚至常常不吃东西。我问过她的病，我清楚她现在所担受的烦扰，绝不只是肉体上的。她来了，有时还说几句毫无次序的话；有时似乎要求我说一点什么，做出一副要听的神气。但我也看得出她在想一些别的，那些不愿让人知道的，她是正在掩饰着这种心情，装出无所谓的样子。

有两次，我看见那显得很精悍的年轻小伙子从贞贞母亲的窑中出来，我曾把他给我的印象和贞贞一道比较，我以为我非常同情他，尤其当现在的贞贞被很多人糟蹋过，染上了不名誉的、难医的病症的时候，他还能耐心地来看她，向她的父母提出要求，他不嫌弃她，不怕别人笑骂。他一定觉得她这时更需要他，他明白一个男子在这样的时候对他相好的女人所应有的气概和责任。而贞贞呢，虽说在短短的时间中，找不出她有很多的伤感和怨恨，她从没有表示过她希望有一个男子来要她，或者就说是抚慰吧；但我也以为因为她是受过伤的，正因为她受伤太重，所以才养成她现在的强硬，她就有了一种无所求于人的样子。可是如果有些爱抚，非一般同情可比的怜惜，去温暖她的灵魂是好的。我喜欢她能哭一次，找到一个可以哭的地方去哭一次。我希望我有机会吃到这家人的喜酒，至少我也愿意听到一个喜讯再离开。

"然而贞贞在想着一些什么呢？这是不会拖延好久，也不应成为问题的。"我这样想着，也就不多去思索了。

刘二妈,她的小媳妇、小姑娘也来过我房了,估计她们的目的,无非想来报告些什么,有时也说一两句。但我总不给她们说话的机会,我以为凡是属于我朋友的事,如若朋友不告诉我,我又不直接问她,却在旁人那里去打听,是有损害于我的朋友和我自己,也是有损害于我们的友谊的。

就在那天黄昏,院子里又热闹起来了,人都聚集在那里走来走去,邻舍的人全来了,他们交头接耳,有的显得悲戚,也有的满感兴趣的样子。天气很冷,他们好奇的心却很热,他们在严寒底下耸着肩,弓着腰,拢着手,他们吹着气,在院子中你看我,我看你,好像在探索着很有趣的事似的。

开始我听见刘大妈的房子里有吵闹的声音,接着刘大妈哭了。后来还有男人哭的声音,我想是贞贞的父亲吧。接着又有摔碗的声音,我忍不住,分开看热闹的人冲进去了。

“你来得很好,你劝劝咱们贞贞吧。”刘二妈把我扯到里边去。

贞贞把脸藏在一头纷乱的长发里,望得见两颗狰狰的眼睛从里边望着众人。我走到她旁边便站住了。她似乎并没有感觉我的到来,或者也把我当作一个毫不足介意的敌人之一罢了。她的样子完全变了,几乎使我不能在她的身上回想起一点点那些曾属于她的洒脱、明朗、愉快,她像一个被困的野兽,她像一个复仇的女神,她憎恨着谁呢,为什么要做出那么一副残酷的样子?

“你就这样的狠心,全不为娘老子着想,你全不想想这一年多来我为你受的罪……”刘大妈在炕上一边捶着一边骂,她的眼泪像雨点一样,有的落在炕上,有的落在地上,还有的就顺着脸往下流。

有好几个女人围着她,扯着她,她们不准她下炕来。我以为一个人当失去了自尊心,一任她的性情疯狂下去的时候,真是可怕。我想告诉她,你这样哭是没有用的,同时我也明白在这时是无论什么话都不会有效的。

老头子显得很衰老的样子,他垂着两手,叹着气。夏大宝坐在他旁边,用无可奈何的眼光望着两个老人。

"你总得说一句呀,你就不可怜可怜你的娘么?……"

"路走到尽头总要转弯的,水流到尽头也要转弯的,你就没有一点弯转么?何苦来呢?……"

一些女人们就这样劝贞贞。

我看出这事是不会如大家所希望的了。贞贞早已表示不要任何人可怜她,她也不可怜任何人。她是早已决定,没有转弯的,要说赌气,就算赌气吧。她现在是咬紧了牙关要坚持下去的神情。

她们听了我的劝告,让贞贞到我的房里边去休息,一切问题到晚上再谈。于是我便领着贞贞出来了。可是她并没有到我的房中去,她向后山上跑了。

"这娃儿心事大呢!"

"哼,瞧不起咱乡下人了……"

"这种破铜烂铁,还搭臭架子,活该夏大宝倒霉……"

聚集在院子中的人们纷纷议论着,看看已经没有什么好看的了,便也散去了。

我在院子中踌躇了一会,便决计到后山去。山上有些坟堆,坟周围都是松树,坟前边有些断了的石碑,一个人影也没有,连落叶的声音都没有。我从这边穿到那边,我叫着贞贞的名字,似乎有点回声,来安慰一下我的寂寞,但随即更显得万山的沉静。天边的红霞已经退尽了,四周围浮上一层寂静的、烟似的轻雾,绵延在远近的山的腰边。我焦急,我颓然坐在一块碑上,我盘旋着一个问题:再上山去呢,还是在这里等她呢?我希望我能替她分担些痛苦。

我看见一个影子从底下上来了,很快我便认出就是夏大宝。我不作声,希望他没有看见我,让他直到上面去吧。但是他却在朝我走来。

"你找了么?我到现在还没有看见她。"我不得不向他打个招呼。

他走到我面前,就在枯草地上坐下去。他沉默着,眼望着远方。

我微微有些局促。他的确还很年轻呢,他有两条细细的长眉,

49

他的眼很大,现在却显得很呆板,他的小小的嘴紧闭着,也许在从前是很有趣的,但现在只充满着烦恼,压抑住痛苦的样子,他的鼻是很忠厚的,然而却有什么用?

"不要难受,也许明天就好了,今天晚上我定要劝她。"我只好安慰他。

"明天,明天……她永远都会恨我的,我知道她恨我……"他的声音稍稍地有点儿哑,是一个沉郁的低音。

"不,她从没有向我表示过对人有什么恨。"我搜索着我的记忆,我并没有撒谎。

"她不会对你说的,她不会对任何人说的,她到死都不饶恕我的。"

"为什么她要恨你呢?"

"当然啰……"忽的他把脸朝着我,注视着我,"你说,我那时不过是一个穷小子,我能拐着她逃跑么?是不是我的罪?是么?"

他并没有等到我的答复就又说下去了,几乎是自语:"是我不好,还能说是我对么,难道不是我害了她么?假如我能像她那样有胆子,她是不会……"

"她的性格我懂得,她永远都要恨我的。你说,我应该怎样?她愿意我怎样?我如何能使她快乐?我这命是不值什么的,我在她面前也还有点用处么?你能告诉我么?我简直不知我应该怎样才好,唉,这日子真难受呀!还不如让鬼子抓去……"他不断地喃喃下去。

当我邀他一道回家去的时候,他站起来同我走了几步,却又停住了,他说他听见山上有声音。我只好鼓励他上山去,我直望到他的影子没入更厚的松林中去,才踏上回去的路,天色已经快要全黑了。

这天晚上我虽然睡得很迟,却没有得着什么消息,不知道他们怎样过的。

等不到吃早饭,我把行李都收拾好了。马同志答应今天来替我搬家。我准备回政治部去，并且回到延安去；因为敌人又要大举"扫荡"了，我的身体不准许我再留在这里，莫主任说无论如何要先把这些伤病员送走。我的心却有些空荡荡的，坚持着不回去么？身体又累着别人；回去么？何时再来呢？我正坐在我的铺上沉思着的时候，我觉得有人悄悄地走进我的窑洞。

她一耸身跳上炕来坐在我的对面了，我看见贞贞脸上稍稍地有点浮肿，我去握着那只伸在火上的手，那种特别使我感觉刺激的烫热又使我不安了，我意识到她有着不轻的病症。

"贞贞！我要走了，我们不知何时再能相会，我希望，你能听你娘……"

"我就是来告诉你的，"她一下就打断了我的话，"我明天也要动身了。我恨不得早一天离开这家。"

"真的么？"

"真的！"在她的脸上那种特有的明朗又显出来了。"他们叫我回……去治病。"

"呵！"我想我们也许要同道的，"你娘知道了么？"

"不，还不知道，只说治病，病好了再回来，她一定肯放我走的，在家里不是也没有好处么？"

我觉得她今天显得稀有的平静。我想起头天晚上夏大宝说的话了。我冒昧地便问她道：

"你的婚姻问题解决了么？"

"解决，不就是那么么？"

"是听娘的话么？"我还不敢说出我对她的希望，我不愿想着那年轻人所给我的印象，我希望那年轻人有快乐的一天。

"听她们的话，我为什么要听她们的话，她们听过我的话么？"

"那么，你果真是和她们赌气么？"

"……"

"那么……你真的恨夏大宝么？"

她半天没有回答我，后来她说了，说得更为平静的："恨他，我

51

也说不上。我觉得我已经是一个有病的人了,我的确被很多鬼子糟蹋过,到底是多少,我也记不清了,总之,是一个不干净的人了。既然已经有了缺憾,就不想再有福气,我觉得活在不认识的人面前,忙忙碌碌的,比活在家里,比活在有亲人的地方好些。这次他们既然答应送我到延安去治病,那我就想留在那里学习,听说那里是大地方,学校多;什么人都可以学习的。大家扯在一堆并不会怎样好,那就还是分开,各奔各的前程。我这样打算是为了我自己;也为了旁人,所以我并不觉得有什么对不住人的地方,也没有什么高兴的地方。而且我想,到了延安,还另有一番新的气象。我还可以再重新做一个人,人也不一定就只是爹娘的,或自己的。别人说我年轻,见识短,脾气别扭,我也不辩,有些事情哪能让人人都知道呢?"

我觉得非常惊诧,新的东西又在她身上表现出来了。我觉得她的话的确值得我们研究,我当时只能说出我赞成她的打算的话。

我走的时候,她的家属在那里送我,只有她到公所里去了,也再没有看见夏大宝。我心里并没有难受,我仿佛看见了她的光明的前途,明天我将又见着她的,定会见着她的,而且还有好一阵时日我们不会分开了。果然,一走出她家的门,马同志便告诉了我关于她的决定,证实了她早上告诉我的话很快便会实现了。

一九四〇年

选自《丁玲全集》,河北人民出版社 2001 年

◇ 陈学昭

　　陈学昭(1906—1991)，原名陈淑英，浙江海宁人。曾参加浅草社、语丝社等文学团体，1927年赴法国留学。曾在《时事新报》《浅草旬刊》《妇女杂志》《新女性》《语丝》《京报副刊》《晨报副刊》《文学周报》《申报·自由谈》等报刊上发表散文和诗。1935年获法国克莱蒙大学文学博士学位。回国后，曾任延安《解放日报》副刊编辑、《东北日报》副刊主编、浙江大学教授、浙江省文联副主席、浙江省作协名誉主席。作品有长篇小说《工作着是美丽的》《春茶》，诗集《纪念的日子》，散文集《倦旅》《寸草心》，文学回忆录《天涯归客》《如水年华》，短篇小说集《新柜中缘》。译有中篇小说《阿细雅》等。

理想的爱情

　　我认识他，是在我到巴黎的次日，六月的最后一天。我的亲戚郭老先生请吃饭，邀来一男一女的陪客。在去饭店的路上，亲戚对我说："明天我要动身去英国，给你介绍两个朋友，杨夫人和李先生，如果购买日常用品，缝衣服等等，可以请教杨夫人；找学校搬家等等，可以请李先生帮助，这是一位极有学问，极有教养，品性和道德都使人钦敬的难得的人，可以和他做朋友。"我的亲戚对于这两位的优点介绍得很多。

　　亲戚领着我先到饭店，不久杨夫人也来了，李先生最后到来。

　　"这位是李先生，这位是李小姐，"亲戚开始介绍，"呀！说起来你们还是同乡，而且又是同姓。"我们握了手，李先生坐到我对面，那个特地为他留着的座位里。

　　在整个吃饭的时间，他没有抬起头来看我一眼，他总是俯着头，望着桌子；他也几乎没有说什么话，当郭老先生和杨夫人问到他什么时，他也只是用最简单的字句来回答。我倒不是因了郭老先生在我面前对于他的种种恭维，也不是他那些被一般人夸耀着的资格，他在香港大学的关于经济学方面的论文，曾被转载在欧洲的好几种经济学杂志上，认为是难得的著作，那里面有关于香港近百年来的经济状况，是完整而宝贵的材料。可是在一个月以前，他突然离开英国的牛津大学，来到巴黎，一边补习法文，一边考入巴黎大学理科，致力于物理学的研究……这些并不使我觉得好奇，我正在一个狂妄的年龄，除了我自己的前途、我的学业，什么人也不能够引得我注意的。

可是，我倒是第一次的，被他那种严肃的、谦虚的、沉默而深不可测的神态所吸引，真的，直到那时，我没有遇见过这样的男子，甚至后来，我也没有遇见过。他的相貌并不是什么出奇的高大，或雄伟，他是个中等个子，小圆而略带方的面孔，比较深色的皮肤；只是他那眼睛是异常的黑而深沉，和那抿得紧紧的嘴巴，有一种猜不透的东西在似的。

"为什么终不看我一眼呢？难道我面孔上有什么可怕的疮疤么？难道我是这么一个可憎恶的人么？"这是我第一个念头，接着我又想："难道你是为你的学问、你的品德而骄傲么？好罢，我要拿更大的骄傲来回答你。"

二十二岁，多么狂妄，目空一切，无知和骄傲的年龄呵！我呢，正是在这个情形里。

吃完饭，我们一同走出饭店，在饭店门口，郭老先生要我和李先生交换了通讯处，并当面嘱咐着：有事写信给李先生，请李先生帮助。我和李先生都答应着。然后，李先生谦恭地向我们告辞而去。

自然我没有写信给他，也没有去找他帮助任何一件事情，可是我们几乎天天在日内维哀佛教堂附近碰见：他上理科，我上音乐院去；他从理科，我从音乐院回来；如果来不及往先贤祠旁的小路转过去，那么他俯下头，望着马路；我呢，昂起头，望着天空，彼此快快地走过。如果两个人预先都没有看见，突然对方出现在面前：多么大的灾难呵！心慌意乱地好像受了意外的袭击。

四个月后，我的亲戚从英国回来了，这时候杨夫人已经回国；郭老先生请我和李先生又在一起吃饭。李和我，我们好像认识又像不认识似的，不说一句话，却是招呼着，淡淡地握了手。他还是坐在我对面，不看我一眼，很少说话。也许在我亲戚的想象里，这四个月中，我和李先生已经比较熟识了，可是我们间的真实情形，李没有对他说，我也没有对他说。

在这一次聚会之后，我的亲戚因事往瑞士去了。李先生和我还

理想的爱情

是天天在日内维哀佛教堂前碰见,彼此避不招呼,一切都和第一次会面后一样。

有一个偶然的误会加深了我对他的反感:这简直是鬼使神差所造成的遗憾事情。有一次,收到国内表兄寄给我的一本杂志,看见上面有一篇报道法国风俗人情以及中国留学生的一些情形的文字,里面所写和事实的真实有出入的地方。我在回答表兄的信里,写了我的意见,谁知表兄把我的信抄下来投到一家报纸,发表出来。巴黎的同学中有不少反对我这封信的,而据说李是有力的反对者之一。我那封信写得有毛病,那是一封私人的随便的通信,所谈的意见太笼统而不够具体,犯了众怒,也是理所当然。可是,人们是多么地爱利用别人的弱点来施以攻击呵! 我感慨。

在这种心情下,我自然更不愿碰见他,但是如果有一天不碰见他,我却又要想到他,总之,这个人的存在,而且分明知道他就住在同一个区里——第五区,简直成为我一件悬挂着不忘的心事:我从不向任何人探听关于他的种种,可是当别人谈到他时,我是竖起一双耳朵,偷偷地怀着极大的兴趣来听的。

"李在上个星期天到波洛业森林里划船去了。"同学中有人在谈到他怎样过他的星期天,我就想:"他同了谁去的? 有哪几个女同学一道去?""现在李也欢喜音乐起来了,大歌剧院每换一个新的歌剧,他总是去的。"另一个同学说。我又想:"他交了一个学音乐的朋友了,是谁呢?"

可是,他没有女朋友,没有情人,他根本没有爱情,他从来总是独个人,望见了我,就像对付一个最憎恨最厌恶的人,悄悄地往小路里转进去了。

为什么呢,为什么他不找女朋友呢? 他应该结婚,至少应该恋爱,应该准备将来结婚,可是他没有,什么也没有,这简直是怪事,是神秘的事,简直使我很不放心似的;可是有些女同学对他怀有幻想,希望和他接近。他呢,对谁也不理睬,女同学中有的开始在背后骂起他来了,也许是由于一种接近不到的绝望所产生的恶感。

我仿佛盼望他恋爱，盼望他结婚，我觉得只要他一结婚，我就可以从他那生活的伴侣上来估计他的价值，发现他的弱点，来认识他，来憎恶他。

下年春天，有一个亲戚从意大利来；另一个亲戚从祖国来，他们俩本是好朋友，这时同住在一个旅馆的一间房间里，约我去看他们。午后三时，当我走进他们的房间，从祖国出来的亲戚领我到窗口，一边请我坐，一边说："李先生，李小姐，我替您们介绍。"从靠窗的沙发里立起来，正是他！"我们认识的！"他温和地轻声地说，好像自语一般，带着微笑，可是面红了。他伸出手，我们握手。我在李对面的沙发上坐下，我翘首望着窗外，他俯首望着地板。

"我们认识的！"这是他对我说的唯一的这么一句话。

不久，我患轻的肺结核，离开巴黎，在瑞士的山里，像一个苦行僧一样，寂寞而孤独地度过了四年。我原可以回国养病，但怕这一回国，我的母亲和哥哥再不许我出国了；当我重新回到巴黎，继续我的学业时，一个同乡，是李的同学告诉我说李已经死了："他死得很惨，神志一直很清楚，他说只有一件事情没有处理好，使他非常懊悔，懊悔没有对你讲出他很久想讲的话……"

好像谁在我心上痛击了一下，我的心狠狠地痛了，差不多我想哭了。

可是，我又好像完却了一件心事，从前我常常被这些问题烦恼着："他爱谁？他结婚了么？"仿佛如果他爱了一个并不为我所尊敬的女子时，对我是一个侮辱；而如果他要是幸福，我将多么嫉妒！现在，却是那柔软得像丝一样的苦痛代替了那些烦恼的问题萦绕着我的心。唉！人是多么自私呵！

情感是微妙的，有时我们真的很难用什么道理或理智来判断或说明它，离我认识李的日子到今恰恰满二十年了，这二十年来，我遇到过不少的男子，但是从来没有一个能使我动摇过对李的情感，仿佛年代愈久，这个人的特点和轮廓，在我的脑子里愈来愈明确，愈来愈理想化了，他的影子不时清楚地到我眼前来，"我们认识

理想的爱情

的，"这话仿佛还在我耳朵边响着。

我想到三十四岁的年龄，走到人生的半途就倒下了，不管在事业方面，在私生活方面，他都没有得到一点点的恰意，为他深深地悼惜。可是我对自己的情感的处理，却也感到满意，我看到许多童年时代的女同学，有不少在二十岁起连续不断地演着喜悲剧：恋爱、结婚、离婚、恋爱、结婚、离婚……在我们那个充满了封建主义和军国主义的中国旧社会里，她们循环不已地像一件破旧的衣服被男子抛掉又拾起，拾起又抛掉。我是一个笨拙的人，如果没有这一情感支持我，我的遭遇会比任何女人更坏。呵！尽管人们说我是一个不现实的女人，有什么关系呢？有爱自然是顶好；但我以为何必一定要强不爱为爱呢？如果找不到自己所爱的？是的，这是一个理想的爱情，但这个情感起的作用却是好的、现实的，并不妨碍我做实际的工作，恰恰相反，它对我总是起着一些鼓励的鞭策作用，抗战救了我，结束了我半生的小姐生活。我常想，要把工作做得更好又更好，仿佛李还活着，在再见到他的时候，我们不仅要谈那年轻时光的爱情，还要谈我们各人的工作……

一九四七年六月

选自《新柜中缘》，光华书店 1948 年

新柜中缘

　　当敌人的铁蹄伸进桑干河的两岸时,在已经建立民主政权的远近村庄上的居民,除了民兵,负担着任务外,大半都往山里跑去,他们把粮食带走,不能或来不及带走的东西,都坚壁起来了。

　　李老汉十八岁的女儿金妮在炕边把洋芋一大把一大把地塞到一只麻袋里去。

　　"忙什么? 看你这个样子!"父亲叱责的口吻说,"你们胆小的都走罢! 我是要留着看家的。"

　　金妮受着父亲的叱责,手抚着麻袋口,抬起头来,望着坐在炕上的父亲,用劲地正抽着一支板烟,两颊深深地凹进去,板烟在烟斗里发出吱吱的声音。往常,她是看惯了这一个神气的:这个表示不高兴和不满意她的神气,不由得放下了麻袋,站起身来,带着畏怯,可是说:"爸,村长叫把不能带走的东西都收拾起来藏好呢!"

　　"说是这么说,你想人家都会家家这样做么?"李老汉有点顽固,他从来只相信自己。

　　"人家是那么做的,我看见宝儿和妞儿家都收拾起了。"金妮说。宝儿和妞儿家是金妮家的邻居。

　　"我是说你们走罢,我要留着看家。"老头子重复他的话,显得是那么的坚决。

　　父亲的意志,从来是不可能打一点折扣的,自从十一岁那年春天,母亲过世以后,她和比她大三岁的哥哥,就得长年忍受这个父亲的执拗、怪僻、吝啬和易怒的脾气,没有任何人的缓冲;但是做男人家毕竟自由和利爽得多，金妮想到她的哥哥，充满了羡慕的心思。她想起那一天傍晚，父亲为着一点不顺遂的事，叱骂哥哥，哥哥在奋激的情感里竟和父亲斗起嘴来，父亲从门角里拿起一根磨子上的木棒往儿子的头上打去，儿子跑掉了，走了，从此再没有回来。可是，金妮是曾经见过她的哥哥的，那一天，八路军的一个游击支队经过村里，黄昏时，日落西山，她去关猪圈的门，从泥墙边转出了哥哥，"金妮"，他喊她。她看见她哥哥穿着一套全新的灰布军装，肩着一支三八式步枪，他笑微微地站着，黝黑的面孔上发着光。他一点也没有懊悔离开家的样子，不，他恰恰是显得那么有精神，那么的快乐。但是金妮，她什么话也说不出来，只用那青布的衣裳角揩着眼睛。

"回去罢！别又惹那老头子的骂了！"这是哥哥临走时说的话。

村里十四岁以上的女孩子，差不多个个是有了人家的，只有金妮，到了十八岁还没有定，虽然年轻的小伙子们看中金妮那一对黑沉沉的大眼睛，黝黑而整齐的面孔，健康的体格，像一头小母牛似的能够操作，再加上一点嫁妆，因为大家知道李老汉是有积蓄的，只有一男一女；虽然有这许多引诱，大家却都被那老头子的不容易招惹而退却了。现在战争来了，谁也顾不上这种事情了，兵荒马乱，女人只不过使人们觉得无用和累赘；在战争的时候，只有女人需要男人种种的帮助，男人找着女人不过增加麻烦，金妮的命运就更加难得说了。

李老汉有着自己的打算，他想每次坚壁，敌人都没有来，这次可又会白忙一阵，就是敌人来，要跑也来得及，敌人在周围村庄的袭击，杀人放火，拉走牛、羊，抢走粮食，他也是知道的，但是他存着一个侥幸的心，他想有那么多人家，难道偏偏碰上他家不成，再看看这一排三间房子，小麦、洋芋和三缸酸菜，越加觉得"在家千日好，出门一时难"，到哪里都是及不上自己家里的方便。

晚间，李老汉坐在炕上，慢慢地数着他积了二三十年的几十元白洋，一、二、三、四……银洋发出那清脆而尖锐的声响。每天晚间,他必定要把它们数一遍,这是一个严肃的时刻,谁也不许走到他的炕前去,便是金妮也是不许可的。

"嘡!嘡!嘡!"村口打着紧急的锣声,这是通报敌人出来,有情况的记号。

李老汉赶紧收拾他的银洋,一边喊:"金妮!"

金妮没有回声,刚才他被父亲打发出来,在妞儿家门口和妞儿聊天呢。

人声、狗叫声、皮靴声、枪声,奔袭的敌人已经进了村。

金妮躲进一个放在猪圈边的破旧柜子里,刚进去一忽儿,另有一人来揭开柜子盖,她吓得直哆嗦,以为是鬼子来了,谁知那揭盖的人也躲了进来,两个人卷缩地坐在柜子里,彼此都屏住声息,不敢透一口大气。

敌人从村东头进来,在他们蹄印经过的地方,叫喊声和哭声跟着起来;但是,敌人的算盘没有打得好,村里大多数人家都已坚壁得很好,只有少数像李老汉这样的人家,在家里还留有食粮,敌人看看拿不到什么东西,很是怂恼,门、窗、板、炕随便地用枪托刺刀乱打乱挑,有三个敌人走进李老汉的房子,看见那三缸不容易带走的酸菜,正在没有办法,走进一个敌人,提了一罐煤油,他倒在李老汉炕上的一条被子上,一根洋火,就着了。

附近山上的游击队望见村庄上的烟,同时得到村里民兵来报消息,知道敌人出来突然袭击,游击队四面八方迎上敌人来,敌人跑出村外,逃向据点里去。

李老汉躲在房子前面磨子边的一堆干草里,听到喊"起火了!起火了",钻出头来一看,火正从自己的房子里冒出来。老汉爬出草堆,冒着烟,走进自己的屋子,可是他立刻想起金妮来了,大声地喊叫金妮。

金妮听到父亲的喊声,从柜子里爬出来,在她的后面,跟着爬出了一个八路军的工作人员。这是一个病号,本来是安置在村长家里的,没有来得及转移,他顾念到村长一家的生命,可是在紧张中他

新柜中缘

不知道躲到哪里好,看见一个破旧柜子,就躲了进去。

村里人和八路军病号大家帮李老汉救火,好容易把火救熄了,那晚偏偏刮着大风,烧得李老汉的三间房子只剩了一间,而且连这一间也是不完整的了。

老汉又急又恨又心痛,一肚子气正不知往哪里出,突然看见金妮一声不响地站在他面前,就连哭带骂地指着女儿:

"不要脸的贱货!怪不得叫她半天没听见回声!"老汉愈骂愈加气上头来。

"滚!给我滚!"

年轻的八路军工作同志本来已经要转身向村长家里走去,听到"滚!给我滚"的骂声,不觉停了脚步,回过头来,看见女孩子正睁大着两只眼睛,忿恼的脸色望着她的父亲,他也就懂得了。

"老人家,你不要误会了……"八路军工作同志走拢来,开始向老汉进行解释和劝慰,可是金妮飞也似的向村外的路上跑去了。

那天夜里,李老汉坐在他那烧剩的一间房子里,悔恨和悲伤,女儿是自己骂走的,儿子是自己打走的,现在是连可以打骂的人也没有了。敌人,可恶的敌人把房子烧成这样,还有什么好日子过!难怪年轻小伙子都要去打敌人,不打走敌人哪里会有好日子过,八路军早是那么说过的!真对!

下一天早晨,有一个五十岁左右的老汉找到这一乡的民兵小组队长,他带着羞怯,可是坚决的口吻请求允许他参加民兵小组。队长劝他回去,说,年纪大了,保卫家乡有年轻人呢,但是老汉不肯往回走,悄悄地流起泪来了。有几个常往各村走动的民兵认出了这个老汉,彼此用惊奇的口吻说着:"怎么啦!这是李老汉!"

金妮自从那晚出走,径去村妇救会,妇救会主任起初劝她回家,但她坚执不愿,这样,几天后,把她送到县妇女纺织训练班,她聪明,求上进的心也很切,无论在技术上、政治上、文化上,进步都很快,后来,就留在县里帮县妇救会下乡做工作。她到哪一个乡去帮助工作,哪个乡的妇女就任务完成得快。她自己就是一个勤俭、刻苦、劳动的女人，也就很自然地起着示范的作用。

　　在那个时间里，由于工作上的某些联系，她认识了武委会的一个干事，他是一个还不到三十岁的却颇有见解的男同志。起初，同志们看见他们接近时，偶尔在她面前说一二句玩笑，谁知后来高同志真的直截了当地提出了问题，请金妮考虑。并且出乎金妮意料之外的，高同志和她说："我早就认识你了。"金妮带着怀疑和惊恐，不知道怎样来处理高同志所提出的问题，想到对方是个老革命，而自己是一个离开家庭不久，没有很多文化的女子；又不晓得爸爸和哥哥的意见。高同志似乎了解到她的心情，对她说："你有时间考虑的。"

　　接着，在更久和更多时间的接近中，金妮和高同志间的了解更为深刻了，金妮才相信事情的发展结果是应当这样的，因而做了决定。

一九四五年十月

选自《新柜中缘》，光华书店 1948 年

新柜中缘

◇沉樱

沉樱（1907—1988），原名陈瑛，山东省潍县（今潍坊市）人。1925 年考入上海大学中文系，开始文学创作。两年后转入复旦大学。1929 年短篇小说《欲》在《北新》半月刊发表。出版了《喜筵之后》《夜阑》《某少女》《一个女作家》《女性》。1934 年赴日本专攻日本文学，1935 年回国。1946 年任上海实验戏剧学校教员，1947年任复旦大学中文系教授。1949 年赴台湾，从事教育工作。译有《一个陌生女子的来信》等。

喜筵之后

　　这生活像缚着身体的锁链,又像咬着心灵的毒蛇,茜华近来常这样感觉着。生活并非困苦,只是寂寞,寂寞的生活使茜华的心无不在承受着苦痛。

　　近来男人时常出去,茜华整日孤独地留在家里的时候就非常之多,在这些时候,因了现实的黯淡,心情随之异常消沉。坐在那里,眼睛说不定注视着什么东西,便凝住了,呈现种种幻想,可是这幻想再不复是往昔少女时代那样美丽,而种种的过去现在及将来,在忆想中形成一个灰色的圈子,把自己紧紧地围住,这样,灰色的四周就愈来愈加浓厚,像向着黑暗的深渊陷去似的,想摆脱都不可能,直到等待着的男人在晚间归来了,这才似乎将她从其中救出,那些灰色的幻想暂时消去。

　　几天之前的一晚,和从外面归来的男人对坐在火炉旁边,彼此望着炉内的火在沉默着。这时,茜华忽然很寂寞的样子,并不对着谁似的自己喃喃地说着:

　　"现在真寂寞死了,连一个朋友都没有。"

　　"密司胡呢?"男人作着表示同情的样子。

　　"给她过两封信都没有见回信,她现在什么地方都不知道。"茜华一面说,一面对这唯一的好友怅然地眷念着。

　　在恋爱的狂热中,任何亲近的朋友也无意地疏远起来,及至从这爱情的梦中醒来,就又狂热地追念起那隔绝了的友人。恋爱的欢情是飞也似的全无痕迹地消去了,淡漠、愁苦却永远地留住,在这情况中眷念起旧日的好友,似乎是想对之倾吐一下自己的难言的悲苦,但实际上茜华是绝无这样的意思,既是难言的悲苦,就要抱着决心自己默默地忍受,任是怎样的好友,也不想对之诉苦。

男人出去时,是这样被孤寂压着;但即使在家,看了那冷淡的颜色,也只有更加感着悲哀。

这男人现在对自己是连普通的夫妇的感情都没有;每日早晚在家的时候,彼此也只是板着脸相对,除了必须回答的几句话之外,很少交谈。有时男人高兴了,便说几句刻毒的取笑她的话。譬如看见她不时在发呆的样子,故意注视一会,忽然笑了说:

"呀,你的脸快成了大理石的雕像了!"

茜华对此总是苦涩地勉强地一笑,男人看见这样子有时就更以为有趣地再取笑着,有时是不耐烦地把脸转向一旁去表示着厌恶。

男人近来正向别的女性追求,茜华是知道的,而男人自己公然承认着,好像是说:"就是又爱了别的女人,你能怎样?!"明白地表示着欺侮! 有时或者取笑地说:"怎么这样不伟大呵!"

茜华近来什么话也不想说,抱着决心要向这悲哀沉默地消沉去。

在这冷酷的待遇之下,茜华对于男人仍然热烈地爱着:是自己也莫名其妙的事实。

一天在男人又出去了的时候,接到一张姓吴的朋友的请柬,上面写着两个人的名字,那一个是这姓吴的爱人,请柬上虽然没有结婚的字样,但这筵会,无疑的是婚筵,这姓吴的并非是怎样至好的朋友,但这请柬给了她很大的欢喜,是想到在这筵席上可以会见一些隔绝了的旧友,尤其是密司胡。

暗淡的心情暂时活泼起来,将那请柬不时拿起看着,同时似乎比往日更急切地在等待男人归来。

"明天有人请我吃喜酒呢!"男人刚从外面回来,茜华便高高兴兴对他这样说。

"是谁?"男人随便地问着,拿起桌上的请柬来看。对于那姓吴的虽然听说过，却并不认识，把请柬放下后，仍是随便地问着："你去吗？"

"想去呢！"不知为什么在"去"字上面加了个"想"字，说了后，茜华觉到连那声调也颇为柔弱的可怜。

"这有什么意思？"男人说了，便全不在意地去做别的事。

茜华先刻的活泼的心情立即消失了！

第二日男人又要出去的时候，茜华喃喃地说着：

"今晚我要去吃喜酒的，你什么时候回来？"

"真要去吗？有什么意思？晚上家里没有人，怎么行！"说话时的眼光冷冷地望着她，她在说了前头一句话时，像预料到这回答，早就黯然地低着头。

"我是因为要见密司胡，想到那里或者能遇到她。"想到自己近来被寂寞的生活快要压毙了的情况，他并非不知道，遇到这偶然的可以消遣一下的机会，以为他一定也很替自己欢喜地愿意自己去，但想不到他竟是这样子，并且几乎是把自己看作是应该将在家看门为责任的人看待，不平的意念逐渐成了凄凉，觉得有许多话要说，但只在心中想着，就一句话也不愿说了。

"非去不可吗？"男人又紧追问着。

"嗳！"这不硬不软的回答，说出后心中像受着压迫，同时又引起了悲愤，觉得眼泪要流出来了，竭力把心胸强硬起来忍住。

"为什么这样子！总要使人不快才完事！"男人的声调简直变成了斥责。

在茜华的心中不平地想着："动不动就是这类的话，仿佛使你不快就是过错，可是为什么你自己对别人任是怎样都仿佛应该似的？就是旧式的丈夫对待也不过这样了吧！"愤然之情受不住悲哀的侵袭，她忽然想将自己的心使它死去，她什么也不想说了。可是不知怎的，像并非她自己的意思，她的嘴里反应出一种低怨的声音说：

"我总是使你不快的！"

喜筵之后

67

"为什么这样子！"男人瞪起了凶恶的眼睛，在其中像燃烧着愤怒的火焰，灼灼地逼视着。

"什么样子？"茜华似乎反抗似的说，但声音强硬不起来，头也仍然低着。

男人像气得更厉害了，无言地瞪视了一会，忽然又像转了念头，恶狠狠地点了一下头，仿佛是说着："哼！这样就好！"走向门口去，门砰的一声关了后，脚步的声音洋洋地向着远处走去而且消失了。

茜华任是怎样感着这侮辱的难堪，但心中仿佛早已消失了愤恨的勇气，并且总是在无可奈何的愤恨的顶巅一转念头便变成悲哀。悲哀重压着的心像有点麻木又像有点疲倦，无力地倒向床里去后，莫名其妙的眼泪不绝地涌出来，茜华听着眼泪滴到枕上去的声音，在竭力地屏息着心的活动。

近时种种消极的幻念，常常袭来，而她自己也常有着怎样将身心毁灭了才好的意想。任是多大的悲愤，总是归到这上面完结。一面悲伤地想着种种的事实，一方面是解脱地似乎默默说着："不要想了！不要想了！"因此这一日的下午，虽仍是悲凉，但并不更是悲凉地过去了。在傍晚的时候，照旧想起筵会的事，在悠闲地换着赴喜筵的衣服，但那心情已不复是最初的心情，这时莫名其妙地仿佛全不为什么，只是为去而去了。

打扮完了，赴会的时间已经到了，全无情绪地呆了地走出去。到了马路上，忽然在露着的手腕上，有着冷了的感觉，茜华伸出手去仔细地试了一下，是下雨了。这时离家很近，想着不如回去算了，但这样一想，忽然又变成"就是下雨也要去"！这雨使她的心有点灰丧，但同时又使她的心无端激愤起来，昂然地站在电车停留处。

乘客稀少的电车内，门窗都严关着，玻璃窗上的雨点渐渐地增多起来，模糊得已经看不清外面的景色，但经过热闹的门市之前，灯光射在雨湿了的车窗上，是格外辉煌着。茜华坐在那里情绪非常紊乱地说不出是在想些什么事，但关于去赴筵的事却似乎完全忘掉了。今天男人的凶横的神气不时浮在眼前，平日的种种痛心的情状也一齐涌现出来，但她不愿去想，将那些忆想竭力排除着，但排除了又随即再想起，无可奈何地一路这样纠缠着。

从电车内走出时，雨已经落得很大了，柏油马路被雨水洗得更光滑了，悬在空中的电灯照下来，在地上形成一条条的金光，防备滑跌，仔细看着脚下在走着的茜华觉得头有点晕眩。

茜华迷茫地走进同兴楼，问了姓吴的所订的房间，便一直走上楼去，在那充满了菜香酒气、灯光、笑语的同兴楼中，她才像从一个梦境醒来，重回到现实的境界，向着两位主人，致了普通的贺词以后，环望了一下先到的许多客人们，一时看不清楚是谁们，只向着靠近的几位认识的招呼着，想起密司胡来，便向主人询问着，听见她今晚病了不能来的消息，似乎并未失望，询悉了她现在的住址，已经非常满足了似的，再向着别的熟人们叙谈起来，她带着毫无心事的欢乐的神气。

"今杰也在这里哪！"女主人忽然附在茜华的肩上低声笑着这样说，叫人看不出说这话的意义是什么。

"啊！在哪里？"茜华初有点吃惊，但接着就很平淡地笑了问着，一面抬起头来向着远处望去。

"在廊子上呢，见你来了，他就出去了。"那女主人仍然是方才那种神气，笑着说，仿佛觉着这事很有趣似的。

"呵！让我去看看他去。"茜华听了女主人的话把视线移到廊子上，看见了一个久别的熟稔的男子的后影。装着把这事看作非常随便的样子，茜华向着那女主人莫名其妙地笑了一下，走向廊子上去。

这男人是茜华过去的恋人，是曾将茜华当作生命那般狂恋着的人。茜华也曾和他有过恋爱的关系，但不知为什么对于这男人却始终没有燃烧过强烈的爱，男人时时使女的满足，因此女的对于男的便仿佛已无要求，也就无所谓满足。在心中是时时想着这男人的一切还可爱，而且对自己的爱的确太真诚，自己之爱他就仿佛只为了

喜筵之后

69

这原因。男人常因为得不到热烈的爱的反应,非常痛苦,女的也常因自己无力使这爱热烈起来,颇感苦闷,这情形延长到终于不能延长,结果是女的决然地和男的分了手。女的知道像男的现在这样爱自己的人,是再不会有了,而且觉得这样做是残忍的,但想到两人同样的无法拯救的痛苦倒不如爽快地分离了好些,便什么都坦然诉说了,将恋爱的关系不再延长下去。男的是说着无论如何,就是要死的时候,对她的爱也不会有变更的,虽然是分离了,仍然能原谅她的;女的也说她相信世上再不会有像他这样爱自己的人,他的爱将永远记在她的心中。这样地分开以后,在茜华也常想起这男人的往日的恩情,和他现在的悲苦,但那像和自己并无关系的事,只有同情,而仍然生不出恋念。后来和现在的男人恋爱以后,受着种种的爱的苛待,相形之下,自然常常记起先前那男人来,但仍然没有什么追念之情,她只把恋爱这事认为是不可思议的,一切都是无能为力地在自然支配之下。现在无意中在这筵席上重遇到这久别的爱人,在茜华的心中仍然未激起怎样的情感,只仿佛好奇似的,走向廊子。男人装着看街上的景色,伏在廊上的栏杆上。

"你现在住在什么地方?"茜华看见男人听见自己走来,故意装作没有听见什么,仍然伏在那里不动,站在他的身边一时不知怎样好,随口这样问着。

"啊!你才来吗?"男人回过头来,全无表情地这样反问着。

"嗳!"茜华忽然觉得讨厌,勉强答应着。

男人又伏到栏杆上,茜华觉得来这里很讨厌,暂时又不愿走开,也伏到廊子上去,俯视着下面雨中奔走着的人众,比平日格外拥挤喧嚷,茜华觉得有点头晕,不快的感觉也愈加重了。再抬起头来问着那男人:

"你现在住在什么地方?"

"还没有一定,住在朋友的地方。"像是不愿将自己的住址说出。

茜华抬起眼来望着,见男人的样子和从前没有多大改变,面色仍然很红润，眉目间的清秀也还照旧，头发、服装是一向那样的整洁，但不知在哪里显示着一种呆气，也可以说是过于忠厚的表现，茜华心中想着："这样子是说不出缺点的，但说是可爱却又不可能。"尤其是说话时嘴角向下扯着的样子，更给了茜华一种特别难看的印象。

"为什么站在这里？"茜华又问着，忽然意识到自己的口吻像是质问似的全无一点旧情，觉得怪滑稽的。

"我老早就在这里的，所以你来我也没有看见。"男人懦懦地说，显着老实人的样子。像表示着并不是因为见茜华来了，才故意走到这里来的。茜华听了，想起女主人方才说的"见你来了，就出去了"的话，觉得他那老实的样子，怪可怜的，心里想笑起来。又想起那样子非常不大方，这一定使相熟的朋友在那里看着窃笑了，心中更加觉得讨厌地望了一下伏在那里的男人的后影。

"等席散了的时候，我有话给你说。"茜华仍然用着往昔那自信可以支配他的口吻，并无商量的意思，说了便向里面走去。在她的脸上照旧显着毫无心事的快活的笑容。

茜华是有着孤独的性情的人，对于交际一类的事，素来憎恶。常是愈在热闹的地方，她愈沉默着。这晚竟不时地听见她的笑声，她像是对每个人都爱交谈的一个长于言笑的人似的。这在她是不觉得欢喜也不觉得惨恶，只觉得这样可以使她忘记一切，暂时忘记一切。在廊子上男人给予的不快的印象，回到里面也随即在笑声中全然忘净。

在廊上的男人一会也进来了，茜华间或向他望去时，总见一个人坐在那里，寂寞地笑着旁观别人的谈笑。茜华想着："一个人假设在群众中沉默着，也怪可爱的，但那既不沉默又不活泼的样子，除了可怜，就再无别的了。"有时也见他随着别人参加着几句取笑的话，但也总是无趣得可厌。茜华装作不留意地听着，便不时皱一下眉。

在席散之后，向着主人告别了，走出去时故意走过那男人的面

喜筵之后

71

前,低声说着:"我在门口等你。"并不管他的同意与否,自信可以这样命令他。

在向外面走着时,想着为什么要约这男人说有话要谈,是要谈什么呢? 这莫名其妙的心情,想起来有点好笑。这仿佛是自己空虚而又激愤的心需要追求,无目的的追求。放慢了脚步走到门口,在马路旁边站住了。雨仍在落着。茜华呆呆地望着面前的地上,说不出在想着什么,那男人已经出来了。

"你还是回去吧,有什么话说呢?"

茜华暂时没有回答,望了他一下,想着:"来了又说这样话,只是使人讨厌!"停了一下说:

"那么你送我回去!"一面是不耐烦,一面又不肯放松似的。

"天还早,你自己回去吧。"男人虽然这样说着,但又没有决然走开的意思,一点没有志气的样子,使茜华有点动气。

"不,一定要送我回去。"说着便喊了两部车子,对车夫说了到电车站去,不管男人怎样,自己先上了车子。走到不远的电车站停下时,两人同时从车内走出来。

"在这里你自己坐电车回去吧!"男的又在商量着,茜华作着难看的脸色,望着别处冷冷地说:

"好! 那么就请先走吧!"

男人却又迟疑地站在那里了。茜华心中想着:"为什么不会残酷一点或者怨恨一点,只是这样子!"有点恨起这男人来。恨着这男人的忠厚,不能使自己燃起些微的爱意。

"那么,我们在这马路走一回,你就回去吧?"男的更让了步,但这只增加了茜华对他的懦弱的轻视。

"我不愿意!"眼睛仍然望着别处这样回答。

电车驶来了,男人还在后面说着"你自己回去吧"的话,茜华不理地走向电车门口,才低低地说:"你不愿意来,自然不能勉强。"一直走向车内,果然不出预料的,男人也随着走了进来。虽然这支配男人的权威是胜利了,但茜华仍然没感到快意,觉得这男人连使人追求的魔力都没有，她失望而且愤恨着。

茜华取出钱来买了到自己下车的地方的票子两张，和男人并排坐下来。男人把脸向旁面看着，茜华连方才无目的的追求的心情也疲倦了似的，看着坐在身边的那男人颇觉有点憎恶，但这憎恶的情感不久也就消去了，仿佛完全忘记了他的存在，而在想着与这全不相关的事情。想到现在的男人这时不知在什么地方，说不定正陪着爱人在看电影或是怎样吧？嫉妒的火焰将她的心焦灼了一般地在燃烧着。在悲恨之中她又不能抑制地对自己的男人热烈地爱着，这使她陷到更深的痛苦中，但同时仿佛唯其如此，她对自己的男人爱的追求愈加强烈。对于爱着而又恨着的自己的男人，她忽然起了复仇的心思，想到不能整个的自己爱着的男人的身心，就想将全给予了他的自己这人来毁损了，她愿意无所为地将自己投向任何自己所不爱的人的怀里，但一看到自己现在身边坐着的男子的样子，她的心思便立时消灭了，只剩了厌恶之情。如果这男人更狡猾一点或是更残忍一点相待，倒不见得不比现在这样子可爱得多吧？茜华睨视了一下坐在那里动也不动的侧影，愤然地将脸转开去。又想到说不定他看见这样以为是因为他方才不肯顺从地跟来而生气，正在不安吧，在心中浮着一种轻侮的笑容。

电车到了自己要下去的地方。下了车回头看见在后面跟着走下来的男人，忽然想起在这长途的电车中像把他遗忘了似的没曾交谈一句话，觉得很是滑稽的事。在意想中要约着旧时的爱人，在这样的夜晚到咖啡店去叙谈一下，对他施着诱惑，即使没有爱的燃烧，只需要暂时的欢乐的追求，复仇的利用。可是一回到现实，种种的幻想都被打消了，她的心里难言的苦闷紧压着。

"在这里你可以自己回去了吧？"男人仍和先前一样地开了口，这显然是要他怎样仍可以怎样的，但她已无这心情，她已经失望而且厌倦了。

"好的，请你回去吧！"

男人还以为是故意说怄气的话，听见这样说了，还又迟疑了一

73

下才告别。

"这样的人哪里有呢?"茜华在心中鄙视起这男人来。

看着那两脚分开得很阔,而迈步很小,两手紧急地向后摆动着的行路的后影,留给了茜华最后的恶劣的印象。

茜华因为路很泥泞,便喊了一部车子坐着向家中走去。

天已经很晚,又因为落雨的缘故,马路上已经夜色沉沉的样子,雨还在迷蒙地下着,风吹到脸上,颇觉寒冷。在车上坐着的茜华,回忆着方才的事,简直是演了一出莫名其妙的滑稽戏,但这感想不久就消去了,一切都被遗忘得像未有其事似的。车子渐向着家中走近的时候,想着自己的男人这时一定回来了,也许正在盼待着吧。夜晚在他的等候中走回去,觉得定是很甜美的,心情又兴奋起来,想立刻就回到家中才好。车子在门口停下来先望了一下自己屋中的窗子,已经有电灯亮着,知道他是真的已经回来了,快乐得像把一切都忘记了急急向里面走着。又故意放轻了脚步,走到门口猛然推开门,想使男的意外地吃惊一下,自己随着格格地笑着走进来。

随即和气地熄灯睡觉。

今晚茜华说不出为什么心情是这样的畅快而且兴奋,在床上拥抱了男人,像故意秘密着什么而终于忍不住了,笑着说:

"今晚有一件想不到的事,你猜猜是什么。"

"什么事。告诉我!"

茜华便将遇到旧日恋人的事,以为有趣地从头仔细地述说着。

"真是奇怪呢,为什么当我怨恨你,想着向别人追求时,总要想起你来,觉得谁都没有你可爱?"茜华说完后撒娇地将脸偎在男人的脸上这样说。

"这样你就可以知道我向别人追求时也是一样总忘不了你的呵!"男人很为得意地引证着说。

茜华满腔的热情立刻灰冷了,瞪大了眼睛仰望着帐顶在沉思着什么。

"怎么啦?在后悔没约那男人去谈谈吗?"男人见茜华忽然不

说话,这样取笑着。

"唔!"茜华答应着,眼睛仍然在黑暗中凝视着。

选自《沉樱小说 爱情的开始》,上海古籍出版社 1997 年

喜筵之后

◇ 萧红

    萧红（1911—1942），黑龙江呼兰（今哈尔滨市呼兰区）人。1933 年，萧红开始从事文学创作，并陆续在《大同报》的周刊"夜哨"及副刊"大同俱乐部"发表短篇小说、散文和诗。同年，萧红与萧军的作品合集《跋涉》(萧红署名"悄吟"，萧军署名"三郎")在哈尔滨出版，深受东北读者欢迎。1934 年，萧红完成了《生死场》的创作。1935 年 12 月，《生死场》以"奴隶丛书"的名义由上海容光书局出版，署名"萧红"。作品在文坛上引起巨大的轰动和强烈的反响，萧红一举成名。1936 年夏，萧红只身东渡日本。1937 年，萧红回国。1940 年，萧红跟随端木蕻良离开重庆，飞抵香港，在香港期间她创作了《呼兰河传》《马伯乐》，以及《小城三月》《后花园》等作品。

后花园

后花园五月里就开花的，六月里就结果子，黄瓜、茄子、玉蜀黍、大芸豆、冬瓜、西瓜、西红柿，还有爬着蔓子的倭瓜。这倭瓜秧往往会爬到墙头上去，而后从墙头它出去了，出到院子外边去了。就向着大街，这倭瓜蔓上开了一朵大黄花。

正临着这热闹闹的后花园，有一座冷清清的黑洞洞的磨房，磨房的后窗子就向着花园。刚巧沿着窗外的一排种的是黄瓜。这黄瓜虽然不是倭瓜，但同样会爬蔓子的，于是就在磨房的窗棂上开了花，而且巧妙地结了果子。

在朝露里，那样嫩弱的须蔓的梢头，好像淡绿色的玻璃抽成的，不敢去触，一触非断不可的样子。同时一边结着果子，一边攀着窗棂往高处伸张，好像它们彼此学着样，一个跟一个都爬上窗子来了。到六月，窗子就被封满了，而且就在窗棂上挂着滴滴嘟嘟的大黄瓜、小黄瓜、瘦黄瓜、胖黄瓜，还有最小的小黄瓜纽儿，头顶上还正在顶着一朵黄花还没有落呢。

于是随着磨房里打着铜筛罗的震抖，而这些黄瓜也就在窗子上摇摆起来了。铜罗在磨夫的脚下，东踏一下它就"咚"，西踏一下它就"咚"；这些黄瓜也就在窗子上滴滴嘟嘟地跟着东边"咚"，西边"咚"。

六月里，后花园更热闹起来了，蝴蝶飞，蜻蜓飞，螳螂跳，蚂蚱跳。大红的外国柿子都红了，茄子青的青、紫的紫，溜明湛亮，又肥又胖，每一颗茄秧上结着三四个、四五个。玉蜀黍的缨子刚刚才苗芽，就各色不同，好比女人绣花的丝线夹子打开了，红的绿的，深的浅的，干净得过分了，简直不知道它为什么那样干净，不知怎样它

77

才那样干净的,不知怎样才做到那样的,或者说它是刚刚用水洗过,或者说它是用膏油涂过。但是又都不像,那简直是干净得连手都没有上过。

然而这样漂亮的缨子并不发出什么香气,所以蜂子、蝴蝶永久不在它上边搔一搔,或是吮一吮。

却是那些蝴蝶乱纷纷的在那些正开着的花上闹着。

后花园沿着主人住房的一方面,种着一大片花草。因为这园主并非怎样精细的人,而是一位厚敦敦的老头。所以他的花园多半变成菜园了。其余种花的部分,也没有什么好花,比如马蛇菜、爬山虎、胭粉豆、小龙豆……这都是些草本植物,没有什么高贵的。到冬天就都埋在大雪里边,它们就都死去了。春天打扫干净了这个地盘,再重种起来。有的甚或不用下种,它就自己出来了,好比大菽茨,那就是每年也不用种,它就自己出来的。它自己的种子,今年落在地上没有人去拾它,明年它就出来了;明年落了子,又没有人去采它,它就又自己出来了。

这样年年代代,这花园无处不长着花。墙根上,花架边,人行道的两旁,有的竟长在倭瓜或者黄瓜一块去了。那讨厌的倭瓜的丝蔓竟缠绕在它的身上,缠得多了,把它拉倒了。

可是它就倒在地上仍旧开着花。

铲地的人一遇到它,总是把它拔了,可是越拔它越生得快,那第一班开过的花子落下,落在地上,不久它就生出新的来。所以铲也铲不尽,拔也拔不尽,简直成了一种讨厌的东西了。还有那些被倭瓜缠住了的,若想拔它,把倭瓜也拔掉了,所以只得让它横躺竖卧的在地上,也不能不开花。

长得非常之高,五六尺高,和玉蜀黍差不多一般高,比人还高了一点。红辣辣的开满了一片。

人们并不把它当作花看待,要折就折,要断就断,要连根拔也都随便。到这园子里来玩的孩子随便折了一堆去,女人折了插满了一头。

这花园从园主一直到来游园的人，没有一个人是爱护这花的。这些花从来不浇水，任着风吹，任着太阳晒，可是却越开越红，越开越旺盛，把园子煊耀得闪眼，把六月夸奖得和水滚着那么热。

胭粉豆，金荷叶，马蛇菜，都开得像火一般。

其中尤其是马蛇菜，红得鲜明晃眼，红得它自己随时要破裂流下红色汁液来。

从磨房看这园子，这园子更不知鲜明了多少倍，简直是金属的了，简直像在火里边烧着那么热烈。

可是磨房里的磨倌是寂寞的。

他终天没有朋友来访他，他也不去访别人，他记忆中的那些生活也模糊下去了，新的一样也没有。他三十多岁了，尚未结过婚，可是他的头发白了许多，牙齿脱落了好几个，看起来像是个青年的老头。阴天下雨，他不晓得。春夏秋冬，在他都是一样。和他同院的住些什么人，他不去留心；他的邻居和他住得很久了，他没有记得；住的是什么人，他没有记得。

他什么都忘了，他什么都记不得，因为他觉得没有一件事情是新鲜了的。人间在他是全呆板的了。他只知道他自己是个磨倌，磨倌就是拉磨，拉磨之外的事情都与他毫无关系。

所以邻家的女儿，他好像没有见过，见过是见过的，因为他没有印象，就像没有见过差不多。

磨房里一匹小驴子围着一盘青白的圆石转着。磨道下面，被驴子经年的踢踏，已经陷下去一圈小洼槽。小驴的眼睛是戴了眼罩的，所以它什么也看不见，只是绕着圈瞎走。嘴也给戴上了笼头，怕它偷吃磨盘上的麦子。

小驴知道，一上了磨道就该开始转了，所以走起来一声不响，两个耳朵尖尖的竖得笔直。

磨倌坐在罗架上，身子有点向前探着。他的面前竖了一支木架，架上横着一个用木做成的乐器，那乐器的名字叫"梆子"。

每一个磨倌都用一个，也就是每一个磨房都有一个。旧的磨倌走了,新的磨倌来了仍然打着原来的梆子。梆子渐渐变成个元宝的形状,两端高而中间陷下,所发出来的音响也就不好听了,不响亮,不脆快,而且"踏踏"的沉闷的调子。

冯二成的梆子正是已经旧了的。他自己说:

"这梆子有什么用,打在这梆子上就像打在老牛身上一样。"

他尽管如此说,梆子他仍旧是打的。

磨眼上的麦子没有了,他去添一添。从磨漏下来的麦粉满了一磨盘,他过去扫了扫,小驴的眼罩松了,他替它紧一紧。若是麦粉磨得太多了,应该上风车子了,他就把风车添满,摇着风车的大手轮,吹了起来,把麦皮都从风车的后部吹了出去。那风车是很大的,好像大象那么大。尤其是当那手轮摇起来的时候,呼呼地作响,麦皮混着冷风从洞口喷出来。这风车摇起来是很好看的,同时很好听。可是风车并不常吹,一天或两天才吹一次。

除了这一点点工作,冯二成子多半是站在罗架上,身子向前探着,他的左脚踏一下,右脚踏一下,罗底盖着罗床,那力量是很大的,连地皮都抖动了,和盖新房子时打地基的工夫差不多的,又沉重,又闷气,使人听了要睡觉的样子。

所有磨房里的设备都说过了,只不过还有一件东西没有说,那就是冯二成子的小炕了。那小炕没有什么好记载的。总之这磨房是简单,寂静,呆板。看那小驴竖着两个尖尖的耳朵,好像也不吃草也不喝水,只晓得拉磨的样子。冯二成子一看就看到小驴那两个直竖竖的耳朵,再看就看到墙下跑出的耗子,那滴溜溜亮的眼睛好像两盏小油灯似的。再看也看不见别的,仍旧是小驴的耳朵。

所以他不能不打梆子,从午间打起,一打打个通宵。

花儿和鸟儿睡着了,太阳回去了。大地变得清凉了好些。从后花园透进来的热气,凉爽爽的,风也不吹了,树也不摇了。窗外虫子的鸣叫,远处狗的夜吠,和冯二成子的梆子混在一起,好像三种乐器似的。

磨房的小油灯忽闪闪地燃着(那油灯是在墙壁中间的,好像古墓里边站的长明灯似的），像有风吹着它似的。这磨房只有一扇窗子，还被挂满了黄瓜，把窗子遮得风雨不透。可是从哪里来的风？小驴也在响着鼻子抖擞着毛，好像小驴也着了寒了。

每天是如此：东方快启明的时候，朝露就先下来了，伴随着朝露而来的，是一种阴森森的冷气，这冷气冒着白烟似的沉重重地压到地面上来了。

落到屋瓦上，屋瓦从浅灰变到深灰色，落到茅屋上，那本来是浅黄的草，就变成黄的了。因为露珠把它们打湿了，它们吸收了露珠的缘故。

唯有落到花上，草上，叶子上，那露珠是原形不变，并且由小聚大。大叶子上聚着大露珠，小叶子上聚着小露珠。

玉蜀黍的缨穗挂上了霜似的，毛绒绒的。

矮瓜花的中心抱着一颗大水晶球。

剑形草是又细又长的一种野草，这野草顶不住太大的露珠，所以它的遍身都是一点点的小粒。

等到太阳一出来时，那亮晶晶的后花园无异于昨夜撒了银水了。

冯二成子看一看墙上的灯碗，在灯芯上结了一个红橙橙的大灯花。他又伸手去摸一摸那生长在窗棂上的黄瓜，黄瓜跟水洗的一样。

他知道天快亮了，露水已经下来了。

这时候正是人们睡得正熟的时候，而冯二成子就像更焕发了起来。他的梆子就更响了，他拼命地打，他用了全身的力量，使那梆子响得爆豆似的。不但如此，那磨房唱了起来了，他大声疾呼的。好像他是照着民间所流传的，他是招了鬼了。他有意要把远近的人家都惊动起来，他竟乱打起来，他不把梆子打断了，他不甘心停止似的。

有一天下雨了。

雨下得很大，青蛙跳进磨房来好几个，有些蛾子就不断地往小

81

油灯上扑,扑了几下之后,被烧坏了翅膀就掉在油碗里溺死了,而且不久蛾子就把油灯碗给掉满了,所以油灯渐渐地不亮下去,几乎连小驴的耳朵都看不清楚。

冯二成子想要添些灯油,但是灯油在上房里,在主人的屋里。

他推开门一看,雨真是大得不得了,瓢泼的一样,而且上房里也怕是睡下了,灯光不很大,只是影影绰绰的。也许是因为下雨上了风窗的关系,才那样黑混混的。

"十步八步跑过去,拿了灯油就跑回来。"冯二成子想。

但雨也是太大了,衣裳非都湿了不可,湿了衣裳不要紧,湿了鞋子可得什么时候干。

他推开门看了好几次,也都是把门关上了没有跑过去。

可是墙上的灯又一会一会的要灭了,小驴的耳朵简直看不见了。他又打开门向上房看看,上房灭了灯了,院子里什么也看不见,只有隔壁赵老太太那屋还亮通通的。窗里还有格格的笑声。

那笑的是赵老太太的女儿,冯二成子不知为什么心里好不平静,他赶快关了门,赶快去拨灯碗,赶快走到磨架上,开始很慌张地打动着筛罗。可是无论如何那窗里的笑声好像还在那儿笑。

冯二成子打起梆子来,打了不几下,很自然地就会停住,又好像很愿意再听到那笑声似的。

"这可奇怪了,怎么像第一天那边住着人。"他自己想。

第二天早晨雨过天晴了。

冯二成子在院子里晒他的那双湿得透透的鞋子时,偶一抬头见了赵老太太的女儿,跟他站了个对面。

冯二成子从来没和女人接近过,他赶快低下头去。

那邻家女儿是从井边来,提了满满的一桶水,走得非常慢,等她完全走过去了,冯二成子才抬起头来。

她那向日葵花似的大眼睛,似笑非笑的样子,冯二成子一想起来就无缘无故地心跳。

有一天冯二成子用一个大盆在院子里洗他自己的衣裳,洗着洗着一不小心，大盆从木凳滑落而打碎了。

赵老太太也在窗下缝着针线，连忙就喊她的女儿，把自家的大盆搬出来，借给他用。

冯二成子接过那大盆时，他连看都没看赵姑娘一眼，连抬头都没敢抬头，但是赵姑娘的眼睛像向日葵花那么大，在想象之中他比看见来得清晰。于是他的手好像抖着似的把大盆接过来了。他又重新打了点水，没有打很多的，只打了一大盆底。

恍恍惚惚的衣裳也没有洗干净，他就晒起来了。

从那之后，他也并不常见赵姑娘。但他觉得好像天天见面的一样，尤其是到夜深，他常常听到隔壁的笑声。

有一天，他打了一夜梆子。天亮了，他的全身都酸了。他把小驴子解下来，拉到下过朝露的潮湿的院子里，看着那小驴打了几个滚，而后把小驴拴到槽子上去吃草。他也该睡觉的时候了。

他刚躺下就听到隔壁女孩的笑声，他赶快抓住被边把耳朵掩盖起来。

但那笑声仍旧在笑。

他翻了一个身，把背脊向着墙壁，可是仍旧不能睡。

他和那女孩相邻地住了两年多了，好像他听到她的笑还是最近的事情。他自己也奇怪起来。

那边虽是笑声停止了，但是又有别的声音了，刷锅，劈柴烧火的声音，件件样样都听得清清晰晰。而后吃早饭的声音他都感觉得到了。

这一天，他实在睡不着，他躺在那里心中十分悲哀，他把这两年来的生活都回想了一遍……

刚来的那年，母亲来看过他一次。从乡下给他带来一筐子黄米豆包。母亲临走的时候还流了眼泪说："孩儿，你在外边好好给东家做事，东家错待不了你的……你老娘这两年身子不大硬实。一旦有个一口气不来，只让你哥哥把老娘埋起来就算了事。人死如灯灭，你就是跑到家又能怎样……可千万要听娘的话，人家拉磨，一天

83

拉好多麦子,是一定的,耽误不得,可要记住老娘的话……"

那时冯二成子已经三十六岁了,他仍很小似的,听了那话就哭了。他抬起头看看母亲,母亲确是瘦得厉害,而且也咳嗽得厉害。

"不要这样傻气,你老娘说是这样说,哪就真会离开了你们的。你和你哥哥都是三十多岁了,还没成家,你老娘还要看到你们……"

冯二成子想到"成家"两个字,脸红了一阵。

母亲回到乡下去,不久就死了。

他没有照着母亲的话做,他回去了,他和哥哥亲自送的葬。

是八月里辣椒红了的时候。送葬回来,沿路还摘了许多红辣椒炒着吃了。

以后再想一想,就想不起什么来了。拉磨的小驴子仍旧是原来的小驴子。磨房也一点没有改变,风车也是和他刚来时一样,黑洞洞地站在那里,连个方向也没改换。筛罗子一踏起来它就"咚咚"响。他向筛罗子看了一眼,宛如他不踏它,它也在响的样子。

一切都习惯了,一切都照着老样子。他想来想去什么也没有变。什么也没有多,什么也没有少。这两年是怎样生活的呢?他自己也不知道,好像他没有活过的一样。他伸出自己的手来,看看也没有什么变化,捏一捏手指的骨节,骨节也是原来的样子,尖锐而突出。

他又回想到他更远的幼小的时候去,在沙滩上煎着小鱼,在河里脱光了衣裳洗澡。冬天堆了雪人,用绿豆给雪人做了眼睛,用红豆做了嘴唇。下雨的天气,妈妈打来了,就往水洼中跑……妈妈因此而打不着他。

再想又想不起什么来,这时候他昏昏沉沉的要睡了去。

刚要睡着,他又被惊醒了,好几次都是这样,也许是炕下的耗子,也许是院子里什么人说话。

但他每次睁开眼睛,都觉得是邻家女儿惊动了他。他在梦中羞怯怯地红了好几次脸。

从这以后,他早晨睡觉时,他先站在地中心听一听,邻家是否有了声音。若是有了声音,他就到院子里拿着一把马刷子刷那小驴。

但是巧得很,那女孩子一清早就到院子来走动,一会出来拿一捆柴,一会出来泼一瓢水。总之,他与她从这以后,好像天天相见。

这一天八月十五,冯二成子穿了崭新的衣裳,刚刚理过头发回来,上房就嚷着:

"喝酒了,喝酒啦……"

因为过节是和东家同桌吃的饭,什么腊肉,什么松花蛋,样样皆有。其中下酒最好的要算凉拌粉皮,粉皮上外加着一束黄瓜丝,还有辣椒油洒在上面。

冯二成子喝足了酒,退出来了,连饭也没有吃,他打算到磨房去睡一觉,常年也不喝酒,喝了酒头有些昏。他从上房走出来,走到院子里碰到了赵老太太,她手里拿着一包月饼,正要到亲戚家去。她一见了冯二成子,她连忙喊着女儿说:

"你快拿月饼给老冯吃。过节了,在外边的跑腿人,不要客气。"

说完了赵老太太就走了。

冯二成子接过月饼在手里,他看那姑娘满身都穿了新衣裳,脸上涂着胭脂和香粉。因为他怕难为情,他想说一声谢谢也没有说出来,回身就进了磨房。

磨房比平日更冷清了,小驴也没有拉磨,磨盘上供着一块黄色的牌位,上面写着"白虎神之位",燃了两根红蜡烛,烧着三炷香。

冯二成子迷迷昏昏吃完了月饼,靠着罗架站着,眼睛望着窗外的花园。他一无所思地往外看着,正这时又有了女人的笑声,并且这笑声是熟悉的,但不知这笑声是从哪方面来的,后花园还是隔壁?

他一回身就看见了邻家的女儿站在大开着的门口。

她的嘴是红的,她的眼睛是黑的,她的周身发着光辉,带着吸力。

后花园

他怕了,低了头不敢再看。

那姑娘自言自语地说:

"这儿还供着白虎神呢!"

说着她的一个小同伴招呼着她就跑了。

冯二成子几乎要昏倒了,他坚持着自己,他睁大了眼睛,看一看自己的周遭,看一看是否在做梦。

这哪里是在做梦,小驴站在院子里吃草,上房还没有喝完酒的划拳的吵闹声仍还没有完结。他站到磨房外边,向着远处都看了一遍。远处的人家,有的在树林中,有的在白云中露着屋角,而附近的人家,就是同院子住着的也都恬静地在节日里边升腾着一种看不见的欢喜,流荡着一种听不见的笑声。

但冯二成子看着什么都是空虚的。寂寞的秋空的游丝,飞了他满脸,挂住了他的鼻子,绕住了他的头发。他用手把游丝揉擦断了,他还是往前看去。

他的眼睛充满了亮晶晶的眼泪,他的心中起了一阵莫名其妙的悲哀。

他羡慕在他左右跳着的活泼的麻雀,他妒恨房脊上咕咕叫的悠闲的鸽子。

他的感情软弱得像要瘫了的蜡烛似的。他心里想:鸽子你为什么叫?叫得人心慌!你不能不叫吗?游丝你为什么绕了我满脸?你多可恨!

恍恍惚惚他又听到那女孩子的笑声。

而且和闪电一般,那女孩子来到他的面前了,从他面前跑过去了,一转眼跑得无影无踪的。

冯二成子仿佛被卷在旋风里似的,迷迷离离地被卷了半天,而后旋风把他丢弃了。旋风自己跑去了,他仍旧是站在磨房外边。

从这以后,可怜的冯二成子害了相思病,脸色灰白,眼圈发紫,茶也不想吃,饭也咽不下,他一心一意地想着那邻家的姑娘。

读者们,你们读到这里,一定以为那磨房里的磨倌必得要和邻家女儿发生一点关系。其实不然的。后来是另外的一位寡妇。

世界上竟有这样谦卑的人，他爱了她，他又怕自己的身份太低，怕毁坏了她。他偷着对她寄托一种心思，好像他在信仰一种宗教一样。邻家女儿根本不晓得有这么一回事。

不久邻家女儿来了说媒的，不久那女儿就出嫁了。

婆家来娶新媳妇的那天，抬着花轿子，打着锣鼓，吹着喇叭，就在磨房的窗外连吹带打地热闹了起来。

冯二成子把头伏在梆子上，他闭了眼睛，他一动也不动。

那边姑娘穿了大红的衣裳，搽了胭脂粉，满手抓着铜钱，被人抱上了轿子。放了一阵爆仗，敲了一阵铜锣，抬起轿子来走了。

走得很远很远了，走出了街去，那打锣声只能咚咚拉听到一点。

冯二成子仍旧没有把头抬起，一直到那轿子走出几里路之外。就连被娶亲惊醒了的狗叫也都平静下去时，他才抬起头来。

那小驴蒙着眼罩静静地一圈一圈地在拉着空磨。

他看一看磨眼上一点麦子也没有了，白花花的麦粉流了满地。

那女儿出嫁以后，冯二成子常常和赵老太太攀谈，有的时候还到老太太的屋里坐一坐。他不知为什么总把那老太太当作一位近亲来看待，早晚相见时，总是彼此笑笑。

这样也就算了，他觉得那女儿出嫁了反而随便了些。

可是这样过了没多久，赵老太太也要搬家了，搬到女儿家去。

冯二成子帮着去收拾东西。在他收拾着东西时，他看见针线篓里有一个细小的白骨顶针，他想：这可不是她的？那姑娘又活跃跃地来在他的眼前。他看见了好几样东西，都是那姑娘的。刺花的围裙卷放在小柜门里，一团扎过了的红头绳子，洗得干干净净的用一块纸包着。他在许多乱东西里拾到这纸包，他打开一看，他问赵老太太，这头绳要放在哪里，老太太说：

"放在小梳头匣子里吧，我好给她带去。"

冯二成子打开了小梳头匣，他看见几根扣发针和一个假烧蓝翠的戒指仍放在里边。他嗅到一种梳头油的香气。他想这一定是那

87

姑娘的,他把梳头匣关了。

他帮着老太太把东西收拾好,装上了车,还牵着拉车的大黑骡子上前去送了一程。

送到郊外,迎面的菜花都开了,满野飘着香气。老太太催他回来,他说他再送一程。他好像对着旷野要高歌的样子,他的胸怀像飞鸟似的张着,他面向着前面,放着大步,好像他一去就不回来的样子。

可是冯二成子回来的时候,太阳还正晌午。虽然是秋天了,没有夏天那么鲜艳,但是到处飘着香气。高粱成熟了,大豆黄了秧子,野地上仍旧是红的红,绿的绿。冯二成子沿着原路往回走,走了一程他还转回身去向着赵老太太走去的远方望一望。但是连一点影子也看不见了。

蓝天凝静得那么严酷,连一些皱折也没有,简直像是用蓝色纸剪成的。他用了他所有的目力,探究着蓝色的天边处,是否还存在着一点点黑点,若是还有一个黑点,那就是赵老太太的车子了。可是连一个黑点也没有,实在是没有的,只有一条白亮亮的大路,向着蓝天那边爬去,爬到蓝天的尽头,这大路只剩了窄狭的一条。

赵老太太这一去什么时候再能够见到,没有和她约定时间,也没有和她约定地方。他想顺着大路跑去,跑到赵老太太的车子前面,拉住了大黑骡子,他要向她说:

"不要忘记了你的邻居,上城里来的时候可来看我一次。"

但那车子一点影也没有了,追也追不上了。

他转回身来,仍走他的归途,他觉得这回来的路,比去的时候不知远了多少倍。

他不知为什么这次送赵老太太,比送他自己的亲娘还更难过。他想:人活着为什么要分别?既然永远分别,当初又何必认识!人与人之间又是谁给造了这个机会?既然造了机会,又是谁把机会给取消了!

他越走他的脚越沉重,他的心越空虚,就在一个有树荫的地方坐下来。他往四方左右望一望。他望到的,都是在劳动着的,都是在活着的,赶车的赶车,拉马的拉马。割高粱的人,满头流着大汗。还有的手被高粱秆扎破了,或是脚被扎破了,还浸浸地沁着血,而仍是不停地在割。他看了一看,他不能明白这都是在做什么;他不明白这都是为着什么。他想:你们那些手拿着的,脚踏着的,到了终归,你们是什么也没有的。你们没有了母亲,你们的父亲早早死了,你们该娶的时候,娶不到你们所想的;你们到老的时候,看不到你们的子女成人,你们就先累死了。

冯二成子看一看自己的鞋子掉底了,于是脱下鞋子用手提鞋子,站起来光着脚走,他越走越奇怪,本来是往回走,可是心越走越往远处飞。究竟飞到哪里去了,他自己也把捉不定。总之他越往回走,他就越觉得空虚,路上他遇到了一些推手车的,挑担的,他都用了奇怪的眼光看了他们一下:你们什么也不知道,你们只知道为你们的老婆孩子当一辈子牛马,你们都白活了,你们自己还不知道。你们要吃的吃不到嘴,要穿的穿不上身,你们为了什么活着,活得那么起劲!

他看几个卖豆腐脑的,搭着白布篷,篷下站着好几个人在吃。有的争着要多加点酱油,而那卖豆腐脑的偏偏给他加上几粒盐。卖豆腐脑的说酱油太贵,多加要赔本的。于是为着点酱油争吵了起来。冯二成子老远地就听他们在嚷嚷。他用斜眼看了那卖豆腐脑的:

"你这个小气人,你为什么那么苛刻,你都是为了老婆孩子。你要白白活这一辈子,你省吃俭用,到头你还不是个穷鬼!"

冯二成子这一路上所看的几乎完全是这一类人。

他用各种眼光批评了他们。

他走了一会转回身去,看看远方,并且站着等了一会,好像远方会有什么东西自动向他飞来,又好像远方有谁在招呼着他。他几次三番地这样停下来,好像他侧着耳朵细听。但只有雀子的叫声从他头上飞过,其余没有别的了。

后花园

89

他又转身向回走，但走得非常迟缓，像走在荆藜的草中，仿佛他走一步，被那荆藜拉住过一次。

终于他全然没有了气力，全身和头脑。他找到一片小树林，他在那里伏在地上哭了一袋烟的工夫。他的眼泪落了一满树根。

他回想着那姑娘束了花围裙的样子，那走路的全身愉快的样子。他再想那姑娘是什么时候搬来的，他连一点印象也没有记住，他后悔他为什么不早点发现她，她的眼睛看过他两三次，他虽不敢直视过去，但他感觉得到，那眼睛是深黑的，含着无限情意的。他想到了那天早晨他与她站了个对面，那眼睛是多么大！那眼光是直逼着他而来的。他一想到这里，他恨不得站起来扑过去。但是现在都完了，都去得无声无息的那么远了，也一点痕迹没有留下，也永久不会重来了。

这样广茫茫的人间，让他走到哪方面去呢？是谁让人如此，把人生下来，并不领给他一条路子，就不管他了。

黄昏的时候，他从地面上抓了两把泥土，他昏昏沉沉地站起来，仍旧得走着他的归路。

他好像失了魂魄的样子，回到了磨房。

看一看罗架好好地在那儿站着，磨盘好好地在那儿放着，一切都没有变动。吹来的风依旧是很凉爽的。从风车吹出来的麦皮仍旧在大篓子里盛着，他抓起一把放在手心上擦了擦，这都是昨天磨的麦子，昨天和今天是一点也没有变。他拿了刷子刷了一下磨盘，残余的麦粉冒了一阵白烟。这一切都和昨天一样，什么也没有变。耗子的眼睛仍旧是很亮很亮的跑来跑去。后花园静静的和往日里一样的没有声音。上房里东家的太太抱着孙儿和邻居讲话，讲得仍旧和往常一样热闹。担水的往来在井边有谈有笑地放着大步往来地跑，绞着井绳的转车喀啦喀啦地大大方方地响着。一切都是快乐的，有意思的。就连站在槽子那里的小驴，一看冯二成子回来了，也表示欢迎似的张开大嘴来叫了几声。冯二成子走上前去，摸一摸小驴的耳朵，而后从草包取一点草散在槽子里，而后又领着那小驴到井边去饮水。

他打算再工作起来,把小驴仍旧架到磨上,而他自己还是愿意鼓动着勇气打起梆子来。但是未能做到,他好像丢了什么似的,好像是被人家抢去了什么似的。

他没有拉磨,他走到街上来荡了半夜,二更之后,街上的人稀疏了,都回家去睡觉去了。

他经过靠着缝衣裳来过活的老王那里,看她的灯还未灭,他想进去歇一歇脚也是好的。

老王是一个三十多岁的寡妇,因为生活的忧心,头发白了一半了。

她听了是冯二成子来叫门,就放下了手里的针线来给他开门了。

还没等他坐下,她就把缝好的冯二成子的蓝单衫取出来了,并且说着:

"我这两天就想要给你送去,为着这两天活计多,多做一件,多赚几个,还让你自家来拿……"

她抬头一看冯二成子的脸色是那么冷落,她忙着问:

"你是从街上来的吗?是从哪儿来的?"

一边说着一边就让冯二成子坐下。

他不肯坐下,打算立刻就要走,可是老王说:

"有什么不痛快的,跑腿子在外的人,要舒心坦意。"

冯二成子还是没有响。

老王跑出去给冯二成子买了些烧饼来,那烧饼还是又脆又热的,还买了酱肉。老王手里有钱时常常自己喝一点酒,今天也买了酒来。

酒喝到三更,王寡妇说:

"人活着就是这么的,有孩子的为孩子忙,有老婆的为老婆忙,反正做一辈子牛马。年轻的时候,谁还不是像一棵小树似的,盼着自己往大了长,好像有多少黄金在前边等着。可是没有几年,体力

后花园

91

也消耗完了,头发黑的黑,白的白……"

她给他再斟一盅酒。

她斟酒时,冯二成子看她满手都是筋络,苍老得好像大麻的叶子一样。

但是她说的话,他觉得那是对的。于是他把那盅酒举起来就喝了。

冯二成子把近日的心情告诉了。他说他对什么都是烦躁的,对什么都没有耐性了。他所说的她都理解得很好,接着他的话,她所发的议论也和他的一样。

喝过了三更以后,冯二成子也该回去了。他站起来,抖擞一下他的前襟,他的感情宁静多了,他也清晰得多了,和落过雨后又复见了太阳似的,他还拿起老王在缝着的衣裳看看,问她一件夹袄手工多少钱。

老王说:"那好说,那好说,有夹袄尽管拿来做吧。"

说着她就拿起一个烧饼,把剩下的酱肉通通夹在烧饼里,让冯二成子带着:

"过了半夜,酒要往上返的,吃下去压一压酒。"

冯二成子百般的没有要,开了门,出来了,满天都是星光;中秋以后的风,也有些凉了。

"是个月黑头夜,可怎么走! 我这儿也没有灯笼……"

冯二成子说不要不要,就走出来了。

在这时有一条狗往屋里钻,老王骂着那狗:

"还没有到冬天,你就怕冷了,你就往屋里钻!"

因为是夜深了的缘故,这声音很响。

冯二成子看一看附近的人家都睡了。王寡妇也在他的背后闩上了门,适才从门口流出来的那道灯光,在闩门的声音里边,又被收了回去。

冯二成子一边看着天空的北斗星,一边来到小土坡前,那小土坡上长着不少野草,脚踏在上边,绒绒乎乎的。于是他蹲了双腿,试着用指尖搔一搔，是否这地方可以坐一下。

他坐下那里非常宁静，前前后后的事情，他都忘得干干净净，他心里边没有什么骚扰，什么也没有想，好像什么也想不起来了。晌午他送赵老太太走的那回事，似乎是多少年前的事情。现在他觉得人间并没有许多人，所以彼此没有什么妨害，他的心境自由得多了，也宽舒得多了，任着夜风吹着他的衣襟和裤脚。

他看一看远近的人家，差不多都睡觉了，尤其是老王的那一排房子，通通睡了，只有王寡妇的窗子还透着灯光。他看了一会，他又把眼睛转到另外的方向去，有的透着灯光的窗子，眼睛看着看着，窗子忽然就黑了一个，忽然又黑了一个。屋子一灭掉了灯，竟好像沉到深渊里边去的样子立刻消灭了。

而老王的窗子仍旧是亮的，她的四周都黑了，都不存在了，那就更显得她单独地停在那里。

"她还没有睡呢！"他想。

她怎么还不睡，他似乎这样想了一下。是否他还要回到她那边去，他心里很犹疑。

等他不自觉地又回老王的窗下时，他终于敲了她的门。里边应着的声音并没有惊奇，开了门让他进去。

这夜，冯二成子就在王寡妇家里结了婚了。

他并不像世界上所有的人结婚那样：也不跳舞，也不招待宾客，也不到礼拜堂去。而也并不像邻家姑娘那样打着铜锣，敲着大鼓。但是他们庄严得很，因为百感交集，彼此哭了一遍。

第二年夏天，后花园里的花草又是那么热闹，矮瓜淘气地爬上了树了，向日葵开了大花，惹得蜂子成群地闹着，大菽茨，爬山虎，马蛇菜，胭粉豆，样样都开了花。耀眼的耀眼，散着香气的散着香气。年年爬到磨房窗棂上来的黄瓜，今年又照样地爬上来了；年年结果子的，今年又照样地结了果子。

后花园

唯有墙上的狗尾草比去年更为茂盛，因为今年雨水多而风少。园子里虽然是花草鲜艳，而很少有人到园子里来，是依然如故。

偶然园主的小孙女跑进来折一朵大蒺茨花，听到屋里有人喊着：

"小春，小春……"

她转身就跑回屋去，而后把门又轻轻地闩上了。

算起来就要一年了，赵老太太的女儿就是从这靠着花园的厢房出嫁的。在街上冯二成子碰到那出嫁的女儿一次，她的怀里抱着一个小孩。

可是冯二成子也有了小孩了。磨房里拉起了一张白布帘子来，帘子后边就藏着出生不久的婴孩和孩子的妈妈。

又过了两年，孩子的妈妈死了。

冯二成子坐在罗架上打筛罗时，就把孩子骑在梆子上。夏昼十分热了，冯二成子把头垂在孩子的腿上，打着瞌睡。

不久那孩子也死了。

后花园经过了几度繁华，经过了几次凋零，但那大蒺茨花它好像世世代代要存在下去的样子，经冬复历春，年年照样地在园子里边开着。

园主人把后花园里的房子都翻了新了，只有这磨房连动也没动，说是磨房用不着好房子的，好房子也让筛罗"咚咚"地震坏了。

所以磨房的屋瓦，为着风吹，为着雨淋，一排一排的都脱了节。每刮一次大风，屋瓦就要随着风在半天空里飞走了几块。

夏昼，冯二成子伏在梆子上，每每要打瞌睡，他瞌睡醒来时，昏昏庸庸的他看见眼前跳跃着无数条光线，他揉一揉眼睛，再仔细看一看，原来是房顶露了天了。

以后两年三年，不知多少年，他仍旧在那磨房里平平静静地活着。

后花园的园主也老死了，后花园也拍卖了，这拍卖只不过给冯二成子换了个主人。这个主人并不是个老头，而是个年轻的，爱漂亮,爱说话的,常常穿了很干净的衣裳来磨房的窗外,看那磨倌怎样打他的筛罗,怎样摇他的风车。

一九四〇年四月

选自《萧红全集》,北京燕山出版社 2014 年

后花园

小城三月

一

　　三月的原野已经绿了,像地衣那样绿,透出在这里,那里。郊原上的草,是必须转折了好几个弯儿才能钻出地面的,草儿头上还顶着那胀破了种粒的壳,发出一寸多高的芽子,欣幸地钻出了土皮。放牛的孩子在掀起了墙脚下面的瓦时,找到了一片草芽了,孩子们回到家里告诉妈妈,说:"今天草芽出土了!"妈妈惊喜地说:"那一定是向阳的地方!"抢根菜的白色的圆石似的籽儿在地上滚着,野孩子一升一斗的在拾着。蒲公英发芽了,羊咩咩地叫,乌鸦绕着杨树林子飞。天气一天暖似一天,日子一寸一寸的都有意思。杨花满天照地飞,像棉花似的。人们出门都是用手提着,杨花挂着他了。草和牛粪都横在道上,放散着强烈的气味。远远的有用石子打船的声音。"空空……"的大声传来。

　　河冰发了,冰块顶着冰块,苦闷地又奔放地向下流。乌鸦站在冰块上寻觅小鱼吃,或者是还在冬眠的青蛙。

　　天气突然地热起来,说是"二八月,小阳春",自然冷天气要来的,但是这几天可热了。春带着强烈的呼唤从这头走到那头……

　　小城里被杨花给装满了,在榆树钱还没变黄之前,大街小巷到处飞着,像纷纷落下的雪块……

　　春来了。人人像久久等待着一个大暴动,今天夜里就要举行,人人带着犯罪的心情,想参加到解放的尝试……春吹到每个人的心坎,带着呼唤,带着蛊惑……

　　我有一个姨,和我的堂哥哥大概是恋爱了。

姨母本来是很近的亲属，就是母亲的姊妹。但是我这个姨，她不是我的亲姨，她是我的继母的继母的女儿。那么她可算与我的继母有点血统的关系了，其实也是没有的。因为我这个外祖母是在已经做了寡妇之后才来到我外祖父家，翠姨就是这个外祖母原来在另外一家所生的女儿。

翠姨还有一个妹妹，她的妹妹小她两岁，大概是十七八岁，那么翠姨也就是十八九岁了。

翠姨生得并不是十分漂亮，但是她长得窈窕，走起路来沉静而且漂亮，讲起话来清楚地带着一种平静的感情。她伸手拿樱桃吃的时候，好像她的手指尖对那樱桃十分可怜的样子，她怕把它触坏了似的轻轻地捏着。

假若有人在她的背后唤她一声，她若是正在走路，她就会停下了；若是正在吃饭，就要把饭碗放下，而后把头向着自己的肩膀转过去，而全身并不大转，于是她自觉地闭合着嘴唇，像是有什么要说而一时说不出来似的……

而翠姨的妹妹，忘记了她叫什么名字，反正是一个大说大笑的，不十分修边幅，和她的姐姐全不同。花的绿的，红的紫的，只要是市上流行的，她就不大加以选择，做起一件衣服来赶快就穿在身上。穿上了而后，到亲戚家去串门，人家恭维她的衣料怎样漂亮的时候，她总是说，和这完全一样的，还有一件，她给了她的姐姐了。

我到外祖父家去，外祖父家里没有像我一般大的女孩子陪着我玩，所以每当我去，外祖母总是把翠姨喊来陪我。

翠姨就住在外祖父的后院，隔着一道板墙，一招呼，听见就来了。

外祖父住的院子和翠姨住的院子，虽然只隔一道板墙，但是却没有门可通，所以还得绕到大街上去从正门进来。

因此有时翠姨先来到板墙这里，从板墙缝中和我打了招呼，而后回到屋去装饰了一番，才从大街上绕了个圈来她母亲的家里。

翠姨很喜欢我。因为我在学堂里念书，而她没有，她想什么事

小城三月

我都比她明白。所以,她总是有许多事务同我商量,看看我的意见如何。

到夜里,我住在外祖父家里了,她就陪着我也住下的。

每每睡下就谈,谈过了半夜,不知为什么总是谈不完……

开初谈的是衣服怎么穿,穿什么样的颜色,穿什么样的料子。比如走路应该快或是应该慢。有时,白天里她买了一个别针,到夜里她拿出来看看,问我这别针到底是好看或是不好看。那时候,大概是十五年前的时候,我们不知城外如何装扮一个女子,而在这个城里,几乎个个都有一条宽大的绒绳结的披肩,蓝的紫的,各色的都有,但最多多不过枣红色的。几乎在街上所见的都是枣红色的大披肩了。

哪怕红的绿的那么多,但总没有枣红色的最流行。

翠姨的妹妹有一张,翠姨有一张,我的所有的同学,几乎每人都有一张。就连素不考究的外祖母的肩上也披着一张,只不过披的是蓝色的,没有敢用最流行的枣红色的就是了。因为她总算年纪大了一点,对年轻人让了一步。

还有那时候都流行穿绒绳鞋,翠姨的妹妹就赶快地买了穿上,因为她那个人很粗心大意,好坏她不管,只是人家有她也有,别人是人穿衣裳,而翠姨的妹妹就好像被衣服所穿了似的,芜芜杂杂。但永远合乎着应有尽有的原则。

翠姨的妹妹的那绒绳鞋,买来了,穿上了。在地板上跑着,不大一会工夫,那每只鞋脸上系着的一只毛球,竟有一个毛球已经离开了鞋子,向上跳着,只还有一根绳连着,不然就要掉下来了。很好玩的,好像一颗大红枣被系到脚上去了。因为她的鞋子也是枣红色的。大家都在嘲笑她的鞋子一买回来就坏了。

翠姨,她没有买,也许她心里边早已经喜欢了,但是看上去她都像反对似的,好像她都不接受。

她必得等到许多人都开始采办了,这时候,看样子她才稍稍有些动心。

好比买绒绳鞋，夜里她和我谈话问过我的意见，我也说是好看的，我有很多的同学她们也都买了绒绳鞋。

第二天翠姨就要求我陪着她上街，先不告诉我去买什么，进了铺子选了半天别的，才问到我绒绳鞋。

走了几家铺子，都没有，都说是已经卖完了。我晓得店铺的人是这样瞎说的，表示他家这店铺平常总是最丰富的，只恰巧你要的这件东西，他就没有了。我劝翠姨说，咱们慢慢地走，别家一定会有的。

我们坐马车从街梢上的外祖父家来到街中心的。

见了第一家铺子，我们就下了马车。不用说，马车我们已经是付过了价钱的。等我们买好了东西回来的时候，会另外叫一辆的，因为我们不知道要等多久。

大概看见什么好，虽然不需要也要买点，或是东西已经买全了，不必要再多留连，也要留连一会，或是买东西的目的，本来只在一双鞋，而结果鞋子没有买到，反而啰里啰唆地买回来许多用不着的东西。

这一天，我们辞退了马车，进了第一家店铺。

在别的大城市里没有这种情形，而在我家乡里往往是这样，坐了马车，虽然是付过了钱，让他自由去兜揽生意，但他常常还仍旧等候在铺子的门外。等一出来，他仍旧请你坐他的车。

我们走进第一个铺子，一问没有。于是就看了些别的东西，从绸缎看到呢绒，从呢绒再看到绸缎，布匹根本不看的，并不像母亲们进了店铺那样子。这个买去做被单，那个买去做棉袄的，因为我们管不了被单棉袄的事。母亲们一月不进店铺，一进店铺又是这个便宜应该买，那个不贵，也应该买。比方一块在夏天才用得着的花洋布，母亲们冬天里就买起来了，说是趁着便宜多买点，总是用得着的。而我们就不然了，我们是天天进店铺的，天天搜寻些个是好看的，是贵的值钱的，平常时候绝对的用不到想不到的。

那一天我们就买了许多花边回来，钉着光片的，带着琉璃的。

小城三月

说不上要做什么样的衣服才配得着这种花边。也许根本没有想到做衣服,就贸然地把花边买下了。一边买着,一边说好,翠姨说好,我也说好。到了后来,回到家里,当众打开了让大家批判,这个一言,那个一语,让大家说得也有点没有主意了,心里已经五六分空虚了。于是赶快地收拾了起来,或者从别人的手中夺过来,把它包起来,说她们不识货,不让她们看了。

勉强说着:

"我们要做一件红金丝绒的袍子,把这个黑琉璃边镶上。"

或是:

"这红的我们送人去……"

说虽仍旧如此说,心里已经八九分空虚了,大概是这些所心爱的,从此就不会再出头露面的了。

在这小城里,商店究竟没有多少,到后来又加上看不到绒绳鞋,心里着急,也许跑得更快些。不一会工夫,只剩了三两家了。而那三两家,又偏偏是不常去的,铺子小,货物少。想来它那里也是一定不会有的了。

我们走进一个小铺子里去,果然有三四双,非小即大,而且颜色都不好看。

翠姨有意要买,我就觉得奇怪,原来就不十分喜欢,既然没有好的,又为什么要买呢?让我说着,没有买成,回家去了。

过了两天,我把买鞋子这件事情早就忘了。

翠姨忽然又提议要去买。

从此我知道了她的秘密,她早就爱上了那绒绳鞋了,不过她没有说出来就是了。她的恋爱的秘密就是这样子的。她似乎要把它带到坟墓里去,一直不要说出口,好像天底下没有一个人值得听她的告诉……

在外边飞着满天大雪,我和翠姨坐着马车去买绒绳鞋。我们身上围着皮褥子,赶车的车夫高高地坐在车夫台上,摇晃着身子,唱着沙哑的山歌:"喝咧咧……"耳边风呜呜地啸着,从天上倾下来的大雪,迷乱了我们的眼睛,远远的天隐在云雾里,我默默地祝福翠姨快快买到可爱的绒绳鞋,我从心里愿意她得救……

市中心远远地朦朦胧胧地站着,行人很少,全街静悄无声。我们一家挨一家地问着,我比她更急切,我想赶快买到吧,我小心地盘问着那些店员们,我从来不放弃一个细微的机会,我鼓励翠姨,没有忘记一家。使她都有点儿诧异,我为什么忽然这样热心起来。但是我完全不管她的猜疑,我不顾一切地想在这小城里面,找出一双绒绳鞋来。

只有我们的马车,因为载着翠姨的愿望,在街上奔驰得特别的清醒,又特别的快。雪下得更大了,街上什么人都没有了,只有我们两个人,催着车夫,跑来跑去。一直到天都很晚了,鞋子没有买到。翠姨深深地看到我的眼睛说:"我的命,不会好的。"我很想装出大人的样子,来安慰她,但是没有等到找出什么适当的话来,泪便流出来了。

二

翠姨以后也常来我家住着,是我的继母把她接来的。

因为她的妹妹订婚了,怕是她一旦的结了婚,忽然会剩下她一个人来,使她难过。因为她的家里并没有多少人,只有她的一个六十多岁的老祖父,再就是一个也是寡妇的伯母,带一个女儿。

堂妹妹本该在一起玩耍解闷的,但是因性格的相差太远,一向是水火不同炉地过着日子。

她的堂妹妹,我见过,永久是穿着深色的衣裳,黑黑的脸。一天到晚陪着母亲坐在屋子里。母亲洗衣裳,她也洗衣裳;母亲哭,她也哭。也许她帮着母亲哭她死去的父亲,也许哭的是她们的家穷。那别人就不晓得了。

本来是一家的女儿,翠姨她们两姊妹却像有钱的人家的小姐,而那个堂妹妹,看上去却像乡下丫头。这一点,使她得到常常到我们家里来住的权利。

小城三月

101

她的亲妹妹订婚了，再过一年就出嫁了。在这一年中，妹妹大大地阔气了起来，因为婆家那方面一订了婚就送来了聘礼。这个城里，从前不用大洋票，而用的是广信公司出的帖子，一百吊一千吊的论。她妹妹的聘礼大概是几万吊，所以她忽然不得了起来，今天买这样，明天买那样，花别针一个又一个的，丝头绳一团一团的，带穗的耳坠子，洋手表，样样都有了。每逢上街的时候，她和她姐姐一道，现在总是她付车钱了。她的姐姐要付，她却百般地不肯，有时当着人面，姐姐一定要付，妹妹一定不肯，结果闹得很窘，姐姐无形中觉得一种权利被人剥夺了。

但是关于妹妹的订婚，翠姨一点也没有羡慕的心理。妹妹未来的丈夫，她是看过的，没有什么好看，很高，穿着蓝袍子黑马褂，好像商人，又像一个小土绅士。又加上翠姨太年轻了，想不到什么丈夫，什么结婚。

因此，虽然妹妹在她的旁边一天比一天丰富起来，妹妹是有钱了，但是妹妹为什么有钱的，她没有考查过。

所以当妹妹尚未离开她之前，她绝对地没有重视"订婚"的事。

不过她常常地感到寂寞。她和妹妹出来进去的，因家庭环境孤寂，竟好像一对双生子似的，而今去了一个。不但翠姨自己觉得单调，就是她的祖父也觉得她可怜。

所以自从她的妹妹嫁了人，她就不大回家，总是住在她的母亲的家里。有时我的继母也把她接到我们家里。

翠姨非常聪明，她会弹大正琴，就是前些年所流行在中国的一种日本琴。她还会吹箫或是会吹笛子。不过弹那琴的时候却很多。住在我家里的时候，我家的伯父，每在晚饭之后必同我们玩这些乐器的。笛子，箫，日本琴①，风琴，月琴，还有什么打琴②。真正的西洋的乐器，可一样也没有。

---

① 日本琴：本指"KOTO"，即十三弦古筝，此处指大正琴。
② 打琴：即扬琴。击弦乐器。又称洋琴、铜丝琴、蝴蝶琴。

在这种正玩得热闹的时候,翠姨也来参加了。翠姨弹了一个曲子,和我们大家立刻就配合上了。于是大家都觉得在我们那已经天天闹熟了的老调子之中,又多了一个新的花样。于是立刻我们就加倍地努力,正在吹笛子的把笛子吹得特别响,把笛膜震抖得似乎就要爆炸了似的,滋滋地叫着。十岁的弟弟在吹口琴,他摇着头,好像要把那口琴吞下去似的,至于他吹的是什么调子,已经是没有人留意了。在大家忽然来了勇气的时候,似乎只需要这种胡闹。

而那按风琴的人,因为越按越快,到后来也许是已经找不到琴键了,只是那踏脚板越踏越快,踏得呜呜地响,好像有意要毁坏了那风琴,而想把风琴撕裂了一般的。

大概所奏的曲子是《梅花三弄》①,也不知道接连地弹过了多少圈,看大家的意思都不想要停下来。不过到了后来,实在是气力没有了,找不着拍子的找不着拍子,跟不上调的跟不上调,于是在大笑之中,大家停下来了。

不知为什么,在这么快乐的调子里边,大家都有点伤心,也许是乐极生悲了,把我们都笑得流着眼泪,一边还笑。

正在这时候,我们往门窗处一看,我的最小的小弟弟,刚会走路,他也背着一个很大的破手风琴来参加了。

谁都知道,那手风琴从来也不会响的。把大家笑死了。在这回得到了快乐。

我的哥哥(伯父的儿子,钢琴弹得很好)吹箫吹得最好,这时候他放下了箫,对翠姨说:"你来吹吧!"翠姨却没有言语,站起身来,跑到自己的屋子去了,我的哥哥好久好久地看住那帘子。

三

翠姨在我家,和我住一个屋子。月明之夜,屋子照得通亮。翠

---

① 《梅花三弄》:中国古琴曲,由东晋桓伊所奏的笛曲改编而得,体现梅花洁白傲雪凌霜的品性,又名《梅花引》《玉妃引》。

姨和我谈话，往往谈到鸡叫，觉得也不过刚刚才半夜。

鸡叫了，才说："快睡吧，天亮了。"

有的时候，一转身，她又问我：

"是不是一个人结婚太早不好，或许是女孩子结婚太早是不好的！"

我们以前谈了很多话，但没有谈到这些。

总是谈什么，衣服怎样穿，鞋子怎样买，颜色怎样配；买了毛线来，这毛线应该打个什么样的花纹；买了帽子来，应该批判这帽子还微微有缺点，这缺点究竟在什么地方，虽然说是不要紧，或者是一点关系也没有，但批评总是要批评的。

有时再谈得远一点，就表姊表妹之类订了婆家，或什么亲戚的女儿出嫁了，或是什么耳闻的，听说的，新娘子和新姑爷闹别扭之类。

那个时候，我们的县里早就有了洋学堂了。小学好几个，大学没有。只有一个男子中学，往往成为谈论的目标。谈论这个，不单是翠姨，外祖母，姑姑，姐姐之类，都愿意讲究这当地中学的学生。因为他们一切洋化，穿着裤子，把裤腿卷起来一寸，一张口，"格得毛宁"①外国语，他们彼此一说话就"答答答"，听说这是什么俄国话。而更奇怪的是他们见了女人不怕羞。这一点，大家都批评说是不如从前了。从前的书生，一见了女人脸就红。

我家算是最开通的了。叔叔和哥哥他们都到北京和哈尔滨那些大地方去读书了，他们开了不少的眼界。回到家里来，大讲他们那里都是男孩子和女孩子同学。

这一题目，非常的新奇，开初都认为这是造了反。后来因为叔叔也常和女同学通信，因为叔叔在家庭里是有点地位的人。并且父

---

① "格得毛宁"：英语"Good morning"译音，意为"早上好"。

亲从前也加入过国民党，革过命，所以这个家庭都"咸与维新"①起来。

因此在我家里，一切都是很随便的，逛公园，正月十五看花灯，都是不分男女，一齐去。

而且我家里设了网球场，一天到晚打网球，亲戚家的男孩子来了，我们也一齐地打。

这都不谈，仍旧来谈翠姨。

翠姨听了很多的故事。关于男学生结婚的事情，就是我们本县里，已经有几件事情不幸的了。有的结婚了，从此就不回家了；有的娶来了太太，把太太放在另一间屋子里住着，而且自己却永久住在书房里。

每逢讲到这些故事时，多半别人都是站在女的一边，说那男子都是念书念坏了，一看了那不识字的又不是女学生之类就生气，觉得处处都不如他。天天总说婚姻不自由。可是自古至今，都是爹许娘配的，偏偏到了今天，都要自由。看吧，这还没有自由呢，就先来了花头故事了，娶了太太的不回家，或是把太太放在另一个屋子里。这些都是念书念坏了的。

翠姨听了许多别人家的评论。大概她心里边也有些不平，她就问我不读书是不是很坏的，我自然说是很坏的。而且她看了我们家里男孩子、女孩子通通到学堂去念书的。而且我们亲戚家的孩子也都是读书的。

因此她对我很佩服，因为我是读书的。

但是不久，翠姨就订婚了。就是她妹妹出嫁不久的事情。

她的未来的丈夫，我见过，在外祖父的家里。人长得又矮又小，穿一身蓝布棉袍子，黑马褂，头上戴一顶赶大车的人所戴的四耳

---

① "咸与维新"：语出《书·胤征》："天吏逸德，烈于猛火，歼厥渠魁，胁从罔治。旧染污俗，咸与维新。"本义为"都给(沾染恶习、旧俗的人)重新做人"，后表示"都参加更新旧制"。

小城三月

帽子。

当时翠姨也在的,但她不知道那是她的什么人,她只当是哪里来了这样一位乡下的客人。外祖母偷着把我叫过去,特别告诉了我一番,这就是翠姨将来的丈夫。

不久翠姨就很有钱。她的丈夫的家里,比她妹妹丈夫的家里还更有钱得多。婆婆也是个寡妇,守着个独生的儿子。儿子才十七岁,是在乡下的私学馆里读书。

翠姨的母亲常常替翠姨解说,人小点不要紧,岁数还小呢,再长上两三年两个人就一般高了。劝翠姨不要难过,婆家有钱就好的。聘礼的钱十多万都交过来了,而且就由外祖母的手亲自交给了翠姨;而且还有别的条件保障着,那就是说,三年之内绝对不准娶亲,借着男的一方面年纪太小为辞,翠姨更愿意远远地推着。

翠姨自从订婚之后,是很有钱的了,什么新样子的东西一到,虽说不是一定抢先去买了来,总是过不了多久,箱子里就要有的了。那时候夏天最流行银灰色市布大衫,而翠姨穿起来最好,因为她有好几件,穿过两次不新鲜就不要了,就只在家里穿,而出门就又去做一件新的。

那时候正流行着一种长穗的耳坠子,翠姨就有两对:一对红宝石的,一对绿的。而我的母亲才能有两对,而我才有一对。可见翠姨是顶阔气的了。

还有那时候就已经开始流行高跟鞋了。可是在我们本街上却不大有人穿,只有我的继母早就开始穿,其余就算是翠姨。并不是一定因为我的母亲有钱,也不是因高跟鞋一定贵,只是女人们没有那么摩登的行为,或者说她们不很容易接受新的思想。

翠姨第一天穿起高跟鞋来,走路还很不安定,但到第二天就比较的习惯了。到了第三天,就说以后,她就是跑起来也是很平稳的,而且走路的姿态更加可爱了。

我们有时也去打网球玩玩,球撞到她脸上的时候,她才用球拍遮了一下,否则她半天也打不到一个球。因为她一上了场站在白线上就是白线上,站在格子里就是格子里,她根本不动。有的时候她竟拿着网球拍子站着一边去看风景去了。尤其是大家打完了网球,吃东西的吃东西去了,洗脸的洗脸去了。唯有她一个人站在短篱前面,向着远远的哈尔滨市影痴望着。

有一次我同翠姨一同去做客。我继母的族中娶媳妇。她们是八旗人,也就是满人,满人才讲究场面呢,所有的族中的年轻的媳妇都必得到场,而且个个打扮得如花似玉。似乎咱们中国的社会,是没这么繁华的社交的场面的,也许那时候,我是小孩子,把什么都看得特别繁华。就只说女人们的衣服吧,就个个都穿得和现在西洋女人在夜总会里边那么庄严,一律都穿着绣花大袄。而她们是八旗人,大袄的襟下一律的没有开口,而且很长。大袄的颜色枣红的居多,绛色的也有,玫瑰紫色的也有。而那上边绣的花色,有的荷花,有的玫瑰,有的松竹梅,一句话,特别的繁华。

她们的脸上,都擦着白粉,她们的嘴上都染得桃红。

每逢一个客人到了门前,她们是要列着队出来迎接的,她们都是我的舅母,一个一个地上前来问候了我和翠姨。

翠姨早就熟识她们的,有的叫表嫂子,有的叫四嫂子。而在我,她们就都是一样的,好像小孩子的时候,所玩的用花纸剪的纸人,这个和那个都是一样,完全没有分别。都是花缎袍子,都是白白的脸,都是很红的嘴唇。

就是这一次,翠姨出了风头了,她进到屋里,靠着一张大镜子旁坐下了。女人们就忽然都上前来看她,也许她从来没有这么漂亮过,今天把别人都惊住了。

依我看,翠姨还没有她从前漂亮呢,不过她们说翠姨漂亮得像棵新开的蜡梅。翠姨从来不搽胭脂的,而那天又穿了一件为着将来做新娘子而准备的蓝色缎子满是金花的夹袍。

翠姨让她们围起看着,难为情了起来,站起来想要逃掉似的,迈着很勇敢的步子,茫然地往里边的房间里闪开了。

谁知那里边就是新房呢,于是许多的嫂嫂就哗然地叫着,说:

"翠姐姐不要急,明年就是个漂亮的新娘子,现在先试试去。"

当天吃饭饮酒的时候,许多客人从别的屋子来呆呆地望着翠姨。翠姨举着筷子,似乎是在思量着,保持着镇静的态度,用温和的眼光看着她们。仿佛她不晓得人们专门在看着她似的。但是别的女人们羡慕了翠姨半天了,脸上又都突然地冷落起来,觉得有什么话要说,又都没有说,然后彼此对望着,笑了一下,吃菜了。

四

有一年冬天,刚过了年,翠姨就来到了我家。

伯父的儿子——我的哥哥,就正在我家里。

我的哥哥,人很漂亮,很直的鼻子,很黑的眼睛,嘴也好看,头发也梳得好看,人很长,走路很爽快。大概在我们所有的家族中,没有这么漂亮的人物。

冬天,学校放了寒假,所以来我们家里休息。大概不久,学校开学就要上学去了。哥哥是在哈尔滨读书。

我们的音乐会,自然要为这新来的角色而开了。翠姨也参加的。

于是非常的热闹,比方我的母亲,她一点也不懂这行,但是她也列了席,她坐在旁边观看。连家里的厨子,女工,都停下了工作来望着我们,似乎他们不是听什么乐器,而是在看人。我们聚满了一客厅。这些乐器的声音,大概很远的邻居都可以听到。

第二天邻居来串门的,就说:

"昨天晚上,你们家又是给谁祝寿?"

我们就说,是欢迎我们的刚到的哥哥。因此,我们家是很好玩的,很有趣的。不久,就来到了正月十五看花灯的时节了。

我们家里自从父亲维新革命,总之在我们家里,兄弟姊妹,一律相待,有好玩的就一齐玩,有好看的就一齐去看。

伯父带着我们,哥哥,弟弟,姨……共八九个人,在大月亮地里往大街里跑去了。那路之滑,滑得不能站脚,而且高低不平。他们男孩子们跑在前面,而我们因为跑得慢就落了后。

于是那在前边的他们回头来嘲笑我们,说我们是小姐,说我们是娘娘,说我们走不动。

我们和翠姨早就连成一排向前冲去,但是,不是我倒,就是她倒,到后来还是哥哥他们一个一个地来扶着我们。说是扶着,未免的太示弱了,也不过就是和他们连成一排向前进着。

不一会到了市里,满路花灯,人山人海。又加上狮子,旱船,龙灯,秧歌,闹得眼也花起来,一时也数不清多少玩意,哪里会来得及看,似乎只是在眼前一晃就过去了。而一会别的又来了,又过去了。其实也不见得繁华得多么不得了,不过觉得世界上是不会比这个再繁华的了。

商店的门前,点着那么大的火把,好像热带的大椰子树似的,一个比一个亮。

我们进了一家商店,那是父亲的朋友开的。他们很好地招待我们,茶,点心,橘子,元宵。我们哪里吃得下去,听到门外一打鼓,就心慌了。而外边鼓和喇叭又那么多,一阵来了,一阵还没有去远,一阵又来了。

因为城本来是不大的,有许多熟人也都是来看灯的,都遇到了。其中我们本城里的在哈尔滨念书的几个男学生,他们也来看灯了。哥哥都认识他们。我也认识他们,因为这时候我到哈尔滨念书去了,所以一遇到了我们,他们就和我们在一起。他们出去看灯,看了一会,又回到我们的地方,和伯父谈话,和哥哥谈话。我晓得他们,因我们家比较有势力,他们是很愿和我们讲话的。

所以回家的一路上,又多了两个男孩子。

无管人讨厌不讨厌,他们穿的衣服总算都市化了。个个都穿着西装,戴着呢帽,外套都是到膝盖的地方,脚下很利落清爽。比起我们城里的那种怪样子的外套,好像大棉袍子似的,好看得多了。而且颈间又都束着一条围巾,那围巾自然也是全丝全棉的花纹,似乎一束起那围巾来,人就更显得庄严,漂亮。

翠姨觉得他们个个都很好看。

哥哥也穿的西装,自然哥哥也很好看。因此在路上她直在看哥哥。

翠姨梳头梳得是很慢的,必定梳得一丝不乱,搽粉也要搽了洗掉,洗掉再搽,一直搽到认为满意为止。花灯节的第二天早晨,她就梳得更慢,一边梳头一边在思量。本来按规矩每天吃早饭必得三请两请才能出席,今天必得请到四次,她才来了。

我的伯父当年也是一位英雄,骑马,打枪绝对的好。后来虽然已经五十岁了,但是风采犹存。我们都爱伯父的,伯父从小也就爱我们。诗,词,文章,都是伯父教我们的。翠姨住在我们家里,伯父也很喜欢翠姨。今天早饭已经开好了。催了翠姨几次,翠姨总是不出来。

伯父说了一句:"林黛玉……"

于是我们全家的人都笑了起来。

翠姨出来了,看见我们这样的笑,就问我们笑什么。我们没有人肯告诉她。翠姨知道一定是笑的她,她就说:

"你们赶快地告诉我,若不告诉我,今天我就不吃饭了。你们读书识字,我不懂,你们欺侮我……"

闹嚷了很久,是我的哥哥讲给她听了。伯父当着自己的儿子面前到底有些难为情,喝了好些酒,总算是躲过去了。

翠姨从此想到了念书的问题,但是她已经二十岁了,哪里去念书?上小学,没有她这样大的学生,上中学,她是一字不识。怎么可以?所以仍旧住在我们家里。

弹琴,吹箫,看纸牌,我们一天到晚地玩着。我们玩的时候,全体参加,我的伯父,我的哥哥,我的母亲。

翠姨对我的哥哥没有什么特别的好,我的哥哥对翠姨就像对我们,也是完全的一样。

不过哥哥讲故事的时候,翠姨总比我们留心听些,那是因为她的年龄稍稍比我们大些,当然在理解力上,比我们更接近一些哥哥的了。哥哥对翠姨比对我们稍稍的客气一点。他和翠姨说话的时候，总是"是的""是的"的，而和我们说话则"对啦""对啦"。这显然因为翠姨是客人的关系，而且在名分上比他大。

不过有一天晚饭之后，翠姨和哥哥都没有了。每天饭后大概总要开个音乐会的。这一天，也许因为伯父不在家，没有人领导的缘故，大家吃过也就散了，客厅里一个人也没有。我想找弟弟和我下一盘棋，弟弟也不见了。于是我就一个人在客厅里按起风琴来，玩了一下，也觉得没有趣。客厅是静得很的，在我关上了风琴盖子之后，我就听见了在后屋里，或者在我的房子里是有人的。

我想一定是翠姨在屋里。快去看看她，叫她出来张罗着看纸牌。

我跑进去一看，不单是翠姨，还有哥哥陪着她。

看见了我，翠姨就赶快地站起来说：

"我们去玩吧。"

哥哥也说：

"我们下棋去，下棋去。"

他们出来陪我来玩棋，这次哥哥总是输，从前是他回回赢我。我觉得奇怪，但是心里高兴极了。

不久寒假终了，我就回到哈尔滨的学校念书去了。可是哥哥没有同来，因为他上半年生了点病，曾在医院里休养了一些时候，这次伯父主张他再请两个月的假，留在家里。

以后家里的事情，我就不大知道了。都是由哥哥或母亲讲给我听的。我走了以后，翠姨还住在我家里。

后来母亲告诉过，就是在翠姨还没有订婚之前，有过这样一件事情。我的族中有一个小叔叔，和哥哥一般大的年纪，说话口吃，没有风采，也是和哥哥在一个学校里读书。虽然他也到我们家里来过，但怕翠姨没有见过。那时外祖母就主张给翠姨提婚。那族中的祖母一听就拒绝了，说是寡妇的孩子，命不好，也怕没有家教，何况父亲死了，母亲又出嫁了，好女不嫁二夫郎，这种人家的女儿，祖母

111

不要。但是我母亲说，辈分合，他家还有钱，翠姨过门是一品当朝的日子，不会受气的。

这件事情翠姨是晓得的，而今天又见了我的哥哥，她不能不想哥哥大概是那样看她的。她自觉地觉得自己的命运不会好的。现在翠姨自己已经订了婚，是一个人的未婚妻。二则她是出了嫁的寡妇的女儿，她自己一天把这背了不知有多少遍，她记得清清楚楚。

五

翠姨订婚，转眼三年了，正这时，翠姨的婆家，通了消息来，张罗要娶。她的母亲来接她回去整理嫁妆。

翠姨一听就得病了。

但没有几天，她的母亲就带着她到哈尔滨办嫁妆去了。

偏偏那带着她采办嫁妆的向导，又是哥哥介绍来的他的同学。他们住在哈尔滨的秦家岗上，风景绝佳，是洋人最多的地方。那男学生们的宿舍里边，有暖气，洋床。翠姨带着哥哥的介绍信，像一个女同学似的被他们招待着。又加上已经学了俄国人的规矩，处处尊重女子。所以翠姨当然受了他们不少的尊敬，请她吃大菜，请她看电影。坐马车的时候，上车让她先上，下车的时候，人家扶她下来。她每一动别人都为她服务。外套一脱，就接过去了；她刚一表示要穿外套，就给她穿上了。

不用说，买嫁妆她是不痛快的，但那几天，她总算一生中最开心的时候。

她觉得到底是读大学的人好，不野蛮，不会对女人不客气，绝不能像她的妹夫常常打她的妹妹。

经这到哈尔滨去一买嫁妆，翠姨就不愿意出嫁了。她一想那个又丑又小的男人，她就恐怖。

她回来的时候，母亲又接她到我们家来住着，说她的家里又黑，又冷，说她太孤单可怜。我们家是一团和气的。

到了后来，她的母亲发现她对于出嫁太不热心，该剪裁的衣裳，她不去剪裁。有一些零碎还要去买的,她也不去买。做母亲的总是常常要加以督促,后来就要接她回去,接到她的身边,好随时提醒她。她的母亲以为年轻的人必定要随时提醒的,不然总是贪玩。而况出嫁的日子又不远了,或者就是二三月。

想不到外祖母来接她的时候,她从心里的不肯回去,她竟很勇敢地提出来她要读书的要求。她说她要念书,她想不到出嫁。

开初外祖母不肯,到后来,她说若是不让她读书,她是不出嫁的。外祖母知道她的心情,而且想起了很多可怕的事情……

外祖母没有办法,依了她。给她在家里请了一位老先生,就在自己家院子的空房子里边摆上了书桌,还有几个邻居家的姑娘,一齐念书。

翠姨白天念书,晚上回到外祖母家。

念了书,不多日子,人就开始咳嗽,而且整天的闷闷不乐。她的母亲问她,有什么不如意?陪嫁的东西买得不顺心吗?或者是想到我们家去玩吗?什么事都问到了。

翠姨摇着头不说什么。

过了一些日子,我的母亲去看翠姨,带着我的哥哥,他们一看见她,第一个印象,就觉得她苍白了不少。而且母亲断言地说,她活不久了。

大家都说是念书累的,外祖母也说是念书累的,没有什么要紧的。要出嫁的女儿们,总是先前瘦的,嫁过去就要胖了。

而翠姨自己则点点头,笑笑,不承认,也不加以否认。还是念书,也不到我们家来了,母亲接了几次,也不来,回说没有工夫。

翠姨越来越瘦了,哥哥去到外祖母家看了她两次,也不过是吃饭、喝酒,应酬了一番,而且说是去看外祖母的。在这里,年轻的男子去拜访年轻的女子,是不可以的。哥哥回来也并不带回什么欢喜或是什么新奇的忧郁,还是照样和我们打牌下棋。

翠姨后来支持不了啦,躺下了,她的婆婆听说她病了,就要娶她,因为花了钱,死了不是可惜了吗?这一种消息,翠姨听了病就

113

更加严重。婆家一听她病重，立刻要娶她。因为在迷信中有这样一章：病新娘娶过来一冲，就冲好了。翠姨听了，就只盼望赶快死，拼命地糟蹋自己的身体，想死得越快一点儿越好。

母亲记起了翠姨，叫哥哥去看翠姨。是我的母亲派哥哥去的，母亲拿了一些钱让哥哥给翠姨送去，说是母亲送她在病中随便买点什么吃的。母亲晓得他们年轻人是很拘泥的，或者不好意思去看翠姨，也或者翠姨是很想看他的，他们好久不能看见了。同时翠姨不愿意出嫁，母亲很久的就在心里猜疑着他们了。

男子是不好先去专访一位小姐的，这城里没有这样的风俗。母亲给了哥哥一件礼物，哥哥就可去了。

哥哥去的那天，她家里正没有人，只是她家的堂妹妹迎接着这从未见过的生疏的年轻的客人。那堂妹妹还没问清客人的来由，就往外跑，说是去找她们的祖父去，请他等一等。大概她想凡是男客就是来会祖父的。

客人只说了自己的名字，那女孩子连听也没有听就跑出了。

哥哥正想，翠姨在什么地方？或者在里屋吗？翠姨大概听出什么人来了，她就在里边说：

"请进来。"

哥哥进去了，坐在翠姨的枕边，他要去摸一摸翠姨的前额，是否发热，他说：

"好了点吗？"

他刚一伸出手去，翠姨就突然地拉住他的手，而且大声地哭起来了，好像一颗心也哭出来了似的。哥哥没有准备，就很害怕，不知道说什么，做什么。他不知道现在该是保护翠姨的地位，还是保护自己的地位。同时听得见外边已经有人来了，就要开门进来了。一定是翠姨的祖父。

翠姨平静地向他笑着，说：

"你来得很好，一定是姐姐，你的婶母（我的母亲）告诉你来的，我心里永远纪念着她。她爱我一场，可惜我不能去看她了……我不能报答她了……不过我总会记起在她家里的日子的……她待我也许没有什么，但是我觉得已经太好了……我永远不会忘记的……我现在也不知道为什么，心里只想死得快一点就好，多活一天也是多余的……人家也许以为我是任性……其实是不对的。不知为什么，那家对我也会是很好的，但是我不愿意。我小时候，就不好，我的脾气总是不从心的事，我不愿意……这个脾气把我折磨到今天了……可是我怎能从心呢……真是笑话……谢谢姐姐她还惦着我……请你告诉她，我并不像她想的那么苦呢，我也很快乐……"翠姨苦笑了一笑，"我的心里安静，而且我求的我都得到了……"

哥哥茫然地不知道说什么。这时祖父进来了。看了翠姨的热度，又感谢了我的母亲，对我哥哥的降临，感到荣幸。他说请我母亲放心吧，翠姨的病马上就会好的，好了就嫁过去。

哥哥看了看翠姨就退出去了，从此再没有看见她。

哥哥后来提起翠姨常常落泪，他不知翠姨为什么死，大家也都心中纳闷。

尾声

等我到春假回来，母亲还当我说：

"要是翠姨一定不愿意出嫁，那也是可以的，假如他们当我说。"

……

翠姨坟头的草籽已经发芽了，一掀一掀的和土粘成了一片，坟头显出淡淡的青色，常常会有白色的山羊跑过。

这时城里的街巷，又装满了春天。

暖和的太阳，又转回来了。

街上有的提着筐子卖蒲公英的了，也有卖小根蒜的了。更有些孩子们，他们按着时节去折了那刚发芽的柳条，正好可以拧成哨子，就含在嘴里满街地吹。声音有高有低，因为哨子有粗有细。

大街小巷到处地呜呜呜，呜呜呜。好像春天是从他们的手里招

小城三月

115

呼回来了似的。但是这为期甚短。一转眼，吹哨子的不见了。

接着杨花飞起来了，榆钱飘满了一地。

在我的家乡那里，春天是快的。五天不出屋，树发芽了，再过五天不看树，树长叶了，再过五天，这树就像绿得使人不认识它了。使人想，这棵树，就是前天的那棵树吗？自己回答自己，当然是的。春天就像跑着似的那么快。好像人能够看见似的，春天从老远的地方跑来了，跑到这个地方，只向人的耳朵吹一句小小的声音"我来了呵"，而后很快地就跑过去了。

春，好像它不知道多么忙迫，好像无论什么地方都在招呼它。假若它晚到一刻，太阳会变色的，大地会干成石头，尤其是树木，那真是好像再多一刻工夫也不能忍耐。假若春天稍稍在什么地方留连了一下，就会误了不少的生命。

春天为什么它不早一点来，来到我们这城里多住一些日子，而后再慢慢地到另外的一个城里去，在另外一个城里也多住一些日子。

但那是不能的了，春天的命运就是这么短。

年轻的姑娘们，她们三两成双，坐着马车，去选择衣料去了，因为就要换春装了。她们热心地弄着剪刀，打着衣样，想装成自己心中想得出的那么好。她们白天黑夜地忙着，不久春装换起来了，只是不见载着翠姨的马车来。

一九四一年七月

选自《萧红全集》，北京燕山出版社 2014 年

呼兰河传

第一章

一

严冬一封锁了大地的时候,则大地满地裂着口。从南到北,从东到西,几尺长的,一丈长的,还有好几丈长的,它们毫无方向的,便随时随地,只要严冬一到,大地就裂开口了。

严寒把大地冻裂了。

年老的人,一进屋用扫帚扫着胡子上的冰溜,一面说:

"今天好冷啊! 地冻裂了。"

赶车的车夫,顶着三星①,绕着大鞭子走了六七十里,天刚一蒙亮,进了大店,第一句话就向客栈掌柜的说:

"好厉害的天啊! 小刀子一样。"

等进了栈房,摘下狗皮帽子来,抽一袋烟之后,伸手去拿热馒头的时候,那伸出来的手在手背上有无数的裂口。

人的手被冻裂了。

卖豆腐的人清早起来,沿着人家去叫卖,偶一不慎,就把盛豆腐的方木盘贴大地上拿不起来了。被冻在地上了。

卖馒头的老头,背着木箱子,里边装着热馒头,太阳一出来,就在街上叫唤。他刚一从家里出来的时候,他走得快,他喊的声音也

---

① 三星:猎户座中央三颗明亮的星,民间称作"三星"。

117

大。可是过不了一会，他的脚上挂了掌子了，在脚心上好像踏着一个鸡蛋似的，圆滚滚的。原来冰雪封满了他的脚底了，使他走起来十分的不得力，若不是十分的加着小心，他就要跌倒了。就是这样，也还是跌倒的。跌倒了是不很好的，把馒头箱子跌翻了，馒头从箱底一个一个地跑了出来。旁边若有人看见，趁着这机会，趁着老头子倒下一时还爬不起来的时候，就拾了几个一边吃着就走了。等老头子挣扎起来，连馒头带冰雪一起捡到箱子去，一数，不对数。他明白了。他向着那走得不太远的吃他馒头的人说：

"好冷的天，地皮冻裂了，吞了我的馒头了。"

行路人听了这话都笑了。他背起箱子来再往前走，那脚下的冰溜，似乎是越结越高，使他越走越困难，于是背上出了汗，眼睛上了霜，胡子上的冰溜越挂越多，而且因为呼吸的关系，把破皮帽子的帽耳朵和帽前遮都挂了霜了。这老头越走越慢，担心受怕，颤颤惊惊，好像初次穿上了滑冰鞋，被朋友推上了溜冰场似的。

小狗冻得夜夜地叫唤，哽哽的，好像它的脚爪被火烧着了一样。

天再冷下去：

水缸被冻裂了；

井被冻住了；

大风雪的夜里，竟会把人家的房子封住，睡了一夜，早晨起来，一推门，竟推不开门了。

大地一到了这严寒的季节，一切都变了样，天空是灰色的，好像刮了大风之后，呈着一种混沌沌的气象，而且整天飞着清雪。人们走起路来是快的，嘴里边的呼吸，一遇到了严寒好像冒着烟似的。七匹马拉着一辆大车，在旷野上成串地一辆挨着一辆地跑，打着灯笼，甩着大鞭子，天空挂着三星。跑了二里路之后，马就冒汗了。再跑下去，这一批人马在冰天雪地里边竟热气腾腾的了。一直到太阳出来，进了栈房，那些马才停止了出汗。但是一停止了出汗，马毛立刻就上了霜。

人和马吃饱了之后，他们再跑。这寒带的地方，人家很少，不像南方，走了一村，不远又来了一村，过了一镇，不远又来了一镇。这里是什么也看不见，远望出去是一片白。从这一村到那一村，根本是看不见的。只有凭了认路的人的记忆才知道是走向了什么方向。拉着粮食的七匹马的大车，是到他们附近的城里去。载来大豆的卖了大豆，载来高粱的卖了高粱。等回去的时候，他们带了油、盐和布匹。

呼兰河就是这样的小城，这小城并不怎样繁华，只有两条大街，一条从南到北，一条从东到西，而最有名的算是十字街了。十字街口集中了全城的精华。十字街上有金银首饰店、布庄、油盐店、茶庄、药店，也有拔牙的洋医生。那医生的门前，挂着很大的招牌，那招牌上画着特别大的有量米的斗那么大的一排牙齿。这广告在这小城里边无乃太不相当，使人们看了竟不知道那是什么东西。因为油店、布店和盐店，他们都没有什么广告，也不过是盐店门前写个"盐"字，布店门前挂了两张怕是自古亦有之的两张布幌子。其余的如药店的招牌也不过是把那戴着花镜的伸出手去在小枕头上号着妇女们的脉管的医生的名字挂在门外就是了。比方那医生的名字叫李永春，那药店也就叫"李永春"。人们凭着记忆，哪怕就是李永春摘掉了他的招牌，人们也都知李永春是在那里。不但城里的人这样，就是从乡下来的人也多半都把这城里的街道，和街道上尽是些什么都记熟了。用不着什么广告，用不着什么招引的方式，要买的比如油盐、布匹之类，自己走进去就会买。不需要的，你就是挂了多大的牌子，人们也是不去买。那牙医生就是一个例子，那从乡下来的人们看了这么大的牙齿，真是觉得稀奇古怪，所以那大牌子前边，停了许多人在看，看也看不出是什么道理来。假若他是正在牙痛，他也绝对地不去让那用洋法子的医生给他拔掉，也还是走到李永春药店去，买二两黄连，回家去含着算了吧！因为那牌子上的牙齿太大了，有点莫名其妙，怪害怕的。

所以那牙医生，挂了两三年招牌，到那里去拔牙的却是寥寥无几。

119

后来那女医生没有办法，大概是生活没法维持，她兼做了收生婆。

城里除了十字街之外，还有两条街，一条叫作东二道街，一条叫作西二道街。这两条街是从南到北的，大概五六里长。这两条街上没有什么好记载的，有几座庙，有几家烧饼铺，有几家粮栈。

东二道街上有一家火磨，那火磨的院子很大，用红色的好砖砌起来的大烟筒是非常高的，听说那火磨里边进去不得，那里边的消信可多了，是碰不得的。一碰就会把人用火烧死，不然为什么叫火磨呢？就是因为有火，听说那里边不用马，或是毛驴拉磨，用的是火。一般人以为尽是用火，岂不把火磨烧着了吗？想来想去，想不明白，越想也就越糊涂。偏偏那火磨又是不准参观的。听说门口站着守卫。

东二道街上还有两家学堂，一个在南头，一个在北头。都是在庙里边，一个在龙王庙里，一个在祖师庙里。两个都是小学。

龙王庙里的那个学的是养蚕，叫作农业学校。祖师庙里的那个，是个普通的小学，还有高级班，所以又叫作高等小学。

这两个学校，名目上虽然不同，实际上是没有什么分别的。也不过那叫作农业学校的，到了秋天把蚕用油炒起来，教员们大吃几顿就是了。

那叫作高等小学的，没有蚕吃，那里边的学生的确比农业学校的学生长得高，农业学生开头是念"人、手、足、刀、尺"，顶大的也不过十六七岁。那高等小学的学生却不同了，吹着洋号，竟有二十四岁的，在乡下私学馆里已经教了四五年的书了，现在才来上高等小学。也有的在粮栈里当了二年的管账先生的现在也来上学了。

这小学的学生写起家信来，竟有写道："小秃子闹眼睛好了没有？"小秃子就是他的八岁的长公子的小名。次公子、女公子还都没有写上，若都写上怕是把信写得太长了。因为他已经子女成群，已经是一家之主了，写起信来总是多谈一些个家政，姓王的地户的地租送来没有？大豆卖了没有？行情如何之类。

这样的学生，在课堂里边也是极有地位的，教师也得尊敬他，一不留心，他这样的学生就站起来了，手里拿着《康熙字典》，常常把先生会指问住的。万里乾坤的"乾"和乾菜的"乾"，据这学生说是不同的。乾菜的"乾"应该这样写："乾"，而不是那样写："乾"。

西二道街上不但没有火磨，学堂也就只有一个。是个清真学校，设在城隍庙里边。

其余的也和东二道街一样，灰秃秃的，若有车马走过，则烟尘滚滚，下了雨满地是泥。而且东二道街上有大泥坑一个，五六尺深。不下雨那泥浆好像粥一样，下了雨，这泥坑就便成河了，附近的人家，就要吃它的苦头，冲了人家里满满了是泥，等坑水一落了去，天一晴了，被太阳一晒出来很多蚊子飞到附近的人家去。同时那泥坑也就越晒越纯净，好像在提炼什么似的，好像要从那泥坑里边提炼出点什么来似的。若是一个月以上不下雨，那大泥坑的质度更纯了，水分完全被蒸发走了，那里边的泥，又黏又黑，比粥锅潋糊，比糨糊还黏。好像炼胶的大锅似的，黑糊糊的，油亮亮的，哪怕苍蝇蚊子从那里一飞也要黏住的。

小燕子是很喜欢水的，有时误飞到这泥坑上来，用翅子点着水，看起来很危险，差一点没有被泥坑陷害了它，差一点没有被粘住，赶快地头也不回地飞跑了。

若是一匹马，那就不然了，非粘住不可。而不仅仅是粘住，而是把它陷进去，马在那里边滚着，挣扎着，挣扎了一会，没有了力气那马就躺下了，一躺下那就很危险，很有致命的可能。但是这种时候不很多，很少有人牵着马或是拉着车子来冒这种险。

这大泥坑出乱子的时候，多半是在旱年，若两三个月不下雨这泥坑子才到了真正危险的时候。在表面上看来，似乎是越下雨越坏，一下了雨好像小河似的了，该多么危险，有一丈来深，人掉下去也要没顶的。其实不然，呼兰河这城里的人没有这么傻，他们都晓得这个坑是很厉害的，没有一个人敢有这样大的胆子牵着马从这泥坑上过。

呼兰河传

可是若三个月不下雨，这泥坑子就一天一天地干下去，到后来也不过是二三尺深，有些勇敢者就试探着冒险地赶着车从上边过去了，还有些次勇敢者，看着别人过去，也就跟着过去了。一来二去的，这坑子的两岸，就压成车轮经过的车辙了。那再后来者，一看，前边已经有人走在先了，这懦怯者比之勇敢的人更勇敢，赶着车子走上去了。

谁知这泥坑子的底是高低不平的，人家过去了，可是他却翻了车了。

车夫从泥坑爬出来，弄得和个小鬼似的，满脸泥污，而后再从泥中往外挖掘他的马，不料那马已经倒在泥污之中了，这时候有些过路的人，也就走上前来，帮忙施救。

这过路的人分成两种，一种是穿着长袍短褂的，非常清洁。看那样子也伸不出手来，因为他的手也是很洁净的。不用说那就是绅士一流的人物了，他们是站在一旁参观的。

看那马要站起来了，他们就喝彩，"噢！噢"地喊叫着，看那马又站不起来，又倒下去了，这时他们又是喝彩，"噢噢"地又叫了几声。不过这喝的是倒彩。

就这样的马要站起来，而又站不起来的闹了一阵之后，仍是没有站起来，仍是照原样可怜地躺在那里。这时候，那些看热闹的觉得也不过如此，也没有什么新花样了。于是星散开去，各自回家去了。

现在再来说那马还是在那里躺着，那些帮忙救马的过路人，都是些普通的老百姓，是这城里的担葱的、卖菜的、瓦匠、车夫之流。他们卷卷裤脚，脱了鞋子，看看没有什么办法，走下泥坑去，想用几个人的力量把那马抬起来。

结果抬不起来了，那马的呼吸不大多了。于是人们着了慌，赶快解了马套。从车子把马解下来，以为这回那马毫无担负的就可以站起来了。

不料那马还是站不起来。马的脑袋露在泥浆的外边，两个耳朵哆嗦着,眼睛闭着,鼻子往外喷着突突的气。

看了这样可怜的景象,附近的人们跑回家去,取了绳索,拿了绞锥。用绳子把马捆了起来,用绞锥从下边掘着。人们喊着号令,好像造房子或是架桥梁似的,把马抬出来了。

马是没有死,躺在道旁。人们给马浇了一些水,还给马洗了一个脸。

看热闹的也有来的,也有去的。

第二天大家都说:

"那大水泡子又淹死了一匹马。"

虽然马没有死,一哄起来就说马死了。若不这样说,觉得那大泥坑也太没有什么威严了。

在这大泥坑上翻车的事情不知有多少。一年除了被冬天冻住的季节之外,其余的时间,这大泥坑子像它被赋给生命了似的,它是活的。水涨了,水落了,过些日子大了,过些日子又小了。大家对它都起着无限的关切。

水大的时候,不但阻碍了车马,且也阻碍了行人。老头走在泥坑子的沿上,两条腿打颤,小孩走在泥坑子的沿上吓得狼哭鬼叫。

一下起雨来这大泥坑子白亮亮的涨得溜溜地满,涨到两边的人家的墙根上去了,把人家的墙根给淹没了。来往过路的人,一走到这里,就像在人生的路上碰到了打击。是要奋斗的,卷起袖子来,咬紧了牙根,全身的精力集中起来,手抓着人家的板墙,心脏扑通扑通地跳,头不要晕,眼睛不要花,要沉着迎战。

偏偏那人家的板墙造得又非常地平滑整齐,好像有意在危难的时候不帮人家的忙似的,使那行路人无管怎样巧妙地伸出手来,也得不到那板墙的怜悯,东抓抓不着什么,西摸也摸不到什么,平滑得连一个疤拉节子也没有,这可不知道是什么山上长的木头,长得这样完好无缺。

挣扎了五六分钟之后,总算是过去了。弄得满头流汗,满身发烧,那都不说。再说那后来的人,依法炮制,那花样也不多,也只是

123

东抓抓，西摸摸。弄了五六分钟之后，又过去了。

一过去了可就精神饱满，哈哈大笑着，回头向那后来的人，向那正在艰苦阶段上奋斗着的人说：

"这算什么，一辈子不走几回险路那不算英雄。"

可也不然，也不一定都是精神饱满的，而大半是被吓得脸色发白。有的虽然已经过去了，还是不能够很快地抬起腿来走路，因为那腿还在打颤。

这一类胆小的人，虽然是险路已经过去了，但是心里边无由地生起来一种感伤的情绪，心里颤抖抖的，好像被这大泥坑子所感动了似的，总要回过头来望了一望，打量一会，似乎要有些话说。终于也没有说什么，还是走了。

有一天，下大雨的时候，一个小孩掉下去了，让一个卖豆腐的救了上来。

救上来一看，那孩子是农业学校校长的儿子。

于是议论纷纷了，有的说是因为农业学堂设在庙里边，冲了龙王爷了，龙王爷要降大雨淹死这孩子。

有的说不然，完全不是这样，都是因为这孩子的父亲的关系，他父亲在讲堂上指手画脚地讲，讲给学生们说，说这天下雨不是在天的龙王爷下的雨，他说没有龙王爷。你看这不把龙王爷活活地气死，他这口气哪能不出呢？所以就抓住了他的儿子来实行因果报应了。

有的说，那学堂里的学生也太不像样了，有的爬上了老龙王的头顶，给老龙王去戴了一个草帽。这是什么年头，一个毛孩子就敢惹这么大的祸，老龙王怎么会不报应呢？看着吧，这还不能算了事，你想龙王爷并不是白人呵！你若惹了他，他可能够饶了你？那不像对付一个拉车的、卖菜的，随便地踢他们一脚就让他们去。那是龙王爷呀！龙王爷还是惹得的吗？

有的说，那学堂的学生都太不像样了，他说他亲眼看见过，学生们拿了蚕放在大殿上老龙王的手上。你想老龙王哪能够受得了。

有的说，现在的学堂太不好了，有孩子是千万上不得学堂的。一上了学堂就天地人鬼神不分了。

有的说他要到学堂把他的儿子领回来，不让他念书了。

有的说孩子在学堂里念书，是越念越坏，比方吓掉了魂，他娘给他叫魂的时候，你听他说什么？他说这叫迷信。你说再念下去那还了得吗？

说来说去，越说越远了。

过了几天，大泥坑子又落下去了，泥坑两岸的行人通行无阻。

再过些日子不下雨，泥坑子就又有点像要干了。这时候，又有车马开始在上面走，又有车子翻在上面，又有马倒在泥中打滚，又是绳索棍棒之类的，往外抬马，被抬出去的赶着车子走了。后来的，陷进去，再抬。

一年之中抬车抬马，在这泥坑子上不知抬了多少次，可没有一个人说把泥坑子用土填起来不就好了吗？没有一个。

有一次一个老绅士在泥坑涨水时掉在里边了。他一爬出来，他就说：

"这街道太窄了，去了这水泡子连走路的地方都没有了。这两边的院子，怎么不把院墙拆了让出一块来？"

他正说着，板墙里边，就是那院中的老太太搭了言。她说院墙是拆不得的，她说最好种树，若是沿着墙根种上一排树，下起雨来人就可以攀着树过去了。

说拆墙的有，说种树的有，若说用土把泥坑来填平的，一个人也没有。

这泥坑子里边淹死过小猪，用泥浆闷死过狗，闷死过猫，鸡和鸭也常常死在这泥坑里边。

原因是这泥坑上边结了一层硬壳，动物们不认识那硬壳下面就是陷阱，等晓得了可也就晚了。它们跑着或是飞着，等往那硬壳上一落可就再也站不起来了。白天还好，或者有人又要来施救。夜晚可就没有办法了。它们自己挣扎，挣扎到没有力量的时候就很自然

呼兰河传

125

地沉下去了,其实也或者越挣扎越沉下去得快。有时至死也还不沉下去的事也有。若是那泥浆的密度过高的时候,就有这样的事。

比方肉上市。忽然卖便宜猪肉了,于是大家就想起那泥坑子来了,说:

"可不是那泥坑子里边又淹死了猪了?"

说着若是腿快的,就赶快跑到邻人的家去,告诉邻居:

"快去买便宜肉吧,快去吧,快去吧,一会没有了。"

等买回家来才细看一番,似乎有点不大对,怎么这肉又紫又青的!可不要是瘟猪肉。

但是又一想,哪能是瘟猪肉呢,一定是那泥坑子淹死的。

于是煎、炒、蒸、煮,家家吃起便宜猪肉来。虽然吃起来了,但就总觉得不大香,怕还是瘟猪肉。

可是又一想,瘟猪肉怎么可以吃得,那么还是泥坑子淹死的吧!

本来这泥坑子一年只淹死一两口猪,或两三口猪,有几年还连一个猪也没有淹死。至于居民们常吃淹死的猪肉,这可不知是怎么一回事,真是龙王爷晓得。

虽然吃的自己说是泥坑子淹死的猪肉,但也有吃病了的,那吃病了的就大发议论说:

"就是淹死的猪肉也不应该抬到市上去卖,死猪肉终究是不新鲜的,税局子是干什么的,让大街上,在光天化日之下就卖起死猪肉来?"

那也是吃了死猪肉的,但是尚且没有病的人说:

"话可也不能是那么说,一定是你疑心,你三心二意地吃下去还会好。你看我们也一样是吃了,可怎么没病?"

间或也有小孩子太不知时务,他说他妈不让他吃,说那是瘟猪肉。

这样的孩子,大家都不喜欢。大家都用眼睛瞪着他,说他:

"瞎说,瞎说。"

有一次一个孩子说那猪肉一定是瘟猪肉,并且是当着母亲的面向邻人说的。

那邻人听了倒并没有坚决地表示什么,可是他的母亲的脸立刻就红了。伸出手去就打了那孩子。

那孩子很固执,仍是说:

"是瘟猪肉吗! 是瘟猪肉吗!"

母亲实在难为情起来,就拾起门旁的烧火的叉子,向着那孩子的肩膀就打了过去。

于是孩子一边哭着一边跑回家里去了。

一进门,炕沿上坐着外祖母,那孩子一边哭着一边扑到外祖母的怀里说:

"姥姥,你吃的不是瘟猪肉吗? 我妈打我。"

外祖母对这打得可怜的孩子本想安慰一番,但是一抬头看见了同院的老李家的奶妈站在门口往里看。

于是外祖母就掀起孩子后衣襟来,用力地在孩子的屁股上哐哐地打起来,嘴里还说着:

"谁让你这么一点你就胡说八道!"

一直打到李家的奶妈抱着孩子走了才算完事。

那孩子哭得一塌糊涂,什么"瘟猪肉"不"瘟猪肉"的,哭得也说不清了。

总共这泥坑子施给当地居民的福利有两条:

第一条:常常抬车抬马,淹鸡,淹鸭,闹得非常热闹,可使居民说长道短,得以消遣。

第二条就是这猪肉的问题了,若没有这泥坑子,可怎么吃瘟猪肉呢? 吃是可以吃的,但是可怎么说法呢? 真正说是吃的瘟猪肉,岂不太不讲卫生了吗? 有这泥坑子可就好办,可以使瘟猪变成淹猪,居民们买起肉来,第一经济,第二也不算什么不卫生。

二

东二道街除了大泥坑子这番盛举之外,再就没有什么了。也不

127

过是几家碾磨房，几家豆腐店，也有一两家机房，也许有一两家染布匹的染缸房，这个也不过是自己默默地在那里做着自己的工作，没有什么可以使别人开心的，也不能招来什么议论。那里边的人都是天黑了就睡觉，天亮了就起来工作。一年四季，春暖花开，秋雨，冬雪，也不过是随着季节穿起棉衣来，脱下单衣去地过着。生老病死也都是一声不响地默默地办理。

比方就是那东二道街南头，卖豆芽菜的王寡妇吧：她在房脊上插了一个很高的杆子，杆子头上挑着一个破筐。因为那杆子很高，差不多和龙王庙的铁马铃子一般高了。来了风，庙上的铃子格仍格仍地响。王寡妇的破筐子虽是它不会响，但是它也会东摇西摆地作着态。

就这样一年一年地过去，王寡妇一年一年地卖着豆芽菜，平静无事，过着安详的日子，忽然有一年夏天，她的独子到河里边去洗澡，掉河淹了。

这事情似乎轰动了一时，家传户晓，可是不久也就平静下去了。不但邻人、街坊，就是她的亲戚朋友也都把这回事情忘记了。

再说那王寡妇，虽然她从此以后就疯了，但她到底还晓得卖豆芽菜，她仍还是静静地活着，虽然偶尔她的疯性发了，在大街上或是在庙台上狂哭一场，但一哭过了之后，她还是平平静静地活着。

至于邻人街坊们，或是过路的人看见了她在庙台上哭，也会引起一点恻隐之心来的，不过为时甚短罢了。

还有人们常常喜欢把一些不幸者归划在一起，比如疯子傻子之类，都一律去看待。

哪个乡、哪个县、哪个村都有些个不幸者，瘸子啦，瞎子啦，疯子或是傻子。

呼兰河这城里，就有许多这一类的人。人们关于他们都似乎听得多、看得多，也就不以为奇了。偶尔在庙台上或是大门洞里不幸遇到了一个，刚想多少加一点恻隐之心在那人身上，但是一转念，人间这样的人多着哩！于是转过眼睛去，三步两步地就走过去了。

即或有人停下来,也不过是和那些毫没有记性的小孩子似的向那疯子投一个石子,或是做着把瞎子故意领到水沟里边去的事情。

一切不幸者,就都是叫花子,至少在呼兰河这城里边是这样。

人们对待叫花子们是很平凡的。

门前聚了一群狗在咬,主人问:

"咬什么?"

仆人答:

"咬一个讨饭的。"

说完了也就完了。

可见这讨饭人的活着是一钱不值了。

卖豆芽菜的女疯子,虽然她疯了还忘不了自己的悲哀,隔三差五地还到庙台上去哭一场,但是一哭完了,仍是得回家去吃饭,睡觉,卖豆芽菜。

她仍是平平静静地活着。

三

再说那染缸房里边,也发生过不幸。两个年轻的学徒,为了争一个街头上的妇人,其中的一个把另一个按进染缸子给淹死了。死了的不说,就说那活着的也下了监狱,判了个无期徒刑。

但这也是不声不响地把事就解决了,过了三年二载,若有人提起那件事来,差不多就像人们讲着岳飞、秦桧似的,久远得不知多少年前的事情似的。

同时发生这件事情的染缸房,仍旧是在原址,甚或连那淹死人的大缸也许至今还在那儿使用着。从那染缸房发卖出来的布匹,仍旧是远近的乡镇都流通着。蓝色的布匹男人们做起棉布棉袄来,冬天穿它来抵御严寒。红色的布匹,则做成大红袍子,给十八九岁的姑娘穿上,让她去做新娘子。

总之,除了这染缸房子在某年某月某日死了一个人外,其余的世界,并没有因此而改动了一点。

呼兰河传

再说那豆腐房里边也发生过不幸：两个伙计打仗，竟把拉磨的小驴的腿打断了。

因为它是驴子，不谈它也就罢了。只因为这驴子哭瞎了一个妇人的眼睛（即打了驴子那人的母亲），所以不能不记上。

再说那造纸的纸房里边，把一个私生子活活饿死了。因为他是一个初生的孩子，算不了什么。也就不说他了。

四

其余的东二道街上，还有几家扎彩铺。这是为死人而预备的。

人死了，魂灵就要到地狱里边去，地狱里边怕是他没有房子住，没有衣裳穿，没有马骑。活着的人就为他做了这么一套，用火烧了，据说是到阴间就样样都有了。

大至喷钱兽、聚宝盆、大金山、大银山，小至丫鬟使女、厨房里的厨子、喂猪的猪倌，再小至花盆、茶壶茶杯、鸡鸭鹅犬，以至窗前的鹦鹉。

看起来真是万分的好看，大院子也有院墙，墙头上是金色的琉璃瓦。一进了院，正房五间，厢房三间，一律是青砖红瓦房，窗明几净，空气特别新鲜。花盆一盆一盆地摆在花架子上，石柱子、金百合、马蛇菜、九月菊都一齐地开了。看起使人不知道是什么季节，是夏天还是秋天，居然间马蛇菜也和菊花同时站在一起。也许阴间是不分什么春夏秋冬的。这且不说。

再说那厨房里的厨子，真是活神活现，比真的厨子真是干净到一千倍，头戴白帽子，身扎白围裙，手里边在做拉面条。似乎午饭的时候就要到了，煮了面就要开饭了似的。

院子里的牵马童，站在一匹大白马的旁边，那马好像是阿拉伯马，特别高大，英姿挺立，假若有人骑上，看样子一定比火车跑得更快。就是呼兰河这城里的将军，相信他也没有骑过这样的马。

小车子，大骡子，都排在一边。骡子是油黑的，闪亮的，用鸡蛋壳做的眼睛，所以眼珠是不会转的。

大骡子旁边还站着一匹小骡子,那小骡子也特别好看,眼珠是和大骡子一般的大。

小车子装潢得特别漂亮,车轮子都是银色的,车前边的帘子是半卷半掩的,使人得以看到里边去。车里边是红堂堂的铺着大红的褥子。赶车的坐在车沿上,满脸是笑,得意洋洋,装饰得特别漂亮,扎着紫色的腰带,穿着蓝色花丝葛的大袍,黑缎鞋,雪白的鞋底。大概穿起这鞋来还没有走路就赶起车来了。他头上戴着黑帽头,红帽顶,把脸扬着,他蔑视着一切,越看他越不像一个车夫,好像一位新郎。

公鸡三两只,母鸡七八只,都是在院子里边静静地啄食,一声不响。鸭子也并不呱呱地乱叫,叫得烦人。狗蹲在上房的门旁,非常的守职,一动不动。

看热闹的人,人人说好,个个称赞。穷人们看了这个竟觉得活着还没有死了好。

正房里,窗帘,被格,桌椅板凳,一切齐全。

还有一个管家的,手里拿着一个算盘在打着。旁边还摆着一个账本,上边写着:

北烧锅欠酒二十二斤
东乡老王家昨借米二十担
白旗屯泥人子昨送地租四百卅吊
白旗屯二傻子共欠地租两千吊

这以下写了个:

四月廿八日

以上的是四月廿七日的流水账,大概廿八日的还没有写呢!
看这账目也就知道阴间欠了账也是马虎不得的,也设了专门人

呼兰河传

131

才,即管账先生一流的人物来管。同时也可以看出来,这大宅子的主人不用说就是个地主了。

这院子里边,一切齐全,一切都好,就是看不见这院子的主人在什么地方,未免地使人疑心这么好的院子而没有主人了。这一点似乎使人感到空虚,无着无落的。

再一回头看,就觉得这院子终归是有点两样,怎么丫鬟使女、车夫、马童的胸前都挂着一张纸条,那纸条上写着他们每个人的名字:

那漂亮得和新郎似的车夫的名字叫:

"长鞭"

马童的名字叫:

"快腿"

左手拿着水烟袋,右手抢着花手巾的小丫鬟叫:

"德顺"

另外一个叫:

"顺手"

管账的先生叫:

"妙算"

提着喷壶在浇花的使女叫:

"花姐"

再一细看才知道那匹大白马也是有名字的,那名字是贴在马屁股上的,叫:

"千里驹"

其余的,如骡子、狗、鸡、鸭之类没有名字。

那在厨房里拉着面条的"老王",他身上写着他名字的纸条,来风一吹,还忽咧忽咧地跳着。

这可真有点奇怪,自家的仆人,自己都不认识了,还要挂上个名签。

这一点未免地使人迷离恍惚,似乎阴间究竟没有阳间好。

132

虽然这么说，羡慕这座宅子的人还是不知多少。因为的确这座宅子是好，清悠，闲静，鸦雀无声，一切规整，绝不紊乱。丫鬟，使女，照着阳间的一样，鸡犬猪马，也都和阳间一样，阳间有什么，到了阴间也有，阳间吃面条，到了阴间也吃面条，阳间有车子坐，到了阴间也一样的有车子坐，阴间是完全和阳间一样，一模一样的。

只不过没有东二道街上那大泥坑子就是了。是凡好的一律都有，坏的不必有。

五

东二道街上的扎彩铺，就扎的是这一些。一摆起来又威风，又好看，但那作坊里边是乱七八糟的，满地碎纸，秫秆棍子一大堆，破盒子，乱罐子，颜料瓶子，糨糊盆，细麻绳，粗麻绳……走起路来，会使人跌倒。那里边砍的砍，绑的绑，苍蝇也来回地飞着。

要做人，先做一个脸孔，糊好了，挂在墙上，男的女的，到用的时候，摘下一个来就用。给一个用秫秆捆好的人架子，穿上衣服，装上一个头就像人了。把一个瘦骨伶仃的用纸糊好的马架子，上边贴上用纸剪成的白毛，那就是一匹很漂亮的马了。

做这样的活计的，也不过是几个极粗糙极丑陋的人，他们虽懂得怎样打扮一个马童或是打扮一个车夫，怎样打扮一个妇人女子，但他们对他们自己是毫不加修饰的，长头发的，毛头发的，歪嘴的，斜眼的，赤足裸膝的，似乎使人不能相信，这么漂亮炫眼耀目，好像要活了的人似的，是出于他们之手。

他们吃的是粗菜、粗饭，穿的是破乱的衣服，睡觉则睡在车马、人、头之中。

他们这种生活，似乎也很苦的。但是一天一天的，也就糊里糊涂地过去了，也就随着春夏秋冬，脱下单衣去，穿起棉衣来地过去了。

生、老、病、死，都没有什么表示。生了就任其自然地长去，长大就长大，长不大也就算了。

133

老，老了也没有什么关系。眼花了，就不看；耳聋了，就不听；牙掉了，就整吞；走不动了，就瘫着。这有什么办法，谁老谁活该。

病，人吃五谷杂粮，谁不生病呢？

死，这回可是悲哀的事情了，父亲死了，儿子哭。儿子死了母亲哭。哥哥死了一家全哭。嫂子死了，她的娘家人来哭。

哭了一朝或是三日，就总得到城外去，挖一个坑把这人埋起来。

埋了之后，那活着的仍旧得回家照旧地过着日子，该吃饭，吃饭。该睡觉，睡觉。外人绝对看不出来是他家已经没有了父亲或是失掉了哥哥，就连他们自己也不是关起门来，每天哭上一场。他们心中的悲哀，也不过是随着当地的风俗的大流逢年过节的到坟上去观望一回。二月过清明，家家户户都提着香火去上坟茔，有的坟头上塌了一块土，有的坟头上陷了几个洞，相观之下，感慨唏嘘，烧香点酒。若有近亲的人如子女父母之类，往往且哭上一场；那哭的语句，数数落落，无异是在做一篇文章或者是在诵一篇长诗。歌诵完了之后，站起来拍拍屁股上的土，也就随着上坟的人们回城的大流，回城去了。

回到城中的家里，又得照旧地过着日子，一年柴米油盐，浆洗缝补。从早晨到晚上忙了个不休。夜里疲乏之极，躺在炕上就睡了。在夜梦中并梦不到什么悲哀的或是欣喜的景况，只不过咬着牙，打着哼，一夜一夜地就都这样地过去了。

假若有人问他们，人生是为了什么？他们并不会茫然无所对答的，他们会直截了当地不假思索地说了出来："人活着是为吃饭穿衣。"

再问他，人死了呢？他们会说："人死了就完了。"

所以没有人看见过做扎彩匠的活着的时候为他自己糊一座阴宅，大概他不怎么相信阴间。假如有了阴间，到那时候他再开扎彩铺，怕是又要租人家的房子了。

六

呼兰河城里,除了东二道街、西二道街、十字街之外,再就都是些个小胡同了。

小胡同里边更没有什么了,就连打烧饼麻花的店铺也不大有,就连卖红绿糖球的小床子,也都是摆在街口上去,很少有摆在小胡同里边的。那些住在小街上的人家,一天到晚看不见多少闲散杂人。耳听的眼看的,都比较的少,所以整天寂寂寞寞的,关起门来在过着生活。破草房有上半间,买上二斗豆子,煮一点盐豆下饭吃,就是一年。

在小街上住着,又冷清,又寂寞。

一个提篮子卖烧饼的,从胡同的东头喊,胡同的西头都听到了。虽然不买,若走谁家的门口,谁家的人都是把头探出来看看,间或有问一问价钱的,问一问糖麻花和油麻花现在是不是还卖着前些日子的价钱。

间或有人走过去掀开了筐子上盖着的那张布,好像要买似的,拿起一个来摸一摸是否还是热的。

摸完了也就放下了,卖麻花的也绝对的不生气。

于是又提到第二家的门口去。

第二家的老太婆也是在闲着,于是就又伸出手来,打开筐子,摸了一回。

摸完了也是没有买。

等到了第三家,这第三家可要买了。

一个三十多岁的女人,刚刚睡午觉起来,她的头顶上梳着一个卷,大概头发不怎样整齐,发卷上罩着一个用大黑珠线织的网子,网子上还插了不少的疙瘩针。可是因为这一睡觉,不但头发乱了,就是那些疙瘩针也都跳出来了,好像这女人的发卷上被射了不少的小箭头。

她一开门就很爽快,把门扇刮打的往两边一分,她就从门里闪

135

出来了。随后就跟出来五个孩子。这五个孩子也都个个爽快。像一个小连队似的,一排就排好了。

第一个女孩子,十二三岁。伸出手来就拿了一个五吊钱一只的一竹筷子长的大麻花。她的眼光很迅捷,这麻花在这筐子里的确是最大的,而且就只有这一个。

第二个是男孩子,拿了一个两吊钱一只的。

第三个也是拿了个两吊钱一只的。也是个男孩子。

第四个看了看,没有办法,也只得拿了一个两吊钱的。也是个男孩子。

轮到第五个了,这个可分不出来是男孩子,还是女孩子。头是秃的,一只耳朵上挂着钳子,瘦得好像个干柳条,肚子可特别大。看样子也不过五岁。

一伸手,他的手就比其余的四个的都黑得更厉害,其余的四个,虽然他们的手也黑得够厉害的,但总还认得出来那是手,而不是别的什么,唯有他的手是连认也认不出来了,说是手呢!说是什么呢,说什么都行。完全起着黑的灰的,深的浅的,各种的云层。看上去,好像看隔山照似的,有无穷的趣味。

他就用这手在筐子里边挑选,几乎是每个都让他摸过了,不一会工夫,全个的筐子都让他翻遍了。本来这筐子虽大,麻花也并没有几只。除了一个顶大的之外,其余小的也不过十来只,经了他这一翻,可就完全遍了。弄了他满手是油,把那小黑手染得油亮油亮的,黑亮黑亮的。

而后他说:

"我要大的。"

于是就在门口打了起来。

他跑得非常之快,他去追着他的姐姐。他的第二个哥哥,他的第三个哥哥,也都跑了上去,都比他跑得更快。再说他的大姐,那个拿着大麻花的女孩,她跑得更快到不能想象了。已经找到一块墙的缺口的地方,跳了出去,后边的也就跟着一溜烟地跳过去。等他

136

们刚一追着跳过去,那大孩子又跳回来了。在院子里跑成了一阵旋风。

那个最小的,不知是男孩子还是女孩子的,早已追不上了。落在后边,在号啕大哭。间或也想捡一点便宜,那就是当他的两个哥哥,把他的姐姐已经扭住的时候,他就趁机会想要从中抢他姐姐手里的麻花。可是几次都没有做到,于是又落在后边号啕大哭。

他们的母亲,虽然是很有威风的样子,但是不动手是招呼不住他们的。母亲看了这样子也还没有个完了,就进屋去,拿起烧火的铁叉子来,向着她的孩子就奔去了。不料院子里有一个小泥坑,是猪在里打腻的地方。她恰好就跌在泥坑那儿了,把叉子跌出去五尺多远。

于是这场戏才算达到了高潮,看热闹的人没有不笑的,没有不称心愉快的。

就连那卖麻花的人也看出神了,当那女人坐到泥坑中把泥花四边溅起来的时候,那卖麻花的差一点没把筐子掉了地下。他高兴极了,他早已经忘了他手里的筐子了。

至于那几个孩子,则早就不见了。

等母亲起来去把他们追回来的时候,那做母亲的这回可发了威风,让他们一个一个地向着太阳跪下,在院子里排起一小队来,把麻花一律地解除。

顶大的孩子的麻花没有多少了,完全被撞碎了。

第三个孩子的已经吃完了。

第二个的还剩了一点点。

只有第四个的还拿在手上没有动。

第五个,不用说,根本没有拿在手里。

闹到结果,卖麻花的和那女人吵了一阵之后提着筐子又到另一家去叫卖去了。他和那女人所吵的是关于那第四个孩子手上拿了半天的麻花又退回了的问题,卖麻花的坚持着不让退,那女人又非退回不可。结果是付了三个麻花的钱,就把那提篮子的人赶了出

呼兰河传

137

来了。

为着麻花而下跪的五个孩子不提了。再说那一进胡同口就被挨家摸索过来的麻花,被提到另外的胡同里去,到底也卖掉了。

一个已经脱完了牙齿的老太太买了其中的一个,用纸裹着拿到屋子去了。她一边走着一边说:

"这麻花真干净,油亮亮的。"

而后招呼了她的小孩子,快来吧。

那卖麻花的人看了老太太很喜欢这麻花,于是就又说:

"是刚出锅的,还热乎着哩!"

七

过去了卖麻花的,后半天,也许又来了卖凉粉的,也是一在胡同口的这头喊,那头就听到了。

要买的拿着小瓦盆出去了。不买的坐在屋子一听这卖凉粉的一招呼,就知道是应烧晚饭的时候了。因为这凉粉一个整个的夏天都是在太阳偏西,他就来的,来得那么准,就像时钟一样,到了四五点钟他必来的。就像他卖凉粉专门到这一条胡同来卖似的。似乎在别的胡同里就没有为着多卖几家而耽误了这一定的时间。

卖凉粉的一过去了,一天也就快黑了。

打着拨浪鼓的货郎,一到太阳偏西,就再不进到小巷子里来,就连僻静的街他也不去了,他担着担子从大街口走回家去。

卖瓦盆的,也早都收市了。

捡绳头的、换破烂的也都回家去了。

只有卖豆腐的则又出来了。

晚饭时节,吃了小葱蘸大酱就已经很可口了,若外加上一块豆腐,那真是锦上添花,一定要多浪费两碗苞米大云豆粥的。一吃就吃多了,那是很自然的,豆腐加上点辣椒油,再拌上点大酱,那是多么可口的东西。用筷子触了一点点豆腐,就能够吃下去半碗饭,再到豆腐上去触了一下,一碗饭就完了。因为豆腐而多吃两碗饭,并不算多吃得多，没有吃过的人，不能够晓得其中的滋味的。

所以卖豆腐的人一来了，男女老幼，全都欢迎。打开门来，笑盈盈的，虽然不说什么，但是彼此有一种融洽的感情，默默生了起来。

似乎卖豆腐的在说：

"我的豆腐真好！"

似乎买豆腐的回答：

"你的豆腐果然不错。"

买不起豆腐的人对那卖豆腐的，就非常的羡慕，一听了那从街口越招呼越近的声音，就特别地感到诱惑，假若能吃一块豆腐可不错，切上一点青辣椒，拌上一点小葱子。

但是天天这样想，天天就没有买成，卖豆腐的一来，就把这等人白白地引诱一场。于是那被诱惑的人，仍然逗不起决心，就多吃几口辣椒，辣得满头是汗。他想假若一个人开了一个豆腐房可不错，那就可以自由随便地吃豆腐了。

果然，他的儿子长到五岁的时候，问他：

"你长大了干什么？"

五岁的孩子说：

"开豆腐房。"

这显然要继承他父亲未遂的志愿。

关于豆腐这美妙的一盘菜的爱好，竟有还甚于此的，竟有想要倾家荡产的。传说上，有这样的一个家长，他下了决心，他说：

"不过了，买一块豆腐吃去！"这"不过了"的三个字，用旧的语言来翻译，就是毁家纾难的意思，用现代的话来说，就是："我破产了！"

八

卖豆腐的一收了市，一天的事情都完了。

家家户户都把晚饭吃过了。吃过了晚饭，看晚霞的看晚霞，不看晚霞的躺到炕上去睡觉的也有。

这地方的晚霞是很好看的,有一个土名,叫火烧云。说"晚霞"人们不懂,若一说"火烧云"就连三岁的孩子也会呀呀地往西天空里指给你看。

晚饭一过,火烧云就上来了。照得小孩子的脸是红的。把大白狗变成红色的狗了。红公鸡就变成金的了。黑母鸡变成紫檀色的了。喂猪的老头子,往墙根上靠,他笑盈盈地看着他的两匹小白猪,变成小金猪了,他刚想说:

"他妈的,你们也变了……"

他的旁边走来了一个乘凉的人,那人说:

"你老人家必要高寿,你老是金胡子了。"

天空的云,从西边一直烧到东边,红堂堂的,好像是天着了火。

这地方的火烧云变化极多,一会红堂堂的了,一会金洞洞的了,一会半紫半黄的,一会半灰半百合色。葡萄灰,大黄梨,紫茄子,这些颜色天空上边都有。还有些说也说不出来的,见也未曾见过的,诸多种的颜色。

五秒钟之内,天空里有一匹马,马头向南,马尾向西,那马是跪着的,像是在等着有人骑到它的背上,它才站起来。再过一秒钟,没有什么变化。再过两三秒钟,那匹马加大了,马腿也伸开了,马脖子也长了,但是一条马尾巴却不见了。

看的人,正在寻找马尾巴的时候,那马就变靡了。

忽然又来了一条大狗,这条狗十分凶猛,它在前边跑着,它的后边似乎还跟了好几条小狗仔。跑着跑着,小狗就不知跑到哪里去了,大狗也不见了。

又找到了一个大狮子,和娘娘庙门前的大石头狮子一模一样的,也是那么大,也是那样地蹲着,很威武的,很镇静地蹲着,它表示着蔑视一切的样子,似乎眼睛连什么也不睬,看着看着的,一不谨慎,同时又看到了别一个什么。这时候,可就麻烦了,人的眼睛不能同时又看东,又看西。这样子会活活把那个大狮子糟蹋了。一转眼,一低头,那天空的东西就变了。若是再找,怕是看瞎了眼睛也找不到了。

　　大狮子既然找不到，另外的那什么，比方就是一个猴子吧，猴子虽不如大狮子，可同时也没有了。

　　一时恍恍惚惚的，满天空里又像这个，又像那个，其实是什么也不像，什么也没有了。

　　必须是低下头去，把眼睛揉一揉，或者是沉静一会再来看。

　　可是天空偏偏又不常常等待着那些爱好它的孩子。一会工夫火烧云下去了。

　　于是孩子们困倦了，回屋去睡觉了。竟有还没能来得及进屋的，就靠在姐姐的腿上，或者是依在祖母的怀里就睡着了。

　　祖母的手里，拿着白马鬃的蝇甩子，就用蝇甩子给他驱逐着蚊虫。

　　祖母还不知道这孩子是已经睡了，还以为他在那里玩着呢！

　　"下去玩一会去吧！把奶奶的腿压麻了。"

　　用手一推，那孩子已经睡得摇摇晃晃的了。

　　这时候，火烧云已经完全下去了。

　　于是家家户户都进屋去睡觉，关起窗门来。

　　呼兰河这地方，就是在六月里也是不十分热的，夜里总要盖着薄棉被睡觉。

　　等黄昏之后的乌鸦飞过时，只能够隔着窗子听到那很少的尚未睡的孩子在嚷叫：

　　"乌鸦乌鸦你打场，

　　给你二斗粮……"

　　那铺天盖地的一群黑乌鸦，啊啊地大叫着，在整个的县城的头顶上飞过去了。

　　据说飞过了呼兰河的南岸，就在一个大树林子里边住下了。明天早晨起来再飞。

　　夏秋之间每夜要过乌鸦，究竟这些成百成千的乌鸦过到哪里去，孩子们是不大晓得的，大人们也不大讲给他们听。

只晓得念这套歌,"乌鸦乌鸦你打场,给你二斗粮。"

究竟给乌鸦二斗粮做什么,似乎不大有道理。

九

乌鸦一飞过,这一天才真正地过去了。

因为大昴星升起来了,大昴星好像铜球似的亮咚咚的了。

天河和月亮也都上来了。

蝙蝠也飞起来了。

是凡跟着太阳一起来的,现在都回去了。人睡了,猪、马、牛、羊也都睡了,燕子和蝴蝶也都不飞了。就连房根底下的牵牛花,也一朵没有开的。含苞的含苞,卷缩的卷缩。含苞的准备着欢迎那早晨又要来的太阳,那卷缩的,因为它已经在昨天欢迎过了,它要落去了。

随着月亮上来的星夜,大昴星也不过是月亮的一个马前卒,让它先跑到一步就是了。

夜一来蛤蟆就叫,在河沟里叫,在洼地里叫。虫子也叫,在院心草棵子里,在城外的大田上,有的叫在人家的花盆里,有的叫在人家的坟头上。

夏夜若无风无雨就这样地过去了。一夜又一夜。

很快地夏天就过完了,秋天就来了。秋天和夏天的分别不太大,也不过天凉了,夜里非盖着被子睡觉不可。种田的人白天忙着收割,夜里多做几个割高粱的梦就是了。

女人一到了八月也不过就是浆衣裳,拆被子,捶棒槌,捶得街街巷巷早晚的叮叮当当地乱响。

"棒槌"一捶完,做起被子来,就是冬天。

冬天下雪了。

人们四季里,风、霜、雨、雪地过着,霜打了,雨淋了。大风来时是飞沙走石,似乎是很了不起的样子。冬天,大地被冻裂了,江河被冻住了。再冷起来,江河也被冻得锵锵地响着裂开了纹。冬天,冻掉了人的耳朵,冻破了人的鼻子,冻裂了人的手和脚。

但这是大自然的威风,与小民们无关。

呼兰河的人们就是这样,冬天来了就穿棉衣裳,夏天来了就穿单衣裳。就好像太阳出来了就起来,太阳落了就睡觉似的。

被冬天冻裂了手指的,到了夏天也自然就好了。好不了的,到"李永春"药铺,去买二两红花,泡一点红花酒来擦一擦,擦得手指通红也不见消,也许就越来越肿起来。那么再到"李永春"药铺去,这回可不买红花了,是买了一贴膏药来。回到家里,用火一烤,黏黏糊糊的就贴在冻疮上了。这膏药是真好,贴上了一点也不碍事。该赶车的去赶车,该切菜的去切菜。黏黏糊糊的是真好,见了水也不掉,该洗衣裳的去洗衣裳好了。就是掉了,拿在火上再一烤,就还贴得上的。一贴,贴了半个月。

呼兰河这地方的人,什么都讲结实、耐用,这膏药这样的耐用,实在是合乎这地方的人情。虽然是贴了半个月,手也还没有见好,但这膏药总算是耐用,没有白花钱。

于是再买一贴去,贴来贴去,这手可就越肿越大了。还有些买不起膏药的,就捡人家贴乏了的来贴。

到后来,那结果,谁晓得都怎样呢,反正一塌糊涂去了吧。

春夏秋冬,一年四季来回循环地走,那是自古也就这样的了。风霜雨雪,受得住的就过去了,受不住的,就寻求着自然的结果。那自然的结果不大好,把一个人默默地一声不响地就拉着离开了这人间的世界了。

至于那还没有被拉去的,就风霜雨雪,仍旧在人间被吹打着。

第二章

一

呼兰河除了这些卑琐平凡的实际生活之外,在精神上,也还有不少的盛举,如:

跳大神；

唱秧歌；

放河灯；

野台子戏；

四月十八娘娘庙大会……

先说大神。大神是会治病的，她穿着奇怪的衣裳，那衣裳平常的人不穿。红的，是一张裙子，那裙子一围在她的腰上，她的人就变样了。开初，她并不打鼓，只是一围起那红花裙子就哆嗦。从头到脚，无处不哆嗦，哆嗦了一阵之后，又开始打颤。她闭着眼睛，嘴里边叽咕的。每一打颤，就装出来要倒的样子。把四边的人都吓得一跳，可是她又坐住了。

大神坐的是凳子，她的对面摆着一块牌位，牌位上贴着红纸，写着黑字。那牌位越旧越好，好显得她一年之中跳神的次数不少，越跳多了就越好，她的信用就远近皆知。她的生意就会兴隆起来。那牌前，点着香，香烟慢慢地旋着。

那女大神多半在香点了一半的时候神就下来了。那神一下来，可就威风不同，好像有万马千军让她领导似的，她全身是劲，她站起来乱跳。

大神的旁边，还有一个二神，当二神的都是男人。他并不昏乱，他是清晰如常的，他赶快把一张圆鼓交到大神的手里，大神拿了这鼓，站起来就乱跳，先诉说那附在她身上的神灵的下山的经历，是乘着云，是随着风，或者是驾雾而来，说得非常之雄壮。二神站在一边，大神问他什么，他回答什么。好的二神是对答如流的，坏的二神，一不加小心说冲着了大神的一字，大神就要闹起来的。大神一闹起来的时候，她也没有别的大法，只是打着鼓，乱骂一阵，说这的病人，不出今夜就必得死的，死了之后，还会游魂不散，家族、亲戚乡里都要招灾的。这时吓得那请神的人家赶快烧香点酒，烧香点酒之后，若再不行，就得赶送上红布来，把红布挂在牌位上，若再不行，就得杀鸡，若闹到了杀鸡这个阶段，就多半不能再闹了。因为再闹就没有什么想头了。

这鸡，这布，一律都归大神所有，跳过了神之后，她把鸡拿回家去自己煮上吃了。把红布用蓝靛染了之后，做起裤子来穿了。

有的大神，一上手就百般的下不来神。请神的人家就得赶快地杀鸡来，若一杀慢了，等一会跳到半道就要骂的，谁家请神都是为了治病，让大神骂，是非常不吉利的。所以对大神是非常尊敬的，又非常怕。

跳大神，大半是天黑跳起，只要一打起鼓来，就男女老幼，都往这跳神的人家跑，若是夏天，就屋里屋外都挤满了人。还有些女人，拉着孩子，抱着孩子，哭天叫地地从墙头上跳过来，跳过来看跳神的。

跳到半夜时分，要送神归山了，那时候，那鼓打得分外地响，大神唱得也分外地好听，邻居左右，十家二十家的人家都听得到，使人听了起着一种悲凉的情绪，二神嘴里唱：

"大仙家回山了，要慢慢地走，要慢慢地行。"

大神说：

"我的二仙家，青龙山，白虎山……夜行三千里，乘着风儿不算难……"

这唱着的词调，混合着鼓声，从几十丈远的地方传来，实在是冷森森的，越听就越有悲凉。听了这种鼓声，往往终夜而不能眠的人也有。

请神的人家为了治病，可不知那家的病人好了没有？却使邻居街坊感慨兴叹，终夜而不能已的也常常有。

满天星光，满屋月亮，人生何似，为什么这么悲凉。

过了十天半月的，又是跳神的鼓，当当地响。于是人们又都着了慌，爬墙的爬墙，登门的登门，看看这一家的大神，显的是什么本领，穿的是什么衣裳。听听她唱的是什么腔调，看看她的衣裳漂亮不漂亮。

跳到了夜静时分，又是送神回山。送神回山的鼓，个个都打得

呼
兰
河
传

漂亮。

若赶上一个下雨的夜,就特别凄凉,寡妇可以落泪,鳏夫就要起来彷徨。

那鼓声就好像故意招惹那般不幸的人,打得有急有慢,好像一个迷路的人在夜里诉说着他的迷惘,又好像不幸的老人在回想着他幸福的短短的幼年。又好像慈爱的母亲送着她的儿子远行。又好像是生离死别,万分地难舍。

人生为了什么,才有这样凄凉的夜。

似乎下回再有打鼓的连听也不要听了。其实不然,鼓一响就又是上墙头的上墙头,侧着耳朵听的侧着耳朵在听,比西洋人赴音乐会更热心。

二

七月十五盂兰会,呼兰河上放河灯了。

河灯有白菜灯、西瓜灯,还有莲花灯。

和尚、道士吹着笙、管、笛、箫,穿着拼金大红缎子的褊衫。在河沿上打起场子来在做道场。那乐器的声音离开河沿二里路就听到了。

一到了黄昏,天还没有完全黑下来,奔着去看河灯的人就络绎不绝了。小街小巷,哪怕终年不出门的人,也要随着人群奔到河沿去。先到了河沿的就蹲在那里。沿着河岸蹲满了人,可是从大街小巷往外出发的人仍是不绝,瞎子、瘸子都来看河灯(这里说错了,唯独瞎子是不来看河灯的),把街道跑得冒了烟了。

姑娘,媳妇,三个一群,两个一伙,一出了大门,不用问,到哪里去,就都是看河灯去。

黄昏时候的七月,火烧云刚刚落下去,街道上发着微微的白光,喊喊喳喳,把往日的寂静都冲散了,个个街道都活了起来,好像这城里发生了大火,人们都赶去救火的样子。非常忙迫,踢踢踏踏地向前跑。

先跑到了河沿的就蹲在那里,后跑到的,也就挤上去蹲在那里。

大家一齐等候着,等候着月亮高起来,河灯就要从水上放下来了。

七月十五是个鬼节,死了的冤魂怨鬼,不得脱生,缠绵在地狱里边是非常苦的,想脱生,又找不着路。这一天若是每个鬼托着一个河灯,就可得以脱生。大概从阴间到阳间的这一条路,非常之黑,若没有灯是看不见路的。所以放河灯这件事情是件善举。可见活着的正人君子们,对着那些已死的冤魂怨鬼还没有完全忘记。

但是这其间也有一个矛盾,就是七月十五这夜生的孩子,怕是都不大好,多半都是野鬼托着个莲花灯投生而来的。这个孩子长大了将不被父母所喜欢,长到结婚的年龄,男女两家必要先对过生日时辰,才能够结亲。若是女家生在七月十五,这女子就很难出嫁,必须改了生日,欺骗了男家。若是男家七月十五的生日,也不大好,不过若是财产丰富的,也就没有多大关系,嫁是可以嫁过去的,虽然就是一个恶鬼,有了钱大概怕也不怎样恶了。但在女子这方面可就万万不可,绝对的不可以。若是有钱的寡妇的独养女,又当别论,因为娶了这姑娘可以有一份财产在那里晃来晃去,就是娶了而带不过财产,先说那一份妆奁也是少不了的。假说女子就是一个恶鬼的化身,但那也不要紧。

平常的人说:"有钱能使鬼推磨。"似乎人们相信鬼是假的,有点不十分真。

但是当河灯一放下来的时候,和尚为着庆祝鬼们更生,打着鼓,叮咚地响。念着经,好像紧急符咒似的,表示着,这一工夫可是千金一刻,且莫匆匆地让过,诸位男鬼女鬼,赶快托着灯去投生吧。

念完了经,就吹笙管笛箫,那声音实在好听,远近皆闻。

同时那河灯从上流拥拥挤挤,往下浮来了。浮得很慢,又镇静,又稳当,绝对的看不出来水里边会有鬼们来捉了它们去。

这灯一下来的时候,金忽忽的,亮通通的,又加上有千万人的观众,这举动实在是不小的。河灯之多,有数不过来的数目,大概是几千百只。两岸上的孩子们，拍手叫绝，跳脚欢迎。大人则都看出了神了，一声不响，陶醉在灯光河水之中。灯光照得河水幽幽地发亮。水上跳跃着天空的月亮。真是人生何世，会有这样好的景况。

一直闹到月亮来到了中天，大昴星，二昴星，三昴星都出齐了的时候，才算渐渐地从繁华的景况，走向了冷静的路去。

河灯从几里路长的上流，流了很久很久才流过来了。再流了很久很久才流过去了。在这过程中，有的流到半路就灭了。有的被冲到了岸边，在岸边生了野草的地方就被挂住了。还有每当河灯一流到了下流，就有些孩子拿着竿子去抓它，有些渔船也顺手取了一两只。到后来河灯越来越稀疏了。

再往下流去，就显出荒凉、孤寂的样子来了。因为越流越少了。

流到极远处去的，似乎那里的河水也发了黑。而且是流着流着的就少了一个。

河灯从上流过来的时候，虽然路上也有许多落伍的，也有许多淹灭了的，但始终没有觉得河灯是被鬼们托着走了的感觉。

可是当这河灯，从上流的远处流来，人们是从心欢喜的，等流过了自己，也还没有什么，唯独到了最后，那河灯流到了极远的下流去的时候，使看河灯的人们，内心里无由地来了空虚。

"那河灯，到底是要漂到哪里去呢？"

多半的人们，看到了这样的景况，就抬起身来离开了河沿回家去了。

于是不但河里冷落，岸上也冷落了起来。

这时再往远处的下流看去，看着，看着，那灯就灭了一个。再看着看着，又灭了一个，还有两个一块灭的。于是就真像被鬼一个一个地托着走了。

打过了三更，河沿上一个人也没有了，河里边一个灯也没有了。

河水是寂静如常的，小风把河水皱着极细的波浪。月光在河水上边并不像在海水上边闪着一片一片的金光，而是月亮落到河底里去了。似乎那渔船上的人，伸手可以把月亮拿到船上来似的。

河的南岸,尽是柳条丛,河的北岸就是呼兰河城。

那看河灯回去的人们,也许都睡着了。不过月亮还是在河上照着。

三

野台子戏也是在河边上唱的。也是秋天,比方这一年秋收好,就要唱一台子戏,感谢天地。若是夏天大旱,人们戴起柳条圈来求雨,在街上几十人,跑了几天,唱着,打着鼓。求雨的人不准穿鞋,龙王爷可怜他们在太阳下边把脚烫得很痛,就因此下了雨了。一下了雨,到秋天就得唱戏的,因为求雨的时候许下了愿。许愿就得还愿,若是还愿的戏就更非唱不可了。

一唱就是三天。

在河岸的沙滩上搭起了台子来。这台子是用杆子绑起来的,上边搭上了席棚,下了一点小雨也不要紧,太阳则完全可以遮住的。

戏台搭好了之后,两边就搭看台。看台还有楼座。坐在那楼座上是很好的,又风凉,又可以远眺。不过,楼座是不大容易坐得到的,除非当地的官、绅,别人是不大坐得到的。既不卖票,哪怕你就是有钱,也没有办法。

只搭戏台,就搭三五天。

台子的架一竖起来,城里的人就说:

"戏台竖起架子来了。"

一上了棚,人就说:

"戏台上棚了。"

戏台搭完了就搭看台,看台是顺着戏台的左边搭一排,右边搭一排,所以是两排平行而相对的。一搭要搭出十几丈远去。

眼看台子就要搭好了,这时候,接亲戚的接亲戚,唤朋友的唤朋友。

比方嫁了的女儿,回来住娘家,临走(回婆家)的时候,做母亲的送到大门外,摆着手还说:

呼兰河传

"秋天唱戏的时候,接你回来看戏。"

坐着女儿的车子走远了,母亲含着眼泪还说:

"看戏的时候接你回来。"

所以一到了唱戏的时候,可并不是简单地看戏,而是接姑娘唤女婿,热闹得很。

东家的女儿长大了,西家的男孩子也该成亲了,说媒的这个时候,就走上门来。约定两家的父母在戏台底下,第一天或是第二天,彼此相看。也有只通知男家而不通知女家的,这叫作"偷看",这样的看法,成与不成,没有关系,比较的自由,反正那家的姑娘也不知道。

所以看戏去的姑娘,个个都打扮得漂亮。都穿了新衣裳,擦了胭脂涂了粉,刘海剪得并排齐。头辫梳得一丝不乱,扎了红辫根,绿辫梢。也有扎了水红的,也有扎了蛋青的。走起路来像客人,吃起瓜子来,头不歪眼不斜的,温文尔雅,都变成了大家闺秀。有的着蛋青色布长衫,有的穿了藕荷色的,有的银灰的。有的还把衣服的边上压了条,有的蛋青色的衣裳压了黑条,有的水红洋纱的衣裳压了蓝条,脚上穿了蓝缎鞋,或是黑缎绣花鞋。

鞋上有的绣着蝴蝶,有的绣着蜻蜓,绣着莲花的,绣着牡丹的,各样的都有。

手里边拿着花手巾,耳朵上戴了长钳子,土名叫作"带穗钳子"。这带穗钳子有两种,一种是金的,翠的。一种是铜的,琉璃的。有钱一点的戴金的,少微差一点的带琉璃的。反正都很好看,在耳朵上摇来晃去。黄忽忽,绿森森的。再加上满脸矜持的微笑,真不知这都是谁家的闺秀。

那些已嫁的妇女,也是照样地打扮起来,在戏台下边,东邻西舍的姊妹们相遇了,好互相地品评。

谁的模样俊,谁的鬓角黑。谁的手镯是福泰银楼的新花样,谁的压头簪又小巧又玲珑。谁的一双绛紫缎鞋,真是绣得漂亮。

老太太虽然不穿什么带颜色的衣裳,但也个个整齐,人人利落,手拿长烟袋,头上撇着大扁方。慈祥,温静。

戏还没有开台,呼兰河城就热闹不得了了,接姑娘的,唤女婿的,有一个很好的童谣:

"拉大锯,扯大锯,老爷(外公)门口唱大戏。接姑娘,唤女婿,小外孙也要去。……"

于是乎不但小外孙,三姨二姑也都聚在了一起。

每家如此,杀鸡买酒,笑语迎门,彼此谈着家常,说着趣事,每夜必到三更,灯油不知浪费了多少。

某村某村,婆婆虐待媳妇。哪家哪家的公公喝了酒就耍酒疯。又是谁家的姑娘出嫁了刚过一年就生了一对双生。又是谁的儿子十三岁就定了一家十八岁的姑娘做妻子。

烛火灯光之下,一谈谈了个半夜,真是非常的温暖而亲切。

一家若有几个女儿,这几个女儿都出嫁了,亲姊妹,两三年不能相遇的也有。平常是一个住东,一个住西,不是隔水的就是离山,而且每人有一大群孩子,也各自有自己的家务,若想彼此过访,那是不可能的事情。

若是做母亲的同时把几个女儿都接来了,那她们的相遇,真仿佛已经隔了三十年了。相见之下,真是不知从何说起,羞羞惭惭,欲言又止,刚一开口又觉得不好意思,过了一刻工夫,耳脸都发起烧来,于是相对无语,心中又喜又悲。过了一袋烟的工夫,等那往上冲的血流落了下去,彼此都逃出了那种昏昏恍恍的境界,这才来找几句不相干的话来开头;或是:

"你多咱来的?"

或是:

"孩子们都带来了?"

关于别离了几年的事情,连一个字也不敢提。

从表面上看来,她们并不像是姊妹,丝毫没有亲热的表现。面面相对的,不知道她们两个人是什么关系,似乎连认识也不认识似乎从前她们两个并没有见过,而今天是第一次的相见,所以异常

151

的冷落。

但是这只是外表,她们的心里,就早已沟通着了。甚至于在十天或半月之前,她们的心里就早已开始很远地牵动起来,那就是当着她们彼此都接到了母亲的信的时候。

那信上写着要接她们姊妹都回来看戏的。

从那时候起,她们就把要送给姐姐或妹妹的礼物规定好了。

一双黑大绒的云子卷,是亲手做的。或者就在她们的本城和本乡里,有一个出名的染缸房,那染缸房会染出来很好的麻花布来。于是送了两匹白布去,嘱咐他好好地加细地染着。一匹是白地染蓝花,一匹是蓝地染白花。蓝地的染的是刘海戏金蟾,白地的染的是蝴蝶闹莲花。

一匹送给大姐姐,一匹送给三妹妹。

现在这东西,就都带在箱子里边。等过了一天二日的,寻个夜深人静的时候,轻轻地从自己的箱底把这等东西取出来,摆在姐姐的面前,说:

"这麻花布被面,你带回去吧!"

只说了这么一句,看样子并不像是送礼物,并不像今人似的,送一点礼物很怕邻居左右看不见,是大嚷大吵着的,说这东西是从什么山上,或是什么海里得来的,哪怕是小河沟子的出品,也必要连那小河沟子的身份也提高,说河沟子是怎样的不凡,是怎样的与众不同,可不同别的河沟子。

这等乡下人,糊里糊涂的,要表现的,无法表现,什么也说不出来,只是把东西递过去就算了事。

至于那受了东西的,也是不会说什么,连声道谢也不说,就收下了。也有的稍微推辞了一下,也就收下了。

"留着你自己用吧!"

当然那送礼物的是加以拒绝。一拒绝,也就收下了。

每个回娘家看戏的姑娘,都零零碎碎的带来一大批东西。送父母的,送兄嫂的,送侄女的,送三亲六故的。带了东西最多的,是凡见了长辈或晚辈都多少有点东西拿得出来,那就是谁的人情最周到。

这一类的事情,等野台子唱完,拆了台子的时候,家家户户才慢慢地传诵。

每个从娘家回婆家的姑娘,也都带着很丰富的东西,这些都是人家送给她的礼品。东西丰富得很,不但有用的,也有吃的,母亲亲手制的咸肉,姐姐亲手晒的干鱼,哥哥上山打猎,打了一只雁来腌上,至今还有一只雁大腿,这个也给看戏的姑娘带回去,带回去给公公去喝酒吧。

于是乌三八四的,离走的前一天晚上,真是忙了个不休,就要分散的姊妹们连说个话儿的工夫都没有了。大包小包的包了一大堆。

再说在这看戏的时间,除了看亲戚,会朋友,还成了许多好事,那就是谁家的女儿和谁家公子订婚了,说是明年二月,或是三月就要娶亲,订婚酒,已经吃过了,眼前就要过"小礼"的,所谓"小礼"就是在法律上的订婚形式,一经过了这番手续,东家的女儿,终归就要成了西家的媳妇了。

也有男女两家都是外乡赶来看戏的,男家的公子也并不在,女家的小姐也并不在。只是两家的双亲有媒人从中媾通着,就把亲事给定了。也有的喝酒作乐的随便地把自己的女儿许给了人家。也有的男女两家的公子、小姐都还没有生出来,就给定下亲了。这叫作"指腹为亲"。这指腹为亲的,多半都是相当有点资财的人家才有这样的事。

两家都很有钱,一家是本地的烧锅掌柜的,一家是白旗屯的大窝堡,两家是一家种高粱,是一家压烧酒。压烧酒的需要高粱,种高粱的需烧锅买他的高粱,烧锅非高粱不可,高粱非烧锅不行。恰巧又赶上这两家的妇人,都要将近生产,所以就"指腹为亲"了。

无管是谁家生了男孩子,谁家生了女孩子,只要是一男一女就规定他们是夫妇。假若两家都生了男孩,那就不能勉强规定了。两家都生了女孩也是不能够规定的。

153

但是这指腹为亲，好处不太多，坏处是很多的。半路上其中的一家穷了，不开烧锅了，或者没有窝堡了，其余的一家，就不愿意娶他家的媳妇，或是把女儿嫁给一家穷人。假若女家穷了，那还好办，若实在不娶，他也没有什么办法。若是男家穷了，男家就一定要娶，若一定不让娶，那姑娘的名誉就很坏，说她把谁家谁给"妨"穷了，又不嫁了。"妨"字在迷信上说就是因为她命硬，因为她某家某家穷了。以后她的婆家就不大容易找人家，会给她起一个名叫作"望门妨"。无法，只得嫁过去，嫁过去之后，妯娌之间又要说她嫌贫爱富，百般地侮辱她。丈夫因此也不喜欢她了，公公婆婆也虐待她，她一个年轻的未出过家门的女子，受不住这许多攻击，回到娘家去，娘家也无甚办法，就是那当年指腹为亲的母亲说：

"这都是你的命（命运），你好好地耐着吧！"

年轻的女子，莫名其妙的，不知道自己为什么要有这样的命，于是往往演出悲剧来，跳井的跳井，上吊的上吊。

古语说："女子上不了战场。"

其实不对的，这井多么深，平白的你问一个男子，问他这井敢跳不敢跳，怕他也不敢的。而一个年轻的女子竟敢了，上战场不一定死，也许回来闹个一官半职的。可是跳井就很难不死，一跳就多半跳死了。

那么节妇坊上为什么没写着赞美女子跳井跳得勇敢的赞词？那是修节妇坊的人故意给删去的。因为修节妇坊的，多半是男人。他家里也有一个女人。他怕是写上了，将来他打他女人的时候，他的女人也去跳井。女人也跳了井，留下来一大群孩子可怎么办？于是一律不写。只写，温文尔雅，孝顺公婆……

大戏还没有开台，就来了这许多事情。等大戏一开了台，那戏台下边，真是人山人海，拥挤不堪。搭戏台的人，也真是会搭，正选了一块平平坦坦的大沙滩，又光滑，又干净，使人就是倒在上边，也不会把衣裳沾一丝儿的土星。这沙滩有半里路长。

人们笑语连天，哪里是在看戏，闹得比锣鼓好像更响，那戏台上出来一个穿红的，进去一个穿绿的，只看见摇摇摆摆地走出走进，别的什么也不知道了，不用说唱得好不好，就连听也听不到。离着近的还看得见不挂胡子的戏子在张嘴，离得远的就连戏台那个穿红衣裳的究竟是一个坤角，还是一个男角也都不大看得清楚。简直是还不如看木偶戏。

但是若有一个唱木偶戏的这时候来在台下，唱起来，问他们看不看，那他们一定不看的，哪怕就连戏台子的边也看不见了，哪怕是站在二里路之外，他们也不看那木偶戏的。因为在大戏台底下，哪怕就是睡了一觉回去，也总算是从大戏台子底下回的，而不是从什么别的地方回来的。

一年没有什么别的好看，就这一场大戏还能够轻易地放过吗？所以无论看不看，戏台底下是不能不来。

所以一些乡下的人也都来了，赶着几套马的大车，赶着老牛车，赶着花轮子，赶着小车子，小车子上边驾着大骡子。总之家里有什么车就驾了什么车来。也有的似乎他们家里并不养马，也不养别的牲口，就只用了一匹小毛驴，拉着一个花轮子也就来了。

来了之后，这些车马，就一齐停在沙滩上，马匹在草包上吃着草，骡子到河里去喝水。车子上都搭席棚，好像小看台似的，排列在戏台的远处。那车子带来了他们的全家，从祖母到孙子媳，老少三辈，他们离着戏台二三十丈远，听是什么也听不见的，看也很难看到什么，也不过是五红大绿的，在戏台上跑着圈子，头上戴着奇怪的帽子，身上穿着奇怪的衣裳。谁知道那些人都是干什么的，有的看了三天野台子戏，而连一场的戏名字也都叫不出来。回到乡下去，他也跟着人家说长道短的，偶尔人家问了他说的是哪出戏，他竟瞪了眼睛，说不出来了。

至于一些孩子们在戏台底下，就更什么也不知道了，只记住一个大胡子，一个花脸的，谁知道那些都是在做什么，比比划划，刀枪棍棒的乱闹一阵。

反正戏台底下有些卖凉粉的，有些卖糖球的，随便吃去好了。

什么黏糕,油炸馒头,豆腐脑都有,这些东西吃了又不饱,吃了这样再去吃那样。卖西瓜的,卖香瓜的,戏台底下都有,招得苍蝇一大堆,嗡嗡地飞。

戏台上敲锣打鼓震天地响。

那唱戏的人,也似乎怕远处的人听不见,也在拼命地喊,喊破了喉咙也压不住台的。那在台下的早已忘记了是在看戏,都在那里说长道短,男男女女的谈起家常来。还有些个远亲,平常一年也看不到,今天在这里看到了,哪能不打招呼。所以三姨二婶子的,就在人多的地方大叫起来,假若是在看台的凉棚里坐着,忽然有一个老太太站了起来,大叫着说:

"他二舅母,你可多咱来的?"

于是那一方面也就应声而起。原来坐在看台的楼座上的,离着戏比较近,听唱是听得到的,所以那看台上比较安静。姑娘媳妇都吃着瓜子,喝着茶。对这大嚷大叫的人,别人虽然讨厌,但也不敢去禁止,你若让她小一点声讲话,她会骂了起来:

"这野台子戏,也不是你家的,你愿听戏,你请一台子到你家里去唱……"

另外的一个也说:

"哟哟,我没见过,看起戏来,都六亲不认了,说个话儿也不让……"

这还是比较好的,还有更不客气的,一开口就说:

"小养汉老婆……你奶奶,一辈子家里外头靡受过谁的大声小气,今天来到戏台底下受你的管教来啦,你娘的……"

被骂的人若是不搭言,过一回也就了事了,若一搭言,自然也没有好听的。于是两边就打了起来啦,西瓜皮之类就飞了过去。

这来在戏台下看戏的,不料自己竟演起戏来,于是人们一窝蜂似的,都聚在这个真打真骂的活戏的方面来了。也有一些流氓混子之类,故意地叫着好,惹得全场的人哄哄大笑。假若打仗的还是个年轻轻的女子,那些讨厌的流氓们还会说着各样的俏皮话,使她火上加油越骂就越凶猛。

自然那老太太无理，她一开口就骂了人。但是一闹到后来，谁是谁非也就看不出来了。

幸而戏台上的戏子总算沉着，不为所动，还在那里阿拉阿拉地唱。过了一个时候，那打得热闹的也究竟平静了。

再说戏台下边也有一些个调情的，那都是南街豆腐房里的嫂嫂，或是碾磨房的碾倌磨倌的老婆。碾倌的老婆看上了一个赶马车的车夫。或是豆腐匠看上了开粮米铺那家的小姑娘。有的是两方面都眉来眼去，有的是一方面殷勤，他一方面则表示要拒之千里之外。这样的多半是一边低，一边高，两方面的资财不对。

绅士之流，也有调情的，彼此都坐在看台之上，东张张，西望望。三亲六故，姐夫小姨之间，未免地就要多看几眼，何况又都打扮得漂亮，非常好看。

绅士们平常到别人家的客厅去拜访的时候，绝不能够看上了人家的小姐就不住地看，那该多么不绅士，那该多么不讲道德。那小姐若一告诉了她的父母，她的父母立刻就和这样的朋友绝交。绝交了，倒不要紧，要紧的是一传出去名誉该多坏。绅士是高雅的，哪能够不清不白的，哪能够不分长幼地去存心朋友的女儿，像那般下等人似的。

绅士彼此一拜访的时候，都是先让到客厅里去，端端庄庄地坐在那里，而后倒茶装烟。规矩礼法，彼此都尊为是上等人。朋友的妻子儿女，也都出来拜见，尊为长者。在这种时候，只能问问大少爷的书读了多少，或是又写了多少字了。连朋友的太太也不可以过多地谈话，何况朋友的女儿呢？那就连头也不能够抬的，哪里还敢细看。

现在在戏台上看看怕不要紧，假设有人问道，就说是东看西看，瞧一瞧是否有朋友在别的看台上。何况这地方又人多眼杂，也许没有人留意。

三看两看的，朋友的小姐倒没有看上，可看上了一个不知道在

157

什么地方见到过的一位妇人，那妇人拿着小小的鹅翎扇子，从扇子梢上往这边转着眼珠，虽说是一位妇人，可是又年轻，又漂亮。

这时候，这绅士就应该站起来打着口哨，好表示他是开心的。可是我们中国上一辈的老绅士不会这一套。他另外也有一套，就是他的眼睛似睁非睁地迷离恍惚地望了出去，表示他对她有无限的情意。可惜离得太远，怕不会看得清楚，也许枉费了心思了。

也有的在戏台下边，不听父母之命，不听媒妁之言，自己就结了终生不解之缘。这多半是表哥表妹等等，稍有点出身来历的公子小姐的行为。他们一言为定，终生合好。间或也有被父母所阻拦，生出来许多波折。但那波折都是非常美丽的，使人一讲起来，真是比看《红楼梦》更有趣味。来年再唱大戏的时候，姊妹们一讲起这佳话来，真是增添了不少的回想……

赶着车进城来看戏的乡下人，他们就在河边沙滩上，扎了营了。夜里大戏散了，人们都回家了，只有这等连车带马的，他们就在沙滩上过夜。好像出征的军人似的，露天为营。有的住了一夜，第二夜就回去了。有的住了三夜，一直到大戏唱完，才赶着车子回乡。不用说这沙滩上是很雄壮的，夜里，他们每家燃了火，煮茶的煮茶，谈天的谈天。但终归是人数太少，也不过二三十辆车子。所燃起来的火，也不会火光冲天，所以多少有一些凄凉之感。夜深了，住在河边上，被河水吸着又特别的凉，人家睡起觉来都觉得冷森森的。尤其是车夫马倌之类，他们不能够睡觉，怕是有土匪来抢劫他们马匹，所以就坐以待旦。

于是在纸灯笼下边，三个两个的赌钱。赌到天色发白了，该牵着马到河边去饮水去了。在河上，遇到了捉蟹的蟹船。蟹船上的老头说：

"昨天的《打渔杀家》①唱得不错。听说今天还有《汾河湾》②。"

---

① 《打渔杀家》：京剧传统剧目，取《水浒后传》中李俊事改编而成。
② 《汾河湾》：京剧传统剧目，又名《打雁进窑》。

那牵着牲口饮水的人,是一点大戏常识也没有的。他只听到牲口喝水的声音呵呵的,其他的则不知所答了。

四

四月十八娘娘庙大会,这也是为着神鬼,而不是为着人的。

这庙会的土名叫作"逛庙",也是无分男女老幼都来逛的,但其中以女子最多。

女子们早晨起来,吃了早饭,就开始梳洗打扮。打扮好了,就约了东家姐姐,西家妹妹的去逛庙去了。竟有一起来就先梳洗打扮的,打扮好了,才吃饭,一吃了饭就走了。总之一到逛庙这天,各不后人,到不了半晌午,就车水马龙,拥挤得气息不通了。

挤丢了孩子的站在那儿喊,找不到妈的孩子在人群里边哭,三岁的,五岁的,还有两岁的刚刚会走,竟也被挤丢了。

所以每年庙会上必得有几个警察在收这些孩子。收了站在庙台上,等着他的家人来领。偏偏这些孩子都很胆小,张着嘴大哭,哭得实在可怜,满头满脸是汗。有的十二三岁了,也被丢了,问他家住在哪里?他竟说不出所以然来,东指指,西划划,说是他家门口有一条小河沟,那河沟里边出虾米,就叫作"虾沟子",也许他家那地名就叫"虾沟子",听了使人莫名其妙。再问他这虾沟子离城多远,他便说:骑马要一顿饭的工夫可到,坐车要三顿饭的工夫可到。究竟离城多远,他没有说。问他姓什么,他说他祖父叫史二,他父亲叫史成……这样你就再也不敢问他了。要问他吃饭没有?他就说:"睡觉了。"这是没有办法的,任他去吧。于是就都连大带小的一齐站在庙门口,他们哭的哭,叫的叫,好像小兽似的,警察在看守他们。

娘娘庙是在北大街上,老爷庙和娘娘庙离不了好远。那些烧香的人,虽然说是求子求孙,是先该向娘娘来烧香的,但是人们都以为阴间也是一样的重男轻女,所以不敢倒反天干。所以都是先到老爷庙去,打过钟,磕过头,好像跪到那里报个到似的,而后才上娘娘

呼兰河传

庙去。

老爷庙有大泥像十多尊，不知道哪个是老爷，都是威风凛凛，气概盖世的样子。有的泥像的手指尖都被攀了去，举着没有手指的手在那里站着，有的眼睛被挖了，像是个瞎子似的。有的泥像的脚趾是被写了一大堆的字，那字不太高雅，不怎么合乎神的身份。似乎是说泥像也该娶个老婆，不然他看了和尚去找小尼姑，他是要忌妒的。这字现在没有了，传说是这样。

为了这个，县官下了手令，不到初一十五，一律地把庙门锁起来，不准闲人进去。

当地的县官是很讲仁义道德的。传说他第五个姨太太，就是从尼姑庵接来的。所以他始终相信，尼姑绝不会找和尚。自古就把尼姑列在和尚一起，其实是世人不查，人云亦云。好比县官的第五房姨太太，就是个尼姑。难道她也被和尚找过了吗？这是不可能的。

所以下令一律地把庙门关了。

娘娘庙里比较的清静，泥像也有一些个，以女子为多，多半都没有横眉竖眼，近乎普通人，使人走进了大殿不必害怕。不用说是娘娘了，那自然是很好的温顺的女性。就说女鬼吧，也都不怎样恶，至多也不过披头散发的就完了，也决没有像老爷庙里那般泥像似的，眼睛冒了火，或像老虎似的张着嘴。

不但孩子进了老爷庙有的吓得大哭，就连壮年的男人进去也要肃然起敬，好像说虽然他在壮年，那泥像若走过来和他打打，他也决打不过那泥像的。

所以在老爷庙上磕头的人，心里比较虔诚，因为那泥像，身子高，力气大。

到了娘娘庙，虽然也磕头，但就总觉得那娘娘没有什么出奇之处。

塑泥像的人是男人，他把女人塑得很温顺，似乎对女人很尊敬。他把男人塑得很凶猛，似乎男性很不好。其实不对的，世界上的男人，无论多凶猛，眼睛冒火的似乎还未曾见过。就说西洋人吧，虽然与中国人的眼睛不同，但也不过是蓝瓦瓦的有点类似猫头的眼睛而已，居然间冒了火的还没有。眼睛会冒火的民族，目前的世界还未发现。那么塑泥像的人为什么把他塑成那个样子呢？那就是让你一见生畏，不但磕头，而且要心服。就是磕完了头站起再看着，也绝不会后悔，不会后悔这头是向一个平庸无奇的人白白磕了。至于塑像的人塑起女子来为什么要那么温顺，那就告诉人，温顺的就是老实的，老实的就是好欺侮的，告诉人快来欺侮她们吧。

人若老实了，不但异类要来欺侮，就是同类也不同情。

比方女子去拜过了娘娘庙，也不过向娘娘讨子讨孙。讨完了就出来了，其余的并没有什么尊敬的意思。觉得子孙娘娘也不过是个普通的女子而已，只是她的孩子多了一些。

所以男人打老婆的时候便说：

"娘娘还得怕老爷打呢？何况你一个长舌妇！"

可见男人打女人是天理应该，神鬼齐一。怪不得那娘娘庙里的娘娘特别温顺，原来是常常挨打的缘故。可见温顺也不是怎么优良的天性，而是被打的结果。甚或是招打的缘由。

两个庙都拜过了的人，就出来了，拥挤在街上。街上卖什么玩具的都有，多半玩具都是适于几岁的小孩子玩的。泥做的泥公鸡，鸡尾巴上插着两根红鸡毛，一点也不像，可是使人看去，就比活的更好看。家里有小孩子的不能不买。何况拿在嘴上一吹又会呜呜地响。买了泥公鸡，又看见了小泥人，小泥人的背上也有一个洞，这洞里边插着一根芦苇，一吹就响，那声音好像是诉怨似的，不太好听，但是孩子们都喜欢，做母亲的也一定要买。其余的如卖哨子的，卖小笛子的，卖线蝴蝶的，卖不倒翁的，其中尤以不倒翁最著名，也最上讲究，家家都买，有钱的买大的，没有钱的，买个小的。大的有一尺多高，二尺来高。小的有小得像个鸭蛋似的。无论大小，都非常灵活，按倒了就起来，起得很快，是随手就起来的。买不倒翁要当场试验，间或有生手的工匠所做出来的不倒翁，因屁股太大了，他不愿意倒下，也有的倒下了他就不起来。所以买不倒翁的

呼兰河传

人就把手伸出去，一律把他们按倒，看哪个先站起来就买哪个，当那一倒一起的时候真是可笑，摊子旁边围了些孩子，专在那里笑。不倒翁长得很好看，又白又胖。并不是老翁的样子，也不过他的名字叫不倒翁就是了。其实他是一个胖孩子。做得讲究一点的，头顶上还贴了一簇毛，算是头发。有头发的比没有头发的要贵二百钱。有的孩子买的时候力争要戴头发的，做母亲的舍不得那二百钱，就说到家给他剪点狗毛贴。孩子非要戴毛的不可，选了一个戴毛的抱在怀里不放。没有法只得买了。这孩子抱着欢喜了一路，等到家一看，那簇毛不知什么时候已经飞了。于是孩子大哭。虽然母亲已经给剪了簇狗毛贴上了，但那孩子就总觉得这狗毛不是真的，不如原来的好看。也许那原来也贴的是狗毛，或许还不如现在的这个好看。但那孩子就总不开心，忧愁了一个下半天。

庙会到下半天就散了。虽然庙会是散了，可是庙门还开着，烧香的人，拜佛的人陆续的还有。有些没有儿子的妇女，仍旧在娘娘庙上捉弄着娘娘。给子孙娘娘的背后钉一个纽扣，给她的脚上绑一条带子，耳朵上挂一只耳环，给她戴一副眼镜，把她旁边的泥娃娃给偷着抱走了一个。据说这样做，来年就都会生儿子的。

娘娘庙的门口，卖带子的特别多，妇人们都争着去买，她们相信买了带子，就会把儿子给带来了。

若是未出嫁的女儿，也误买了这东西，那就将成为大家的笑柄了。

庙会一过，家家户户就都有一个不倒翁，离城远至十八里路的，也都买了一个回去。回到家里，摆在迎门的向口，使别人一开眼就看见了，他家的确有一个不倒翁不差，这证明逛庙会的时节他家并没有落伍，的确是去逛过了。

歌谣上说：

"小大姐，去逛庙，扭扭搭搭走得俏，回来买个搬不倒。"

五

这些盛举,都是为鬼而做的,并非为人而做的。至于人去看戏、逛庙,也不过是揩油借光的意思。

跳大神有鬼,唱大戏是唱给龙王爷看的。七月十五放河灯,是把灯放给鬼,让他顶着个灯去脱生。四月十八也是烧香磕头的祭鬼。

只有跳秧歌,是为活人而不是为鬼预备的。跳秧歌是在正月十五,正是农闲的时候,趁着新年而化起装来,男人装女人,装得滑稽可笑。

狮子,龙灯,旱船……等等。似乎也跟祭鬼似的,花样复杂,一时说不清楚。

第五章

一

我玩的时候,除了在后花园里,有祖父陪着,其余的玩法,就只有我自己了。

我自己在房檐下搭了个小布棚,玩着玩着就睡在那布棚里了。

我家的窗子是可以摘下来的,摘下来直立着是立不住的,就靠着墙斜立着,正好立出一个小斜坡来,我称这小斜坡叫"小屋",我也常常睡到这小屋里边去了。

我家满院子是蒿草,蒿草上飞着许多蜻蜓,那蜻蜓是为着红蓼花而来的。可是我偏偏喜欢捉它,捉累了就躺在蒿草里边睡着了。

蒿草里边长着一丛一丛的天星星,好像山葡萄似的,是很好吃的。

我在蒿草里边搜索着吃,吃困了,就睡在天星星秧子的旁边了。

蒿草是很厚的,我躺在上边好像是我的褥子,蒿草是很高的,它给我遮着荫凉。

呼兰河传

163

有一天，我就正在蒿草里边做着梦，那是下午晚饭之前，太阳偏西的时候。大概我睡得不太着实，我似乎是听到了什么地方有不少的人讲着话，说说笑笑，似乎是很热闹。但到底发生了什么事情，却听不清，只觉得在西南角上，或者是院里，或者是院外。到底是院里院外，那就不太清楚了。反正是有几个人在一起嚷嚷着。

我似睡非睡地听了一会就又听不见了。大概我已经睡着了。

等我睡醒了，回到屋里去，老厨子第一个就告诉我：

"老胡家的团圆媳妇来啦，你还不知道，快吃了饭去看吧！"

老厨子今天特别忙，手里端着一盘黄瓜菜往屋里走，因为跟我指手画脚的一讲话，差一点没把菜碟子掉在地上，只把黄瓜丝打翻了。

我一走进祖父的屋去，只有祖父一个人坐在饭桌前面，桌子上边的饭菜都摆好了，却没有人吃，母亲和父亲都没有来吃饭，有二伯也没有来吃饭。祖父一看见我，祖父就问我：

"那团圆媳妇好不好？"

大概祖父以为我是去看团圆媳妇回来的。我说我不知道，我在草棵里边吃天星星来的。

祖父说：

"你妈他们都去看团圆媳妇去了，就是那个跳大神的老胡家。"

祖父说着就招呼老厨子，让他把黄瓜菜快点拿来。

醋拌黄瓜丝，上边浇着辣椒油，红的红，绿的绿，一定是那老厨子又重切了一盘的，那盘我眼看着撒在地上了。

祖父一看黄瓜菜也来了，祖父说：

"快吃吧，吃了饭好看团圆媳妇去。"

老厨子站在旁边，用围裙在擦着他满脸的汗珠，他每一说话就眨巴眼睛，从嘴里往外喷着唾沫星。他说：

"那看团圆媳妇的人才多呢！粮米铺的二老婆，带着孩子也去了。后院的小麻子也去了，西院老杨家也来了不少的人，都是从墙头上跳过来的。"

他说他在井沿上打水看见的。

经他这一喧惑,我说:

"爷爷,我不吃饭了,我要看团圆媳妇去。"

祖父一定让我吃饭,他说吃了饭他带我去。我急得一顿饭也没有吃好。我从来没有看过团圆媳妇,我以为团圆媳妇不知道多么好看呢!越想越觉得一定是很好看的,越着急也越觉得非是特别好看不可。不然,为什么大家都去看呢。不然,为什么母亲也不回来吃饭呢。

越想越着急,一定是很好看的节目都看过。若现在就去,还多少看得见一点,若再去晚了,怕是就来不及了。我就催促着祖父。

"快吃,快吃,爷爷快吃吧。"

那老厨子还在旁边乱讲乱说,祖父间或问他一两句。

我看那老厨子打搅祖父吃饭,我就不让那老厨子说话。那老厨子不听,还是笑嘻嘻地说。我就下地把老厨子硬推出去了。

祖父还没有吃完,老周家的周三奶又来了,是她说她的公鸡总是往我这边跑,她是来捉公鸡的。公鸡已经捉到了,她还不走,她还扒着玻璃窗子跟祖父讲话。她说:

"老胡家那小团圆媳妇来啦,你老爷子还没去看看吗?那看的人才多呢,我还没去呢,吃了饭就去。"

祖父也说吃了饭就去,可是祖父的饭总也吃不完。一会要点辣椒油,一会要点咸盐面的。我看不但我着急,就是那老厨子也急得不得了了。头上直冒汗,眼睛直眨巴。

祖父一放下饭碗,连点一袋烟我也不让他点,拉着他就往西南墙角那边走。

一边走,一边心里后悔,眼看着一些看热闹的人都回来了。为什么一定要等祖父呢?不会一个人早就跑着来吗?何况又觉得我躺在草棵子里就已经听见这边有了动静了。真是越想越后悔,这事情都闹了一个下半天了,一定是好看的都过去了,一定是来晚了。白来了,什么也看不见了。在草棵子听到了这边说笑,为什么不就

呼兰河传

立刻跑来看呢？越想越后悔。自己和自己生气，等到了老胡家的窗前，一听，果然连一点声音也没有了。差一点没有气哭了。

等真的进屋一看，全然不是那么一回事，母亲，周三奶奶，还有些个不认识的人，都在那里，与我想象的完全不一样，没有什么好看的，团圆媳妇在哪儿？我也看不见，经人家指指点点的，我才看见了。不是什么媳妇，而是一个小姑娘。

我一看就没有兴趣了，拉着爷爷就往外边走，说：

"爷爷回家吧。"

等第二天早晨她出来倒洗脸水的时候，我看见她了。

她的头发又黑又长，梳着很大的辫子，普通姑娘们的辫子都是到腰间那么长，而她的辫子竟快到膝间了。她脸长得黑乎乎的，笑呵呵的。

院子里的人，看过老胡家的团圆媳妇之后，没有什么不满意的地方。不过都说太大方了，不像个团圆媳妇了。

周三奶奶说：

"见人一点也不知道羞。"

隔院的杨老太太说：

"那才不怕羞呢！头一天来到婆家，吃饭就吃三碗。"

周三奶奶又说：

"哟哟！我可没见过，别说还是一个团圆媳妇，就说一进门就姓了人家的姓，也得头两天看看人家的脸色。哟哟！那么大的姑娘。她今年十几岁啦？"

"听说十四岁么！"

"十四岁会长得那么高，一定是瞒岁数。"

"可别说呀！也有早长的。"

"可是他们家可怎么睡呢？"

"可不是，老少三辈，就三铺小炕……"

这是杨老太太扒在墙头上和周三奶奶讲的。

至于我家里，母亲也说那团圆媳妇不像个团圆媳妇。

老厨子说：

"没见过，大模大样的，两个眼睛骨碌骨碌地转。"

有二伯说：

"介（这）年头是啥年头呢，团圆媳妇也不像个团圆媳妇了。"

只是祖父什么也不说，我问祖父：

"那团圆媳妇好不好？"

祖父说：

"怪好的。"

于是我也觉得怪好的。

她天天牵马到井边上去饮水，我看见她好几回。中间没有什么人介绍，她看看我就笑了，我看看她也笑了。我问她十几岁？她说：

"十二岁。"

我说不对。

"你十四岁的，人家都说你十四岁。"

她说：

"他们看我长得高，说十二岁怕人家笑话，让我说十四岁的。"

我不大知道，为什么长得高还让人家笑话。我问她：

"你到我们草棵子里去玩好吧！"

她说：

"我不去，他们不让。"

二

过了没有几天，那家就打起团圆媳妇来了，打得特别厉害，那叫声无管多远都可以听得见的。

这全院子都是没有小孩子的人家，从没有听到过谁家在哭叫。

邻居左右因此又都议论起来，说早就该打的，哪有那样的团圆媳妇一点也不害羞，坐到那儿坐得笔直，走起路来，走得风快。

她的婆婆在井边上饮马，和周三奶奶说：

"给她一个下马威。你听着吧，我回去我还得打她呢，这小团

167

圆媳妇才厉害呢！没见过，你拧她大腿，她咬你，再不然，她就说她回家。"

从此以后，我家的院子里，天天有哭声，哭声很大，一边哭，一边叫。

祖父到老胡家去说了几回，让他们不要打她了。说小孩子，知道什么，有点差错教调教调也就行了。

后来越打越厉害了，不分昼夜，我睡到半夜醒来和祖父念诗的时候，念着念着就听西南角上哭叫起来了。

我问祖父：

"是不是那小团圆媳妇哭？"

祖父怕我害怕，说：

"不是，是院外的人家。"

我问祖父：

"半夜哭什么？"

祖父说：

"别管那个，念诗吧。"

清早醒了，正在念"春眠不觉晓"的时候，那西南角上的哭声又来了。

一直哭了很久，到了冬天，这哭声才算没有了。

三

虽然不哭了，那西南角上又夜夜跳起大神来，打着鼓，叮当叮当地响，大神唱一句，二神唱一句，因为是夜里，听得特别清晰，一句半句的我都记住了。

什么"小灵花呀"，什么"胡家让她去出马"。

差不多每天大神都唱些个这个。

早晨起来，我就模拟着唱：

"小灵花呀，胡家让她去出马呀……"

而且叮叮当，叮叮当的，用声音模拟着打鼓。

"小灵花"就是小姑娘。"胡家"就是胡仙。"胡仙"就是狐狸精。"出马"就是当跳大神的。

大神差不多跳了一个冬天，把那小团圆媳妇就跳出毛病来了。

那小团圆媳妇，有点黄。没有夏天她刚一来的时候，那么黑了。不过还是笑呵呵的。

祖父带着我到那家去串门，那小团圆媳妇还过来给祖父装了一袋烟。

她看见我，也还偷着笑，大概她怕她婆婆看见，所以没和我说话。

她的辫子还是很大的。她的婆婆说她有病了，跳神给她赶鬼。

等祖父临出来的时候，她的婆婆跟出来了，小声跟祖父说：

"这团圆媳妇，怕是要不好，是个胡仙旁边的，胡仙要她去出马……"

祖父很想让他们搬家。但呼兰这地方有个规矩，春天是二月搬家，秋天是八月搬家。一过了二八月就不是搬家的时候了。

我们每当半夜让跳神惊醒的时候，祖父就说：

"明年二月就让他们搬了。"

我听祖父说了好几次这样的话。

当我模拟着大神喝喝呼呼地唱着"小灵花"的时候，祖父也说那同样的话，明年二月让他们搬家。

四

可是在这期间，院子的西南角上就越闹越厉害。请一个大神，请好几个二神，鼓声连天地响。

说那小团圆媳妇若再去让她出马，她的命就难保了。所以请了不少的二神来，设法从大神那里把她要回来。

于是有许多人给他家出了主意，人哪能够见死不救呢？于是凡有善心的人都帮起忙来。他说他有一个偏方，她说她有一个邪令。

有的主张给她扎一个谷草人，到南大坑去烧了。

169

有的主张到扎彩铺去扎一个纸人，叫作"替身"，把它烧了或者可以替了她。

有的主张给她画上花脸，把大神请到家里，让那大神看了，嫌她太丑，也许就不捉她当弟子了，就可以不必出马了。

周三奶奶则主张给她吃一个全毛的鸡，连毛带腿的吃下去，选一个星星出全的夜，吃了用被子把人蒙起来，让她出一身大汗。蒙到第二天早晨鸡叫，再把她从被子放出来。她吃了鸡，她又出了汗，她的魂灵里边因此就永远有一个鸡存在着，神鬼和胡仙黄仙就都不敢上她的身了。传说鬼是怕鸡的。

据周三奶奶说，她的曾祖母就是被胡仙抓住过的，闹了整整三年，差一点没死，最后就是用这个方法治好的。因此一生不再闹别的病了。她半夜里正做一个噩梦，她正吓得要命，她魂灵里边的那个鸡，就帮了她的忙，只叫了一声，噩梦就醒了。她一辈子没生过病。说也奇怪，就是到死，也死得不凡，她死那年已经是八十二岁了，八十二岁还能够拿着花线绣花，正给她小孙子绣花兜肚嘴。绣着绣着，就有点困了，她坐在木樽上，背靠着门扇就打一个盹。这一打盹就死了。

别人就问周三奶奶：

"你看见了吗？"

她说：

"可不是……你听我说呀，死了三天三夜按都按不倒。后来没有办法，给她打着一口棺材也是坐着的，把她放在棺材里，那脸色是红扑扑的，还和活着的一样……"

别人问她：

"你看见了吗？"

她说：

"哟哟！你这问的可怪，传话传话，一辈子谁能看见多少，不都是传话传的吗！"

她有点不大高兴了。

再说西院的杨老太太,她也有个偏方,她说黄连二两,猪肉半斤,把黄连和猪肉都切碎了,用瓦片来焙,焙好了,压成面,用红纸包分成五包包起来。每次吃一包,专治惊风,掉魂。

这个方法,倒也简单。虽然团圆媳妇害的病可不是惊风,掉魂,似乎有点药不对症。但也无妨试一试,好在只是二两黄连,半斤猪肉。何况呼兰河这个地方,又常有卖便宜猪肉的。虽说那猪肉怕是瘟猪,有点靠不住。但那是治病,也不是吃,又有什么关系。

"去,买上半斤来,给她治一治。"

旁边有着赞成的说:

"反正治不好也治不坏。"

她的婆婆也说:

"反正死马当活马治吧!"

于是团圆媳妇先吃了半斤猪肉加二两黄连。

这药是婆婆亲手给她焙的。可是切猪肉是他家的大孙子媳妇给切的。那猪肉虽然是连紫带青的,但中间毕竟有一块是很红的,大孙子媳妇就偷着把这块给留下来了,因为她想,奶奶婆婆不是四五个月没有尝到一点荤腥了吗?于是她就给奶奶婆婆偷着下了一碗面疙瘩汤吃了。

奶奶婆婆问:

"可哪儿来的肉?"

大孙子媳妇说:

"你老人家吃就吃吧,反正是孙子媳妇给你做的。"

那团圆媳妇的婆婆是在灶坑里边搭起瓦来给她焙药。一边焙着,一边说:

"这可是半斤猪肉,一边,一条不缺……"

越焙,那猪肉的味越香,有一匹小猫嗅到了香味而来了,想要在那已经焙好了的肉干上攫一爪,它刚一伸爪,团圆媳妇的婆婆一边用手打着那猫,一边说:

"这也是你动得爪的吗!你这馋嘴巴,人家这是治病呵,是半斤猪肉,你也想要吃一口? 你若吃了这口,人家的病可治不好了。一个人活活地要死在你身上,你这不知好歹的。这是整整半斤肉,不多不少。"

药焙好了,压碎了就冲着水给团圆媳妇吃了。

一天吃两包,才吃了一天。第二天早晨,药还没有再吃,还有三包压在灶王爷板上,那些传偏方的人就又来了。

有的说,黄连可怎么能够吃得? 黄连是大凉药,出虚汗像她这样的人,一吃黄连就要泄了元气,一个人要泄了元气那还得了吗?

又一个人说:

"那可吃不得呀! 吃了过不去两天就要一命归阴的。"

团圆媳妇的婆婆说:

"那可怎么办呢?"

那个人就慌忙地问:

"吃了没有呢?"

团圆媳妇的婆婆刚一开口,就被他家的聪明的大孙子媳妇给遮过去了,说:

"没吃,没吃,还没吃。"

那个人说,既然没吃就不要紧,真是你老胡家有天福,吉星高照,你家差点没有摊了人命。

于是他又给出了个偏方,这偏方,据他说已经不算是偏方了,就是东二道街上"李永春"药铺的先生也常常用这个方单,是一用就好的,百试,百灵。无管男、女、老、幼,一吃一个好。也无管什么病,头痛,脚痛,肚子痛,五脏六腑痛,跌、打、刀伤,生疮,生疔,生疖子……

无管什么病,药到病除。

这究竟是什么药呢? 人们越听这药的效力大,就越想知道究竟是怎样的一种药。

他说:

"年老的人吃了,眼花缭乱,又恢复到了青春。"

"年轻的人吃了,力气之大,可以搬动泰山。"

"妇女吃了,不用胭脂粉,就可以面如桃花。"

"小孩子吃了,八岁可以拉弓,九岁可以射箭,十二岁可以考状元。"

开初,老胡家的全家,都为之惊动,到后来怎么越听越远了。本来老胡家一向是赶车拴马的人家,一向没有考过状元。

大孙子媳妇,就让一些围观的闪开一点,她到梳头匣子里拿出一根画眉的柳条炭来。她说:

"快请把药方开给我们吧,好到药铺去赶早去抓药。"

这个出药方的人,本是"李永春"药铺的厨子。三年前就离开了"李永春"那里了。三年前他和一个妇人吊膀子,那妇人背弃了他,还带走了他半生所积下的那点钱财,因此一气而成了个半疯。虽然是个半疯了,但他在"李永春"那里所记住的药名字还没有全然忘记。

他是不会写字的,他就用嘴说:

"车前子二钱,当归二钱,生地二钱,藏红花二钱,川贝母二钱,白术二钱,远志二钱,紫河车二钱……"

他说着说着似乎就想不起来了,急得头顶一冒汗,张口就说红糖二斤,就算完了。

说完了,他就和人家讨酒喝。

"有酒没有,给两盅喝喝。"

这半疯,全呼兰河的人都晓得,只有老胡家不知道。因为老胡家是外来户,所以受了他的骗了。家里没有酒,就给了他两吊钱的酒钱。那个药方是根本不能够用的,是他随意胡说了一阵的结果。

团圆媳妇的病,一天比一天严重,据他家里的人说,夜里睡觉,她要忽然坐起来的。看了人她会害怕的。她的眼睛里边老是充满了眼泪。这团圆媳妇大概非出马不可了。若不让她出马,大概人要好不了的。

这种传说,一传出来,东邻西舍的,又都去建了议,都说哪能够

173

见死不救呢？

有的说，让她出马就算了。有的说，还是不出马的好。年轻轻的就出马，这一辈子可得什么才能够到个头。

她的婆婆则是绝对不赞成出马的，她说：

"大家可不要错猜了，以为我订这媳妇的时候花了几个钱，我不让她出马，好像我舍不得这几个钱似的。我也是那么想，一个小小的人出了马，这一辈子可什么时候才到个头。"

于是大家就都主张不出马的好，想偏方的，请大神的，各种人才齐聚。东说东的好，西说西的灵。于是来了一个"抽帖儿的"。

他说他不远千里而来，他是从乡下赶到的。他听城里的老胡家有一个团圆媳妇新接来不久就病了。经过多少名医，经过多少仙家也治不好，他特地赶来看看，万一要用得着，救一个人命也是好的。

这样一说，十分使人感激。于是让到屋里，坐在奶奶婆婆的炕沿上。给他倒一杯水，给他装一袋烟。

大孙子媳妇先过来说：

"我家的弟妹，年本十二岁，因为她长得太高，就说她十四岁。又说又笑，百病皆无。自接到我们家里就一天一天的黄瘦。到近来就水不想喝，饭不想吃，睡觉的时候睁着眼睛，一惊一乍的。什么偏方都吃过了，什么香火也都烧过了。就是百般的不好……"

大孙子媳妇还没有说完，大娘婆婆就接着说：

"她来到我家，我没给她气受，哪家的团圆媳妇不受气，一天打八顿，骂三场。可是我也打过她，那是我要给她一个下马威。我只打了她一个多月，虽然说我打得狠了一点，可是不狠哪能够规矩出一个好人来。我也是不愿意狠打她的，打得连喊带叫的，我是为她着想，不打得狠一点，她是不能够中用的。有几回，我是把她吊在大梁上，让她叔公公用皮鞭子狠狠地抽了她几回，打得是着点狠了，打昏过去了。可是只昏了一袋烟的工夫，就用冷水把她浇过来了。是打狠了一点，全身也都打青了，也还出了点血。可是立刻就打了鸡蛋清子给她擦上了。也没有肿得怎样高，也就是十天半月的就好了。这孩子，嘴也是特别硬，我一打她，她就说她要回家。我就问她：'哪儿是你的家？这儿不就是你的家吗？'她可就偏不这样说。她说回她的家。我一听就更生气。人在气头上还管得了这个那个，因此我也用烧红过的烙铁烙过她的脚心。谁知道来，也许是我把她打掉了魂啦？也许是我把她吓掉了魂啦，她一说她要回家，我不用打她，我就说看你回家，我用索练子把你锁起来。她就吓得直叫。大仙家也看过了，说是她要出马。一个团圆媳妇的花费也不少呢，你看她八岁我订下她的，一订就是八两银子，年年又是头绳钱，鞋面钱的，到如今又用火车把她从辽阳接来，这一路的盘费。到了这儿，就是今天请神，明天看香火，后天吃偏方。若是越吃越好，那还罢了。可是百般的不见好，将来谁知道来……到结果……"

不远千里而来的这位抽帖儿的，端庄严肃，风尘仆仆，穿的是蓝袍大衫，罩着棉袄。头上戴的是皮耳四喜帽。使人一见了就要尊之为师。

所以奶奶婆婆也说：

"快给我二孙子媳妇抽一个帖吧，看看她命理如何。"

那抽帖儿的一看，这家人家真是诚心诚意，于是他就把皮耳帽子从头上摘下来了。

一摘下帽子来，别人都看得见，这人头顶上梳着发卷，戴着道帽。一看就知道他可不是市井上一般的平凡的人。别人正想要问，还不等开口，他就说他是某山上的道人，他下山来是为的奔向山东的泰山去，谁知路出波折，缺少盘程，就流落在这呼兰河的左右，已经不下半年之久了。

人家问他，既是道人，为什么不穿道人的衣裳。他回答说：

"你们哪里晓得，世间三百六十行，各有各的苦。这地方的警察特别厉害，他一看穿了道人的衣裳，他就说三问四，他们那些叛道的人，无理可讲，说抓就抓，说拿就拿。"

他还有一个别号，叫云游真人，他说一提云游真人，远近皆知。无管什么病痛或是吉凶，若一抽了他的帖儿，则生死存亡就算定

175

了。他说他的帖法，是张天师所传。

他的帖儿并不多，只有四个。他从衣裳的口袋里一个一个地往外摸，摸出一帖来是用红纸包着，再一帖还是红纸包着，摸到第四帖也都是红纸包着。

他说帖上也没有字，也没有影。里边只包着一包药面，一包红，一包绿，一包蓝，一包黄。抽着黄的就是黄金富贵，抽着红的就是红颜不老。抽到绿的就不大好了，绿色的是鬼火。抽到蓝的也不大好，蓝的就是铁脸蓝青，张天师说过，铁脸蓝青，不死也得见阎王。

那抽帖的人念完了一套，就让病人的亲人伸出手来抽。

团圆媳妇的婆婆想，这倒也简单、容易，她想赶快抽一帖出来看看，命定是死是活，多半也可以看出来个大概。不曾想，刚一伸出手去，那云游真人就说：

"每帖十吊钱，抽着蓝的，若嫌不好，还可以再抽，每帖十吊……"

团圆媳妇的婆婆一听，这才恍然大悟，原来这可不是白抽的，十吊钱一张可不是玩的，一吊钱捡豆腐可以捡二十块。三天捡一块豆腐，二十块，二三得六，六十天都有豆腐吃。若是隔十天捡一块，一个月捡三块，那就半年都不缺豆腐吃了。她又想，三天一块豆腐，哪有这么浪费的人家。依着她一个月捡一块大家尝尝也就是了，那么办，二十块豆腐，每月一块，可以吃二十个月，这二十个月，就是一年半还多两个月。

若不是买豆腐，若养一口小肥猪，经心地喂着它，喂得胖胖的，喂到五六个月，那就是多少钱哪！喂到一年，那就是千八百吊了……

再说就是不买猪，买鸡也好，十吊钱的鸡，就是十来个，一年的鸡，第二年就可以下蛋，一个蛋，多少钱！就说不卖鸡蛋，就说拿鸡蛋换青菜吧，一个鸡蛋换来的青菜，够老少三辈吃一天的了……何况鸡会生蛋，蛋还会生鸡，永远这样循环地生下去，岂不有无数的鸡，无数的蛋了吗？岂不发了财吗？

但她可并不是这么想,她想够吃也就算了,够穿也就算了。一辈子俭俭朴朴,多多少少积储了一点也就够了。她虽然是爱钱,若说让她发财,她可绝对的不敢。

那是多么多呀! 数也数不过来了。记也记不住了。假若是鸡生了蛋,蛋生了鸡,来回地不断地生,这将成个什么局面,鸡岂不和蚂蚁一样多了吗? 看了就要眼花,眼花就要头痛。

这团圆媳妇的婆婆,从前也养过鸡,就是养了十吊钱的。她也不多养,她也不少养。十吊钱的就是她最理想的。十吊钱买了十二个小鸡子,她想:这就正好了,再多怕丢了,再少又不够十吊钱的。

在她一买这刚出蛋壳的小鸡子的时候,她就挨着个看,这样的不要,那样的不要。黑爪的不要,花膀的不要,脑门上带点的又不要。她说她亲娘就是会看鸡,那真是养了一辈子鸡呀! 年年养,可也不多养。可是一辈子针啦、线啦,没有缺过,一年到头靡花过钱,都是拿鸡蛋换的。人家那眼睛真是认货,什么样的鸡短命,什么样的鸡长寿,一看就跑不了她老人家的眼睛的。就说这样的鸡下蛋大,那样的鸡下蛋小,她都一看就在心里了。

她一边买着鸡,她就一边怨恨着自己没有用,想当年为什么不跟母亲好好学学呢! 唉! 年轻的人哪里会虑后事。她一边买着,就一边感叹。她虽然对这小鸡子的选择上边,也下了万分的心思,可以说是选无可选了。那卖鸡子的人一共有二百多小鸡,她通通地选过了,但究竟她所选了的,是否都是顶优秀的,这一点,她自己也始终把握不定。

她养鸡,是养得很经心的,怕猫吃了,怕耗子咬了。她一看那小鸡子,白天一打盹,她就给驱着苍蝇,怕苍蝇把小鸡咬醒了,她让它多睡一会,她怕小鸡睡眠不足。小鸡的腿上,若让蚊子咬了一块疤,她一发现了,她就立刻泡了艾蒿水来给小鸡来擦。她说若不及早地擦呀,那将来是公鸡,就要长不大,是母鸡就要下小蛋。小鸡蛋一个换两块豆腐,大鸡蛋换三块豆腐。

这是母鸡。再说公鸡,公鸡是一刀菜,谁家杀鸡不想杀胖的。

呼兰河传

小公鸡是不好卖的。

等她的小鸡,略微长大了一点,能够出了屋了,能够在院子里自己去找食吃去的时候,她就把它们给染了六匹红的,六匹绿的。都是在脑门上。

至于把颜色染在什么地方,那就先得看邻居家的都染在什么地方,而后才能够决定。邻居家的小鸡把色染在膀梢上,那她就染在脑门上。邻居家的若染在了脑门上,那她就要染在肚囊上。大家切不要都染在一个地方,染在一个地方可怎么能够识别呢?你家的跑到我家来,我家的跑到你家去,那么岂不又要混乱了吗?

小鸡子染了颜色是十分好看的,红脑门的,绿脑门的,好像它们都戴了花帽子。好像不是养的小鸡,好像养的是小孩似的。

这团圆媳妇的婆婆从前她养鸡的时候就说过:

"养鸡可比养小孩更娇贵,谁家的孩子还不就是扔在旁边他自己长大的,蚊子咬咬,臭虫咬咬,那怕什么的,哪家的孩子的身上没有个疤拉疖子的。没有疤拉疖子的孩子都不好养活,都要短命的。"

据她说,她一辈子的孩子并不多,就是这一个儿子,虽然说是稀少,可是也没有娇养过。到如今那身上的疤也有二十多块。

她说:

"不信,脱了衣裳给大家伙看看⋯⋯那孩子那身上的疤拉,真是多大的都有,碗口大的也有一块。真不是说,我对孩子真没有娇养过。除了他自个儿跌的摔的不说,就说我用劈柴杵子打的也落了好几个疤。养活孩子可不是养活鸡鸭的呀!养活小鸡,你不好好养它,它不下蛋。一个蛋,大的换三块豆腐,小的换两块豆腐,是闹着玩的吗?可不是闹着玩的。"

有一次,她的儿子踏死了一个小鸡子,她打了她儿子三天三夜,她说:

"我为什么不打他呢?一个鸡子就是三块豆腐,鸡子是鸡蛋变的呀!要想变一个鸡子,就非一个鸡蛋不行,半个鸡蛋能行吗?不但半个鸡蛋不行,就是差一点也不行,坏鸡蛋不行,陈鸡蛋不行。一个鸡要一个鸡蛋,那么一个鸡不就是三块豆腐是什么呢?眼睁睁地把三块豆腐放在脚底踩了,这该多大的罪,不打他,哪儿能够不打呢?我越想越生气,我想起来就打,无管黑夜白日,我打了他三天。后来打出一场病来,半夜三更的,睡得好好的说哭就哭。可是我也没有当他是一回子事,我就拿饭勺子敲着门框,给他叫了叫魂。没理他也就好了。"

她这有多少年没养鸡了,自从订了这团圆媳妇,把积存下的那点针头线脑的钱都花上了。这还不说,还得每年头绳钱啦,腿带钱的托人捎去,一年一个空,这几年来就紧得不得了。想养几个鸡,都狠心没有养。

现在这抽帖的云游真人坐在她的眼前,一帖又是十吊钱。若是先不提钱,先让她把帖抽了,哪管抽完了再要钱呢,那也总算是没有花钱就抽了帖的。可是偏偏不先,那抽帖的人,帖还没让抽,就先提到了十吊钱。

所以那团圆媳妇的婆婆觉得,一伸手,十吊钱,一张口,十吊钱。这不是眼看着钱往外飞吗?

这不是飞,这是干什么,一点声响也没有,一点影子也看不见。还不比过河,往河里扔钱,往河里扔钱,还听一个响呢,还打起一个水泡呢。这是什么代价也没有的,好比自己发了昏,把钱丢了,好比遇了强盗,活活地把钱抢去了。

团圆媳妇的婆婆,差一点没因为心内的激愤而流了眼泪。她一想十吊钱一帖,这哪里是抽帖,这是抽钱。

于是她把伸出去的手缩回来了。她赶快跑到脸盆那里去,把手洗了,这可不是闹笑话的,这是十吊钱哪!她洗完了手又跪在灶王爷那里祷告了一番。祷告完了才能够抽帖的。

她第一帖就抽了个绿的,绿的不大好,绿的就是鬼火。她再抽一帖,这一帖就更坏了,原来就是那最坏的不死也得见阎王的里边包着蓝色药粉的那张帖。

团圆媳妇的婆婆一见两帖都坏,本该抱头大哭,但是她没有那么的。自从团圆媳妇病重了,说长的,道短的,说死的,说活的,样样都有。又加上已经左次右番地请胡仙、跳大神、闹神闹鬼,已经使她见过不少的世面了。说活虽然高兴,说去见阎王也不怎样悲哀,似乎一时也总像见不了的样子。

于是她就问那云游真人,两帖抽得都不好。是否可以想一个方法可以破一破?云游真人就说了:

"拿笔拿墨来。"

她家本也没有笔,大孙子媳妇就跑到大门洞子旁边那粮米铺去借去了。

粮米铺的山东女老板,就用山东腔问她:

"你家做啥?"

大孙子媳妇说:

"给弟妹画病。"

女老板又说:

"你家的弟妹,这一病就可不浅,到如今好了点没?"

大孙子媳妇本想端着砚台拿着笔就跑,可是人家关心,怎好不答,于是去了好几袋烟的工夫,还不见回来。

等她抱了砚台回来的时候,那云游真人,已经把红纸都撕好了。于是拿起笔来,在他撕好的四块红纸上,一块上边写了一个大字,那红纸条也不过半寸宽,一寸长。他写的那字大得都要从红纸的四边飞出来了。

这四个字,他家本没有识字的人,灶王爷上的对联还是求人写的。一模一样,好像一母所生,也许写的就是一个字。大孙子媳妇看看不认识,奶奶婆婆看看也不认识。虽然不认识,大概这个字一定也坏不了,不然就用这个字怎么能破开一个人不见阎王呢?于是都一齐点头称好。

那云游真人又命拿糨糊来。她们家终年不用糨糊,糨糊多么贵,白面十多吊钱一斤。都是用黄米饭粒来黏鞋面的。

大孙子媳妇到锅里去铲了一块黄黏米饭来。云游真人，就用饭粒贴在红纸上了。于是掀开团圆媳妇蒙在头上的破棉袄，让她拿出手来，一个手心上给她贴一张。又让她脱了袜子，一只脚心上给她贴上一张。

　　云游真人一见，脚心上有一大片白色的疤痕，他一想就是方才她婆婆所说的用烙铁给她烙的。可是他假装不知，问说：

　　"这脚心可是生过什么病症吗？"

　　团圆媳妇的婆婆连忙就接过来说：

　　"我方才不是说过吗，是我用烙铁给她烙的。哪里会见过的呢？走道像飞似的，打她，她记不住，我就给她烙一烙。好在也没什么，小孩子肉皮活，也就是十天半月的下不来地，过后也就好了。"

　　那云游真人想了一想，好像要吓唬她一下，就说这脚心的疤，虽说是贴了红帖，也怕贴不住，阎王爷是什么都看得见的，这疤怕是就给了阎王爷以特殊的记号，有点不大好办。

　　云游真人说完了，看一看她们怕不怕，好像是不怎样怕。于是他就说得严重一些：

　　"这疤不掉，阎王爷在三天之内就能够找到她，一找到她，就要把她活捉了去的。刚才抽的那帖是再准也没有的了，这红帖也绝没有用处。"

　　他如此的吓唬着她们，似乎她们从奶奶婆婆到孙子媳妇都不大怕。那云游真人，连想也没有想，于是开口就说：

　　"阎王爷不但要捉了团圆媳妇去，还要捉了团圆媳妇的婆婆去，现世现报，拿烙铁烙脚心，这不是虐待，这是什么，婆婆虐待媳妇，做婆婆的死了下油锅，老胡家的婆婆虐待媳妇……"

　　他就越说越声大，似乎要喊了起来，好像他是专打抱不平的好汉，而变了他原来的态度了。

　　一说到这里，老胡家的老少三辈都害怕了，毛骨悚然，以为她家里又是撞进来了什么恶魔。而最害怕的是团圆媳妇的婆婆，吓得乱

呼兰河传

哆嗦，这是多么骇人听闻的事情，虐待媳妇，世界上能有这样的事情吗？

于是团圆媳妇的婆婆赶快跪下了，面向着那云游真人，眼泪一对一双地往下落：

"这都是我一辈子没有积德，有孽遭到儿女的身上，我哀告真人，请真人诚心地给我化散化散，借了真人的灵法，让我的媳妇死里逃生吧。"

那云游真人立刻就不说见阎王了，说她的媳妇一定见不了阎王，因为他还有一个办法一办就好的。说来这法子也简单得很，就是让团圆媳妇把袜子再脱下来，用笔在那疤痕上一画，阎王爷就看不见了。当场就脱下袜子来在脚心上画了。一边画着还嘴里嘟嘟地念着咒语。这一画不知费了多大力气，旁边看着的人倒觉十分的容易，可是那云游真人却冒了满头的汗，他故意地咬牙切齿，皱眉瞪眼。这一画也并不是容易的事情，好像他在上刀山似的。

画完了，把钱一算，抽了两帖二十吊。写了四个红纸贴在脚心手心上，每帖五吊是半价出售的，一共是四五等于二十吊。外加这一画，这一画本来是十吊钱，现在就给打个对折吧，就算五吊钱一只脚心，一共画了两只脚心，又是十吊。

二十吊加二十吊，再加十吊。一共是五十吊。

云游真人拿了这五十吊钱乐乐呵呵地走了。

团圆媳妇的婆婆，在她刚要抽帖的时候，一听每帖十吊钱，她就心痛得了不得，又要想用这钱养鸡，又要想用这钱养猪。等到现在五十吊钱拿出去了，她反而也不想养鸡了，也不想养猪了。因为她想，事到临头，不给也是不行了。帖也抽了，字也写了，要想不给人家钱也是不可能的了。事到临头，还有什么办法呢？别说五十吊，就是一百吊钱也得算着吗？不给还行吗？

于是她心安理得地把五十吊钱给了人家了。这五十吊钱，是她秋天出城去在豆田里拾黄豆粒，一共拾了二升豆子卖了几十吊钱。在田上拾黄豆粒也不容易，一片大田，经过主人家的收割，还能够剩下多少豆粒呢？而况穷人聚了那么大的一群,孩子,女人,老太太……你抢我夺的,你争我打的。为了二升豆子就得在田上爬了半月二十天的,爬得腰酸腿疼。唉,为着这点豆子,那团圆媳妇的婆婆还到"李永春"药铺,去买过二两红花的。那就是因为在土上爬豆子的时候,有一棵豆秧刺了她的手指甲一下。她也没有在乎,把刺拔出来也就去他的了。该拾豆子还是拾豆子。就因此那指甲可就不知怎么样,睡了一夜那指甲就肿起来了,肿得和茄子似的。

这肿一肿又算什么呢？又不是皇上娘娘,说起来可真娇惯了,哪有一个人吃天靠天,而不生点天灾的？

闹了好几天,夜里痛得火辣辣的不能睡觉了。这才去买了二两红花来。

说起买红花来,是早就该买的。奶奶婆婆劝她买,她不买。大孙子媳妇劝她买,她也不买。她的儿子想用孝顺来征服他的母亲,他强硬地要去给她买,因此还挨了他妈的一烟袋锅子。这一烟袋锅子就把儿子的脑袋给打了鸡蛋大的一个包。

"你这小子,你不是败家吗？你妈还没死,你就作了主了。小兔崽子,我看着你再说买红花的！小兔崽子我看着你的。"

就这一边骂着,一边烟袋锅子就打下来了。

后来也到底还是买了,大概是惊动了东邻西舍,这家说说,那家讲讲的,若再不买点红花来,也太不好看了,让人家说老胡家的大儿媳妇,一年到头,就能够寻寻觅觅地积钱,钱一到她的手里,就好像掉了地缝了,一个豆也再不用想从她的手里拿出来。假若这样地说开去,也是不太好听,何况这捡来的豆子能卖好几十吊呢,花个三吊两吊的就花了吧。一咬牙,去买上二两红花来擦擦。

想虽然是这样想过了,但到底还没有决定,延迟了好几天还没有"一咬牙"。

最后也毕竟是买了,她选择了一个顶严重的日子,就是她的手,不但一个指头,而是整个的手都肿起来了。那原来肿得像茄子的指头,现在更大了,已经和一个小冬瓜似的了,而且连手掌也无限度

呼兰河传

地胖了起来,胖得和张小簸箕似的。她多少年来,就嫌自己太瘦,她总说,太瘦的人没有福分。尤其是瘦手瘦脚的,一看就不带福相。尤其是精瘦的两只手,一伸出来和鸡爪似的,真是轻薄的样子。

现在她的手是胖了,但这样胖法,是不大舒服的。同时她也发了点热,她觉得眼睛和嘴都干,脸也发烧,身上也时冷时热。她就说:

"这手是要闹点事吗?这手……"

一清早起,她就这样地念了好几遍。那胖得和小簸箕似的手,是一动也不能动了,好像一匹大猫或者一个小孩的头似的,她把它放在枕头上和她一齐地躺着。

"这手是要闹点事的吧!"

当她的儿子来到她旁边的时候,她就这样说。

她的儿子一听她母亲的口气,就有些了解了。大概这回她是要买红花的了。

于是她的儿子跑到奶奶的面前,去商量着要给他母亲去买红花,她们家住的是南北对面的炕,那商量的话声,虽然不甚大,但是他的母亲是听到的了。听到了,也假装没有听到,好表示这买红花可到底不是她的意思,可并不是她的主使,她可没有让他们去买红花。

在北炕上,祖孙二人商量了一会,孙子说向他妈去要钱去。祖母说:

"拿你奶奶的钱先去买吧,你妈好了再还我。"

祖母故意把这句说得声音大一点,似乎故意让她的大儿媳妇听见。

大儿媳妇是不但这句话,就是全部的话也都了然在心了,不过装着不动就是了。

红花买回来了,儿子坐到母亲的旁边,儿子说:

"妈,你把红花酒擦上吧。"

母亲从枕头上转过脸儿来，似乎买红花这件事情她事先一点也不晓得，说：

"哟！这小鬼羔子，到底买了红花来……"

这回可并没有用烟袋锅子打，倒是安安静静地把手伸出来，让那浸了红花的酒，把一只胖手完全染上了。

这红花到底是二吊钱的，还是三吊钱的，若是二吊钱的倒给的不算少，若是三吊钱的，那可贵了一点。若是让她自己去买，她可绝对地不能买这么多，也不就是红花吗！红花就是红的就是了，治病不治病，谁晓得？也不过就是解解心疑就是了。

她想着想着，因为手上涂了酒觉得凉爽，就要睡一觉，又加上烧酒的气味香扑扑的，红花的气味药忽忽的。她觉得实在是舒服了不少。于是她一闭眼睛就做了一个梦。

这梦做的是她买了两块豆腐，这豆腐又白又大。是用什么钱买的呢？就是用买红花剩来的钱买的。因为在梦里边她梦见是她自己去买的红花。她自己也不买三吊钱的，也不买两吊钱的，是买了一吊钱的。在梦里边她还算着，不但今天有两块豆腐吃，哪天一高兴还有两块吃的！三吊钱才买了一吊钱的红花呀！

现在她一遭就拿了五十吊钱给了云游真人。若照她的想法来想，这五十吊钱可该买多少豆腐了呢？

但是她没有想，一方面因为团圆媳妇的病也实在病得缠绵，在她身上花钱也花得大手大脚的了。另一方面就是那云游真人的来势也过于猛了点，竟打起抱不平来，说她虐待团圆媳妇。还是赶快地给了他钱，让他滚蛋吧。

真是家里有病人是什么气都受得呵。团圆媳妇的婆婆左思右想，越想越是自己遭了无妄之灾，满心的冤屈，想骂又没有对象，想哭又哭不出来，想打也无处下手了。

那小团圆媳妇再打也就受不住了。

若是那小团圆媳妇刚来的时候，那就非先抓过她来打一顿再说。做婆婆的打了一只饭碗，也抓过来把小团圆媳妇打一顿。她丢

呼兰河传

了一根针也抓过来把小团圆媳妇打一顿。她跌了一个筋斗,把单裤膝盖的地方跌了一个洞,她也抓过来把小团圆媳妇打一顿。总之,她一不顺心,她就觉得她的手就想要打人。她打谁呢! 谁能够让她打呢? 于是就轮到小团圆媳妇了。

有娘的,她不能够打。她自己的儿子也舍不得打。打猫,她怕把猫打丢了。打狗,她怕把狗打跑了。打猪,怕猪掉了斤两。打鸡,怕鸡不下蛋。

唯独打这小团圆媳妇是一点毛病没有,她又不能跑掉,她又不能丢了,她又不会下蛋。反正也不是猪,打掉了一些斤两也不要紧,反正也不过秤。

可是这小团圆媳妇,一打也就吃不下饭去。吃不下饭去不要紧,多喝一点饭米汤好啦,反正饭米汤剩下也是要喂猪的。

可是这都成了已往的她的光荣的日子了,那种自由的日子恐怕一时不会再来了。现在她不用说打,就连骂也不大骂她了。

现在她别的都不怕,她就怕她死,她心里总有一个阴影,她的小团圆媳妇可不要死了呵。

于是她碰到了多少的困难,她都克服了下去,她咬着牙根,她忍住眼泪,她要骂不能骂,她要打不能打。她要哭,她又止住了。无限的伤心,无限的悲哀,常常一齐会来到她的心中的。她想,也许是前生没有做了好事,此生找到她了。不然为什么连一个团圆媳妇的命都没有。她想一想,她一生没有做过恶事,面软,心慈,凡事都是自己吃亏,让着别人。虽然没有吃斋念佛,但是初一十五的素口也自幼就吃着。虽然不怎样拜庙烧香,但四月十八的庙会,也没有拉下过。娘娘庙前一把香,老爷庙前三个头。哪一年也都是烧香磕头的没有拉过"过场"。虽然是自小没有读过诗文,不认识字,但是"金刚经""灶王经"也会念上两套。虽然说不曾做过舍善的事情,没有补过路,没有修过桥,但是逢年过节,对那些讨饭的人,也常常给过他们剩汤剩饭的。虽然过日子不怎样俭省,但也没有多吃过一块豆腐。拍拍良心,对天对得起,对地也对得住。那为什么老天爷明明白白的却把祸根种在她身上？

她越想，她越心烦意乱。

"都是前生没有做了好事，今生才找到了。"

她一想到这里，她也就不再想了，反正事到临头，瞎想一阵又能怎样呢？于是她自己劝着自己就又忍着眼泪，咬着牙根，把她那兢兢业业的，养猪喂狗所积下来的那点钱，又一吊一吊的，一五一十的，往外拿着。

东家说，看个香火，西家说吃个偏方。偏方，野药，大神，赶鬼，看香，扶乩，样样都已经试过。钱也不知花了多少，但是都不怎样见效。

那小团圆媳妇夜里说梦话，白天发烧。一说起梦话来，总是说她要回家。

"回家"这两个字，她的婆婆觉得最不祥，就怕她是阴间的花姐，阎王奶奶要把她叫了回去。于是就请了一个圆梦的。那圆梦的一圆，果然不错，"回家"就是回阴间地狱的意思。

所以那小团圆媳妇，做梦的时候，一梦到她的婆婆打她，或者是用梢子绳把她吊在房梁上了，或是梦见婆婆用烙铁烙她的脚心，或是梦见婆婆用针刺她的手指尖。一梦到这些，她就大哭大叫，而且嚷着她要"回家"。

婆婆一听她嚷回家，就伸出手去在大腿上拧着她。日子久了，拧来，拧去，那小团圆媳妇的大腿被拧得像一个梅花鹿似的青一块、紫一块的了。

她是一份善心，怕是真的她回了阴间地狱，赶快地把她叫醒来。

可是小团圆媳妇睡得朦里朦胧的，她以为她的婆婆可又真的在打她了，于是她大叫着，从炕上翻身起来，就跳下地去，拉也拉不住她，按也按不住她。

她的力气大得惊人，她的声音喊得怕人。她的婆婆于是觉得更是见鬼了，着魔了。

不但她的婆婆，全家的人也都相信这孩子的身上一定有鬼。

谁听了能够不相信呢？半夜三更的喊着回家，一招呼醒了，她就跳下地去，瞪着眼睛，张着嘴，连哭带叫的，那力气比牛还大，那声音好像杀猪似的。

谁能够不相信呢？又加上她婆婆的渲染，说她眼珠子是绿的，好像两棵鬼火似的，说她的喊声，是直声拉气的，不是人声。

所以一传出去，东邻西舍的，没有不相信的。

于是一些善人们，就觉得这小女孩子也实在让鬼给捉弄得可怜了。哪个孩儿是没有娘的，哪个人不是肉生肉长的。谁家不都是养老育小……于是大动恻隐之心。东家二姨，西家三姑，她说她有奇方，她说她有妙法。

于是就又跳神赶鬼，看香，扶乩，老胡家闹得非常热闹。传为一时之盛。若有不去看跳神赶鬼的，竟被指为落伍。

因为老胡家跳神跳得花样翻新，是自古也没有这样跳的，打破了跳神的纪录了，给跳神开了一个新纪元。若不去看看，耳目因此是会闭塞了的。

当地没有报纸，不能记录这桩盛事。若是患了半身不遂的人，患了瘫病的人，或是大病卧床不起的人，那真是一生的不幸，大家也都为他惋惜，怕是他此生也要孤陋寡闻，因为这样的隆重的盛举，他究竟不能够参加。

呼兰河这地方，到底是太闭塞，文化是不大有的。虽然当地的官、绅，认为已经满意了，而且请了一位清朝的翰林，作了一首歌，歌曰：

溯呼兰天然森林，自古多奇才。

5 5 5 3 | 5 5 1 1 | 2 1 3 3 2

这首歌还配上了从东洋流来的乐谱，使当地的小学都唱着。这歌不止这两句这么短，不过只唱这两句就已经够好的了。所好的是使人听了能够引起一种自负的感情来，尤其当清明植树节的时候，几个小学堂的学生都排起队来在大街上游行，并唱着这首歌。使老百姓听了，也觉得呼兰河是个了不起的地方，一开口说话就"我们呼兰河"，那在街道上捡粪蛋的孩子，手里提着粪耙子，他还说"我们呼兰河"！可不知道呼兰河给了他什么好处。也许那粪耙子就是呼兰河给了他的。

呼兰河这地方，尽管奇才很多，但到底太闭塞，竟不会办一张报纸，以至于把当地的奇闻妙事都没有记载，任其风散了。

老胡家跳大神，就实在跳得出奇。用大缸给团圆媳妇洗澡，而且是当众就洗的。

这种奇闻盛举一经传了出来，大家都想去开开眼界，就是那些患了半身不遂的，患了瘫病的人，人们觉得他们瘫了倒没有什么，只是不能够前来看老胡家团圆媳妇大规模的洗澡，真是一生的不幸。

五

天一黄昏，老胡家就打起鼓来了。大缸，开水，公鸡，都预备好了。

公鸡抓来了，开水烧滚了，大缸摆好了。

看热闹的人，络绎不绝地来看。我和祖父也来了。

小团圆媳妇躺在炕上，黑乎乎的，笑呵呵的。我给她一个玻璃球，又给她一片碗碴，她说这碗碴很好看，她拿在眼睛前照一照。她说这玻璃球也很好玩，她用手指甲弹着。她看一看她的婆婆不在旁边，她就起来了，她想要坐起来在炕上弹这玻璃球。

还没有弹，她的婆婆就来了，就说：

"小不知好歹的，你又起来疯什么？"

说着走近来，就用破棉袄把她蒙起来了，蒙得没头没脑的，连脸也露不出来。

我问祖父她为什么不让她玩？

祖父说：

"她有病。"

我说：

呼
兰
河
传

189

"她没有病，她好好的。"

我伸手去就把棉袄给她掀开了。

掀开一看，她的眼睛早就睁着。她问我，她的婆婆走了没有，我说走了，于是她又起来了。

她一起来，她的婆婆又来了。又把她给蒙了起来说：

"也不怕人家笑话，病得跳神赶鬼的，哪有的事情，说起来，就起来。"

这是她婆婆向她小声说的，等婆婆回过头去向着众人，就又那么说：

"她是一点也着不得凉的，一着凉就犯病。"

屋里屋外，越张罗越热闹了，小团圆媳妇跟我说：

"等一会你看吧，就要洗澡了。"

她说着的时候，好像说着别人的一样。

果然，不一会工夫就洗起澡来了，洗得吱哇乱叫。

大神打着鼓，命令她当众脱了衣裳。衣裳她是不肯脱的，她的婆婆抱住了她，还请了几个帮忙的人，就一齐上来，把她的衣裳撕掉了。

她本来是十二岁，却长得十五六岁那么高，所以一时看热闹的姑娘媳妇们，看了她，都难为情起来。

很快地小团圆媳妇就被抬进大缸里去。大缸里满是热水，是滚热的热水。

她在大缸里边，叫着，跳着，好像她要逃命似的狂喊。她的旁边站着三四个人从缸里搅起热水来往她的头上浇。不一会，浇得满脸通红，她再也不能够挣扎了，她安稳地在大缸里边站着，她再不往外边跳了，大概她觉得跳也跳不出来了。那大缸是很大的，她站在里边仅仅的露着一个头。

我看了半天，到后来她连动也不动，哭也不哭，笑也不笑。满脸的汗珠，满脸通红，红得像一张红纸。

我跟祖父说：

"小团圆媳妇不叫了。"

我再往大缸里一看,小团圆媳妇没有了。她昏倒在大缸里了。

这时候,看热闹的人们,一声狂喊,都以为小团圆媳妇是死了,大家都跑过去拯救她,竟有心慈的人,流下眼泪来。

小团圆媳妇还活着的时候,她像要逃命似的。前一刻她还求救于人的时候,并没有一个人上前去帮忙她,把她从热水里解救出来。

现在她是什么也不知道了,什么也不要求了。可是一些人,偏要去救她。

把她从大缸里抬出来,给她浇一点冷水。这小团圆媳妇一昏过去,可把那些看热闹的人可怜得不得了,就是前一刻她还主张着"用热水浇哇!用热水浇哇"的人,现在也心痛起来。怎能够不心痛呢,活蹦乱跳的孩子,一会工夫就死了。

小团圆媳妇摆在炕上,浑身像火炭那般热,东家的婶子,伸出一只手来,到她身上去摸一摸,西家大娘也伸出手来到她身上去摸一摸。

都说:

"哟哟,热得和火炭似的。"

有的说,水太热了一点。有的说,不应该往头上浇,大热的水,一浇哪有不昏的。

大家正在谈说之间,她的婆婆过来,赶快拉了一张破棉袄给她盖上了,说:

"赤身裸体的羞不羞!"

小团圆媳妇怕羞不肯脱下衣裳来,她婆婆喊着号令给她撕下来了。现在她什么也不知道了,她没有感觉了,婆婆反而替她着想了。

大神打了几阵鼓,二神向大神对了几阵话。看热闹的人,你望望他,他望望你。虽然不知道下文如何,这小团圆媳妇到底是死是活。但却没有白看一场热闹,到底是开了眼界,见了世面,总算是

呼兰河传

191

不无所得的。

有的竟觉得困了，问着别人，三星是否打了横梁，说他要回家睡觉去了。

大神一看这场面不大好，怕是看热闹的人都要走了，就卖一点力气叫一叫座。于是痛打了一阵鼓，喷了几口酒在团圆媳妇的脸上。从腰里拿出银针来，刺着小团圆媳妇的手指尖。

不一会，小团圆媳妇就活转来了。

大神说，洗澡必得连洗三次，还有两次要洗的。

于是人心大为振奋，困的也不困了，要回家睡觉的也精神了。这来看热闹的，不下三十人，个个眼睛发亮，人人精神百倍。看吧，洗一次就昏过去了，洗两次又该怎样呢？洗上三次，那可就不堪想象了。所以看热闹的人的心里，都满着秘密。

果然的，小团圆媳妇一被抬到大缸里去，被热水一烫，就又大声地怪叫了起来，一边叫着一边还伸出手来把着缸沿想要跳出来。这时候，浇水的浇水，按头的按头，总算让大家压服又把她昏倒在缸底里了。

这次她被抬出来的时候，她的嘴里还往外吐着水。

于是一些善心的人，是没有不可怜这小女孩子的。东家的二姨，西家的三婶，就都一齐围拢过去，都去设法施救去了。

她们围拢过去，看看有气没有？若还有气，那就不用救。若是死了，那就赶快浇凉水。

若是有气，她自己就会活转来的。若是断了气，那就赶快施救，不然怕她真的死了。

六

小团圆媳妇当晚被热水烫了三次，烫一次，昏一次。

闹到三更天才散了场。大神回家去睡觉去了。看热闹的人也都回家去睡觉去了。

星星月亮，出满了一天，冰天雪地正是个冬天。雪扫着墙根，风刮着窗棂。鸡在架里边睡觉,狗在窝里边睡觉,猪在栏里边睡觉,全呼兰河都睡着了。

只有远远的狗叫,那或许是从白旗屯传来的,或者是从呼兰河的南岸那柳条林子里的野狗的叫唤。总之,那声音是来得很远,那已经是呼兰河城以外的事情了。而呼兰河全城,就都一齐睡着了。

前半夜那跳神打鼓的事情一点也没有留下痕迹。那连哭带叫的小团圆媳妇,好像在这世界上她也并未曾哭过叫过,因为一点痕迹也并未留下。家家户户都是黑洞洞的,家家户户都睡得沉实实的。

团圆媳妇的婆婆也睡得打哼了。

因为三更已经过了,就要来到四更天了。

七

第二天小团圆媳妇昏昏沉沉地睡了一天,第三天,第四天,也都是昏昏沉沉地睡着,眼睛似睁非睁的,留着一条小缝,从小缝里边露着白眼珠。

家里的人,看了她那样子,都说,这孩子经过一番操持,怕是真魂就要附体了,真魂一附了体,病就好了。不但她的家里人这样说,就是邻人也都这样说。所以对于她这种不饮不食,似睡非睡的状态,不但不引以为忧,反而觉得应该庆幸。她昏睡了四五天,她家的人就快乐了四五天,她睡了六七天,她家的人就快乐了六七天。在这期间,绝对的没有使用偏方,也绝对的没有采用野药。

但是过了六七天,她还是不饮不食地昏睡,要好起来的现象一点也没有。

于是又找了大神来,大神这次不给她治了,说这团圆媳妇非出马当大神不可。

于是又采用了正式的赶鬼的方法,到扎彩铺去,扎了一个纸人,而后给纸人缝起布裳来穿上,——穿布衣裳为的是绝对的像真人——搽脂抹粉,手里提着花手巾,很是好看。穿了满身花洋布的

呼兰河传

193

衣裳,打扮成一个十七八岁的大姑娘。用人抬着,抬到南河沿旁边那大土坑去烧了。

这叫作烧"替身",据说把这"替身"一烧了,她可以替代真人,真人就可以不死。

烧"替身"的那天,团圆媳妇的婆婆为着表示虔诚,她还特意地请了几个吹鼓手,前边用人举着那扎彩人,后边跟着几个吹鼓手,呜哇当,呜哇当地向着南大土坑走去了。

那景况说热闹也很热闹,喇叭曲子吹的是句句双。说凄凉也很凄凉。前边一个扎彩人,后边三五个吹鼓手,出丧不像出丧,报庙不像报庙。

跑到大街上来看这热闹的人也不很多,因为天太冷了,探头探脑地跑出来的人一看,觉得没有什么可看的,就关上大门回去了。

所以就孤孤单单的,凄凄凉凉在大土坑那里把那扎彩人烧了。

团圆媳妇的婆婆一边烧着还一边后悔,若早知道没有什么看热闹的人,那又何必给这扎彩人穿上真衣裳。她想要从火堆中把衣裳抢出来,但又来不及了,就眼看着让它烧去了。这一套衣裳,一共花了一百多吊钱。于是她看着那衣裳的烧去,就像眼看着烧去了一百多吊钱。

她心里是又悔又恨,她简直忘了这是她的团圆媳妇烧替身,她本来打算念一套祷神告鬼的词句。她回来的时候,走在路上才想起来。但想起来也晚了,于是她自己感到大概要白白地烧了个替身,灵不灵谁晓得呢!

八

后来又听说那团圆媳妇的大辫子,睡了一夜觉就掉下来了。

就掉在枕头旁边,这可不知是怎么回事。

她的婆婆说这团圆媳妇一定是妖怪。

把那掉下来的辫子留着,谁来给谁看。

看那样子一定是什么人用剪刀给她剪下来的。但是她的婆婆偏说不是,就说,睡了一夜觉就自己掉下来了。

于是这奇闻又远近地传开去了。不但她的家人不愿意和妖怪在一起,就是同院住的人也都觉得太不好。

夜里关门关窗户的,一边关着于是就都说:

"老胡家那小团圆媳妇一定是个小妖怪。"

我家的老厨夫是个多嘴的人,他和祖父讲老胡家的团圆媳妇又怎样怎样了。又出了新花头,辫子也掉了。

我说:

"不是的,是用剪刀剪的。"

老厨夫看我小,他欺侮我,他用手指住了我的嘴。他说:

"你知道什么,那小团圆媳妇是个妖怪呀!"

我说:

"她不是妖怪,我偷着问她,她头发是怎么掉了的,她还跟我笑呢! 她说她不知道。"

祖父说:"好好的孩子快让他们捉弄死了。"

过了些日子,老厨子又说:

"老胡家要'休妻'了,要'休'了那小妖怪。"

祖父以为老胡家那人家不大好。

祖父说:"二月让他搬家。把人家的孩子快捉弄死了,又不要了。"

九

还没有到二月,那黑乎乎的,笑呵呵的小团圆媳妇就死了。是一个大清早晨,老胡家的大儿子,那个黄脸大眼睛的车老板子就来了。一见了祖父,他就双手举在胸前作了一个揖。

祖父问他什么事。

他说:

"请老太爷施舍一块地方,好把小团圆媳妇埋上……"

祖父问他:

呼兰河传

195

"什么时候死的?"

他说:

"我赶着车,亮天才到家。听说半夜就死了。"

祖父答应了他,让他埋在城外的地边上。并且招呼有二伯来,让有二伯领着他们去。

有二伯临走的时候,老厨子也跟去了。

我说,我也要去,我也跟去看看,祖父百般地不肯。祖父说:

"咱们在家下压拍子打小雀吃……"

我于是就没有去。虽然没有去,但心里边总惦着有一回事。等有二伯也不回来,等那老厨子也不回来。等他们回来,我好听一听那情形到底怎样。

十点多钟,他们两个在人家喝了酒,吃了饭才回来的。前边走着老厨子,后边走着有二伯。好像两个胖鸭子似的,走也走不动了,又慢又得意。

走在前边的老厨子,眼珠通红,嘴唇发光。走在后边的有二伯,面红耳热,一直红到他脖子下边的那条大筋。

进到祖父屋来,一个说:

"酒菜真不错……"

一个说:

"……鸡蛋汤打得也热乎。"

关于埋葬团圆媳妇的经过,却先一字未提。好像他们两个是过年回来的,充满了欢天喜地的气象。

我问有二伯,那小团圆媳妇怎么死的,埋葬的情形如何。

有二伯说:

"你问这个干什么,人死还不如一只鸡……一伸腿就算完事……"

我问:

"有二伯,你多咱死呢?"

他说:

"你二伯死不了的……那家有万贯的,那活着享福的,越想长寿,就越活不长……上庙烧香,上山拜佛的也活不长。像你有二伯这条穷命,越老越结实。好比个石头疙瘩似的,哪儿死啦!俗语说得好,'有钱三尺寿,穷命活不够'。你二伯就是这穷命,穷命鬼阎王爷也看不上眼儿来的。"

到晚饭,老胡家又把有二伯他们二位请去了。又在那里喝的酒。因为他们帮了人家的忙,人家要酬谢他们。

十

老胡家的团圆媳妇死了不久,他家的大孙子媳妇就跟人跑了。

奶奶婆婆后来也死了。

他家的两个儿媳妇,一个为着那团圆媳妇瞎了一只眼睛。因为她天天哭,哭她那花在团圆媳妇身上的倾家荡产的五千多吊钱。

另外的一个因为她的儿媳妇跟着人家跑了,要把她羞辱死了,一天到晚的,不梳头,不洗脸地坐在锅台上抽着烟袋,有人从她旁边过去,她高兴的时候,她向人说:

"你家里的孩子、大人都好哇?"

她不高兴的时候,她就向着人脸,吐一口痰。

"她变成一个半疯了。"

老胡家从此不大被人记得了。

十一

我家的背后有一个龙王庙,庙的东角上有一座大桥。人们管这桥叫"东大桥"。

那桥下有些冤魂枉鬼,每当阴天下雨,从那桥上经过的人,往往听到鬼哭的声音。

据说,那团圆媳妇的鬼魂,也来到了东大桥下。说她变了一只很大的白兔,隔三岔五地就到桥下来哭。

有人问她哭什么。

197

她说她要回家。

那人若说：

"明天，我送你回去……"

那白兔子一听，拉过自己的大耳朵来，擦擦眼泪，就不见了。

若没有人理她，她就一哭，哭到鸡叫天明。

节选自《萧红全集》，北京燕山出版社 2014 年

◇ 白朗

　　白朗(1912—1994),原名刘东兰,辽宁沈阳人。1933 年任《国际协报》文艺副刊主编,并创办《文艺》周刊,进行抗日宣传。1935年加入中国左翼作家联盟。1942 年任《解放日报》副刊部文艺编辑。1945 年回东北,任《东北日报》副刊部部长。新中国成立后,历任东北文艺家协会副主席、中国文联委员和中国作协理事。代表作有散文集《月夜到黎明》、短篇小说集《伊瓦鲁河畔》、中篇小说《为了幸福的明天》、长篇小说《在轨道上前进》等。

四年间

一、新婚

当矢野和黛珈结婚的时节,气候已经投入秋的怀抱里。

这一年塞北的暑天例外的燥热,雨水的罕有如快乐人的眼泪。苦了的是农村,田苗都枯黄了,耕牛疲惫无力了。农夫们忧郁着、焦急着,真是盼雨盼得眼红,因为他们的生命——一家人的生命——全系在田园上呢!

他们整天在祈祷,哀求天老爷的恤怜,然而什么也不中用,焦急、祈求全是徒然,老天依然沉着它枯燥没有表情的大脸;太阳依然射着火般的灼光;地被烤得裂着龟纹;农夫们被晒得周身剥着黑皮;就连村妇的脸也都变成印度人种了!那田里刚刚生出来的脆弱的小生命又怎能扛得住如此的作践呢?因此,它们都憔悴了,脖儿软瘫地挂了下来,黄黄的小脸没有一点光泽,几乎连喘息的力量都被烈日剥夺净尽。河水枯了,小溪干了,谁也挽救不了那些可怜的生命,比较软弱的,慢慢地都无声地死去了!

只要天空飘来一片白云,人们的心窗便开了,孩子般地跷着脚,得救的笑容浮上每个人的黑脸。然而浓云并不久留,并不给人们带来一滴渴望着的甘霖,它只来了一会儿便四散开去,仍旧是晴朗的天空,火一般的太阳。于是人们的欢跃成了幻影,一个个又都耷拉着头,叹着永久叹不完的气。

可是,一迈进了秋的圈圈里,瀑布似的大雨却来了,它无止境地倾泻着。太阳藏起了秃头，雷声响彻了云霄，接连着半月不见开晴，河水渐渐涨起，眼看就要冲开江堤，于是人们的心又起了莫大的恐慌。老天不是在和人们作难吗？秋天已不需要雨水了，而它却尽量地倾吐着，怎不使人诅咒天道无常呢？

矢野婚期很快地逼近了，雨还在不断地落着，矢野有些不安起来，因为黛珈还在三千里外的 L 省呢。这样使人不快的天气，这样遥远的途程，那娇养惯了的黛珈能冒着雨跋涉数千里来和他结婚吗？即便她自己愿意牺牲一切来安慰她久别的爱侣，但是倘若把她看作掌上明珠的老祖父不放她来，又将怎样呢？本来他们的婚姻她祖父是极力反对的，为了矢野的家没有财势而反对。他们曾经过两年的苦斗，才获得今日的结局。他们是由旧家庭的压榨下挣扎出来的一对勇敢的孩子，他们是从狂风巨浪中脱险的一叶孤舟，他们是战场上凯旋归来的战士，谁不在为他们祝福？谁不在为他们庆幸？然而那过去的艰苦挣扎的记忆，永远埋在他们的心中了。

他们离开整整两个年头了，多么悠久哟！自从订婚以后，他们那具有十八世纪头脑的家长，就不给他们一次见面的机会，他俩虽然都在渴望着见面，但不能。有时黛珈在家人都进入梦乡的深夜，偷偷给矢野写封草率的信，然而那也仅是偶然的；而矢野从来就未敢正式给黛珈写过一封信，偶尔在给黛珈祖父的信里，写上几句黛珈家人都不认识的英文，也会受到黛珈的谴责的：

"你为什么一定要写信给我呢？你不知道我的处境吗？我们两心相印就是了，何必多此一举，不通音讯的爱，比什么都珍贵呢！"这样的责语常使矢野感到不快，然而没有方法和她分辩，只好不再给她捎话了。

黛珈的名誉心太重了，这也许是家庭环境造成的。在家里，在学校，在所有的亲朋口中，谁都说她是个天真而稳重的孩子，不好嬉笑，也不轻佻，颇带大家闺范的气概。人人在爱她，在夸奖她。她听到人们这样的称誉，颇觉自己不凡，暗暗地欣悦，也暗暗地自骄。她愿意长久保存住这种称誉，好像失掉它，就再没有兴趣生活下去似的。

　　的确，黛珈真是个无邪的小姑娘，她生来就有那么一副纯洁的心，不曾有过一点轻佻的行为，走路从来都是低着头，不说话，倘如有个熟人迎面走来，人家不唤她，她是不会看见的，有时竟和行人相撞。这虽然在新时代人们的眼中是一种娇羞的女孩的表示，然而旧礼教陶冶出来的她，一点都没有做作的痕迹，那是出于自然的。放学时那些狂放不羁的同学们，在她身旁叽叽地谈着，纵情地笑着，引得一帮流氓青年和男学生跟踪，她几乎按捺不住心中的愤怒，她是十分轻视她们的浮荡，他们的自视太卑，她常是离他们老远的，一个人孤独地前行，或者晚他们一会儿离开学校。她在时时地躲避那许多狂蝶似的同学，怕她们玷污了她清高的人格、难得的称谓和无邪的灵魂。

　　她把全副精力完全贯注在课本上，她用功，她努力，努力要做一个人，要做一个女性的懿范。

　　除了读书而外，她还酷爱运动，书和网球便是她的良伴。为了好运动造成了一副健美的体格，她不知疲倦，没有烦恼，无论日里怎样忙碌，夜里的睡眠怎样不充足，她总生气勃勃，这不是很少有的吗！

　　结婚的消息给予她很大的愉快，同时也使她受了很大的打击，她愉快是因为他们的胜利，担心的是怕因此而失学，失学在她是多么苦痛的事情呵！她宁肯拖延婚期，也不愿为了结婚而失学，因此她极端反对在她未卒业以前结婚。她的理想是要使她的学业告一个段落，然而那还须待四年以后，当然不能取得对方的同意了。她终于拗不过矢野和母亲的请求，而择定了婚期。并且他们还答应婚后仍使黛珈入学。这样她再没有反对的理由了，于是如期地来到哈埠。

　　真是例外的热闹呵！当矢野和黛珈结婚的那一天，矢野的同事很多人为参加他们的婚礼而请了假，礼堂中拥满了不整齐的人头。

　　这天的黛珈却没有欢欣，没有乐，她装了一肚子没处发泄的气和恨,因为那些来宾们毫不客气的戏谑,真使她不能忍受,她认为那是对她的不恭,轻视了她的人格。然而今天为了扮演新娘的角色她实在无法躲避这种有意的侮辱。在气极的时候,她想走、想骂,但都被送她来的祖母劝阻了,祖母解释说:

"这是免不掉的,谁结婚时都是这样的,你爷爷娶我的时候比这闹得还凶呢! 别又像在家似的耍孩子脾气!"

矢野虽也觉得他们戏闹得确实使人难堪,可是他被绝大的快乐鼓动着,他没有气。不过脸上不时地浮起淡淡的红晕。

老天呢? 也宛似在庆祝他们这对幸运儿似的,欣羡地俯瞰着,太阳一起早便探出被埋藏二十多天的头,天空晴朗得没有一片云,这是出乎人们意料的事。昨天夜里那大雨不是还在倾盆地落着吗?矢野的父母、矢野的朋友、矢野自己都在幸喜这可喜的天,为了这却消费了多量助兴的酒。

这喜筵一直拖延了三四小时之久,来宾才一个个声嘶力竭地醉醺醺地散去了。

新婚的夜里,一对新夫妇忆起了以往凄苦的奋斗和如今收获的成功之果,感伤、欣慰往复地冲撞着每人的心。他们整整地谈了一个通宵,曾洒了不少快乐夹杂着悲哀的眼泪。虽然黛珈旅途疲劳,然而,愉快包围了她,困倦的感觉被遗忘在不知不觉中。

二、希望的幻灭

婚后的黛珈,除了渴望着学校的生活和慈爱的故乡而外,便什么希望也没有了。

她曾几次要求矢野放她去读书,矢野虽也不愿意看她的爱侣失学,然而他们那素无恒产的家境,又怎能供得起一个学生呢? 何况他的母亲又十分反对黛珈的求学。每当矢野向她提起黛珈要读书的话,她便会说出那永久不变的话:

"女人家识两个字就行呗! 何必一定要什么毕业不毕业的,况且已经做了媳妇,做媳妇的人就只有管理家务是她的职责,哪有念

四年间

203

书的工夫？我没念过书也活了这半辈子了……"

"不过，我们从前答应婚后让她继续读书啊！"

"哼！那是口头上的约言哪，不是没有立过字据吗……我也累了几十年了，也该享点福啦！难道娶了媳妇我还自己去挨累？哈尔滨这地方，女学生还有好的？念什么书，瞎胡闹吧！你想能学好吗？学得没个女人样儿，我可看不惯！你再想想咱们哪来那笔钱供她念书，若不是没有钱，为什么早早让你扔开书本去做事，儿子没好好读书，却让个媳妇上学，真是岂有此理！别说没钱，有钱我也犯不上啊！"

矢野也曾和他不说理的妈妈争辩过几次，然而老太太却气个死来活去，结果矢野认了错，风波才算平息，胜利终归是老人的。

矢野能把这话向黛珈说吗？他这时的心是怎样为难呵！而黛珈呢？关于读书的事时时刻刻地也不曾忘掉，天天问矢野，矢野总是这样回答：

"等等看，现在我们委实没有多余的款子，等我一增了薪，马上就把你送到学校去，好珈，别忙。"

"钱？我自己还有几个钱，足够一年的学费，还有这金镯子，我实在讨厌戴它，把它卖掉，再不然的话，祖父还能补助我读书的费用，怎说没有钱呢？"

黛珈以为是为了钱的问题，她说出这么多的办法来，矢野一定会欣喜地答应她的读书请求，于是她心在跳跃了，丰润的脸上掠过一道希冀的彩霞，仿佛她已经入了学。

矢野急切中答不出一句话来，他的脑汁开始在荡漾，有如春水的涟漪，黛珈用希冀的眸子贪婪地注视着他脸上为难的表情，很惊疑地说了：

"怎的，你在想什么？还犹豫吗？为什么不吱声，我不是说过，钱不成问题的吗？你不愿意叫我上进？我多得些知识于你并没有害处，说不定将来会帮助你呢！"

"你不知道，除了钱以外，还有个比钱更难解决的问题呢！"

矢野很费力地说了上面的话,声调依然很温柔,一只手在抚摸着黛珈的软发。黛珈不明白他的话,默想半晌,想不出他所说的那更难解决的问题,于是追问道:

"还有什么呢?我真想不出。"

"妈妈反对这事呢!你是知道她的脾气的,为了保持家庭的和平和你们间的感情,我真不愿十分违抗老人的话,并不是我不为你着想,也不是我的不抵抗,我是总希望着和平解决……"

"你们男人都是这样的,只为自己的幸福计算,而不为女人的前途着想,多么卑鄙呀!男人的心……"她再也忍受不住这种压迫,竟用一种激愤的语调又接续着说:

"无论如何我决不肯仅仅为了老人的反对而牺牲我自己有望的前途。为了我们将来的幸福,我也不能就这样混混沌沌地活下去,我要努力,我要反抗,我要做一个人,要做一个有为的女人!"

她说话很急,有时候会使人听不清她在说什么,如果门外有人窃听,一定会疑心她是在和谁吵架。

"我的珈,你不要急,"矢野涨红了脸,惭愧地说,"无论如何,我也要使你的希望实现,宁肯违抗了父母,你放心好了!"

黛珈的心被这爱怜的音波软化了,她深悔适才不该用那样激烈满含愤怒的话语,那样没情感的倔强态度,刺痛爱人的心。于是她请罪似的紧紧握着矢野的手。这时两人又沉入爱的漩涡里。

时光老人一刻不歇地在飞驰着,在不知不觉中他俩已经结婚半载了。这期间仅有半个月短期的别离,那是在蜜月以后黛珈的第一次归宁。

七个月,平顺地度过了,而黛珈终未走进学校的门。矢野常常为了此事和妈妈争论,黛珈慢慢地也知道了婆婆的顽固,她不再使矢野作难,也不愿使他背上违抗母命的罪名。以后她便不再提起那件事,然而自己的内心,却早有了计划。

接到祖父的来信,知道老人家在渴望着他唯一的孙女第二次归宁。不久她取得了公婆和矢野的同意——其实那是不得已的同

四年间

意——她便揣着一颗为兴奋过度而跳动的心，匆匆就道了。

一到家，便什么全忘了。慈祥的祖父、祖母，爱她的妈妈和唯一的弟弟，他们的爱把黛珈灌输得沉醉了，甚至使她忘却了三千里外孤独而温存的矢野。

这时她想起了爸爸。爸爸死去六年了，不知为什么在这六年之中她竟会忘却得那样干净，如果不看见弟弟那酷似爸爸的面容，恐怕她什么时候也不会忆起那黄泉下的亲骨肉。

她不是想念爸爸，她是想起爸爸生前对待妈妈那种陌生的情景，和爸爸死时妈妈患的疯癫的病症。

男人总是残酷的、无情的，而女人为什么却如此的痴心呢？爸爸对妈妈那样的不体贴，而他死了，妈妈却又受到那么大的打击。假如她没有她的一双儿女，那时她也许要毫不犹豫地跟爸爸走上一条路呢！直到现在她不是还不能忘却吗？一提起爸爸，她的眼里还涌出泪水，多么可怜的妈妈哟！我的矢野总不至像爸爸那样吧！是的，他绝不是那样的男人，我万分地相信他。

想到这，她便不禁为妈妈的遭遇痛心，为自己的幸福庆幸。因此她更爱妈妈了，她真不愿离开她那可怜的妈妈。

她预料要在这里长久住下去，回到她的母校读书，在她的心里书好像比矢野占的位置更大些。为了要读书，她甘愿把家庭之乐暂时抛开，使矢野仍度着那孤寂的生活，因为她觉得精神的爱要超过一切方式的爱。

她现在决定回到母校读书了，去信偷偷说给了矢野，嘱咐他探询一下公婆的意思，并且请他婉转地替她说情，只要他们允许她在L省读书，一切费用全由祖父负担。信寄了出去，黛珈的心完全回复到儿童时代，她朝夕地憧憬着甜美的学校生活。

然而她突然病了，呕吐，腰痛，四肢疲乏，遍体鼓着联珠般的疙瘩。经过大夫诊断以后，祖母和妈妈常常耳语，不过看样子她们都很快乐，妈妈告诉她那是胃脏有火，感受点风寒，吃两剂药就会好的。

祖父把她的病写给了她的公公，公公很快地来了一封催归的信,请祖父派人把黛珈送回静养,在外面他们不放心,恐怕出什么差错。

看了公公的信她才知道她已有了两个月的身孕,这消息好像一声霹雳把她的一切希望震破了。她哭了——绝望地哭了,一切从此完结,希望幻灭了,前途是无涯际的黑暗。她开始诅咒着:

"结婚是女人坠落的路,是女人的陷阱,是埋葬女人的坟墓!"

三、初产

黛珈在万分绝望的当儿,曾有过堕胎的幻想,她商议过矢野,矢野当然不曾同情她这种残忍的手段,劝了她几次,才把这念头打消。

从此黛珈健美的体格一天天羸弱下去,精神也渐渐变得颓靡了,以前愉快的面容,已飞入乌有之乡,笑容很少在她的脸上出现。十九岁的黛珈已变得那样阴郁沉默了,是有着什么心事呢?还是追悼着已逝的青春?

树叶绿了又黄了,终于离开母杆脱落了,落在光滑的马路上,落在肮脏的垃圾堆里,继而雪花埋葬了落叶,雪花报告着冬天已到。就在这时,那在母体中哺育了九个月的胎儿要出世了。

那正是子夜,人们都已酣睡,路上没有车子,没有行人,仅有几条无家可归的流浪狗在露天里卧着。

矢野匆忙地踏着夜色,冒着风寒,去请约好了的产婆。他慌忙之中,踏着了一条睡在黑暗处的狗的尾巴,那狗狂暴地吠起。别的狗听见同类吠声,刹那集聚了一群向矢野拼命地进攻。好在矢野穿得厚,只是被撕破了衣襟,不然恐怕会被它们咬得遍体鳞伤呢!

把产婆接来时,黛珈已经昏过几次了。在她清醒的时候,她希望有谁把刀子放在她脖子上;或者剖开她的肚皮使她立刻死去。妈妈和婆婆围坐在她的身旁,以怜爱的音调安慰着她,她紧紧握着妈妈的手,锐利的指甲几乎挖破妈妈的手背,这样她似乎觉得能够减轻自己的痛苦。产婆毫无痛痒地讥笑她:

四年间

207

"这都是娇养惯了哟！没有受过委屈！其实这又算什么了不起的事。"

"你这个该死的老妖婆呀，真会说风凉话！"黛珈切齿地骂，然而，并没有骂出口来。

矢野被撵到外屋去，他仰卧在沙发上，直视着天花板，黛珈苦痛的哀叫，刺伤了他的心。他此刻后悔当初不该阻止黛珈去堕胎，倘如真的实行了那计划，虽然那是近乎残忍的举动，可是他爱的珈总不会受到如此大的痛苦吧！

他的心剧烈地疼痛着，他急欲进去看看他爱的人儿而分担些她的痛苦；然而门是牢牢地关着，既推不开，敲又无效，因为他的妈妈不许他看小孩降生，据说是怕断了红运。

经过两小时之后，婴儿降生了，那呱呱的啼声，震开了矢野紧闭着的心扉，他听那声音是那样清脆，那样洪亮，他开始在默想：

"孩子的相貌，像妈妈呢？还是像爸爸？"

一直等到黎明时分，妈妈才出来呼唤他：

"去看看你的姑娘吧！"

妈妈的面部表情，似乎快乐中带着几分失望，矢野莫名起来，他不去追究，心想：

"许是太疲倦了吧！"便急急奔入产室，黛珈的腹部还是痛，她无力地瘫卧在床上，脸色好像刚刚死过一次那样苍白，一夜的工夫竟变得如此的憔悴！

"好些吗？我的珈，真是苦了你……"

矢野握着黛珈还在颤抖的手，这样慰问。

黛珈见到了矢野，好像受了谁的欺侮的孩子见到妈妈似的，两行诉苦的酸泪流出已经凹陷的眼角，她只点了点头，半晌说不出话来。

这时黛珈的妈妈和那个产婆都已在另个床上睡熟了，矢野趁着妈妈没在眼前的当儿，抚爱地在擦黛珈脸上的泪水。继而俯下头去在黛珈的唇上深深地一吻，表示对黛珈的怜爱。

黛珈破涕为笑了,她用下颏指着床尾的宝宝向矢野说:

"你看看小孩,她长得像谁?"

矢野被黛珈的哭泣,遗忘了刚刚出世的小生命,他如梦方醒般掉过头去。婴儿已经疲惫地闭着小眼睛睡了,那团团的脸庞儿,菱形的小嘴儿,恰像她的妈妈,虽是个刚降生的婴孩,然而那光滑的软发,那细长而弯弯的眉毛,却如几个月的孩子,她的鼻梁很高,眼睛很大,这点比妈妈要美丽些,矢野不觉惊喜地喊出来:

"啊!珈,多么美的一个孩子哟!她长得太像你了,不过只是瘦些,过两天一定会胖起来的。"

"刚降生的时候,两只小眼睛不住地左右环视,小拳头直往嘴里送,看去倒是一个强壮的小东西,可是把她洗完了包上以后,便不再动了,身体像冰的一般凉,仅有一息的呼吸了,是妈妈把包打开,把她揣在怀里,慢慢地才苏醒过来的,现在,大概是睡了,我看那孩子像似有病……也许是产婆不好。"

"旧式的产婆本来不能信赖,不知道她们断送多少孩子生命了,偏是妈妈一定要找她,说她好……"

矢野边说边把嘴唇贴在孩子的唇上吻着,他确定孩子是有病,因为她的嘴唇连一点温气都没有呢!

第二天,矢野在他的日记本上写着这么一段:昨夜我的珈生了一个小女孩。

在平日我是不大喜欢人家的孩子的,尤其是那初生的赤子,但今番却奇怪,当我第一眼看见我的女孩,便热辣辣地爱上了她,我曾不知深浅地狂吻着她和珈相似的柔嫩的小嘴,我的头被母亲轻抚了一下:

"嗳!好不知深浅哪,月里的小孩不许亲嘴的呀!"

初产的珈在一度猛力的挣扎之后,脸颊上已失去两朵红晕,她微合着眼睛斜靠在枕垛上,很吃力地呼吸着,没有喜悦,不,她的喜悦是被疲惫与痛苦包围了呵!

母亲呢?母亲苦笑着告诉我,她是失望了!"为什么不给我来

四年间

209

个大孙子呢？"

珈告诉我，当小孩生下的时候，母亲曾说过这么一句话：

"下次我们可不要丫头了，一个，已经够受啦！"

咳！母亲的心哟！你该是把自己的生命都埋葬了，本来早已就埋葬了哟！

生来便是个多病的孩子，她的小身体永远是冰一般的凉，虽然把她放在壁炉边烤着。即便放在炉板上，把皮烧焦了，而她的血肉也绝不会有温气的，她是一个冰孩子，是一具僵尸，仅不过有生气罢了！

两位妈妈忧郁着，她们怕她死，虽然她们不喜欢女孩。她们常常背着黛珈担忧着孩子，说孩子的病恐怕不治。

黛珈看了那可爱小东西，便忘却了过去的痛苦与疲惫，忘却了一切，她不分昼夜为孩子忙碌着，时时替换孩子的尿布，她不许脏一点，唯恐她的宝宝受屈。可是当有谁在她身旁时，她却像毫不关心似的不理睬孩子，甚至孩子饿了，她也不给她奶吃，因为她害羞，她怕被人家看见她的乳房，怕人家知道她做了妈妈。

有时两位老太太逗着不知事的孩子说：

"冰孩子你的妈妈在哪儿呢？"或者当孩子饿了的时候：

"冰孩子饿了吗？让你妈妈给你奶奶吃！"

她听了，脸颊立刻会绯红起来，她任着孩子哭闹，掉过脸去假寐着，老太太们晓得这是她们曾经有过的羞怯心理，便都走开了。

日子久了，便也习惯下来，黛珈不再感到羞赧了。

"为什么女人要生小孩，而男人却不？"这问题时刻萦绕她的心，她想不透是什么原因。

矢野每天下班归来，便先来看孩子，孩子一天天地瘦弱下去，矢野的心也随着孩子的瘦弱而恐惧，他怕他爱的女儿会死掉，会刺伤他和他的珈的心，这些黛珈全不知道，她是个没有经验的妈妈，又怎能观察出孩子的病来呢？她只知道孩子凉，那是她自己的寒病遗传给她了,但孩子每天吃的药,她相信定有力量把凉气驱走,所以她依然快慰。当没有人在时,她便精神百倍地和矢野计划着怎样教育她的孩子:

"我们一定要好好地教育她,把她培养成一个伟大的女性,四岁就送入幼儿园,稍大些,就开始教给她别的小孩所不能得到的知识!我们所懂得的,如果经济允许的话,我一定多多供她读书,要她多得些新知识,要她成为一个典型的女性,要她成为一个勇敢刚毅、充满生命力的女性,要她为我们世界吐一线曙光,要她做我们理想中的女儿……"

黛珈起劲地说着,脸上现出了愉快的光芒,矢野嘴在应和着,可是他的心在说:

"恐怕你的希望只是一种梦想罢了!那样一个多病的孩子,还能活几天?"

六天过去了,两位老太太松了一口气:

"六天的关口逃过去,不怕啦!"

七天,十二天过去了。两位老太太又松了口气:

"唉!不怕了!"

多病的孩子,一直是病了又好,好了又病地活了一个月,满月的那天,她忽然不吃奶了,小灵魂沉入昏迷的状态中。黛珈不再把人家送给孩子的礼物向孩子身上试带了,一些庆祝弥月的宾客们,谁也没有看到那满月的婴儿,因为她病得奄奄一息了!黛珈只守着她垂死的小宝宝,她推她不醒,唤她不动,她猜不出孩子得的什么病。宾客散后,矢野父亲请来一个所谓名医也者,据他说:母亲一切病症,完全传给了孩子,孩子是在病菌的包围中生长起来的,所以已非人力所能挽回了!

室内的空气,顿时紧张起来,三位老人和矢野知道孩子没有希望了,都倒挂着头。黛珈的脸色比任何人都难看,她偷偷在流泪,泪珠儿掉在孩子的脸上,流到孩子的眼里,那昏睡的孩子不反抗不哭,也不动。黛珈在绝望中,静静地候着孩子的死,因为她不再

四年间

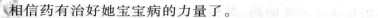

相信药有治好她宝宝病的力量了。

她怕她的孩子死去而毁灭她为孩子设想着的一切希冀,她又愿意她的孩子快些死去而实现她没有孩子时幻想的美梦——读书或服务——这矛盾的思想缠绕着她矛盾的心灵。

孩子的病不好,而她又不死,婆婆开始去求神保佑,给孩子许愿,她说这样或者能把将灭亡的小生命由死神的手里夺回来呢!

黛珈不参加任何意见,她像看戏似的,看着两位老太太滑稽而无聊的举动。

但是孩子的病却一天天地沉重起来,方法是想尽了,两位老太太也失去了主意,要是矢野的父亲在家还好,然而孩子满月以后,他便又回到他服务的×地去了。

在给孩子洗浴的时候,她们开始发觉孩子的脚肿了,而且肿得那样厉害,两天以后便肿到腹部。那天早晨她的鼻孔里,曾流出了一滴紫色的血,那是最后的,仅有的一滴血了!

夜里孩子的眼睛张开了,那两只放着挣扎光芒的眸子不转动地直视着,老太太们预料着不到天明就会死去的。她们叫黛珈和矢野到另一张床上去睡。这时黛珈没有悲哀,没有怕,她只希望她的宝宝赶快死去。

两位老太太一边一个地守着孩子,孩子的眼瞪得怕人,她们不敢睡,在谈着与孩子无关的事。但她们两个的心全都系在孩子的身上呢!

突然孩子猛动一下,接着激烈的尖声震破了寂静的夜。黛珈在床上听着,这声音直刺入她的耳膜,她的心好像万千蛆虫在无情地啃着,她不能忍耐地双手堵住耳朵,可是那尖利的哀音,却由隙缝挤了进来,她一刻都不能安定了,忙跳下床去,跑到她宝宝的身边。她不敢看宝宝的苦痛的面庞,闭着眼睛在孩子的脸上深深地一吻,又跑回自己的床上,她蒙上被悲切地哭了。口里念着:

"永别了,我的小宝宝,永别了,我的小女儿!"

她的哭不是完全为了痛惜那小生命的灭亡,而大半是在怜惜她宝宝所受的那么大的苦痛！

矢野被她引得也哭了，他俩的泪混合在一起。

在晨光熹微的时候，那降临人间三十七天的冰孩子，停止了尖叫，合上了发光的眼，走向另一个缥缈的世界去了。

黛珈的眼前立刻掠过一道光。被哀闷塞住了的心扉突然敞开了，压在心头的沉重的大石融化了，她收住了泪，把蚊帐掀开一个隙缝，在偷窥着那具小小的尸体，她看见那在她腹中护养了九个月慢慢成长起来的赤子；她曾经抚爱了一月多的小宝宝；曾经吃过她的奶，劳过她的心，给予她比死还大的痛苦的孩子，如今被剥得赤条条躺在外间的地板上，仍然是那么一副可爱的小面庞，殷红的小嘴唇，柔嫩而白皙的皮肤。黛珈真不相信她的孩子，就会这样不变神色地死去，然而她身旁却放了一捆稻草、一块席头和一条麻绳，那分明是预备赠送死孩子的礼物呵！那分明是她和家人永别的标记呵！

两位老太太的脸，深秋的天空一般的凄凉和阴郁。婆婆开始在捆绑孩子，妈妈在用锅底的黑灰涂抹孩子的脸，她不忍看这摧残孩子的举动，把头缩回被里。

"为什么连一件衣服都不给孩子穿？又为什么把脸弄得那样脏？"

她怎样也不明白，问矢野，矢野更不晓得是什么原因。

接着她听见更夫老纪那惋惜的语音：

"这小孩真没造化，活着有多么享福，还不当眼珠看待吗？"

"可不是，二十多年没有小孩了，好容易盼到这么一个宝贝，虽然是姑娘，可是我们也都喜欢，活着是一点都屈不着的，这一个多月就花了几十元钱治病，但是她没有命，又有什么办法呢？先生是能治病治不了命哪！"

婆婆的声音也很凄楚，黛珈不愿听这些使她落泪的声音与话语，她在床上喊：

"妈妈！快叫老纪把她埋了吧！"

四年间

213

"埋?"婆婆和妈妈同时发出这么一句简短的疑问。

"这孩子太轻了,怪不得不好养!"

老纪把孩子抱了起来在掂量孩子的分量。婆婆嘱咐他:

"扔在南岗上,头朝下,千万别往洼处扔呵!你来去都别回头,记住呵,这有很大的关系呢!"

"妈妈!为什么不埋起来呢?怎么还头朝下,又不给穿衣服,我真不明白!妈妈,到底是怎回事,这样作践孩子!"

黛珈带了哭音大声地问。

"咳!傻孩子,埋起来不好,那样你以后生小孩会依然不好养,并且她自己也有罪,把她扔在空场叫野狗撕掉便好了,你以后生孩子便不会死了……你看谁家小孩子给穿衣服,那是偷生鬼,她是向你来讨债的,你还够数她就走了,你还可怜她吗!她是要账的,不是你的孩子呵!"

妈妈颠三倒四地解释着,她不知道这些话会刺伤她女儿的心。

"她明明是我生的,为什么不是我的孩子?什么叫讨债鬼?什么叫罪?我的血肉培养成的……孩子,为……什么去饱狗腹?那正如……把我的肉……割掉……喂狗……一……样……妈妈……你们不……要那样……多残忍!把她埋起来吧……"

"咳!年轻人都不迷信哪!"老纪说。

听见黛珈的悲哀的声音,慈母之心被感动了,她急急地说:

"喂狗!喂狗!不,不,埋起来!埋起来!好孩子别难过!"

老太太当黛珈的爸爸死后,她曾因为受了绝大的刺激患过疯癫病。此后她的病虽然好了,可是说话常是颠倒,这次她本想说:"不喂狗!不喂狗!"但急切之中又说反了,引得老纪扑哧一笑。

老纪拿着孩子出门的时候,婆婆还不住地小声叮咛她已经叮咛过的话。老纪一边走一边拿着笤帚头抽打孩子被席包着的周身,口里还在骂:"小冤家,讨债鬼!再来砍掉你的脑袋!"

这些声音虽然很细微,但一声声都钻入黛珈的耳。

"咳!喂大狗罗!"

妈妈又忘了适才的事，当走进里屋的时候，长长叹了一口气，这样自语着，等她觉出来的时候，又改了话头：

"老纪还扛着铁锹走那么远的路已经够累了，到那里再挖坑，这样硬的地，不知要怎样费力呢！回来我们可得多给他几个钱！"

"嗯！"婆婆附和着。

她觉得自己很机警，这样巧妙的话一定能使女儿相信，于是嘴角露出了一丝微笑，向黛珈的婆婆挤了挤眼睛。

现在黛珈正沉在悲痛的冥想里，她想着孩子生时与死时的一切。虽然她几夜未曾睡好，但冥想紧紧地缠绕着她，她不想睡，也没有困。

矢野恐怕黛珈为了孩子而悲哀，他请了一天假。然而出乎他们意料，起床以后的黛珈一点都没有悲哀的表示，她忙着整理孩子的一切遗物。为了这个，大家全很快活，同时在暗暗地赞叹黛珈的刚强。

孩子的死，黛珈并非一点都不动心，并非遗忘得如此快，她是怕引起别人的难过而把悲哀藏在心里了！

这天是礼拜六，矢野的父亲照例回来了。在下午五点钟，他匆忙地走着，进室后他看不出一点家里早晨曾发生过一幕小小的悲剧，因为家里的人都作出愉快的样子在吃饺子，他看了这情形，以为他的孙女一定好了，眼前立刻展现出一个微笑的、美丽的、天真的脸，于是急急地走进里屋，预备看他一礼拜没见的孙女，然而他适才的想象完全错误了！床是光光的，连块尿布都找不到，一团高兴顿化清烟，他如失掉财宝似的颓然地坐下去，眼里充满了亮晶的液体，只是没有流下来。

"大衣怎么也不脱？"婆婆苦笑着说。

"孩子扔啦？"

"没有，串门去了！"

他明明知道那是哄小孩的谎话，他也不去理会，只不耐烦地皱了皱眉头，接着又庄重地问：

四年间

215

"什么时候死的？"

"今天天刚亮。"

矢野的父亲比别人更爱那孩子,他看那孩子如同自己的生命。他没有男尊女卑的心理,因为自己没有女儿,所以他很愿意有这么个可爱的孙女,来增加家庭的乐趣,因此孩子的死,他的悲痛就胜过别人。

公公的归来,触动了黛珈的哀伤,她吃不下饭,推开碗跑到厨房,为了不使家人看见她满眶抑制不住的泪水,不得已倒了一盆冷水在洗脸,不,在洗泪。两位老太太和矢野看出了她不是洗脸而是在哭,于是那些鲜美的饺子全部留在盘里了。

黛珈忆起了孩子满月头一天公公归来的一幕:

那是孩子病重的前夜,公公由外面走来,第一眼便去看他时刻挂念的孙女,孩子醒着在玩,好像懂事似的仰起小脖注视着床前立着的祖父,那从不曾笑过的孩子忽然向着祖父微微地笑了,那笑容是那样天真、那样美丽,祖父愉快地吻着她的颊,她不挣扎地接受她祖父的吻,那时全室的人都惊叫了!

"啊!孩子会笑了,而且偏偏等祖父回来才笑……"

从那次以后,孩子就再没笑过,在梦里都不笑了!公公呢?也再没看见他的孙女,他和他疼爱的小孙女只见过五次面,这在公公的心里该是怎样的遗憾哪!

黛珈好像忽然觉悟了似的小声自语道:

"唔!孩子的笑,是和他祖父诀别的笑哟!"

四、死

那个慈祥老太太——命途多舛的黛珈的妈妈,为了女儿的生产,抛了老病的公公、稚幼的儿子,来这三个月了。她曾亲眼看见孩子的出世,又亲眼看见孩子的死亡,在她似乎没有什么遗憾了。而公公信上的几句催归的话:"数月来余身体异常衰弱,希汝速归为余料理身后事,而家中一切琐事,亦在需人也……"实在她不能再安然地住下去了,所以她现在是决定要回家去。

黛珈自从生了孩子以后,更深深地体验了慈母爱子之心是怎样的深切,是怎样的不可泯灭。因此使她回忆起儿时所蒙受的慈母之爱和妈妈的辛劳。就是现在,妈妈那无微不至的爱护,不是要胜于朝夕相聚爱她的矢野吗! 如今妈妈突然离开,又怎能不使她留恋呢! 然而为了病弱的祖父和弟弟,妈妈的确不能久留,她只有随着妈妈去了。可是为了年关在迩,竟没取得公婆的同意,妈妈含着惜别的泪终于独自登车了!

妈妈归去仅只六日,祖父病故的电报拍来了。这噩耗给予黛珈比孩子的死大十倍的悲哀与打击。她是去了,和祖父见了最后的一面。然而那是含笑逝去的祖父,又哪里会知道他天天想见而终未一见的孙女哭倒在他尸身之侧呢?

两月的短促时光,经过了两次骨肉的死亡,黛珈脆弱的心灵,满负创痕了! 她冥想着:

"祖父是负有重大责任的人,寡母幼弟、懦弱的祖母全赖他支撑门户,他怎能死呢? 如今他是永远地脱离了凡尘,把繁重的担子完全推到妈妈的肩上。我自己已有了家,不能分担妈妈的些微辛劳,死之神为什么毫无情面地夺去了我那慈祥的祖父而至影响了全家! 祖父的死,是多么值得惋惜呵! 而孩子呢? 她是处处需要人的呀,她的死太轻于鸿毛了。"

这样想着,祖父的音容,祖父的慈爱,时刻回旋在她的心中,而孩子的影子不再出现在她的脑际了。

春风驱走严冬,烈日又烤散了春风,残秋过去又到了初冬,一年又回复了。黛珈依然囚在家中,她所希望的,读书、服务都成泡影,而她不希望的孩子却又降生了。

这是她第二个女儿,多病的黛珈偏又多产;多病的妈妈怎能生出强壮的孩子呢?

孩子的长相和第一个没有些许差别,正如孪生一样,只是体温却比前一个高了,当孩子出生的时候,婆婆失望而又忿激地说:

四年间

217

"那个小冤家又回来了！又是个讨债鬼！"

因此婆婆不太疼爱这孩子，而黛珈依然是热烈爱着。可是孩子第六天便病了，和第一个孩子患着同样的病！她明知那是不治之症，所以她很希望孩子早些离开人世，免得多受痛苦，多吃那些不能治病的苦药。

矢野看着孩子快不中用了，他用一个消息，制止黛珈的悲哀：

"珈！宝宝不好你别伤心，咱们是不需要孩子的，孩子会妨害我们光明的前途！她要真的死去，你便可以走到社会上去了，你不是愿意当孩子王吗？现在有个很好的机会，老彭的太太不久要临产，她已决定辞去×校的教职，那么你可以去代替她了。"

"真的吗？可是我们没有人力呢！"

"谁还哄你，我已托人说妥了，只要你愿意，满了月，就可以去，在那里你可以得到更多的安慰，可以转变你的生活。"

"那么，快叫她死吧！带孩子的生活真腻死人！"

她欣喜得几乎发狂了，她这时唯有希望孩子速死而完成她第二步希望，这并非她太残忍，也并非不爱她的孩子，实在是她爱希望更甚于爱孩子！

果然，那识时务的孩子，在第七天的黄昏，像第一个孩子一样尖叫起来了。黛珈听到孩子和死神挣扎的声音，一点也不感动，一点也不难过，她对孩子真的陌生起来，孩子的尖叫使她烦躁：

"妈妈！她怎还不断气？踢她一脚叫她快死吧，我不耐烦听她的怪声！"

"什么话！为什么叫她快死？万一活过来，不是拣条命吗？"

"不，不，我怕她活过来，您不知道我已经找到事了哟！"

婆婆刚要说话，孩子已经断气。她顾不得其他，急忙跑到院心去喊老纪，这时已是十点多钟，外面开始落起银白色的东西，冬天的风飕飕地刮着，似乎在哀悼这新生的夭折！

黛珈的孩子又将被老纪送走了，但她这次却是异样的欢跃，什么悲凄的话语，也不会使她的心痛了。当爱说话的老纪走进来看见

孩子的尸身的时候,他禁不住嘴,又说出了下面的话:

"唔?怎么又死啦?为什么这样可爱的孩子偏偏不活!多么痛人,孩子的妈妈该怎样难过呢!生下来几天就喂了大狗。吃这孩子的狗也够有口福了,我真不忍心叫她去饱狗的肚子,太太,还是埋起来吧!"

"不能,不能!你不懂得有说道呢!"

婆婆听了老纪的一套话,眼睛有些湿润,她不愿他再说下去,催他快些去扔。本来一年之中死掉了两个小孙女,老太太的心又怎能不难过呢?

然而黛珈却泰然处之,嘴角露着微笑。老纪的话在她听来,感到厌烦,如果老纪不识进退地再往下说,真要受到她的斥责呢!

孩子死去三天,黛珈也和家人辩驳三天了。她决定立刻到×校去度她朝夕憧憬着、思念着的清高教学生涯,她忘却了产后的未复原的身体,忘却了一切病痛,也忘却了严冷的天。可是久经世故的公婆,爱她的矢野,群力阻拦着她:

"你此刻怎能去呢?生产刚刚十天,而且你还在吃着药,天气又这般冷,现在就出去教书于你太不利了,要当心你的身子呵!满了月马上就叫你去,眼下无论如何也不能放你去的……"

这些关心的话,好像耳边风马上就消失了,她看公婆和矢野,不是她的亲人而是仇敌了,他们的话都是一些不中听没有韵节讨厌的音乐,反抗性强烈的她,已经坚定了的意志,谁也没有力量打消。

她终于胜利了,在一个阴冷的清早,她被一辆人力车拖到了×校,这学校对她并不陌生,因为那里有她旧日的同学孙远女士。

她一迈进教员室,心中便起了很大疑团:那屋里出入的人们,全是她鄙视的粉脸红唇、鬈发弯眉、高跟皮鞋、漂亮服装的摩登女郎,要不是孙远迎她进去,她几乎要疑心她误入了胭脂队里呢!看了这情形,不由得想起自身穿的青呢大氅,毛布旗袍,平底皮鞋,不曾敷粉的黄脸,和没抹口红的枯唇,光而直的发。这样老太婆的打扮掺杂在她们中间,未免自惭形秽了!

四年间

219

活泼的孙远依然是那样的活泼,依然朴素的服装,所幸还没有被她们同化。她把黛珈迎进来,便被谁唤走了,抛下黛珈立在那里,虽然是满室活人,然而没有谁让她坐,因此她还在很客气地立着。她们的眼光,完全集中在黛珈的身上,眼光中夹杂着藐视的成分,黛珈有些局促,她很生气,便迅速地坐了下去。

一位女子摆动着花旦似的腰肢走过来,那是一张满着大天的黑脸,香粉几乎填满了麻坑,一张红色的大嘴露出两行黄金色的牙。她一走过来,一股腻人的香气便闯入黛珈的鼻管,看了看那张麻脸,嗅了嗅那股香气,甚至要呕出心来。黛珈十二分讨厌她,然而麻脸女士却不害羞地走到黛珈的面前,用斜眼瞧着黛珈黄瘦而稚嫩的面庞,像问案的法官似的粗声说道:

"你哪个学校毕业? 做过事吗?"

黛珈听了这毫不客气的问话和藐视的态度,觉得受到了莫大的耻辱,她不能按捺住气愤,便也不客气地冷笑了一下,她的头没有动,眼光射到地上,像对自己说:

"什么学校也没毕业,不过念几天书罢了! 并且也没做什么事,就连做事的朋友也不曾有过。我完全是个初经世故的小孩子哟! 真不敢和女士对比!"

这分明是气恼的口吻。麻脸女士似乎发现了奇迹,不等听完便掉头走了,她好像是个混蛋,没有发觉黛珈在生气。她走到隔室去,立刻一阵更使黛珈气愤的话语便钻进她的耳朵。

"啧! 啧! 她不但没做过事,而且还没毕过业,看来什么也不懂,还来教书呢,真不自量!"

声音虽很细微,然而黛珈却很清楚地听得,随后便是极嘈杂的话音和讪笑,好像一群麻雀在争食,她不再听了。

她想立刻离开这里,但一想到那天真无邪的小孩子,又感到还可能有给予她安慰的事。

铃声响了,一群摩登教员们都去上课,孙远从外面跑来告诉黛珈:

"校长一会就来,你须见过校长,然后再去上课。"

散午学了校长才来,校长的装束更时髦、更华丽,鼻上架着凸面的眼镜,她的一举一动,确像一个军阀的姨太太。她来时,教员们正在狂纵地谈着、笑着、噪着、闹着,但是校长的高跟鞋一踏进了教员室的门,室内马上默然了,教员们一个个都肃然站起,校长长校长短地慰问,紧接着便是一阵忙乱。校长的狐皮大氅、水獭皮帽子很快被挂在衣架上。她的屁股刚落到床上,麻脸女士便急忙跑过去脱掉了校长的尊鞋,小心翼翼地放在椅子上。随后另一个女士便装来了一袋旱烟,恭恭敬敬地送到校长唇边,烟杆伸出二尺多长。黛珈心里恨骂着:

"这群不知耻的家伙! 真是狗! 难道把灵魂也拍卖了吗?"

校长并没有看黛珈一眼——许是没看见——只顾和围立在周身的差弁般的教员们谈着家常,黛珈一直候到上课的铃响,孙远才把她介绍给校长。黛珈向她鞠了一躬,她没还礼,连头都没动,黛珈觉到这样一个架子十足的贱女人,真不配受她一躬,她后悔适才的躬不该鞠得那样深,而且根本就无需和她讲什么礼节。

校长朱唇微启了。她的问话比麻脸女士更详细,甚至问到了黛珈的家庭情形,黛珈有些不耐烦,不过校长的声音倒很柔和,她就不好意思像对麻脸女士那般强硬了,她郑重地回答着一切问话。

"初中还没有卒业,也没做过事,一切还望校长指示。"

校长最后说:

"我们校里的教员是不能旷课的,因为每人教一个班次,谁也不能分身给谁代课的。"

黛珈明白了,校长的话是有深意的,她是看出黛珈身体的孱弱,不能耐劳,怕她累病了请假。是的,黛珈的一双暗淡的眼睛,贫血的脸和唇,不是充分告示人们她的软弱了吗? 黛珈知道下面还有没好说出的话:

"就是病了也得支持着上课,你核计着,如果能不请一天假,便在这里,否则,就请回去!"

221

"没有特殊的原因,我是不请假的。"

"那好吧！明天到十五级代课吧！试试看。"

经过孙远的解释,她才知道十五级不是老彭太太的遗缺,而是校长侄女静淑的那班。据说她是和校长怄气走了,让黛珈去代理,说不定将来她会回来的,那时,黛珈当然要被淘汰了！

这天黛珈失望地装了一肚子说不出来的闷气回了家,到家并没流露出不高兴的态度来。

第二天她到学校授课了,那些天真的孩子们见了她都很快乐,但他们是把快乐隐藏在心里了,因为校长正在旁边监视着。

学生都是些聪明的孩子,然而她们对于算术一科,却是异常笨拙,譬如 24 她们竟常常写成 204,加法往往弄成减法。这不能怪学生笨,实在是教授的疏忽和不周详,教员是不能辞其咎的。

黛珈很热心努力校正,十几天的工夫,竟获得很大成绩。然而黛珈却再不能支持了,胸腔剧痛,两腿臃肿,头昏昏然,面色更憔悴了。她虽已来校十天,但一般同寅们和她还是那样陌生,下了课,她一迈进教员室,真如走进坟墓一样。孙远在屋还好,然而孙远是好动的又兼体育教员,她永远是忙着,下了课便领着学生做种种游戏,因此黛珈很少有和她谈话的机会,这样,她更感到无趣了,一般天真的儿童们,也不会安慰她苦闷的心。

午间校长说:

"静淑真是个小孩子,尽耍脾气,昨天来信又愿意回来了！"

"那么,校长就叫她回来吧！我们还怪想她呢！"

善于献媚的教员们同声怂恿着。校长因为黛珈在旁,没出声,但是她已默许了。

学校是她自家的,这点小事,还用征求别人的同意吗？虽然静淑仅是高小卒业,然而她总比没有门径,不会溜须的黛珈占势力呵,校长说的话不过给黛珈听听罢了。

散学的时候,黛珈例外的没有走,她把孙远约到学校的操场上,孙远问她:

"很累吧！这几天你太辛苦了，一个虚弱的人！"

"是的，我真有些不能干下去了！"

"怎的，不感兴趣吗？"

"我是病了，需要休养，同时这学校也的确使我不感兴趣，只有苦恼，那样官僚式的校长，那样蝴蝶般的同事，我真不愿插足她们的群中……你不觉得厌倦吗？"

"怎么不厌倦，初来时真是一天也不愿干，然而为了一家的生活，不得不忍耐呀！真的我一见了她们，立刻会生出离开这里的念头，可是现在被一群儿童们恋住了！"

"看来这真不是个学校，我真没想到学校里会有这种现象。"

"是呵！别的学校还好，这学校的校长真不配办教育，只可做个姨太太，做男人玩物的材料，不过她的门子硬，谁能奈何她，三节还得给她送礼、纳贡，溜她的大须，不然饭碗就保不住。"

"什么，送礼？"

"可不是！哪个不送礼，哪个就有停职的危险，可是我却不那样做，我们卖劳力不能卖人格，有一次她要裁我，学生们群起挽留，把她卷了，她对我也无可奈何！"

"啊！神圣教育呀，如此而已！"

黛珈长叹了一声，别了孙远，第二天校长接到了一封正中下怀的信：

　　　校长先生：

　　　珈体质素弱，不耐烦劳，而学浅才疏，对于教育事业，犹称门外汉，为儿童前途计，愿辞去教职，静养残躯，深修学业，一俟病体复原，学有成就，再出而致力教育。至珈所遗缺，请本先生及诸同寅之意，仍委令侄女接充，是所切盼。

　　　　　　　　　　　　　　　　　黛珈 ×月×日

四年间

223

黛珈彻底地失望了,第一步希望已经破灭得再没有回转的余地,而第二步希望又使她如此的灰心,更有什么出路?她没有哗啦啦的毕业证书,没有有势力的亲友,没有溜须拍马的逢迎技术,无疑的是要被现社会淘汰的呀!何况她又没有超人的才能呢!

如今,忧烦与绝望在紧紧地围袭着她,她永远忧郁着、忧郁着,矢野的体贴与安慰是不中用了。有时她想:除了自杀而外,再没有更好的方法可以解除这一切悒闷了,但她终是还有眷恋哪!她眷恋着矢野,眷恋着妈妈,更眷恋着一部分人类。

"我不能这样懦弱地活下去,我有我的责任,对人类,我有必须应尽的责任!……"她也有时这样自慰着。

因为心情不愉快,本来已经忘掉了的两个孩子的影儿,当午夜醒来,也会不期望地映现在她的脑际。

五、多产的妈妈

这年的雨水和黛珈结婚时的秋雨一般多,人们无法制止它,终于江水冲开了江堤,漫延到陆地,全市顿时成了泽国。这水灾带来了绝大的恐慌和无数的死亡。黛珈家也被江水吞没了,就在这时,黛珈的怀中又有了小宝宝。

在第二个女儿死去以后,她曾吃了很多苦药。然而她的病已经有了三年的历史,三年的树可以扎下很深的根,三年的病,同样也种下很深的根了!只治皮毛的药决不会治好有着深根的病痛的,况且她又没继续着调治。起先公婆为了要使她生一个强壮的小孩,也曾很在意地为她请名医,为她花费很多的钱买药,可是日子久了,便都疏忽下去,病不在自己身上,谁又会体验出病的滋味呢?

因此黛珈的病仍未痊愈,而她怀中的胎儿,依旧免不掉受到病菌的传染。

一九三三年三月中旬,黛珈又生产了。在黛珈怀孕的九个月中,公婆天天在期待着,期待着她给生产肥壮的大孙子!她们是害怕再生那病弱的女孩了。

但是,恰恰违反了他们的愿望,黛珈却又生了个病弱的女孩。

这孩子的命运,尤其不幸,像早已注定了似的,她出生在黎明之前三点半钟,附近没有接生的大夫,在着急的当儿,便把同院的不曾生育过的朱老婆请了过来,胡乱办完了一切接生手续,因此孩子生下来便病了,要不是矢野急忙买药给孩子吃下,恐怕立刻就断了气呢!

七天之内,孩子病过两次,幸喜全好了,然而第八天脚和腿肚又肿了,一家人复又陷入被恐怖包围的情绪中。这女孩的来,虽然没给矢野的父母很大的喜悦,可是他们也并不厌恶,仍然愿意她健康地活着。他们怀着有胜于无的念头来安慰自己。婆婆看着孩子病了,便果断地说:

"这个孩子长得更可爱,身体一点也不凉了,要是找个名医来治,她是不会死的,这回我认着多花钱给她治病,也不能眼看她病死,像第二个孩子那样。"

说着,便跑去请来一位有名的小儿科女大夫。这大夫可真神气呵!来去要坐汽车否则不出诊。为了治好孩子的病,素日节俭的老太太,竟也大方起来,为她的孙女,每天要花掉三元车费。

十天的光阴,匆匆过去了,孩子的嫩肉上挨了三次残酷的针刺,据大夫说那是清血剂,打上可以消肿,但是并没有那样神效,孩子的病没有好,大夫却骗去了许多来之不易的金钱。

孩子的病一减轻,年轻的妈妈又如生第一个女儿时一样的盘算起将来宝宝的教养了。

她很有把握地深信死神绝不会那样的残暴再夺去她第三个宝宝,她整天睁着眼做着美梦,不嫌烦琐地幻想着,就连将来送她女儿入什么学校都在她脑中预计好了。

接着便想到宝宝的衣服,四季的样式、料子,有时竟牺牲了睡眠为女儿设想着将来的一切。

但那短命的孩子,白白费掉了妈妈许多心血,她竟毫无留恋地死去了,死在万物复苏的春风里。

四年间

死小孩在黛珈已经是司空见惯了，当然是极平凡的事件，可是年轻的妈妈的心哟，却受了相当大的刺激！做过三次妈妈的黛珈，已深深地体会到伟大母性之爱了！

黛珈毕竟是一个刚毅的女性，虽然当孩子临别的刹那，她忍不住要哭、要伤心，可是过后要没人引起她的悲哀时，她便泰然若无其事了。

多感的叶女士——她的好友——听说小孩又死掉，她十分哀悼地说：

"真真太可惜，那么三个好孩子，怎么一个也不活？不疼死人吗？老天爷确是个残酷的家伙！"

她说到这，眼里已经湿润了，她好像比当事者的黛珈更好激动。而黛珈却没有流泪，她把要流出的泪吞到肚里去。沉默了一会儿叶女士又继续说：

"珈！三个总共活了两个月，还不如像我似的根本就没有好过，白白地受了许多罪，把身子都弄得虚弱了，想起来，我真替你伤心。"

她忽然觉得这话会使黛珈已经平复的伤痕发痛，于是又转了话头解劝道：

"你还是要好好保养身体，治治病，不要难过，小孩子既然没有命，早早死了倒好，要是会玩会哄人时候死，更叫人心痛呢……"

她还要说下去，一抬头看见黛珈在用手帕擦泪，她才赶快收了话。

本来黛珈已经不再想起死去的孩子了，而叶女士的最后几句安慰的话却使她落了泪，不知什么缘故，什么言语也不能引出她的泪水，而偏怕善意的安慰。

现在她想起这三幕小小的悲剧，如烟般的缥缈，当时的情景，再不会映现在她健忘的脑里了。

然而，四年的韶光，如此虚度过去，是不能不使她追悼的。

选自《白朗文集（二）中篇小说集》，春风文艺出版社 1985 年

生与死

老伯母坐下去又站起来,两腿软颤着,眼前一片黑云半天才飘过去,她长叹一声,摸摸墙再望望天花板,墙还是那么湿,湿得发凉,让臭虫的尸骸和血迹涂成的壁画却不见了。空气仿佛是澄清了些,可是,那潮湿的气息,混搅着浊重的石灰味,依然使老伯母的呼吸感到阻碍,天棚呢? 天棚还是那么低,低得一伸手就摸到了棚顶,低得透不过气来,任凭墙壁刷得怎样白,也照不亮这阴森的地狱呵!

"改造,改造,改造了什么呢? 天杀的!"老伯母咬紧了干皱的嘴唇,狠狠地骂着,她的两只干姜般的手捏绞在一起,像是在祈祷:

"唉,让魔鬼吃掉这群假仁假义的狼吧!"

因为生气,老伯母又咳嗽起来,她把头顶和手掌紧紧抵住墙,咳嗽迫使她不能深深地透一口气。刺痒紧迫着喉管,最后她竟大口地呕起痰来,呕得胸腔刀刮似的难熬,她时时担心把肠子呕出来,呕过之后呼吸就更加急促了。

"老伯母,开饭啦。"一个生了锈的洋铁罐伸了进来,夫役陈清的脸也出现在风眼口上。

老伯母调转了头,她那涕泪横流的面孔,使陈清的脸孔马上忧郁起来,他怜惜而柔和地问:

"哭了吗?"

"哭?"老伯母像似吃了一惊,"哭什么? 陈清,我为什么要哭呢?"

"唉! 这样大的年纪了,还要坐牢,受刑,想想还不伤心吗?"

"你想错了,陈清,一根老骨头,换了八条命,还不值吗? 坐牢,受刑,哼,就死也甘心啦。"老伯母一想到这,她的心便欢快得像开了天窗。

陈清想要说:

"岂止你一根老骨头呢?安巡官,今天早晨也死在东洋鬼子的毒刑之下了,尸首破破烂烂的!"

但,他把这溜到舌尖的话又咽了回去,为的是怕老伯母伤心,实际呢? 他这又是想错了。

"吃饭吧,老伯母。"陈清把那洋铁罐又颠了一颠。

老伯母不去接,连看也不看一眼。她说:

"我不吃,陈清,你替我泼了吧……连狗都不稀吃呵!"

"不是,老伯母,这是我们吃的二米饭,我还给你买了一角钱的酱肉呢。"

老伯母感激得真要流出眼泪了:

"咳,你真是好心肠,可惜,我正饱得肚子发胀呢!"

她抚摸着那膨胀的肚皮,宛如吃了多量的面食那样饱闷着,虽然是继续不断地吐泻了一日一夜,而前天过堂时被灌下的半桶凉水,还在肚里冰凉地充塞着,她又怎会感到饿呢?

陈清的嘴劝不空老伯母的肚皮,终于提着洋铁罐失望地走了。

隔一会,看守孙七嫂投进来一包蛋糕,说是第四监号的女犯凑钱央她买来的,这盛情她不忍拒绝,于是,她含着眼泪收下了。

是春满江南的时候。可是这三月的塞北,却还在冰雪与严寒的威胁之下辗转着,嗅不到一点儿春的气息。北国里好像没有春,有,又是多么短暂哟,像天空的流星般只是一瞬便消逝了。这阴暗森寒的地狱呵! 更是永远享受不到春光的温柔抚爱了。

老伯母蜷伏在士敏土的地上,虽是铺着三号送来的棉褥,然而那由地上透过来的冷气,还在使她的身子不自禁地起着痉挛。她掩了掩身上的被子,她的心是多么不安哪! 被子也是穷得一无所有的女犯送来的呢。她们是这样卫护着自己已经没有希望的老命,她们呢? 她们不会冻病吗?

她一向是委屈着自己卫护着别人的,只要别人不受痛苦,她便心安了。现在,要别人来体贴她,她的心反倒不安起来,这不安掀起了回忆的网,老伯母的心,好似一架摇起的秋千,一刻儿飞到东,一刻儿又飞到西,一条思索的蔓藤蜿蜒着脑子不停地爬着。她想得太疲倦了,才闭起了眼睛。

　　"我死在东洋鬼子的机关枪下,是光荣也是耻辱,妈妈!你要报仇!"是儿子擎着一个破碎的头颅,站在门边这样喊。

　　"妈……我……我没有脸……再活下……下去啦……"是媳妇凄切而无力的哭声。

　　老伯母在朦胧中一下被惊醒过来,她张开眼睛四下望了望,除了一片漆黑,什么也看不见,她轻轻叹了一口气,默祷着:

　　"我可怜的孩子们哪,别再来魔缠妈妈了,妈妈就要来同你们一道的!"

　　"老伯母"这亲切的呼声,一年多了,安老太太听得比她的儿子呼"妈妈"仿佛更熟稔,更亲热些。从她走进这监房不久,女犯们便不约而同地赠给了她这么一个尊敬的称呼。日子久了,竟成了她的绰号,女犯们这样称呼她,看守夫役也这样称呼她,后来,就连警察也老伯母、老伯母地在向她呼唤了。这是多么悦耳感人的呼唤呵!在这地狱般的监牢里,她获得了人间的温情;同时,那人生最痛苦最残酷的场面,也被她看到领略到了。老伯母为那亲切的呼声感动了,老伯母也为东洋鬼子的残暴激怒了。

　　然而,最初老伯母不是为了犯罪而被关进这地狱来的囚徒,她是为了生活,也是为了寂寞,由她的小叔安巡官介绍到女监来看管囚犯的,虽然她和犯人只隔着一道门,而她却还有着自由与权威。

　　是的,在犯人之中,她是有着无上权威的,她可以随便地咒骂犯人,她可以随便地鞭打犯人,犯人要向她低头,要向她纳贡。然而,仁慈的老伯母却一次都没有这样做过,她只是看着别人在行使这无上的权威罢了。

　　一九三一年是一个大动乱的时代,那大动乱卷逃了老伯母的独

生
与
死

229

生子,起初,她真不明白知书达理的儿子怎么会发了疯,竟抛下了老母、爱妻,更抛掉了职业而逃到"胡子队"里去。她为这愤恨,她为这痛苦,她为这不体面的事件愁白了头发。

就在儿子逃走不久,她把怀着两个月身孕的儿媳送到了顾乡屯的娘家,自己便到这个拘留所里来当了看守。

最初两个月,老伯母看管着一个普通监房,那里面有匿藏贼赃的窝主,有抽大烟的老太婆,有不起牌照的私娼……虽然她们之中没有谁受过很重的毒刑,可是,她们的食宿,她们的疾病和失掉自由的痛苦,老伯母已经觉得够凄惨了! 她是以一颗天真的慈爱的心和所有的力量,来帮助她们,爱护她们的。

一个凄厉的冬天。

东洋鬼子占领了哈尔滨,这个规模不算太小的拘留所,就隶属在刑事科之下,他们认为老伯母可靠,便又把老伯母调到特别监房做看守。

"你要特别当心,这里全是重要犯呵,倘有一差二错,不要说你的责任重大,就是我,我也脱不了关系哩!"

当老伯母被调的那天,安巡官这样严厉地对她下了一个警告。接着,安巡官又补充着说:

"要紧的是,不要让两个监号的犯人有谈话的机会,串了供,事情就不好办啦! 你应该严厉地监视着,做得有成绩会有好处给你,不好,哼,你要知道东洋人可不是好惹的!"

老伯母没有说什么,她怀着一颗好奇的心,来和这些所谓"重要犯"接触,可是她无论如何也想不通! 难道这样文质彬彬的女孩子们会去杀人放火做强盗吗? 她问送饭的陈清,陈清告诉她:

"她们是政治犯。"

"正事犯?"

这样一解释,老伯母更加糊涂了,等老伯母再问的时候,陈清也摇头了。

松花江的水早已结成了坚固的冰,泼辣的老北风无情地吼着,连地心也冻结了。可是老伯母看管的那三个监号的女犯，竟还在穿着夹衣，她们整天坐在土敏土的光地上，拥在一起不住地发抖。老伯母看着她们冻得青紫的脸，奇怪地问道：

"为什么不让你们家送棉衣给你们呢？"

"他们不许送呵！并且我们家也许还不知道我们的下落哩！"

得来的答复，竟是这样的奇突。老伯母真是不解。

"怎么？连衣服都不许送？"

"你知道，我们要求了多少次都不答应。"

老伯母气得几乎暴跳起来，她立刻去找她的小叔：

"滴水成冰了，我那边的八个女犯还没有穿棉衣，我想告诉她们家人送来吧！"

安巡官瞪起圆眼珠子，把桌子一拍，吼道：

"多事，刚把你调过来两天半，你就要多事，用不着你发什么慈悲，东洋人说啦，不许送！"

"这是怎么说的呢？难道让她们活活冻死不成？"

"冻死是她们自找……去去，赶快回去！"

老伯母知道即使磨破了嘴唇，也不会说软小叔的毒辣的心肠，于是她忍住激愤按着狂跳的胸脯，退了出来。

紧接着女犯们一个一个病倒了。那整日整夜痛苦的呻吟与呓语，使老伯母坐立不安，于是她去找她的小叔：

"统统冻倒了，棉衣，医生，都是她们需要的呀！"

然而，结果仍是和第一次相同，她被痛斥出来。

老伯母来这监房还不到十天，已经为了女犯的痛苦而憔悴了，她那皱纹纵横的老脸上，再也找不到一丝笑容，她的心淤塞得透不过气来。

安巡官的残忍，反而掀起了老伯母的义愤，她是在不顾一切地牺牲着自己，经常是偷偷摸摸地为女犯传递家信搬运衣服，甚至下饭的菜和治病的药，铅笔纸张……这一切必需的东西，都被她巧妙地带进监房。

生
与
死

231

女犯中有两个家在外县的,还有一个没有家的,老伯母默默地想:

"被子是可以两个甚至三个人盖一床的,衣服是不行的呀!"

她焦急了四五天,一直到月底薪水发下来,她才欢快地揣着钱跑到旧货店买了三套棉衣,一套一套地分作三次穿进监房移到女犯的身上。

现在,八个年轻的女犯个个笑逐颜开了,她们获得了温暖,获得了抚爱,更获得了些许的自由,都是她们被难以来所未曾享受到的,也是她们所不敢梦想的呵!

然而现在她们什么都享受到了。当深夜的时候,只要她们说一声:

"老伯母,我要到第×号去玩一玩,可以吗?"

"行,不过你要机警一点儿呵!说话也要小点声呵。"她一边嘱咐着,一边打开了铁门。

女犯们都蒙受到了意外的安慰,老伯母也欢快了。虽然她为她们筹思着,奔跑着,并且提心吊胆;然而,当她把身子放在床上时,那疲倦是带着一种轻松滋味的,她每每是含着神秘的微笑舒服地睡去。

"老伯母!"

"老伯母!"

这呼唤,不断地在她耳边响着,她也就不停地奔跑着。她不怕麻烦,也没有什么畏惧,虽然安巡官的警告不时地涌上脑际,可是安巡官那副残忍的脸孔,一想起,她就恨得咬牙切齿!

"狼心狗肺! 拿鬼子当亲祖宗,早晚还不给鬼子吃啦!"

同时,老伯母觉得她这违反安巡官警告的举动,也正是对他的报复呢。

你看老伯母是多么高兴呵! 又是多么天真哪! 她运用那不大灵活的腿,一滑一滑地踏着雪地吃力地走着,分张开两只胳膊,像要飞起来似的,那样子,完全像一个刚会走路的小孩。她花白的发丝飘舞在太阳光下，一闪一闪地相映着地下的白雪，她流着鼻涕，流着泪，迎着腊月里凛冽的风，带着一颗凯旋似的心和一封信，走向女犯的家，隔一会，她又带着信，带着食物或衣服踏着雪地按着原路走回来。一路上，她总是筹划着怎样把这些东西带进监房不被检查出来，有时，因为想得入神而走错了路。

然而，老伯母她得到什么酬报呢？没有呵！她是什么酬报都不需要的，当犯人的家属诚意地把钱向她衣袋里塞的时候，她是怎样拼命地拒绝着，到无可奈何时，她甚至都流出眼泪来：

"你想，我是为了钱吗？你简直是在骂我呀！……你看，我的头发全白喽！……"

老伯母指着心，指着头发，那种坦白、诚挚的表示，使对方感动得也流泪了：

"老太太，你老人家提心吊胆地在冰天雪地里奔跑，我们怎能忍心呢？"

"这样，我的良心才好过呀！"

她一边说着，一边急急地抢出门来，像怕谁捉她回去似的，一直到走在街上，她才如释重负似的喘过一口气。真的，那诚意的酬劳，反会使老伯母难堪的。

当她把东西交给女犯时，她嗔怒着说：

"你把我的心地向你的父母表白一下吧！"

女犯流着泪读着家信，也流着泪感激老伯母赐予的恩惠，有时，竟抚着老伯母的肩头呜咽起来：

"老伯母！我将怎样报答你呢？……"

老伯母抚摸着女犯的乱发，抖颤着嘴唇说：

"我的孩子……我的孩子……只要你们不受委屈，我怎样都行呵。"

然而，她们真的不受委屈吗？老伯母的欢快仅仅维持了两个月，这以后，情形便突然变了。东洋鬼子开始伸张开它凶利的爪在向它的俘虏猛扑了。老伯母的心又跌入山涧里去。

生
与
死

233

痛苦的、抑压着的呻吟,又复布满了监房,那空气是可怕而凄厉。老伯母感到她仿佛置身在屠场中,屠户的尖刀在无情地割着那些无援的生命,她眼见着这样惨目的景象,她的灵魂也在一刀一刀地被割着了! 她能逃避开这恐怖的地界,然而她又怎忍抛掉这些无援的生命呢?

老伯母现在是由看守一变而为看护了。夜里她把耳朵附在门缝上,听听外面没有一点声息了的时候,她便开始在监内活动起来。她手捧着一大匣"爱肤膏"为那遍体鳞伤的女犯敷擦着伤处,口里不住地慰问着,而且咒着:

"狼心的鬼呀,和你们有多大的冤仇,竟下这样的毒手!"

为了老伯母无微不至的爱护,女犯们的伤痕很快地便好起来。可是,旧的伤痕刚刚平复下去,新的伤痕紧接着就来了。老伯母宛如一个受过弹伤的麻雀,整天地在恐惧与不安中。她最怕那两个提人的警士,他们一踏进门,老伯母那颗仁慈的心便被拉到喉头,直到过堂的犯人回来,她的心才降落回胸腔里,可是,马上又会给另一种痛苦占据了。

老伯母对东洋人的仇恨,一天天地堆积起来。

起初,女犯们问到她有没有儿女时,为了怕她们讪笑,她总是吞噙着泪水,摇着脑袋说:

"没有呵,我什么也没有呵!"

如今,她一方面看见了东洋人无耻的凶残,一方面受着女犯们的启示,环境的熏陶,把老伯母的观念转移了:她觉得她有那样一个儿子,不但不是耻辱,反而正是她的光荣呢! 她愉快而骄傲地问着女犯:

"我的儿子那样做,是应该的呀,不是吗?"

老伯母接到儿媳病重的消息,便立刻赶回顾乡屯,等二十天之后,她再回到这座监牢的时候,女犯们已经受够了替班看守的虐待了! 老伯母呢? 她也曾大病过一次呢。她的脸完全没有血色,两只温和的眼睛,变得那样迟钝而呆直,皱纹更深更多了,两腮深陷,颧

骨就更显得凸出,唯有那高大的鼻子,还是那样笔直而圆润。女犯们惊问着:

"老伯母,怎样,你的儿媳病没有好吗?"

"孩子生了吗?"

"完了,完了,什么全完了!"

老伯母两手一张,颓然地坐在监号门外的小凳上。脸上没有一点表情,眼珠都不动一动。女犯们再问,她自语似的说:

"我的儿子……是应该的呀!"

"有什么事情发生了吗?"女犯怀疑地问着。

然而,老伯母什么也不再说,只是抖擞着嘴唇,频频地摇着脑袋。苍白的发丝随着脑袋左右飘动着。

夜里,老伯母才抹着老泪告诉她们,她的儿媳死了。然而她并不是病死,而是受了东洋兵的奸污而服毒自杀的。当老伯母赶到那里时,手足已经冷了,她握着老伯母的手,只迸出了一句:"妈……你报……报仇!"就断了气。

老伯母的喉咙让悲哀塞住了,她用了很大的气力才说出来:

"她断气之后,那孩子还在肚里翻转一阵呢!"

老伯母瞪大着泪眼,握紧拳头,接着说:

"我的儿子……也在珠河阵亡了,就在她媳妇死后第三天……我得到的信!"老伯母抑制着的呜咽在震颤着每个人的心弦,人人都为老伯母的遭遇流了泪。

凄惨与悲愤弥漫了监房,女犯们的呼吸紧迫,眼睛放着痛恨的光,这座不见太阳的黑暗因牢,真的变成人们幻想中的阴森恐怖的地狱了。

春天去了,春天又来了,老伯母苍白的发丝雪样地白了。

一天,安巡官把她叫去,看着老伯母憔枯的面孔和深锁着的眉头,安巡官淡淡地问道:"怎么,你还在想你那忤逆的儿子吗?"

"不,一点也不,那忤逆,那强盗,他该死,他该死呀!"老伯母干脆地说,故意做出发恨的样子,好使安巡官不怀疑她。

生与死

接着,安巡官告诉她,为了要改造监房,明天暂把女犯调到南岗署拘留所去,大约六七天之后再调回来。

老伯母听了安巡官的话,像遇赦的囚犯一样高兴了。她把这消息告诉女犯。最后她说:"呵!机会到底来了!"

然而,女犯一点也不明白这话的用意。

夜,撒下了黑色的巨网,一切都被罩在里面。监房里已经悄静无声,夜是深了,女犯都已熟睡,只有老伯母还在甬道里来回地慢踱着。她不时地俯着门缝向外探视,一个念头总在她的脑里翻上翻下:"只要逃过今天,那就好了!"

今天,又是第五夜了。半年来,老伯母总是惧怕着这个恐怖屠杀的夜。半年来,这恐怖的夜经过无数次了,每逢到"第五夜"的时候,老伯母便不安起来,她怀着一颗极端恐惧、极端忧愤的心,尖起耳朵倾听着外面,由远处飘来的沉哑的呼呼声,会使她的全身肌肉打起无法控制的痉挛。有时,夜风从门边掠过,老伯母也常常被骗而起虚惊。

钟,敲过了三下,老伯母自语着:"是时候了!"于是她急急地把耳朵紧贴着门缝,屏息着,那最熟悉的车轮声,终于由远而近了,终于停止了。老伯母把贴在门缝的耳朵收回来,换上去一只昏花的眼睛。空旷寂寞的院心,立着一个昏黄的柱灯,她拉长了视线望着目力可达的铁门。铁门缓缓地开了,走进了四个鬼祟的黑影,他们的脚步是那样轻,宛如踏在棉花上,没有一点儿回声。

四个鬼祟的黑影消逝在尽东边的男监了,一刻又从那里出现。这次,却不是那样静悄了,人也加多了五六倍,虽然老伯母半聋的耳朵听不清他们的声音,可是看着那拥拥挤挤蠕动的黑影,她知道他们是在反抗、在挣扎,然而,又怎能挣脱魔鬼的巨掌呢?

黑色的影群被关在了铁门之外,呼呼的沉哑的轮声由近而远,而消逝了。

老伯母为这群载赴屠场之蓬勃的生命,几乎哭出声来了。陈清的话,又在她的脑际膨胀起来:

"老伯母,看着吧! 她们迟早是要遭毒手的!"

"为什么呢?"

"她们是政治犯哪! 东洋鬼最恨的就是她们这样的人,别说她们这样重犯,你知道,近来死了多少嫌疑犯哪! 她们,依我看也是逃不了的,要不,为什么老不过法院?"

想到这,老伯母突然打了一个冷战,她连忙走到风眼口遍视了一周,三个监号的女犯统统平安地睡着,她才放了心。

南岗署拘留所只有两个房间,前边临街的一间是普通犯,里面的这间便做了那八个政治女犯的临时监房,另外隔出了一个狭狭的甬道,老伯母便日夜地守在那里。

晚上,八点钟一过,办公室的人们便走光了,只有一个荷枪的东洋警察守在拘留所的门口,这个东洋警察也是女犯调来之后加派的,他是接替着"满洲"警察的职务。

东洋警察是多么难于摆布的家伙呵! 老伯母为了他万分不安着,她怕他毁灭了这千载一时的良机。今夜——一九三二年三月一日之夜——只有今夜,过了今夜,什么全不中用了! 再过两天,她们又将被牵回那禁卫森严的地狱里去了!

计策终于被老伯母想出来了,那计策是太冒险了一点。

女犯们苍白的脸上,全涂了一层脂粉,蓬乱的发丝现在是光滑而放着香气,更有的梳起圆圆的发髻……一切都预备好了,只等着歌舞升平的队伍一到,老伯母便要实现她的计策了。

夜之魔吞蚀了白昼的生命,天然的光明,让虚伪的灯光替代了。老伯母的心像被装在一个五味俱全的布袋里,悲愤、欢欣、恐惧,更有那绵绵不尽的离情。她倚着门站在那里耸着耳朵,腿好像要软瘫下去,她把右手插在衣襟里面,因为过度的抖战,手里那个完好的电灯泡几乎滑落下来。

远处响起了高亢而错杂的歌声,不整齐的脚步声,渐渐逼近,老伯母听去,至多离这拘留所也不过五十步了,于是她把右手从衣襟里抽出来,运足了手力,咬紧嘴唇,把手里的电灯泡猛地向墙上一

生与死

揽。接着,一个脆快的响声震撼了全室,更荡出屋外,老伯母疯狂般地向门外跑去,摇动着正发怔的东洋警察的臂,惊骇得几乎说不出话来:

"枪……枪……快快地……后边……那边的去!"老伯母用手指着拘留所的房后,东洋警察慌张地跑去了,口里吹起警笛。

老伯母踉踉跄跄地跑回监房,她打开了门,喘吁吁地说道:

"孩子们……逃吧……那边有提灯的……人群接你们来了!"

女犯们洒着感激的泪水,争握着老伯母的手:

"老伯母,你也逃吧!"

"我等一等……你们快逃吧……我可怜的孩子们……快吧……"

当提灯大会的人群经过拘留所的门前时,八个被禁锢了一年多无望的生命,杂在人群中走了。

半夜,东洋人来查监,发现老伯母昏倒在甬道里。她是服了红矾,中了毒,可是被他们救活了。

可是,五天之后的夜里,老伯母伴着二十几名不相识的男犯,由刑事科拘留所的特别监房,被拖上为她往日所恐惧的黑车。那部车,神秘而神速地驰向郊外去了……

选自《白朗文集 短篇小说集》,春风文艺出版社 1984 年

◇ 草明

草明（1913—2002），原名吴绚文，广东顺德（今佛山市顺德区）人。1931年开始文学创作，1932年加入左联，系左联刊物《现实文学》创办人之一。历任延安中央研究院文艺研究室特别研究员，东北文协、东三省作协分会副主席，辽宁作协主席，北京市作协专业作家，中国作协理事，中国文联全委会委员等。著有长篇小说《乘风破浪》《神州儿女》，中篇小说《缫丝女工失身记》《原动力》等，短篇小说集《女人的故事》《草明短篇小说集》等，散文集《草明文集》《在和平的国家里》《草明选集》《草明散文集》等，长篇传记文学《世纪风云中跋涉》，报告文学《鞍山的人》等。

倾 跌

"体贴点啰！太太，就五块钱吧，是的，把活干完了，我可以回家里睡觉的……"我跟那位少奶奶讲好了，就和荐头人跨出了女主人的大门。在荐人馆的时候，我提出荐头钱太贵了。

"照例是六角呀。"他冷冷地说。我不做一声地拿六角钱给他。

我在闲着的三个月里，不绝地怀着许多希望和美丽的幻影，可是都一个个地像大海里触礁的船一样地沉到魔窟似的海底里去了。这次总算成功了，六角钱，那算什么？不过是船航行时遇着浅滩那样的小事情，还不能熬过去么？

屈群英、苏七跟我三个人，和许多女工一样地被乡里的丝厂挤了出来。我们不能进厂去干活，就什么用也没有，只晓得吃。后来倒是阿屈做主意，把眉毛一竖，黑漆的眼睛跟住向里一缩，说：

"我们跑到城里去吧，那边工厂那么多，耐心点儿，还愁找不到我们的活路么？"

我们三个就拉着手跑到城里来了。我们跟骆师奶租了一间小房间。我和苏七占了一副板床，阿屈睡在对面一铺破贵妃床上面，两铺床中间放了一张小长方桌，这三件仅有的家具，一排儿挨身站着，从屋顶望下去，恰巧构成了一个不大齐整的凹字。本来三个人睡做一床，便可以多腾点地方来转动，可是阿屈却要独自睡觉。

"为什么要一个人睡，难道这一辈子里你不要男人陪你了吗？"苏七取笑她说。我觉得苏七除了谈男人之外，不会再讲什么。

"谁敢跟她一块儿睡觉呢，只要给她那双老虎似的眼睛一望，小偷也觉胆怯起来啊。"我却凑趣着说。

当我从荐人馆回到我们的房子,她俩高兴得跳起来围住我,想把我挤到什么地方去,眼睛像旱了六个月,祈望着下雨那样地盯住我。"多少工钱一个月?""要服侍几口人?"她俩乱问一气。我听不清,只简单地答复了两句,就躺下来。

她们骚动一会,随即静下来。苏七还张着嘴,羡慕地望着我;阿屈那坏货,居然拿起木鱼书唱起来,装着毫不介意的样儿。可是我知道她在嫉妒呢,她在怄气呢。我看见她们那模样,倒有点自骄起来,我提高嗓音说:

"阿屈,什么火把你的心烧得那么痛?看你唱得多难听!"我起劲地继续说,"唔,你再说一次啊——我一定能够找着我的活路!那么,现在就看你的本事哪。"

她的不被扰乱的歌唱声,反像烧红的铁,狠狠地把我烧一下,我从骄傲而变为愤怒了。哼,她怄谁的气?这难道我有错?活路来了我将它推出去?可是,她那坏脾气的家伙,怎能受得了我的讽刺呢,她的冷落又有什么奇怪?我又恼什么?唉,随她去吧。

第二天我起得特别早,跑到新主人那里,听着女主人的迅速而频繁的吩咐,烧过早饭给男主人吃,让他好上班,跟着我就烧水,替两个小孩子洗澡;女主人叨叨着怎样洗衣服才少用些肥皂,买菜时怎样还价才便宜,怎样做菜才弄得好吃……一大堆"怎样",我的脑袋简直装不下,而我的可诅咒的手,没有和那些家什打惯交道,这样累得我整天挨骂。

从前缫丝的时候,只是身体上部运动,现在却全身都要像"风车"那样地转,每到夜里,我一睡倒在床上,就四肢酸痛,马上昏沉沉地像醉鬼似的睡着了,不到天亮是不会醒的。那喜欢谈男人的苏七,骂我是贪睡的猪,"看你的眼睛,像半辈子没有睡过,有朝一日出嫁了,我看你——"可是谁像她那样整天坐着没事,尽想着那件事?

有一个晚上,那五支光的电灯,发着黯淡的黄光,像很不愿意瞧

倾跌

241

房里的人似的，我们也不高兴瞧它那衰颓的样儿，索性把它拧熄了。窗眼透进一条喇叭筒那样的月光来，恰巧照着苏七的苍白的脸，她的眼睛射出两道暗黄色的光，对着帐子闪烁着。我知道她的心事，悄悄地转过身去不敢望她，也不敢碰她。可是，半夜里当我睡熟的时候，终于给她弄醒了，我埋怨似的说：

"哟，为什么不好好地在家里守着哥儿，却跑出来，到这儿来受苦！"

"你告诉我，哪儿不吃苦，我就上哪儿。你告诉我吧。不，吃苦也罢，可是要让我活下去啊。哪儿有我的活路啊？"

我能对她说什么呢？我只装睡着就是了。

我上工不够半个月，母亲就写信来要钱了。她说她早上天没亮就起来，采了几个钟头的桑，回来泡点冷饭充着饥，又拣茧去了，这样整天地做活也赚不够十个铜板，却花了五个铜板买膏药贴腰脊骨。丝厂时常停闭一月半月，复工的时候工钱可要减一半；资本小的工厂简直被大厂把生意夺了去，站不住脚就停闭下来，在厂门口转的女工更一天比一天多了。我记得在乡里的时候，每担桑还可以卖四五角钱，现在母亲信里说两角钱也卖不到，种桑的人，有些简直把桑连根拔起来丢掉了，宁愿种着蔬菜供给自己食用；那烟桥头的远六叔，有一次人家替他采好了桑，他却用拳头捶着胸说："哼，不卖了，我宁愿赔了工钱！"他就把几担桑推下塘去，给鱼吃掉了。据母亲说，还是宁愿碰着远六叔这种人，不然的话，连几个铜板都捞不着。

我们起劲地，摇摆着脑袋谈论故乡里带来的倒霉的新消息。

"幸亏我们跑了出来！"我说。

"是你碰着好运气罢了；看，闲了四个月了，手也生锈了啊！"

像一个闷气弹在房里爆炸一样，憋着气不说话。可是我们不能够尽让自己老闷着。我安慰似的，低沉着声音说：

"呆呆守着丝厂，就可以弄出饭菜吃了么？东家的肚子饱得要命啊！城里比乡里强，我们在这儿或者可以寻到好门路。"

"我想，很多人不知道肚子饿的苦处呀。"苏七说了，可是阿屈立刻就反驳她：

"你胡说，你们的家里，我的家里，跟心如、兰仙、七婶，还有我的表姐家里，唔，真是数之不尽了，我们这些人谁个人不知道饿肚子的滋味呢——"

"不过，没有人替我们想办法罢了。"我接着说。

"我们时运不够罢了！"苏七感慨地说。她的不思索的脸孔像在期待着什么。

"我不相信我们的命运比不上人家，天没有那样偏心，只要我们用心思，唔，是的，我想一定能够找着我们的活路。"阿屈嘴里这样说，眼睛却更深陷地望着远远的地方，像在寻她的路。

夜里回来听到的是她们的叹息和翻身的声音。大家皱着眉说着房东催租，小商店催账的麻烦，我们想不出主意的时候，就乱想乱谈起来。阿屈说要做小偷，苏七嚷着当私娼去。有一次我买了两角钱奖券，希望得一万块钱的头彩。

阿屈的表哥介绍她到一间化妆品制造公司的装潢部做工去了。她除了伙食钱，剩出来的工钱，比我那五块更少得多。

"阿屈，干你的活比干我的活痛快吧？这次你可找着了路了！"我说。她并没有注意我的话，没有作声。

苏七悲哀地嚷着要回乡去，说宁愿回去做饿鬼。

有一天她表妹从乡下出来找活干，听说她要回乡下，便劝她说：

"万万不要回去，我们乡下，就是饿鬼也不许你做呵。人没有坐着等饿死的，两餐总得弄来吃，就算抢吧，偷吧，做坏人也得在城里……"

我从她表妹的兴奋的叙述里，更知道了我们以产丝著名而全县人都靠蚕丝业过活的顺德，衰败和混乱到什么程度！

有一个晚上，阿屈特别得很，整整两个钟头没说话，像在呆想什么，忽然很严肃地问我：

"是不是有些人在拦着我们呢，我们是不是有很多对头呢？"

倾跌

243

"唔,对呀!"我跟苏七齐声应着。

"那些对头都是我们在求他给我们饭吃时,才和我们作对,为什么呢?"

"就是他们给我们饭吃,才难住我们嘛,这不是很明白么?"苏七很快捷地说。

"我是问,为什么我们的饭碗在东家手里,为什么人家不向我们请求?"

在我们还未想透,阿屈像早已预备着我们没有能力回答似的,跟着谈她厂里的女管工,怎样地露出了两排无耻的镶金的牙,尽笑着奉承上手,对她们却闭起嘴来,瞪着毒蛇一样的眼睛,暴躁地两边跳着斥责着,谩骂着她们。她说她最看不起这种人,她最憎恶这个"铜牙老鼠""要是没有这种人,那些东家也不能那样横"。

为着生活焦急了几个月的苏七,现在不跳了,也不嚷回乡去了,她十足像一个给饥饿困到将死的人,一碗冷饭把她的生命拉回来。

她虽然把各项欠账还清了,食用有时比往日增加了一点,穿的衣服却比往时漂亮得多了,可是,我一点也不尊敬她,我觉得她太卑鄙了;她很多时夜里不回来了,不吵我睡觉了,但我一点也不觉得比往时舒服。一种什么力把我心头压得作痛! 当我轻蔑地瞟她一眼的时候,她就羞怯地低下头,有一次她凄然地像求我宽恕似的嗫嚅着说:

"你叫我怎样活下去呢? 不这样干,你叫我怎样活下去!"她的颤栗的声音,像粗鲁而悲戚的音乐。"什么人要我们向这黑暗的甬道走呀!"

我心房的颤震加速着,变成愤怒了,我觉得有什么人欺负了苏七,欺负了我。什么人欺负了我们!

日子平凡而呆板地消逝,人们的生活也平凡而机械地过去。我一样地忍受着主人家的屈辱,一毫不变地照着他们的命令做活;阿屈碰着管工的时候也只好翻翻眼,吐吐口沫;苏七也再不羞怯怯地对待人了,脂粉一层层地敷上去,眼睛也再不放着金光,却时常带着永恒的疲倦和哀怨。我们日里拼命地做活的时候,她正拼命地睡觉,等到我们跌入黑夜里找安慰的时候,她不知站在哪一个街头,或是给人拖到什么地方玩弄去了。我们跟她见面的时候实在很少。

有一次半夜里我被苏七呜呜地哭醒了,我转过身去抚摸她,问她干吗哭起来。她一手推开我,如果没有那小桌子挡着我,就要跌在地上去。我没有生她的气,我完全同情她;过一会儿,她像疯狗样紧紧地抱着我,嘶着声音说:

"谁把我的心灵撕碎了？ 谁把我的血肉吃掉了？ 谁呀！ 告诉我,我定要把他生生地吞掉,告诉我——"

我使力地把她按住,掩着她的口,总想不出一句有效的安慰她的话来,我已经像给一团煮熔了的铁,把喉咙塞住了似的。她身上发出了香水残余的味儿,几乎使我窒息。

有时候,生活真令人变化莫测:从前活跳跳的苏七,总是为着两顿饭,变得忧郁,过了又变成羞怯,现在却变成暴躁起来,整天嚷着,叫嚣着,想找寻什么来吞噬的样子。阿屈也深思地摇起脑袋来,她对她像有更深切的了解。

"人总该活着,这是对的——"倔强的阿屈变得亲热起来。"为什么呢,我们愿意拿双手来劳动,却没有人给我们饭吃！ 谁抢了我们的饭？"她的漆黑的眼睛躲在眼眶里,盯在远远的地方,我知道她又在找什么了。

在我们老家缫丝的时候,天色还没有大亮就赶到厂里去,到黄昏,天色暗下来,才抢着跑回家里;在暑天,身体虽然坐在那儿,可是手频频地搅动着,汗就不停地往下流,脑袋活像雨后的西瓜,缀满了水珠子,身子弱一点的人往往晕倒在地上,还要给工头扣工钱呢！ 我们现在总算离开了这种生活了,可是代替它的又是一种什么样的生活？ 我呢,洗衣、烧饭、挨主人的责骂,孩子还打打闹闹,把头也弄昏了。阿屈呢,愁着脸诉她的苦,苏七也在生着什么羞耻的病了。唉,为什么我们的死对头就不饶我们？

阿屈带着不幸的脸色,用愤懑的声调,挺着胸脯告诉我们:她给

倾
跌

老板开除了。我为她的失业恐慌焦急到忘记了她的难过，责备地说：

"你的性子真要改一改才行，工头也可跟他吵嘴的么？"

"我没有观音那样的性子，谁忍受得了？迟到十五分钟就扣了半天工钱！扣一半工钱实在是整天只给我一顿饭吃罢了。"

"你现在连一顿饭也没有得吃，那样就行么？我想，你应该更有好的办法……"

"你说呀，有什么办法呢？"

她这一问可把我问住了，我哪里想得通呢？要是给我想到了，我的对头不是要在我脚底下躺着喘气了么？

阿屈对于自己的职业，比我更不关心，这有点使我气愤。我也索性不管这许多了。她在失业后的短时期内，很镇静地把自己安排着：她跟苏七一样装扮起来。我心里暗骂着：她这样的性子怎可以给男人开心呢？

在找不到雇主的时候，她们半夜里跑了回来。苏七尽瞪着眼睛呆想。往日的活泼不知跑到哪儿去了。有一次阿屈从风雨的夜里跑了回来，带进了一股凄凉的冷气。那时跟她亲热地依恋着她的只有那套被雨水湿透的衣服。她的脸色变得更倔强了，严肃得可怕。我心里暗暗地称赞她。——这位永不让悲哀压倒的姑娘。

那儿有一件可笑的事。女主人因为丈夫有一晚不回家睡觉，说他不要她了，就吵闹起来，几乎打架。唉，城里的太太多愚蠢呀！我想起乡里的聪明朋友来了。如珍为着怕做母猪，宁愿赔了百五两银子给丈夫再娶；大妹开罪了父母也不肯嫁；甚至那被人讥讽做野母猪的桂英，虽然偷过汉子，也是聪明的，不愿做母猪的人多聪明呀！

为了马上要寄钱给母亲请医生看病，并且把仁和膏药寄回去，我干完了活就忙着跑回家里拿包裹去寄，可是给阿屈的旧工友留住了，她说她等了很久，并且昨晚也曾来过一次。

我跟她谈着阿屈的不幸的生活和现在她们厂里的情形。

"跟阿屈一样被开除的女工,有再进厂去的么?"我镇静地笑着说。

"哪里有这样好事体,老板特意借故开除工人,好让他再招新的,工钱就可以便宜了;你看,能够做得长久的有几个?"她有点愤激,一会儿又平静下来了,"……现在我们就想找阿屈跟一班被开除的旧工友联合起来,然后,然后再跟东家讲道理;唔,这样才……"

我告诉她我现在有紧要事要到码头去。我答应她一定把这件事告诉阿屈。

"或许在路上碰着阿屈的吧,我希望她没有接到生意。"我坐在交通车上这样想着,车狂奔着,人行路上的那些把手放在后边、闲游着的男人们,跟男人挨挨挤挤兜生意的疍家们,一个个地从车的窗眼闪过,我没有多大精神理会他们;车,一会儿也就驶到西濠口了。

回来的时候,我没有坐公共汽车,特意提起精神来注视那灯火辉煌的大新公司门前一带的人行路。

阿屈的脸孔在一家旅馆门口出现了。在她后边的还有一群打扮得很标致的姑娘,苏七也夹在那里,她们给一队带着轻薄的笑容的警察和鼓着腮的警长前后拥着向靖海分局去了。我晓得是什么事情发生了,可是我并不着慌,她们坐牢房有吃有喝不很好么?路上的行人们只望了望她们,一样地当作一件很寻常的事情,有些人冷笑两声,有些担忧政府哪有许多地方容纳她们,最好笑的是有些男人像从来没有看见过女人似的,拼命凑近她们的脸去看。她们却像一尊佛似的无动于衷地,反背着手只顾向前走着。

苏七脸孔带着疲倦之后受了惊的神态,不得已地望一望我,阿屈那倔强的脸孔,老是冷冷的不知在忍受着什么,眼睛远远地盯着无限远的天际。我望着她,出神地想:

倾
跌

247

"看她那股什么也不怕、不在乎的神气,难道她已经知道了她的勇敢的伙伴们在热烈地等着她么?"

选自《草明文集 第一卷》,光明日报出版社 1992 年

新嫁娘

　　我从长沙回到了华南的重镇韶关之后,一连下了五天迷蒙的微雨。路面没有敷柏油,由红土和碎石铺砌而成的马路被雨水所润湿,然后给千万双脚所踩踏;红土和雨水马上结合成为一层稀薄的糊状体,粘住了每个路人的脚跟,仿佛在告诉他们一些地下的秘密。

　　广东人好像特别不怕雨,整条风度路给密挤挤的人影和各式的高举着的雨伞填满了。假如站在路上的一旁,眯起眼睛盯着远远的前面,透过迷蒙的雨丝去看那些撑伞的人们,就会觉得他好像是一群集体跳伞的队伍,热闹地在空中飘飞着的样子。嘈杂的人声被雨点所阻,不能很快地向上升散,变成一种沉闷的、凝聚的嗡嗡嗡嗡的响声——这庞大的复杂的声音,使人实感到自己的确已置身都市里了。我折入辽长而僻静的同登路的时候,行人突然稀少;商店和住户的门扇参差不齐地开着或关闭着,显得异样地冷落。这样僻静的街道,很便于长期离开乡井的我悄悄地去怀念我的沦陷的故乡和戚友们。实际上我知道绝不会在这里遇到故乡的任何亲属的,那边的路是多么遥远呵。我不疾不徐地往前走着,陷在苦苦的思念里。大概超出我前面四丈光景,有一个穿着纯黑衫裤的青年妇人,也不急不徐地走着路,一把式样古老的绢面黑色大雨伞搁在她的宽阔的肩上,她的脑袋和脖子一道隐没在那黑色的伞罩里,从后面看去,只看见一个壮健的躯体上面长了一个特别大的圆球似的黑色脑袋。簇新的溅上了泥浆的黑洋布裤管下面,露出了浅棕色的小腿肚——这有力的美丽的小腿肚,只有从年轻的疍家妹身上才找得到;脚上穿上一双劣等的但是没有穿过几回的新皮鞋,生硬地踏着泥泞。——那令人羡妒的富于健康美的黑色的影子,老在前面带引着我走路,我心里觉得她壮健得使我妒忌,于是斜斜穿过对面的人行路,并且急急地低头走着,企图跨过那健壮的青年妇人的前头。两分钟以后,后面有人喊住了我,而且那声音也越过越靠近了我。

"表姊!你是明表姊吗?——"

我扭回头看,路上一个人也没有,只是刚才那个穿黑衫裤的青年妇人紧站在我后面,喊住我的就是她,就是我的表妹李雅莲。我以为自己在做梦,怎么,这个妇人竟会是我的表妹?从未离过家门一步的表妹为什么会跑到这儿来?我的诧异超过了我的喜悦,竟使我有点茫然无措了。她因为梳了一个"二转髻",穿上一身生硬的新衣履,而且身体也比四年前胖了一点,如果不细看她的脸孔,我就辨别不出来她就是经年赤脚,打一条大辫子,老是纯朴地笑着,热心地下田工作的李雅莲了。

李雅莲是我童年时代的同伴中最要好的一个,我比她大两岁,她十三岁以后,我便和她疏远了。只有每年的暑假,我在姨母家里同她一起消磨上半个月左右的时光。无论在什么时候,只要我想起了雅莲表妹,我的眼前就会浮现出一片一望无际,葱绿得使人心怀坦荡,与喷散着恬人的稻香的禾田;或者仿佛看见了大地正给夏天的阳光烤炙得焦躁乏力,一切事物都静了下来的时候,远远的一声鸡啼划裂了无底的岑寂的世界;也好像看见了那些驯服的大水牛,快快活活地互相泼水的孩子们。进中学以前,我曾经那样无忧无虑地在这阡陌相连的农村里过活;我常常在河边码头最下的那一级,或者牛棚后面,和熟透的稻穗中间找着了雅莲表妹;她仿佛就是一枝熟透的稻穗,老是那么温和地、无邪地、迷人地在悦目的绿色禾草中招展着。她的全身皮肤因为太阳的无情的晒射而焦黑了,肌肉的线条描绘出她那结实的美好的体态,一排齐整、略带微黄的小牙齿和漆黑的眼珠互相辉映着,那其间的纯朴、温厚、愉快的神采,在都市的人们中我一次也没有发现过;她的笑,在说明土地和田野的坦然、纯厚和保守的性质。她仿佛是充满泥土和青草的腥气的绿油油的一望无际的平原的自然产物。她从来没有发怒过,也从来没有思索过"为什么我们不能生活得更好一点"。她没有忧愁的叹息,虽然贫穷和不幸有时令她摇着脑袋,但也仅止没批判地摇几摇罢了。

每年的春假,我总有几次恐怕伤害了她的感情似的,隐约地对她说:"你太辛苦了,要是你有机会进城去念几年书……"

她那么悠闲地露出珍珠米似的小牙齿笑一笑,用厚肉的手掌打一打裤管上的泥巴,回答说:

"没有什么,惯了也就不觉得辛苦,可惜母亲老了,身体不行,我又没有父亲和兄弟。"

往后,她就再也不会想起为什么她也应该去念念书,或者她和她母亲为什么老是那样艰苦地过日子,她完全不知道生活是人所创造的;她近似迷信似的服从了现实的生活。

我的姨母是世界上一个顶不开朗的女人,她不爱说话,也不爱笑,谁都不晓得她整年整月在想些什么。她二十四岁生下雅莲表妹之后,守着几亩的禾田便做了寡妇,性情也就更阴郁,更焦躁了。每天晚上躺在床上的时候,她照例吟吟沉沉地咒骂她的女儿,那声音模糊得几乎听不出字音来,雅莲表妹索性不去理会她,闭起眼睛呼呼地睡去了。

雅莲表妹的简单和快乐,和她母亲简直成为绝对相反的两个人物。

雅莲表妹十七岁的时候,由一个恶作剧的媒婆的说合,姨母做主把她的独一的女儿许配给邻村的一个著名野蛮、刚硬的贫农的子弟,那男孩子比雅莲大一岁,邻村的人们都轻蔑地叫他作"一等无业游民"。因为贫穷的缘故,那男孩子王宗流一直没有把雅莲表妹娶过去。于是他的绰号由"一等无业游民"变成"一等寡佬"了。全橹尾的人都为雅莲表妹担心,姨母常常因为这而伤怀。

因为时间相隔得太久,和她的服装的改变,使我呆住了,不晓得

新嫁娘

应该对我的如今已作妇人装束的表妹说些什么话。无论从她的大眼睛,宽阔的面颊,笔直的小鼻子和那排善意迎人的牙齿看来,它们仍旧保持着她的似乎有生以来便已具备的纯朴、温厚和快乐。但在她的比从前闪睒得较为频密的目光里,在她想吐露许多话,但无法表达出来的那种忸怩姿态里,和在她的人生经验增进的面部皱纹中,我觉得她的内部显著地增加了一种强烈的欲求,那是一种什么样的欲求呢?

虽然还下着微细的雨,但我的表妹已经抱歉似的合起了她的黑色大雨伞,热情地挽着我的手臂,全身的重量几乎要压到我身上来似的和我并排走着。嘴里说着一些混合了多量的笑,惊喜的叹息和词不达意的字音的重复的话。

"真奇怪,为什么会在这里碰着你,无意中的事情真奇怪,我第一次离乡别井,没有碰见过一个我深深怀念的人,现在居然碰着你,唉……"

"姨母好吧?"

"她还在橹尾,有时候有点咳嗽,现在又不晓得怎样了,我离开橹尾已经三个多月。韶关的日子比橹尾的过得快多了! 我到这里之后一下子就一个多月。"

我引她到我的寓所,她拿草纸擦去皮鞋上和裤管上的污泥,然后安心地喝着我给她倒的茶,问我有没有水烟袋。我们彼此问询一些不关重要的近况。我不晓得从哪里问起她好,她呢,也像有很多话不好意思对我说。

"你还记得吧,广州是中秋后十几天失守的。橹尾靠近番禺,能守得几时? ——九月底,橹尾也就给那些禽兽占据了;可是我,是呵,就是八月的开头,"她吞吞吐吐地说着,"我是八月初出嫁的,现在已一年多了。"她有意低下了头,用手擦着裤管上的印泥。"说起来也好笑,他要我过门,不到一个月,就走了,他和其他的壮丁一样,开到前线打日本去了。"她沉思了一会,下了决心抬起头来皱着眉说:

"真糟呵，全橹尾橹头的人都知道，——就是你一个人不知道罢了，表姊；他娶我的那笔款子是一笔很不名誉的钱呵！"

差不多这是我第一次看见她皱眉，她陷在忧愁的沉思里了，好久不愿意说话……后来她告诉我，在橹尾失陷前，她的婆婆接受了一个小地主的钱，叫她的儿子去顶替那小地主的儿子应征受训的差使，于是他俩就这样地完了婚。结婚后，广州将要失守的时节，王宗流便被征出发；以后就只字也没有写回来。日子长了，婆婆思念着儿子，看见媳妇又没有替她生子孙儿，于是她便开始了对她的仇恨。雅莲表妹是从这种无理的打骂中逃到韶关来的。她现在寄住在一个开保险箱铺子的堂嫂嫂家里，杂役似的供着使唤。

"前天我碰见一个同乡姊妹，她说可以介绍我到一家小工厂去捻蜡烛心，所以我今天特意早点把中饭用过，去找她去的。巧极了，我已经四年没有看见你了。"

"唉，她还是一个新嫁娘哩。"我望着那穿着陪嫁的新衣履的表妹，暗自叫道。

那个新嫁娘关于自己的事情说得很少，却异常惋惜地给我说着沦陷后的橹尾的冷落情形。

"如果你有机会回去，你一定不会相信这是从前的橹尾哩。从前橹尾全是绿色的，现在却像个癞痢头，十亩田有七亩是荒废了的。男人打游击的打游击去了，逃难的逃散了，女人三十岁以下的哪一个愿意下田？真奇怪，好好的一块地方会变成这样子！谁会想到日本兵那样害人的？我过门的时候，阿流就对我说过，现在的世界是很危险的，壮丁队里面的教练官知道日本仔心肠狠；唉，橹尾居然遭了大劫……"

不久，她搬到我的寓所里和我同居。我介绍她进一间牙刷制造厂去工作，并送她进"成年妇女补习班"里念书，晚上放学回来后，她和我住在一个房间里。

过度紧张的生活，似乎减去了她的忧愁，她慢慢把那惨淡的橹尾淡忘了。

新嫁娘

253

　　从前，她的举动是慢吞吞的，呆板的，现在，渐渐变成敏捷，甚至鲁莽失措了；好像过去，有人在后面命令她向前走一条漫无目的的路，她就闭起眼睛耐心走着；而目前，她发现了自己前面的目标，于是，忍不住发足狂奔的样子。无论对于吃饭，对于周围的每一个人，对于街道和一切事物，她都发生着最大的关心和浓郁的兴趣。

　　初冬的时节，我曾离开韶关一个短时期。一回来，我就看见雅莲表妹因为不惯于紧张的精神生活而病倒了。

　　我的房子是在楼下，特别显得阴冷，朝南的窗户对过是一堵高墙，因为这个缘故，每天太阳走过的时候，就懒得俯下头来朝这低矮的窗户张望。房间里的陈设，依着屋主人的意思而呆板地陈列着；两副床铺摆成一个丁字形，一跨进门口就是一张木方桌——我们工作和吃饭的唯一地方。此外就是两把凳子，一个陈旧的脸盆架。这简陋的设备却使那新嫁娘感到过满足和兴奋的。

　　雅莲表妹患的本来是很平常的热病，可是因为她每顿还吃一两碗干饭，因此病状加深了；一直到我回去，强迫她吃过医生给她开的药之后，大泻了一场，热度才慢慢退清。

　　那天吃过了晚饭，雅莲表妹的精神似乎更健旺了一些，我和她共处的机会不算少，可是今日她第一次和我作这样长的谈话。"我这辈子第一次吃西药，怪难吃的，那是什么油呵！"她非常稚气地对我笑，没有比这种笑更好看的了，没有比这种笑令人感到真实和温暖的了。

　　她的宽阔的面颊因为高热的烧灼而消瘦了，一层憔悴的黄色罩住了那张忠厚的脸。她盘起脚靠墙坐着，棉被盖住她的腿。她为自己的害病将会招致失学失业的恐慌而焦急，我竭力安慰她，并且告诉她另外一些在她听来非常有趣的新鲜的事。

　　"这时候如果在橹尾，人们会慢慢闲下来了，谷子都该收完啦。往年，这样的时节我每天能打七八双草鞋，可是我们不高兴打草鞋，打草鞋真没意思啊，我宁愿到橹头去学人家编蒸笼、打帽子。韶关的人们，我真不晓得他们整天在干些什么事，看样子他们都忙得很呢。我们橹尾人，每年所忙的事情是一样的，我知道别人那个时候应该做什么事，别人也明白我什么时候在做什么事——只有日本鬼子来了之后，橹尾就全变了样，人们都鬼鬼祟祟起来了！"

　　天快黑下来了，吹过来一阵冷风，她把棉被拉上一点，低下头，好像在思索一件事的样子。大约过了五分钟，她似乎想透彻了似的，举起头来望着我：

　　"千真万确，幸亏阿流打仗去了，不然的话，留在乡下不晓得怎样了——也许给日本人……表姊，乡下的事情我真不敢去回想，日本人什么伤天害理的事都做得出！这也不去说他们了，因为他们是有心来欺负我们中国人的，自然不会对我们好；可是我不明白我们自己人，有些橹尾橹头的人们为什么还互相仇恨，你说我的坏话，我说你的坏话。唉，那些汉奸！

　　"我二十四岁的人了，可是有二十三年是冤冤枉枉地活过去了的，去年我嫁给阿流之后，我才慢慢觉得乡下人都爱说假话，和喜欢捏造别人的坏话——真伤阴德呵！

　　"虽然阿流娶我过去不到一个月就出发去前方，可是他让我变聪明起来了。他虽然没有读过书，但是他心里最少比县城中学毕业的乡长明白许多！"

　　我看她费了许多力气，才把她蕴藏许久的话吐了出来。她用羞涩的、灼热的，然而胜利的目光注视着我，好像如果我不相信她，她以后就不会对我说任何的话了似的。

　　"不奇怪，庄稼人常常是很聪明的，乡长很多是些坏蛋。"我说。

　　她表示异常满意，快活起来，也活泼起来，双手抽出棉被外面，轻轻扫抹着自己的腿部，消瘦的面颊展开了愉悦的笑纹。电灯亮了，四角里的黑暗消失了，房间里似乎暖和了一点，我把新借来的藤椅子搬到她床前，为的使她说起话来可以省一点力气。

　　"他不算庄稼人，如果他有几亩田就好了，别人就不会给他取'无业游民'的名字。他只好给人做短工，但是总做不上一个月，就和别人打架，什么样的人家他都去帮过忙，结果他和什么样的人都

新嫁娘

255

闹翻，人家有说他懒的，有说他野蛮，有说他半疯癫，也有人疑心他是犯神托世——人们说这些话无非想证明王宗流不过是一个无赖汉，一个没出息的人！

"过门的第三天晚上，我就抱怨他说：'为什么你总爱和别人计较？我妈妈多么替你担心，她怕你闯下祸来。'你看他怎样回答我，他说：'大家都知道吃饭最要紧，怎晓得打架比吃饭更重要；如果世界上没有敢打架的人，那么，一个个人将会变成一只一只的猪了，吃饱去睡觉就是。'他说的话总是那样没头没脑，教我哑口无言。

"谁说他粗鲁？谁说他野蛮？他对我比我妈妈要温柔多了；一个男人能这样细心的么？——我不知道。他对我说了许多心事，从前的和将来的，他很有打算，很分得出黑白。我未出嫁时，人家传说的那一个王宗流，怎么会是我亲眼看见的王宗流呢？为什么别人偏爱和他作对，把他说成一个钱不值，莫非看见他穷？一个人只要有理想，又怕什么穷呢？

"明姊，你叫我以后怎敢相信别人的话，假使不是亲眼看见过的？真糟糕，二十三年来我真是闭起眼睛活过来的。"

我瞪着眼睛在惊异这个纯朴、温厚和对生活富于服从性的乡下姑娘在什么时候给混进了这样的思想？这样的思想显然将会使她痛苦，将增加她精神上的一种负担。看见我不说话，她脸上马上恢复那稚气的笑容，问我：

"你冷么？把你的双足捅到棉被里去。"证实我在热烈地注意她，于是她又高高兴兴地往下说，"不错，像阿流说，我们的结婚是羞辱的，拿人家的黑钱做自己的喜事，真是倒霉透了。

"'好，将错就错吧，'阿流这样对我说，'我这番出去，虽然说不上尽忠报国，也得要建功立业，吐一吐我二十四年来的满肚子冤气。一点也不错，别人拿出一百几十块，要我的性命去换他的性命，他躺在烟床上对着烟灯举起他的烟枪；我呢，我在战场上对敌人举起我的真枪。我们用了别人的冤孽钱，可是因此得了一个报国的机会，大概也可以将功赎罪了吧？打仗我相信是很危险的，不过

256

我命大得很,我从没遇过危险哩;快则九个月,多则一年,我自然会回来看你,和看看乡下那班契弟在我面前垂低头恭维我的丑样子;如果你肚子里有一个小,就得小心替我招呼他……'

"嗯,我们用了别人的冤孽钱——明姊,听到他说我们两个字,你以为当时我心急呢,高兴呢,抑或惭愧呢?我们,就是我和阿流都有份儿的意思了!"她竭力使上身倾前,像怕我听不见似的,嘴巴对正我的脸,神色严正而又殷切地往下说,"阿流当兵报国去了,我呢,我李雅莲在乡下等日本兵把刺刀插进我的肚子里就算报国么?在乡下挨苦挨饿我能忍受,婆婆打我骂我,我都能忍受,只是一想到'我们用了别人的冤孽钱'这句话,我就会全身发热,坐立不安的了。我再也待不住那死气沉沉的乡下了。我怎样跑到这里来的呢,想起来我连自己都不相信,我居然离开了乡下了。

"真倒霉,千辛万苦到了韶关,又亏得遇着你,正可以找机会做些事的时候,自己却不争气,病了那么多天,唉,十二天了!"

这时,她的声音已全部柔软下来了,把她末尾最不关紧要的那一段,说成大不了的样子,这未免使我觉得好笑。雅莲表妹在她的自然的美丽上,添上人生的忧郁,和改进自己的生活的强烈欲求;从前,她无条件地屈服于她的生活,现在呢,她显然要生活屈服在她某种热望之下了。这使得她多么可爱啊!我曾想拥抱她,安慰她,但结果,我感奋得像块木头似的呆望着她。

浓厚的阴深的夜,渐渐向人间降临下来,这时节,白天里最活跃的人们,也无可抵抗地投在她的不可捉摸的怀抱里了。我们睡下的时候,周围已静寂得什么声音也没有,只有那卖馄饨的竹板的尖锐的引诱的叫唤远远传来,使人相信世界上的确存在着一些永远不疲倦的人们。想着雅莲表妹,想着那未见过面的表妹夫,想着姨母和橹尾,我甜蜜地入睡了。一声深长的叹息又把我从睡梦里唤醒,那是雅莲的叹息。

"你还没有睡着么?"我轻轻地问。

"是的。"又是一个短短的难耐的沉默之后,雅莲又叹起气来,

257

"唉，哪怕它一天也好，半天也好，一个钟头也好，这一生里只要我能够再见阿流一面呀——唉，表姊，他还活在人间么？他知道我也和他一样离开乡下么？怎么他老不写信回来？哪怕他一百句，十句，五句也好，这一生里只要我能再听阿流讲话的声音呀，寄个信儿回来也好呀……"

她的压抑的声音在黑暗里抖动着，仿佛是发自紧张的弦线上似的那么地紧涩，那么地尖锐。我动情地用深重的鼻音漫应着她。这时候她需要些什么话呢？——她什么也不需要，除了王宗流的嗓音之外；只有王宗流的真实消息才能解脱她的苦痛。

"他是在什么部队的？碰得巧，或许可以去查查。"

我偶然这样问起，想不到这一问，像将一个绝望的病人打一针起死回生针一样，她用最敏捷的动作爬起来了——我相信即使王宗流突然在她面前出现，她也不过爬得这样快罢了。亮着了灯，打开她的小皮箱，翻了半个钟头之后，她拿了一张长条的草纸递给我，那上面写着"××师×××团×营×连一等兵王继贤收"。她只穿了一套单衫裤，胡乱披上一件卫生衣，快活地向我解释着：

"你知道啦，他本来叫王宗流，可是那鸦片精却叫王继贤，那是一个多么讨厌的名字呀。你认识那支军队么？"

"看看你的运气吧，我有朋友在××师干事。"

那个可怜的新嫁娘，咽了一口唾沫才安心地睡觉去了。

她的编牙刷的工作果然失掉了，晚间仍继续上夜校的课，她对于上课特别表示畏难；她告诉我，念书，比韶关的生活更不容易习惯一些。她又心急，又害羞，每当我在旁边给她补课的时候，她用五个手指头牢牢地抓着毛笔杆，故意表示毫不在乎地偏着头说：

"为什么那个笔字我老写不像？"或者在做笔算的时候她咬着铅笔头吟沉着，"我真佩服店里的掌柜先生呢，一五一十，就什么都算得出来的了。"

我常常因为一些事情短时期离开韶关，那时候，雅莲表妹，独个儿孤单而寂寞地生活。我每次从别的地方回来，她总是快活而又兴奋地迎接我；用最大的忍耐力挨过几十分钟之后，她便胆怯地问我道：

"你在那××师的朋友还没有回信么？"

我摇了摇头，她就掉进可怕的、近似绝望的沉默里了。

一个多月以后，我那朋友到底回了我的信，说他们部队里的确有过一个叫王继贤的，但因为武汉外围战的时候，该师损失太大，那时剩下来的散兵归独×旅收编去了。雅莲的快乐和忍耐给这回信完全毁坏了，她捏着自己的脖子啜泣起来。我第一次看见她哭泣，第一次看见这快乐的人悲伤。不过我觉得她这回的悲伤是不适当的，第一，没有人证实王宗流的死亡；第二，独立旅的负责者正在韶关，要打听起来更觉容易。我那单纯的表妹重新被我的安慰鼓舞得快乐起来了。

一九三九年的春天，煦暖的阳光，照遍了大地的时候，韶关似乎更活跃了。人们仿佛是一些候鸟，灵敏、机警地趋集到这温暖的城市韶关来。街道、商店里的人们挤到转不过身；无论什么货物，好的坏的，贵的便宜的，只要一到，便给顾客们买光了，老板们快乐地嘻嘻笑着，顾客们也高兴地嘻嘻笑着；全韶关的人们好像被传染了似的莫名其妙地嘻嘻笑着——这快乐的城市有着空前的繁荣，空前的热闹。敌人的轰炸，虽然常常给这些忙碌的人们以扰乱，但是这，恰像猎人的鸟枪只能打少数的鸟一样，人们被一阵骚扰之后，平静、愉快、紧张的工作就要马上恢复了的。

人们，仿佛为了别人的近似轻狂的热闹，近似粗率的紧张而生活着，自己因而也莫名所以地热闹、紧张起来。

正在这个时候，我的表妹李雅莲在中山公园后面那间陆军第×重伤医院里面找到了她的工作，她是在洗濯部负责伤兵们的清洁的。她用了她的最高的热情爱着她的工作，她也把最大的希望放在工作上面。上班的那一天，她快乐得要流下眼泪来，壮健的躯体狂烈地紧紧拥抱着我：

"这是我的机会呵，这是我的机会呵，我等了它很久，梦想了很久的了。我要好好地干下去，虽然说不上对得住国家，也可以说对

新嫁娘

259

得住阿流,对得住我的良心呵⋯⋯"她梦呓似的说着,可是,忽然间,她给一种什么思想困住了,迟疑地望住我:

"也许在那里面,是的,也许会在那里面见到我们阿流也说不定。只要他还活在人间,只要我能再见他一面,只要他知道我现在已经到韶关来找着了一种报国的工作,唔,哪怕他断了两条手臂,没有了一条腿。唔,明姊,会不会这样凑巧呢?"

"他一定给你带一个健康的身体,和一个光荣的徽章回来的。"我衷心地预祝着。

雅莲凄凉地笑了一笑。

四月间,我要离开韶关,打算做一次长途的旅行,启程前三天,独×旅的我的朋友帮助我把王宗流的确定消息打听出来了。

王宗流在去年江西星子之役阵亡,因为他的故乡沦陷给敌人,部队没法通知他家里的人。

这件事情使我困住了,假如把这确定的消息告诉了表妹,那么,这打击会不会击碎她脑筋里的美满的幻想,和摧毁她的可贵的忍耐力呢?

我把这些原委都告诉了我的朋友。我们两人商量的结果,决定想法代她把抚恤金领下来交给她,而王宗流的死讯暂时瞒过那可怜的新嫁娘。

那一个的早晨,我到重伤医院去找雅莲表妹,为的是把王宗流的光荣的恤金交给她,并和她辞别。

她赤着脚,穿了那一套作为陪嫁的黑洋布衫裤,外面披上一件纯白的布围裙,胸前绣了"陆军×重伤医院"几个小小的红字;她这样的装束是朴素而庄重的。

她咧开那排又齐整又洁白的珍珠米似的牙齿欢迎着我,两块宽阔的红润的面颊更加明显地说出她的快乐的情绪,脸上的色素比她初到韶关的时候稍稍白了一点,小鼻子依然那样笔直,无论什么时候都是那么的坦率的大眼睛缓慢地眨着;她那突出的、蕴藏着热情的跃动的胸脯和充满力的美的手臂与小腿,最后完成这个健康快乐的美的形体。

"你要上重庆去了！重庆离这里究竟有多少路呵？"

"远得很哩！"我呆滞地漫应着，我不是因为离别而感到惆怅，却在惋惜这个新嫁娘如今已经是一个新寡妇人了。

"告诉你一个好消息吧！"我强笑着望住她，"王宗流现在好好地在平型关附近打仗哩。大概要四五个月后才能调回广东来休息，那时——"

"别哄我欢喜了，反正我知道他在打仗就是。不打仗，又不回来，干什么呢！"

"谁骗过你！他打了一次胜仗，上头赏了他一点钱，他把几个月来薪俸合在一起，嘱后方办事处把那笔钱寄给你，现在我替你领下来了。"

她张大了眼睛，张大了嘴巴，呆钝地接过那叠厚厚的钞票。她的五官，她的皮肤，不，她的全部神经都松弛下来了——那是一种多么可怕的长期紧张后的松弛呵。她再没办法隐藏起那些洋溢在她脸上的狂喜的痕迹。

她把上半身子伏在白桌子上，一个小孩子玩弄他的心爱的玩具似的数点着她的钞票，把钞票撒满了桌面，头俯得很低，察看那票上的花纹和样式，看样子她似乎在和它们接吻。

我掩饰不住自己感慨的心情，站在旁边望着她，心里想起那一点点的钱，就是一个战士给他妻子的光荣的遗产、全部的遗产的时候，一阵与其说是悲戚，不如说是感叹那样的心情掠过了我的脑筋。

"五十块钱，那么多的钱！难道他一个钱也不用，唔，是的，前方有什么地方花钱的呢！"

她随手把钱藏到白围裙的口袋里，用手指理一理凌乱的头发，挺一挺粗壮的腰杆站起来，那么大方地微笑着，王宗流的胜利，好像就是她的胜利的样子。

新嫁娘

261

"以前，我们的结婚是羞辱的，但是如果将来阿流有日子回来，那时我们在一块，那是堂堂正大，问得住良心的了。"

那"堂堂正大"几个字用得很新鲜有趣，是的，一个纯良的乡下人是看重良心的。

她高高兴兴地带我到病室的四周走去。病室里充满了浓烈的药水的气息，洁白的被单露出来一张一张黄色的脸——它们是和敌人作过殊死的搏斗后，疲倦的然而胜利的脸，我心里模糊地觉得，那一张一张的胜利的疲倦的脸，仿佛都很像我那未见过面的表妹夫王宗流的脸哩。

病室里间歇地发出或长或短的痛楚的呻吟，那呻吟使人想起他们的过去的悲壮的生活。

"开头，听了那声音，我就觉得阿流在我身边叫唤，可是不久，我就听惯了。"雅莲仍旧那么大方地笑着。

我们在那布置着七八副石桌石凳，稀疏地种了几株梧桐树的小花园里坐了一刻钟，我便和她辞别了。她把恤金和薪俸的半数递给我，请我设法寄给她的婆婆，最后她又请求我代她写一封信给在北方前线的她的丈夫。

"实在没有什么好写的，只告诉他我到了韶关，在伤兵医院服务就得了。其实我想写的，他心里一定知道，只有我在韶关伤兵医院服务这件事他不知道。"

为了不愿意耽搁她的繁忙的职务，我终于辞别了她。我离开医院的时候，她挺着胸脯站在石阶上欢送我。浅金色的阳光照耀着她的身影：纯朴、温厚、快乐，但又给人生的忧愁煎灼过的，如今却给一种新的活力所支配着的脸孔，在温暖的阳光下闪着异样的光彩。

走了很远，我回过头去，动情地、留恋地注视着她那壮健的姿影，对她扬着我的右手。我从心底里厌恶地诅咒那大量制造死亡和制造孤儿寡妇的战争贩子！……

让无穷无尽的悠长的岁月，来分担这个新嫁娘的痛苦和不幸吧，让人民的将要赢得的永恒的胜利来洗涤她的痛苦和不幸吧！

1940 年 11 月 22 日于重庆南温泉

　　　　选自《草明文集 第一卷》，光明日报出版社 1992 年

新嫁娘

◇ 梅娘

梅娘（1920—2013），本名孙嘉瑞，吉林长春人，从日本留学归国后在沦陷区从事创作、编辑工作。其小说代表作有"水族三部曲"《蚌》《鱼》《蟹》，以及长篇小说《夜合花开》。曾在《妇女杂志》任职，先后在《大同报》《中华周报》《民众报》《中国文艺》《华文大阪每日》等报刊上发表小说、散文及翻译作品。她的作品以婚姻恋爱为题材，凸显追求独立、自由的女性形象，关注女性的生存状态与困境，在华北沦陷区产生了广泛的影响。1978 年以后，创作了大量的散文和回忆录。

鱼

别那样冷冷的吧！琳，我求你，风飕着，雨不久就会停的，停了你再走，你不是为避雨才到我这儿来的吗？撇开我俩之间的一切，单按着人情来说，你也可以多留一会的。你能看着你的朋友的太太，带着一个小孩的软弱女人，独自在一所大房子里，听着风吼，听着雨啸，为恐惧的声响吓得颤抖着而吝于给予一线壮胆的慰藉吗？而且，灯灭了，天，灯为什么要在这一瞬间坏了呢？

琳，好琳，你别那样，你稍稍把脸转过来一点，你听，风更大了，不，风哭了，它在哭着呼唤着一点什么，它也是在寻找着一点失去的东西吧。琳，你再待一会，到电灯修复了再走，我想电灯一会就会好的，看，连路灯也坏了，他们不会叫它黑得太久的，不是吗？

我的孩子睡熟了，你容许我把他放到卧室里去吗？我记得我的抽屉里还有半截蜡的，有了它，我们可以光亮一点的。

琳，我知道你厌倦，不，我知道你对我不是过去新鲜的时候了。你根本没有爱我，有，也不过是基于怜悯的一点同情而已。但这对我已经足够了，你给我的最大的启示是叫我明白了我自己。而且你叫我知道了爱，爱原不是糊糊涂涂就可以享受得到的。

琳，为什么你那样一点点地挪开你的椅子，你以为我没察觉到吗？放心，先生，我是不会触及你一根手指的，我要的是爱，从心底涌出的真正理解的爱。拥，抱，吻，抚摩，那算得什么，我很容易就可以从我丈夫那儿得到，虽然他给我的拳头相等于爱抚，但与其强取于你，我是宁肯违心地去接受他所给予的一切的，你……

265

啊！你站起来了，你预备走是不是？是的，我忘了你说给我的"人们的飞短流长"。对，今晚正是给人以飞短流长的绝好资料，外面是暴雨，屋里是昏昏蜡灯，我的懂事的孩子又睡了，这里只有我和你，我和你单独地在昏暗里相对。你怕说，你为什么来呢？

你不愿意回到你的寓所去，那里只有寂寞，你想我这儿无论如何比起寓所来是好的。你可以得到一杯茶，一杯热的红茶，另外一块流着乳酪的点心，而且我一定要用干毛巾擦干了你的濡湿的头发，还许温存地替你拧落裤管上的积水，你可以懒懒地坐在沙发上，瞧着一个自以为是获得了你的爱情的女人在为你布置着一切。但你得要明白，她以为有爱，她才那样做的。她知道她的爱情也不过是换得了你的十时消遣之后呢？

噢，对了，你可以说是为看望我的丈夫才来的。告诉你，他虽然是昨天才从 P 城的他的家中返回来，但刚才，在你来的半点钟之前，他和我闹翻了出去，今晚是不会回来过夜的。这情形你都可以想象得出的。不是吗？

你更烦了，那闪亮的电光已经把你的脸清清楚楚地照给我，虽是那样短短的一瞬间，我已经看明白了你皱到一起的眉毛，你用你的牙啮着你的唇，你在骂我也不一定。你要走开，趁早别想，你动一步我就嚷，我说你趁着你的表哥不在的时候强奸了他的太太，你怕什么我说什么，你要脸，你要面子，你就一点别动。你骗得我够了，也该我享受一回。雨这样大，风摇得屋子仿佛要倒了似的，雷响得震耳，我怕，我一人没勇气在这样的暴风雨里支持着这样大的一所房子，我要你陪我一回，到灯来，到雨住，我会放你走的，你放心吧。

琳！别那样静静地站在窗前，你连到椅上坐一会都不肯吗？你可怜我一回，就这一回，我再不会麻烦你的。你别看轻我，我绝不讨扰你什么，我们是好好地爱上的，也叫我们好好地分离。今晚，你知道我是多么难过吗？琳，像往日我们相会那样，张开双臂，叫我在你的怀中蜷曲一会吧！我的心，激烈地撞着胸腔，它要能挤出来倒好，它不，它只那样激打着我，那样剧烈的，琳，我说不出我是恨是爱。但是，琳，恨也是爱的，琳，你可怜我，你给我的怜悯的爱我也要，你抱我一回好吗？我刚才受了过分的刺激，又加上这暴风雨，我的胎儿在体内不安地转辗着，我的跳动的心因着它的转动是这样的空虚，头也昏得难过。今夜也许会流产的，我觉得我的腿麻得厉害，你叫我靠着你休息一会儿，容我暂时闭上眼睛，容我暂时享受一点抚慰吧！琳，你知道我们刚才是怎样剧烈地吵过了吗？

琳！你的手真热，有你这一只手已经够温暖我了，我觉得我恢复了一点。琳，你不屑于张开你的眼睛吗？我知道我今夜的形状是相等于鬼的，你不张开眼睛也好，你留着你记忆中的我的美丽的印象吧！你曾无数次地说过我好看，我美丽，你曾无数次吸干我眼中满储着的泪水，因为你的爱，我才有委屈的泪。今晚我的泪枯涩着，我的全身因为少了往日的温存的泪水的滋润，干得快裂了，骨节痛着，两点钟前受的击打还残存在身上。琳，你肯用你的热手轻轻地抚摩我一下吗？

啊！琳，你还是爱我的是不是，你抱得我这样紧，琳，别把头俯在我的肩上，让我看一下你。琳，我现在相信我明白你甚于明白我自己。我知道你爱我，而且我知道你爱我到什么程度，但你是懦怯的，你抵抗不了周围的一切，你才想抛弃了我。你是舒服惯的公子，你抛不开你的安乐，你没有决心和我一块奔出去和饥饿斗争。我呢？琳，我也是不会累你的，你该明白。离开家的这三年中，我明白生活的担子的重量，我决不会把我和孩子的重担放在你的肩头。如果我的丈夫真的踢开我们，我是宁死也要养起我的孩子来的，我什么都可以做，甚至可以去卖淫，我幸而生得美丽，而且我还年轻，一个二十四岁的好看的女人想还不至于十分难于获得职业。孩子失去爸爸，但他有妈，我要竭尽毕生的精力做一个好妈妈。没钱的寡妇不也都没自杀吗？琳，你相信我，我要取之于你的是爱，是同情，是理解。我……琳！我太孤独了，我没有一个亲人，我很早地失去了妈妈，我的爸爸是跟我离得太远了，我们之间有的只是

鱼

267

恨，他恨我不肖，他恨我扫了他的门面。弟妹们小，而且从爸爸那儿袭得了骄纵的性格，他们看不起我，给我的同情，不，可怜，还不及我邻居的大嫂给我的多。我，自作自受，我原是可以听从他们的主张嫁出去，做一个安逸的少奶奶。我背叛了他们，我挣出来我自己，三年前穿着我的绣花鞋时我就有受苦的决心。现在，我觉得我进步了，虽然生活的艰辛磨光了幻想的棱角，但我并没有气馁。你，我的有钱的爷爹，我知道你是留恋于一杯咖啡甚于一杯冷水的，你当初爱我也不过因为我好看，而你在这儿是寂寞的关系。琳，我后悔于这样的爱，这样的爱我已经从我丈夫那儿得到了一回，不同的只是他是起于新奇，你是起于怜悯而已。琳，我的话中伤了你是不是，你又生气了，你别开头去，琳，你再转回脸来，我不说了就是。琳，我不是说我要享受这一晚上吗？让我们偎傍着，看看那电光在漆黑的天上怎样闪动。外面仿佛正有人在撞着电线杆子，大概正修理着，灯一会就许来的，我说过了灯来就放你走，我不叫今晚破了我从来没跟你说过瞎话的例。我真傻，这样短短的瞬间，我为什么单找不痛快呢？

琳！为什么那样看着我，我像鬼，我刚才受了剧烈的踢打，你容我再向你申诉一回吗？就这一回，我预想我们今天以后不会再见了。明天，我的丈夫回来，我们之间的一切总会找出个结果来。我，我看破了，网里的鱼只有自己找窟窿蹿出去，等着已经网上来的人再把你放在水里，那是比梦还缥缈的事，幸而能蹿出去，管它是落在水里，落在地上都好，第二步是后来的事。若怕起来，那就只好等在网里被提去杀头，不然就郁死，不是吗？琳，你不这样想吗？

你笑什么？琳，你笑我又是说的空话，也难怪你笑我，我以往的懦怯连我自己都觉得可耻。不，那不是懦怯，那是糊涂，那是我还不知道怎样迈动我的腿。今天，我知道了，我一定得要走，走一步被打死，被杀害，我也是走了一步。你不相信我有那么大的勇气是不是？

琳，你听，风哭了，想到以后不能再见你，我的心，像有圈粗绳子纠缚着似的痛楚，我想嚷一下，我想吐尽胸中气的大叫一会。我羡慕风，那样自由的随心所欲席卷天空，把心中窝藏的雨滴洒下，就那样嚎哭的一瞬间，已经足以泄尽心中郁烦了。我，哭时得饮泣，泪得叫它往肚子流，爱的不能说，不爱的得曲意奉承。这只因为我是人，我是这男性中心社会中的一个做了人妻的女人。人们不拿我当人，只当我是林省民的一个附属品。我的朋友这样说："得问问你们先生。"下人说："这可得问问少爷。"林家的人更来得厉害，说："什么东西，骚老婆，民儿还不把她一脚踢出去！"林省民自己说："凭什么你白吃我饭，吃我饭就得听我呵，我叫你往东你休想往西。"这就是我受的待遇的全部，这就是出了嫁的女人所被安排的地位。这都是应该的，这都是你们认为对的事。女孩子从生下来，就被咒诅，幸而碰见了明白的父母叫读书，叫明白了点什么，这明白的一点更给自己招祸。如果我是个安分的你们认为典型的女人，我接受了林家的意见，归到林家去，安安本本地做林省民的二姨太太，好好地养着林家的承继人——我的儿子，忏悔我以往和林省民的恋爱，不，该说是忏悔我自己引诱林家少爷的下贱，那样我就能享福，能使奴唤婢。林省民爱别人，随他去，男人有几个不爱那道的，这样，我就对了，我是好人，人家都恭敬我，我可以离开这个照料着孩子又得做饭洗衣服的腥臊的小屋子，我可以穿得像个样，孩子有人替我带走，我自己垂着两只手纳福。我为什么那样做，原来爱林省民时也没预备享他的福，我不能叫我儿子也长成那样糊涂的人。林省民碰了个机会骗了我来，厌了，想找个机会再抛出去。他明知我不会回到他家去，不会甘心做他的二姨太太，他就挟了他的势力——这社会承认男人应有的一切权益，压迫我，虐待我，我能随他，他少了麻烦；不随，滚你的，穿破了的鞋原该扔掉的。凭林局长的儿子还怕找不着烫头发的女人。

刚才，就是这样吵起的，他从外面回来，喝了很多的酒，粗着嗓子大声唱，小民看着害怕，哭。小民愈害怕他愈唱，声音干得鬼嚎

269

似的。抱着小民坐在墙角,我的心遮上来无限的悒闷。他昨天才从林家回来,我们已经半月多没见。昨夜说是有约出去走到那会才回来,回来就那样惹得孩子只哭,这是离别了半月又见面的结婚刚二年的恩爱夫妇吗?

一会,小民好容易睡了,他过来摸孩子的脸,不叫摸,就说:"不是我的儿子吗?你若说不是我就不摸。"叫人回答不得。我只好不出声。不出声更招祸,"好!"他说,"你外边有人了。不爱理我,这不是我姓林的家吗?"抄起花瓶就往地上摔,溅了我满身水。我跑到洗脸间拿手巾擦干水渍这个工夫,屋里可砸的便都摔了。我不知怎样才好,站在洗脸间流着泪。一会,他旋风似的拥到洗脸间来,而且摘下来我眼前的镜子。这回我真忍不住了,我说:"别这么砸,有话明说,我也没赖着你,干吗这样呢?"

"没赖着我,你不滚?"

"滚,那么容易,你想爱便爱,不爱便甩,这又不比你泡窑姐。"我几乎气炸了胸,这样回撞着他。

"啊!"他蔑笑地瞪大了眼睛,"你自己觉着不错,你比窑姐高多少,反正不是整货,我不要你,你要饭都摸不着门。"

"好!"我说,"林先生!人都得有良心,我知道,你,你跟你爸爸一样,就认得钱,再不就认得姑娘。你爸爸叫你扔了我,你跟我也算屈得可以了,你走你的,你走回林家去做那份少爷,你爸爸有的是造孽的钱,我的儿子又不能归你。你叫我滚,我自己会走,我饿死外面算我自己瞎眼,怎么就千挑万选地遇上了你。"我赌气地往屋里走去抱小民,他扯着了我的膀子:"走!你走把我的衣裳给脱下来。"我们就那样地撕扯起来,他不分头脑地捆了我一顿,自己跑了出去。

他走,我自己在地上滚着,胎儿受了剧烈的刺激猛烈地在体内转动着,肚子痛得眼前只发黑,心里泛着欲呕吐的恶心。我无法平静我那已经达到高潮点的愤怒,我球似的翻滚着,我撕扯着自己的头发和衣裳,我狠狠地啮着自己的双手,嘴痉挛地嘶哑地说着什么。我愿意我的胎儿流产,我不愿林省民的孩子在我的身里成长起来。我想少一个孩子少一份累赘,我决心离开他,我决心再教育自己一回。

小民醒了,傍他躺在床上,看着那红润的寓着希望的小脸,我看见我生命中的一点光明。抚摩着那柔软的小头,我的泪滴在小民的脸上,想到孩子的爸爸,我突然歇斯底里地大声哭了出来。小民被这意外的声响,吓得大哭,小头紧紧地钻在我的怀里,我又后悔那样忘形地大哭,吓坏了孩子,才是我最可怕的事。孩子只等于我的生命,我要教育起我的儿子来,我教他成一个明白人,这社会上多一个明白人,女人就少吃一份苦。抚着小民的小脸,我喃喃的:"小民,你原谅妈,妈快憋得疯了,妈爱你,妈誓死也不离开你,那样的爸爸,有没有都可,小民,我的……"我忍不住地再次抽啼起来。

就那样怔怔地傻了似的抱着小民坐着,望着灯,听着突然袭来的暴风雨,心翻腾着,旋转于恐怖与绝望之间。

突然,我听见了叫门声,我疑惑我自己的耳朵,我想也许是小民的爸爸又跑回来。我恨他,但我不能说一点爱他的心思都没有,三年来的日积月累的相对,我觉得我不是那样说离开他就可以走得了的。我下意识地盼他回来,我想要一点抚慰。感情真是奇怪的东西。我那样地恨了他,决心离开他,他若回来,我想我们也许会再和好的。因为我们已经有了孩子。多么矛盾的想头啊!多么矛盾的感情啊!

敲门声又起,再倾听,那是另一个熟稔的声音。我想到你,我仿佛看见阴天上升起来太阳。但立刻,我记起来你这几天说给我的话,你若即若离的态度,我抽回来要为你开门而跑出去的双腿,我踌躇着。

风突然吹折了一切似的怒吼起来。

想着外面的冷雨,这时电光闪动了,跟着雷来,那样干裂的立劈下来的巨响,我不由地颤动起来,我没再犹疑地跑出去为淋湿了的你开了门。

271

就在那样兴奋的情绪下接待了冷淡的你，我说了许多气你的话，琳，你生我气吗？我……琳，别给我擦，随泪流下去吧，哭了我也许会痛快一点的。我，我知道你，你原没有爱我，只是因为你寂寞，常来我这儿一点，我们过从得亲密些，生了较普通友情还浓郁的一点感情就是了。所以你可以说，怕人家说闲话，怕你的表哥——我的丈夫不理你，跟你拼。这在真正的爱情中，都不是能够成为问题的事，不是吗？

我呢，琳，我今晚才知道，才知道我一样的并没有真爱着你。只是因为你安慰了我，在我觉得过分的孤独时给了慰藉。仔细想起来，你对我只如遥远的一颗灯，你的光亮照及了我，但我不能把那灯握在手里，用它的光亮来伴着我冲出黑暗，你要份，你不像我丈夫那样放荡，你努力于你以为人生之极的音乐。不过琳，你别生气，你送来的那一套贝多芬的交响乐，我只在受了委屈后听了一张，但我没感到它的美好。一个忙于家事而又为孩子纠缠的心绪不宁的女人，是没有闲情去理解那种崇高之美的。

还有，琳，使我觉得对你负疚最深之点，就是我从你太太手里抢过来你——不，这样说，太抬举我自己了。该说是我侵占了你应该回家去和你太太欢聚的时间。我不愿意我的丈夫在该回家的时候留在外面，你的太太当然也和我一样。我没有从她手里抢出来你的权利。所以，琳，还是你爱唱的那句："这样分离是最好，在你也好，我也好。"

啊！灯好了，听！琳，雨也仿佛小多了，你走吗？我……

琳，雨真凉，我有一点冷，我的鞋里也进来水了，小民许醒了也不一定，我不送你了，再……见，至晚到明天这个时候我一定会离开这儿的。你……你保重啊！

啊！琳，是你，是你吗？你什么时候走回来的，刚才我听见好像有人踏雨走过来，我以为是邻家的先生，你为什么不叫门呢？你吓了我一跳，我看见门玻璃上恍惚的有个人影，我以为是贼，我屏息地窥看了好久，闭了灯后，影清晰了，觉得有点眼熟，但也不敢断定是你，后来才索性大胆地开了门。你进来坐一会吗？我还没睡，在整理着一点东西。

琳，你愿意听我讲给你一点什么吗？一点我和我的丈夫怎样爱了和我走出我父亲的家的故事，说了，我会痛快一点的，你也不会像一般人那样笑我的是不？

还有两个月要结束高中的生活了，同学们都耸起了双眉，惋惜着那最后一点的黄金的学生生活，而且那城里是没有女子的最高学府的，毕业就等于失学，一般家庭谁肯花好些钱把挺大的姑娘送到浮华的都市里去呢，念两个字就可以了，女孩子念的什么书。

我才烦呢，那时候，本来上高中就是因为妈一力主张，高中完了，我也快结束我的十九岁了，爸爸不会再放过我去的，他一定要把我嫁出去，他的信条是，女孩子过不得二十，过二十就没人要了。

还有，琳，你别笑我，我正偷偷地爱着一位教我们国文的年轻的温柔又沉默的先生。他并不理我，只看我和一般学生一样，甚至说，他并没觉得有我的存在也可以的。

那时候班上的同学，大多都比我大，正是需要爱情的灌溉的年龄。但在女学校，那种拘束你也许是知道的吧，住校的学生除了星期和例假是不准出去的，即或出去也不过是买点东西看回电影。隔绝了一切和外面交接的机会，那样蓬勃地生长着的活泼的姑娘们，那样尼姑似的生活是怎样捆压了丰富的还没经过折磨的纯洁的感情呀！

这样，姑娘们的神经都尖锐着，听着一点爱情的故事便都借着别的话哄笑起来，班上有一个同学恋爱了，不，也不过是刚认得了一个陌生的男人，就哄传得全校皆知。

一天，那样悦人的一个初夏的薄暮，挟了倍倍尔的《妇人进化论》，我从教室里跑出来，我想到礼堂后面去读完它，礼堂后面有一个寂静的遮满了白杨的阴影的小丘，丘上有软草，丘下有我们同年级的两组种的五色的草花，那一小块地带是划归我们做一个小小的公园的。平常，除了用功的同学很少有人到那儿去。礼拜六的午

273

后，除了花香只有鸟语的。

我愉快地走着，晴明的蓝天上飘飞着白云，初夏特有的软软的小风，吹拂着我的白绸的短衫，我暂时忘去了一切——那盘旋在我脑中的一切都是烦闷的将来，我走着，唱着短歌。

拨开白杨根旁的茂密的羊齿草，我爬上了小丘，琳，那一刹那间，我轰的一下觉得血都从头顶射了出去，你猜你看见了什么？

我看见了他，那位国文教员，他蹲着，用着手里的草棍在地上画着字。对面，和我穿着一样白衫黑裙的姑娘。那是我们叫她小玉的一个和我同年级乙组班上的同学，她手里也拿着一根草棍。她抬起了头。

脸上，是那样起之于心的甜蜜呀。

一阵不由自己的战栗通过我的全身，我觉得我的脸仿佛立刻变白了，我不记得我胡乱地说了一句什么，我抽回我的身子，两步便迈下小丘来。

我开始跑着，竭尽我全身的力量，心里并无目的，只是想跑开那儿，那儿有的是鬼，那鬼是会吞了我的。

跑，不知怎样跑到操场，眼前什么东西都蒙在雾里，我看不见一切竖立在我面前的东西。

猛然，一个人扯着了我的膀子，我立定了脚，那是，琳，你不笑吗？那是一个挺喜欢我的我们的级任先生。

"为什么那样低着头紧跑呢？差一点撞着篮球柱子。"

他说着放开了手。

篮球柱子的新刷的淡蓝的漆在夕晖里反射着光亮。

我定了定神，瞧着级任先生的脸，我才觉出我的眼里不知什么时候储满了泪水。我无言地旋过来脚，两步并一步地跑向宿舍去。

在我身后起了群众的哄笑声。

到宿舍，扯过被来蒙着头，我蟹一样的在被里左右转动着我的身体，我的心跌宕于受挫与嫉妒之间，那样强烈的处女的嫉妒呀！

那时，我们学校里正为着水灾筹备着公演话剧，公演期就是下一个星期六。我担任《哑妻》中的女主角，小玉是扮演《孔雀东南飞》中的兰芝的。我想我在公演期中一定可以压得她，我相信她不如我，琳，你笑我这无意识的自骄吗？

　　但我不能消去我心中的不快，一连几天我都心神不属，我惘然若失——这之间，一个关于我的谣言开始流传在同学之间了，关于我和那位级任先生，多么没影的事啊！我平常很少和级任先生单独相对，除了事务上的接洽，因为我正是我们班上的级长，这谣传更增加了我的悒郁，我甚至想退学才好，女学校中的学生，因为生活圈子的束缚和年龄的要求，多半把没处发泄的蓬勃的感情倾向于年轻的先生们。由于嫉妒，某先生与某学生等等的话是最快的消息，琳，你想不想这是无耻的，跟一般人那样。你不觉得那一群要爱而无从爱起的女孩子们可怜吗？

　　公演的日子到了，我竭尽了我的能力做着戏，我听见了台下不止一次的掌声，我兴奋得双颊红红的。我仿佛得到了爱，我恢复了我的骄傲的自尊心。我多高兴啊！琳，那时候，我心里把我拟成那次公演的演员中的凤凰，卸妆后，披了我的制服上衣，我高高兴兴地跑向观览席去。

　　在门口，我遇见了国文先生，他戴着帽子，他刚来，他是专为看《孔雀东南飞》来的。

　　刹那间，我丢了我的魂，我不相信我的眼睛，灯正辉煌地照耀着，我看得挺清楚的是他依旧穿着那天在小丘后面的灰色的衣服。

　　我倒退着，把身子贴在墙上。

　　他笑着向我说："完了吗？"跟着不听我回答的，就立刻走进剧场去。

　　我完全傻了，站了有五分钟，才明白了一点似的跑向剧场的后面去。

　　那是一个很大的花园，园正中有水池，池中的鹤嘴正喷着细碎的水珠，我驰近了它，风把凉的水珠一阵又一阵地吹到我的脸上。

　　我疯狂地绕着水池走着，那近两千的观众的掌声也不及那"完了吗"给我的刺激之深。我甚至想死，一切我以往认为对的事情都被推翻，我怀疑我所有的一切，我想我是连那个最笨的王瑛也不如的。

我想那时我的脸一定是青色的。

许久，兴奋平静了一点，我站着，手插在衣袋里，不动地望着眼前的灯，泪无声地沿着颊流到翕张的唇里。

苦咸的泪通过了火热的喉头流到心上去。琳，那是我第一次感到了现实是一个怎样残酷的东西，我第一次否定了自己。

谁轻轻地叫着，我转过身子。

一个陌生的穿得挺漂亮的男人，手里拿着一条红边的白手帕。

"是您的吧！"他说，而且递给来手帕。

手帕正是我的，我不知道什么时候从我的衣袋中落下去的。

我点了点头。

"因为只有您在这里走，我想一定是的，剧场里的空气太坏了。"他说着，抚摩着在梳得很整齐的中分的头发下宽阔的额。

那个宽大的园里果然只有我们两个，剧场里正笑语盎然，想是在休息的时间中。

想起以往曾被轻薄的男人窘过的事，我的心跳了起来。

"谢谢！"我说着，向剧场走去。

"我是……"他微笑着，追了上来递给我一张名片，"您不至讨厌于认识一个希望认识您的人吧！"

片子是：

林省民
外交部××科

抬头，我看见了一张温柔的笑着的脸。

琳，你觉得这是一个有趣相逢吗？

公演后不久就考毕业试了，和国文先生之间我们保持着僵了的关系,我的谣言也因为我的异常冷漠的态度消沉下去。我只想立刻就离开学校,除了必要的上课,我停止了一切课外的活动,我连球都不打了。

琳,这时我受了一个致命的打击,我的衰弱的母亲死了,我失了魂地从学校奔到家里,从家里又回到学校,每天幽灵似的起来,睡下,一切人生的希望、乐趣都从我的心中飞出去。我觉得我十九岁的前程充满了黑暗。

学校的生活完全结束,我也结束了我的梦想的爱情,我拒绝所有的同学们的挽留,在一个郁热的晚上,一个人登上了回家之路。

在车上,琳,我简直不知道用什么话才能说给你我那时的难过。没有母亲的家,真比牢狱还苦,我的顽固的爸爸,妖媚的姨妈,甚至可以说是像陌路人一样的叔叔和婶婶们,我怎样伺候他们去呢?我,琳,我抱了像去接受活埋一样的勇敢的心境向家走,国文先生给我的刺激强烈地烙在我的心上。我想我一切都不如人,我没有跟人竞争的能力,只好毙在那炼狱一样的家里,等棺材来装了我去。

蜷曲在车座的一角上,这一切都陌生的车中的空气,稍稍地自由了我窘住的呼吸,我开始愿意车慢一点,永不停止更好,我回的什么家,那家有什么理由可以称作我的呢?

车到 P 城了,这是这条线路的中点,车站内喧哗着,卖包子的举着冒着热气的屉,站外的高大的建筑物上,霓虹灯闪烁着,做着刺眼的光辉。

站起来,扶着车窗我觉得仿佛应该做点什么,是的,我该吃点什么了。

望着蜂拥上来的乘客,我算计着通到饭车上去需要的时间和困难,我不由得气馁了的再坐下去,因为坐下了,好像饿的意识也更清楚了一点似的。我从拉开的窗口间,把头伸出去。

一个漂亮的白衣的男性招呼着我。

"谁呢?"我搜寻着我的记忆,我并不认识他。我怔了一会,这之间,车动了,我没有买成我要买的东西。

这时白衣的人已经站在我的身前,在笑着招呼着我。

噢,是那一个,那个在××剧场为我拾取了手帕的人。

他笑着在我身旁的座位坐下,放下了手中的小小的提包。

我觉得有一点窘,两次为一个生人看见了正在闷烦中的自己,我觉得不大自在起来,我不知道怎样回答他的招呼,我稍稍地把脸偏向了他一点。

他也沉默着。

一会,他轻轻的:

"到 C 城去吗?"

我点点头。

"我也是,我回去上班,我的家在 P 城。"

他说着,我想起了他的片子,那是写着外交部的。

"府上在 C 城吗?"他说着,站起来,脱去了上衣。

我只能再点着我的头。

"毕业考试结束了吧!"

我惊诧于他对我的清楚,那一晚上不会是无意地拾取了手帕的吧!不然为什么单就他也到园里去呢?

我感到一点惶恐,但能为一个漂亮的年轻男人所注意,又不自禁地高兴。

"那么,"他接着,"我们有盘桓的机会了。"他望着我的脸,用年轻的男人特有的温和的眼光。

我觉得有一点局促,但又不愿为他看出,我笑了,低下我升上赧红来的脸。

窗外急骤地袭来了暴雨,车窗上一层又一层地印上了粗大的雨滴,在豪壮的雨声中,车的奔驰声被压了下去。

凉爽了,我的心也晴朗了许多,把脸贴在窗玻璃上,望着外面漆黑的夜色,我忘了我正是在旅途上,而且不久这辆车子就要停了的。

他仿佛几次要说什么,因为我的沉默,他噤了口。

快到 C 城，他要求我写给他我的地址。他说他住在×区的独身公寓里。

我犹疑了一会，终于在他片子的背面上写了我家的地址。

到站，他拿下来我的东西，说："我送你去好吗？"

我拒绝了他。这样，我们结束了第二回的相见，我的单纯的心里印上那顾高的温柔的影子，我觉得我喜欢他甚于那位国文先生了。

到家，听了爸爸一套长长的训斥后，我开始我的小姐生活，很晚才起来，慢慢地吃饭，在姨娘的女客三缺一的时候，陪她们摸会牌。

但我的胸里却汹涌着愤怒的高潮，那行尸似的生活加重了我的烦恼，一回到我的小屋子里便拿许多不会说话的家具出气，我踢开它们，捡回来，捡回来又踢出去。

我的书信都经过管事的三叔检阅过了才给我拿进来，小说是一概不许的，闷极了的时候便看家里藏的一些木版的唐宋史什么的。琳，多么无聊的生活呀！我简直要闷死了，我时常梦想我有一天能从窗户飞出去。

因为闷，幻想的时候最多，我常常整天地躺在床上，随着脑子去想，想累了的时候便蒙头一睡。那样，精神愈加郁闷，头一天痛到晚，我原来是很健康的，舒服的家却使我病了。

一天，琳，我接得了一封信，一封封得好好的白色的信，被托付管教我们的三叔恰巧吃喜酒去了，这封信所以没被拆开。

封面上写着很大的"林"，我的心惊恐地剧烈地跳动着，无缘由地给了替我拿来信的打杂小五一块钱。

小五出去，闪了门，放下了帘子，我急急地拆开了它。

信上写着敬慕但不失之谄媚的话，字写得很好看，我完全满意于那封信。我高兴得雀跃起来，我在我的小屋子里走着，跳着，扬起了手下的东西。我半年多没那样高兴了，这兴奋的感情一直使我跳得喘息了的时候，才把身子摔在床上。

温软的床更助长了我美丽的幻想，琳，你不笑我吗！我虚拟了

279

许多两人在一起玩乐的甜蜜的情景，我抱吻着我的枕头、床柱，还有我床旁的小小的座灯。

不久，那兴奋的感情过去，我第一次受挫于爱的创痕鼓动着，我再次地怀疑了自己，我想这一次我一定还是扮演悲哀的角色，那位漂亮的人是不会看上我的。

这样我哭了好久，泪干了的时候便睡去。

第二天我整个为惊惧所占有，我怕再有信来，我想象我们全家知道了一个男人给我写信后的愤怒和嘲笑的姿态，我想着爸爸的铁青了的脸，和姨娘撇到耳根上去的涂得猩红的嘴。我咽不下去饭，不能诉说的难过的感情充满了我的胃。我不时地特意地通过内账房，偷窥着三叔的脸。

一天无事地过去了。我躺在我的小床上，庆幸的，又觉得失望的，结果带着泪睡去。

第二天，我的两个住在 C 地同学来看我，她们带给我 C 地银行招考女职员的消息，征求着我的意见。

托她们替我报名，办理一切投考的手续，我决心换换我的生活，我想着疏通爸爸的方法。

那一天晚上我写了回信，给林。

我冷冷地说了我家的一切，暗示给他别再来信的意思。

那封信的冷语，伤了我自己的心，我恨自己的愚笨，怎么就想不出一个两全的办法来，我想象信去后的一切情景，我自己切断了自己的希望，我还不如切断了喉管来得痛快，我揪着梳得光光的头发，虐待另一个人似的槌打了自己。

一夜，我不能睡，一会儿懊丧，一会儿兴奋，我的幼稚的感情和想象激打着我，我失去了我所有的可怜的理性。

用一只母亲遗下来的翠镯，又加上那两位同学再三保证工作时只有女人，我买通了为爸爸宠幸的姨，得到了到 C 银行去投考的允许。我侥幸被录取了。

我的心为这能再次留在外面的生活欢喜得颤动着，我用着最虔诚的姿态听着爸爸的教训,我竭力地装着好女儿的模样。我向我的家人说着冠冕堂皇的话,我显示着学优登仕的女史的颜色。

我出了笼的鸟一样的飞着,叫着,做着我的简单又简单的工作,但我不能晚一分钟回家去。

工作熟悉了,孤寂再开始袭来,我想着那位漂亮的男人。我变得沉默了,我需要的不是外形离开我的家,我要的是精神的解放,我要爱。我感到家的重量对我更重了,我为什么一定要在那定规的时间内回去呢?

男女同事间闹着恋爱,我哂笑他们,多么无聊的勾当啊!刚见了就爱,糊涂得连名字都没认清楚的爱。

我躲避着他们,但,琳,与其说我看不起他们还不如说是嫉妒他们,我不能爱,我有一层门关闭着我,渴望于爱的人,真可怜啊!

有一天,琳,我在街上又遇见林省民了,他要求我和他去吃茶,那是午间休息的时候,我去了,带着惊惧与快乐的心。

我们很快地就互相地爱上了,以后,他把信寄到我的班上,我们利用着短暂的午休时相会。我完全不能判断我的行为的当否,我为一种从未经验过的愉快笼罩着,我不想一切不利于我的,我沉醉在我盲目的爱里。

那真是我过去的生命中最快乐的时光,我曾无故地受挫于爱,一次能这样轻易地得到,我真快乐得忘形,我觉得自己是凤凰,那些与我同事也在演着恋爱的把戏的女人,在我面前仿佛褪去了颜色,我自傲我的爱人是人间最漂亮最懂得爱的人。

我完全不能忍耐家中的生活,回家便写信,写得再热烈也没有,那些信有时候寄出去,有时因为是太兴奋了,写得自己看去都羞涩,便在我床前的小小的壁炉中焚了。我尽我所有的智慧早一分钟离开家,待到班上,又希望早一分钟从班上出去。

一天,琳,我得着晚上外出的机会了,爸爸带了姨和三叔为了一项房产的事到 M 城去。婶婶们平常就是不留心我的。我照常地吃了晚饭,支开了纠缠的弟妹们,一人假说头痛的躺在小屋子里。

鱼

281

一会,天完全暗了下来,我加意地装扮了自己,从后院的一个小门溜出去。

到街上,唤了一部车子,我驰向×区的独身公寓去。

到了,茶房带我滑过了长长的甬道到他的屋中去。

他的屋子黑着,茶房不在意地替我开了门。屋里排着铺得挺厚的床和软软的椅子。在那扭亮了的六十烛的灯光下,他的半身像向我温存地笑着。

站在门口,过度的失望使得我丢失了我的智慧,我不知我那时怎样做才好,是回去还是……

"您进去候一会吧!林先生就回来的。"

茶房提醒了我,我是应该进去等一会儿的,多么难得的出来的机会呀!

在那布置得相当精致的屋子里,我徘徊着,强捺着为等待而焦灼的心。

一点钟过去了。

又一点钟过去了。

我捧着那张笑着的半身像,仔细地瞧着眉,瞧着眼,瞧着嘴,那一切地方都说给我爱,安慰着我的焦灼。

我终于不能再等了,再晚我家的门就会关的,我一定得要在我家没关大门之前回去,九点钟了,可恨的又慢又快的时间啊!

我找到了纸和笔,我开始写了一张纸条。

不同的情绪在我的胸里汹涌着,我不知道是写恨,写爱,写失望,写焦灼好。

拈着笔,泪从特意擦了粉的脸上流下来。

掷了笔,拿起了小小的钱包,我拉开了门,在临行的再一回顾间,那摔在床上的相片,仿佛委屈着似的半掩在床单里。

我想我是该把那照片摆在原来的地方的。

我旋回来我的脚。

这时,甬道上响起来我熟知的皮鞋声,擦干了眼睛,我把带着跳动的心的身子迅速地藏到门后去。

他进来了,因为自己的不在而门开了的事情诧异地"咦"着,随即把手中的包裹扔在椅上,过来关上了门。

这一瞬间,他瞧见了我。

琳,那时我在他脸上寻找到的是怎样的高兴啊!

"啊!是你,我的小天使。"他捉着了我,热烈地这儿那儿地吻着,"你怎会出来呢?"抱着我,他这样问,"等了好久了吧!"

我点着头,由衷的喜悦加上刚才的委屈,禁不住的泪流了下来。

"原谅我,小亲亲,我太闷了,出去走走,被一个朋友拉着喝了酒,我,我太笨了,我怎么就没预想到你会来呢!"

擦去我的泪,他揪着自己的头发,强烈的酒气从他身上飘了过来。

我脱开他的手。

"我要回去了。"我说。

"什么?"他跳了起来,"回去?刚见着又走,生我气了,不,不走,芬是最能原谅人的。"

他再次拥着了我,眼睛直看着我的眼睛。

我完全没有主意,家和爱在我心中交战着。抬头,钟已经是九点半了。

我的心一沉,这会回去,我已经是得特意招呼门了。

一个不幸的预感攫住了我,倚在沙发上,我的心惶惑地跳着,我说不出话来。

这时,他过去在他的门上加了键。

糊糊涂涂地坐在沙发上,我瞧着他关了门,曳下来窗帘,再打开刚拿来的包裹。

"吃一块糖,这本来是预备明天带给你的。"他在我的身边坐下,拉起来我的手,"怎样出来的,告诉我呀!"

我说了我是怎样从家里出来的。

他高兴得跳起来,拍着他的手:"那样,更不用忙着回去了,谁也不能知道你出来。你放心，没一个人能到你的屋子去。我担保。多么难得的相会呀！小芬，你不高兴吗？"

他的话使我安心一点，实在我也不能骤然地从那甜蜜的屋中走出去的。

我吃着糖，听他软软地在我耳边说着热爱的话。

在爱抚中的时间是过得多么快呀！

到我再想起走来的时候，已经午夜了。

"走，不走，芬，信我，没人会发觉你出来的，你这会回去倒不好了。我们再说一会话，芬，你爱我，你不走啊！"

他抱我到床上，灭了灯。

许多复杂的感情泛滥在我的心上，我想着不幸的未来，我想着我的家，我的周围的嘲笑，我的心剧烈地惊恐地跳动着。

但一方我又遏止不住那由于爱抚唤起来的兴奋。我把头藏在被里，完全失去了清醒的意识，那时，琳，身边是悬崖，我自己也不会阻止着自己而不滚落的。

那一夜，我失身了。

第二天，他忏悔着，解释着，谴责着自己，他的一切的话都从我的耳边嗡嗡地飞走，我听不出来他说的是什么，躺在床上，瞧着白白的天棚，泪，大粒地无声地从我眼里滚流出来。

我的外宿很快地传遍了我的家中，当然我的爸爸震怒了，他气得颤抖着，咯咯地啮着自己的牙齿，他替我辞去了银行的职务。

一切比预料中还残酷的责难落在我的身上，我在众人前连吃一口饭的自由都失去了，他们放我在我的小屋子中，用一个老妈子软禁着我。仿佛我不是人，而是一个疯子，孩子们因为大人的态度，有的也学着别人嘲笑着，有的惊异地看着我，像是要在我的脸上发现点什么。

我躺在床上，真如临刑的囚人，什么思索都从我的心中爬出去。又仿佛一切思索都僵死在胸里，我不晓得他们要怎样处置我，我的心盘桓在死亡，被逐，饥饿，责打上。

这样的第三天,他们命令我嫁给一个他们早已预定了的公司的经理的儿子。

我的荒唐的爱情在我胸中作祟,我拒绝了那命令,我不能委身于那位只会跑狗的少爷。

这样,我再次惹怒了我的爸爸,他骂着我,从我死去的妈妈一直到妈妈的妈妈,都遭受了无辜的咒诅,最后,他撵逐着我,他盛气地说他没有那样的女儿。

琳,一个巨大的问题临到了我,我迷茫地停在院中的柳枝前,我不知道怎样做才对,那时,生活还没教给我一点厄难,我不以为离开家就会挨饿,我想什么地方都活人,凭我还会饿死?还有,我的爱情鼓励着我,我想到两人同心土变金的故事,我一点都不疑惑我的爱人。我躲开姨妈教给我的怎样去祈求爸爸的宽恕,也盛气地跑出了家。

他依旧用最大的热烈欢迎着我,拥抱着,请求着前夜的宽恕,他尚不知发生在我身边的一切事情,他只知道我三天没去上班了,他担心着我已受到不堪的责难。

躺在那只曾一次睡过的床上,我的激动的神经渐归平静,也因为平静了,许多我想象中可能的离家后的一切不幸的预想,再在我胸间澎湃起来。

泪从我涩了的眼中源源地流出来。

他抱了我,用着不能相比的温存,这样,我诉说了我的一切。听后,他抬起脸来望着天棚,许久没有说什么。

那一夜,我以着极度不安的心留在他那里,他也似乎失去了往日的特别高兴的情致,虽然我们依旧抱抚着,但我的心上抹上了阴暗的影子。

琳,以后又经过了我的三叔的两次恫吓式的斡旋,我都拒绝了,这样,激怒了我的家人,我任性地离开了那长住了二十年的家,从那富裕的家里带出来的只有一只母亲遗下来的戒指和一颗二十岁的不懂世故的心。

这样，他觅到了房子，我们搬进去，组织起小小的家庭来。

我是怎样的高兴啊！我在我的小小的房间里跳跃着，歌唱着，布置着摆着简单的家具的小安乐窝。我在我的心里造了许多楼阁，我计划着几天后我去找事，两人一块上班去，回来在小屋子里读书，吃饭，招待客人，把两人的年轻的精力捧献给社会。

但是，琳，第一天我的快乐便被打了折扣，那一天，我收拾好了屋子，用着生疏但小心的双手做好了我们的晚饭，但我的爱人并没在应该回家的时候回来。

我等待着，尽可能地在胸中找寻着可以原谅他的理由，但我如何也消不去心中的焦灼和寂寞，我有点怀疑我的爱人，但又不敢往那上面想。

夜深，他才回来，喝了很多的酒，并不理会我脸上表现的寂寞与期待的一下把我拉到怀中，不容我询问的："我准知道你在等着我，我就不着急回家了，我喝酒了，你别生我气。"说了，便横到床上睡去。

我僵立着，爱情从我的头中飞出去，我愤恨得啮着自己的牙齿，我撕碎了所有的可以撕碎的东西，摔了所有的能摔的家具。气稍微平静了一点的时候，躺到沙发上委委屈屈地睡去。夜半，我被抱到床上，在爱抚后，受到了几乎不堪的蹂躏。

第二天，我想是该有一番抚慰的，他没有，他一直睡到必得上班去的时候才起来，穿好了衣服就预备走。在门口，他回过头来半玩笑的："别耍小姐脾气，小芬，这是我的家，不是你们公馆，摔了东西得我的钱买呀！"完了，扬长地走了出去。

我一人躺在床上，狠命地哭了好久，哭够了，洗完脸，便跑到公园去。初秋的太阳晒着我，我木立在池边，池里有人划船，水在船尾不安地跳动着，曳着长长的白线，白线上飘动着一枚黄了的柳叶。追随着那枚颠簸的憔悴的叶子，我仿佛看到自己的缩影，一想到明天它就将全黄而腐蚀的时候，泪便禁不住地涔涔地流出来。

仿佛在园中，爱情给我的兴奋已经一点无余，扮演着悲哀角色的预想,眼前的景况证实了它。想到刚离开的家,家好像退去了残酷的外衣,那外衣披在了两天前我还当神仙供奉的爱人身上。我感到过分的孤独,多么空旷的世界呀! 我第一次疑惑了人是感情的东西。

抚摩着残花,搜集着枯草,它们都与我有着同一的命运,不久就会蚀化成泥吧! 我呢,时光不久也会带了我去的,我已经从时光的齿轮中转落出来,就要落到沟壕里去的。

日暮了,苍灰的暝色掩到我的心上,瞧着哑哑地寻巢的乌鸦,我觉得家的可爱了,但我失去了它,我没有一个可以让我休息的地方。那个刚筑成的爱巢里是蹲着一只老鹰的,我的自尊心支持着我,我不能屈服地回去。

天逐渐黑了下来,夜无声息地沉重地从我身边掠过,秋凉透过了我的绸衫,在我的皮肤上撒下了冰凉的颗粒,我开始轻轻地颤抖着。

下意识地盼望你来接我,又胡乱地算计着口袋内的钱数,计算着手上的戒指,我想去觅一个旅馆,想象着怎样去度过明天的生活,我寻觅的职业,哪一天会发现呢?

幽灵似的蹰蹰地走出园门来,我想招呼一部车子,一想到去处,一想到钱,我的话从唇边反响回去。望着跟前的灯光,我茫然地握起了小小的口袋。

一部车子急急地驶过来,在园口停住,林急急地跳了下来。

立刻,他搜寻的眼光看到了我,两步便跑了过来。

"唉呀! 小亲亲,你可吓坏我了,是你能去的地方都找遍了,这儿若再见不着你,我就要报警察了,明儿府上赖我拐卖,我说破了嘴也洗不清这罪名呀!"

见了他,我已经消失了早上的怒气,剩余的只有哀怨了,我无言地接受了他的安慰。

这样,琳,我们的同居生活延续着,他,不时出去,喝酒,游逛,问急了的时候就说是为我,为了我们的不名誉的结合,人们要挟了

鱼

287

他，要他请客。

我呢，琳，那时我才明白了生活是怎样一件艰苦的工作，我的职业一直没有着落，在我的身体中一个小小的生命在开始孕育着。我消遣我的寂寞，贪婪地读着所有的我身边的书籍，因为他的挥霍，经济拮据着，我摒除了一切娱乐，我尽力爱他，我努力做一个好的妻子。

我的身边的人们蔑笑着我，连我的朋友也说："就这么的就算了，多冤，连结婚式都没有。"我只有忍受这些蔑笑，忍受这些非难，爱的时候不容选择，留给我走的只有这一条路，我走了，"诽笑"是他们的权利，我用我的大量安慰着自己，但一想到爱也空虚了的时候，便自己流着泪。

不久，小民生了，我添了许多麻烦的工作，连一点看书的时间也被夺去了，从厨房到卧室，从卧室到厨房，我的世界只有抽烟与孩子的啼哭。我的丈夫对我更一天一天地冷淡下去，常常几夜不肯回来。

我把全副的希望放在孩子身上，闷极了的时候便抱着孩子悄悄地哭。

孩子逐渐可爱了，丈夫仿佛安定了一点，他有几天按时回来，引逗着孩子，我们中间再响起了欢笑。我高兴着，在那一点短暂的甜蜜上又放上了我的全部希望。

一天，琳，那是认识你的一天了，多么美丽的初夏呀！那一天是礼拜日，我的丈夫很早地起来，装扮了自己，又帮助我收拾了孩子，他要带我们到许久未去的公园去。

在园里，在那我曾伫立过的池边，你来了，带着愉快的微笑，走近了我们。你们仿佛预先约过，是不是，琳？他介绍了你后，便让你坐在椅上，自己跑了回去。

那时，琳，我正高兴着，我觉得我重新得到了爱，我的丈夫回到了我的身边，我想着怎样去欢乐我的小小的家庭，我的悒郁的心上开放了花朵。

但你沉默着，你只简单地说了你刚到这儿来，将来要打扰的话。

我抱着孩子，孩子用柔软的小手去摸那飘飞着的柳叶，我顺从着他的意思，来回地走着，追随着那摆动的柳枝。

我们愉快地笑着。

你像心里藏了一点什么，时时偷窥我们，又时时把眼光避开去，因为初识，虽然我觉察了你的态度，我只故意地装着并不知道什么。

好久，我的丈夫才回来，他有一点慌张，他说他特意跑出去买了××戏院的票，请你一块去听刚来C城的名角××的戏。

因为有你，我没问询什么，我厌恶听戏，我的丈夫是知道的，尤其孩子是不堪戏院的喧嚣的呀！

在戏院里，你仿佛活泼了一点，你曾两次站起来，和隔着很远的人打着招呼，我的丈夫暧昧地走了出去，又暧昧地走回来，一会，他抱走了孩子。

孩子在那边突然哭了起来，我仔细地注意了孩子的方向，他正被抱在一个年老的女人的手里，我的丈夫站在那女人面前说着什么。

你看到了我脸上的不豫，故意不知道似的侧转了头，我觉到一切你们之间的蹊跷，我猜想着那位老女人，我再仔细地瞧着。

我只能看到她的背影，而且来往的人，扰乱了我的视线，我只觉得那背影我很熟习，其实我并不认识她，但她很像一个我熟识的人儿。

这时我的丈夫回来了，台上正响着大声的锣鼓，你们交换了短暂的我没听明白的话，你便告辞了走去，我的丈夫陪我坐在那儿。

我问着他，他只含糊地回答我，一会，孩子睡了，我们便离开了那喧闹的地方。

那一天晚上，我的丈夫很晚地才回来，他送我们到家之后便匆忙地走开。我的愉快的心上又蒙上了暗影，我听见了一个不好的传说，那传说说是我的丈夫早已有了太太，和家人一块住在P城的家

289

中。我独自地忖度着白天的事情，我想一定是借你来 C 城的方便，他的家人随了来，叫你在我身边，以便他们看我的，后来你的话证明了我那天忖度得不差。琳，这回的事故都是以那天的事情为近因而爆发的，那个老女人是你的姑姑，我的丈夫的妈妈，她看中了我的儿子，也并不觉得我脸上有下贱相，她还没有孙子，所以愿意把我们收捡回去。

我的丈夫呢？他，他原不是怎样爱我的，琳，你别笑我，我这会才明白，才确切地知道了这件事情。他为了我们的小家庭在经济上也窘得够了，所以他愿意我回到他的家里去，他一方面可以和有权势的爸爸再和好，另一方面也可以得到再去骗一个女人的自由的。

琳，我呢？我叛逆了我的家，自以为是获得了新生，用着细嫩的小姐的手做起了一切粗事，耐心地看护孩子，摒去一切娱乐，在黯淡的灯底下寂寞地等候着丈夫。但我得到的是什么呢？我的爸爸骂我不肖，我的朋友说我胡闹，林家的人以为我不要脸。我的丈夫结过婚家里放着太太，他用他的爱情上的伎俩诱过来我，结果我得随他回去做姨太太，不那样，我就得受着蔑笑，受着责骂。我的丈夫说："细米白肉的就那么白养着你啊！"我说什么呢？女人就只有这样一个吃人家的细米白肉的地位，琳，我说不出来，夫妇的真义是什么呢？

琳，我的丈夫不愿轻易抛开我，也许是可怜我，也许是怕我反赖上他。但他又不肯听我的，我自然不会随他回去，结果就只有吵，这些天我受的剧烈的踢打都是为了这原因的。

我忙着，收拾好了屋子做饭，吃完了又是孩子，孩子睡了洗，一天直到晚，好容易有一点坐着的工夫了，他就吵。琳，我心里的苦我真不知道用怎样的话才能述说给你，我只有怨我自己，怨我自己的轻率，仔细想起来，自己也不该怨，我是人，我需要爱，我的要爱的途径只有这一条路的。

前几天，我心里还有一点光亮，那就是你，我在受尽了欺凌之后，一想到你，我的心便温暖了。我不止一次地重想着那一天，我们初吻的那一天,琳,多么甜蜜的日子呀! 记得吗? 琳,同样的雨呀!

你来了,那正是在我知道了我的丈夫已经有了太太的时候。那天,我哭了很久,到泪流干了的时候,便抱了孩子傻坐着,我的丈夫正回 P 城去,我知道没有人会光临到我的小屋子里来,便任兴奋的感情支配着,把屋子搅得一塌糊涂,仅仅扫出来床叫小民睡去。

但我听见了敲门的声音。

虽然想也许是你,但因为听说你那几天到另一个地方去了,我又不敢相信,琳,那时,我实在是盼着你的,只有你一个人没对我洒下了蔑笑,而给予了同情。

我稍稍地清理了自己,开开了门。

当我看见你时,一切的委屈都涌上心来,我是用着怎样的努力才压下去那升上来的泪水呀!

你进来,我羞涩于你看见那样的凌乱,我那时在你面前还端着架子,我竭力装着我是幸福的,我是被爱的妻子。但,那一天,一切都揭开了,在你面前,我已不想再掩饰,我想我们之间的一切,你是比我还明白的。

你站着,瞧着屋里的情况,轻轻地叹了。

"民哥今天回来吗?"站了一会,你硬找出来这样一句话问着。

我摇着我的头。

"已经这样了,珍重自己一点吧!"

好一会,你坐下,脸看着地,像对我又像对自己说。

多么温存的话呀! 那久违了的温存的语调翻起了我竭力地忍住的所有悲痛,我把头藏在挂着的衣衫里,印去抑压不住的眼泪。你走过来。

琳,那时我的心是怎样的跳动着啊! 我怕又希望,我预感到你会来安慰我的。

你揭开我遮在脸上的衣衫。

"芬!"你第一次叫着我的名字,"不哭了,瞧我,瞧!"你做了一

鱼

个可笑的鬼脸,同时拉起来我的双手。

你的紧握的双手拂去了我心中所有的悲痛,你直视着我,一点都不动的,那眼中是燃烧着怎样的爱情啊!

那爱暖了我的心,我觉得我心中有一点什么生出来了,那是两次欲投无处的一点爱之芽。躲过你的逼视,我的心开始慌乱着,许多受过的责难和蔑笑踢打着我的神经,想到我的丈夫,心无缘由地痉挛起来。我忍不住地投到你的怀中,尽情地哭了出来。琳,那是我有生以来的最痛快的哭泣,难得的哭泣呀!

你扶起来我的头,温存地吻了我含泪的眼。

琳,就只那一吻,我已经该感激你了,那样温存的,它说给我一切爱情的甜蜜,它启示了我人与人间的温暖的关系,你记得在你的双唇下我是为感激支使得怎样战栗么?

那以后不久,我的丈夫便在我面前揭明了以往一直隐瞒着的一切。他说,他是结过婚,但那并非是他的本意,他说他的父亲是那样的震怒,为了我们的不名誉的结合。他说他后悔于自己的轻率,他应该在没和我发生关系以前遣走他的妻子。但现在晚了,一切都过去了。唯一的方法只有我归到他的家去,用我们的小孩来赎买我们的自作的孽,他的父亲是急于一见孙子的,他的那个妻子没有生育过,他们随便就可以处置了她。总归一句,他不能在外面受苦挨骂,他不能背叛他的父亲。

琳,他的话夺去了我全部的幻想和希望,以往,对他的放荡,我以着女性最大的忍耐原谅着他,我只想他是一时气愤,我并不疑惑我们之间的爱情。但他推开了我心上的窗子,叫我看清楚了外面究竟是怎样一个世界,那窗子外面的阴云,虽然我很早地就知道它是快压到了我,但我骗着我自己,我想那阴云后面就是晴朗的天,只要一阵风来,那阴云就会被吹走的。多么懦怯的我呀!

在他还没说明一切之前,在我们的爱情间,我苦恼着,一面我不能拒绝你所给予的慰藉,一面又谴责着对丈夫的不忠,所以时常在你来的时候,我怔忡着,我不敢接受你的抚慰,以至惹怒了你。

但是，琳，现在我明白了，我试着站到窗前去，我明白一切阻力都是可以抵抗的，我知道了我的丈夫给予我的是什么，我也知道了你的。我想以往我是太珍贵我自己了，在你的爱中，你只是一个富人，并没在意地扔出了你手中的面包，结果饿得要死的我拾得了，便自以为是无比的恩惠，你，琳，你并没有爱我，你只是随手地抛出了你一点闲适的感情而已，我这样说，你生气吗？

　　我说了许多话，你不讨厌我吗？我知道说出这些来是多么没用，但我说了，我想你是比较知道我一点的，我想解放我一点，我为我自己的自尊束缚得够了。我多傻呀！为什么我要在人前装着我丈夫是爱我的，为什么我要隐瞒着我们是没结婚就有了小孩子的事，为什么我夸耀着事实上早已和我没关系的我的家，为什么我逢人杜撰着理由证明我的丈夫是没结过婚的，我为什么一定要顺从着人们的意思而委屈着自己呢，我为什么要一般人承认我是和他们一样的人呢？

　　我做的事情并没有错，我需要爱，结果爱了。我要创造我自己的家，那我自然应该走出我爸爸的家，我并没有侵害谁，我并没有给谁不便，我做的，都是只有一条路可走的。我还要我自己，我就只好走这一条路，我为什么要一定依照别人的意思呢？

　　如果我的家不是那样逼我，我也许不会那么轻率地爱上了林省民；如果林省民不是那么欺凌着我，我也无由接受你的抚慰。但我的家是对的，林省民是对的，你呢，你也是对的。不好都是我。那我担起来这不好有什么关系，我为什么斤斤于这些不必要的计较呢？说对就真的对了吗？

　　我不能随林省民回去做姨太太，我就只好离开他，他不能背叛他的爸爸，我却有背叛他爸爸的自由的。真正的快乐不是依赖别人所能获得的。我不能忍耐目前的生活，那就只好自己去打开另一条生活的路子。你不认为对吗，琳？

　　琳，今晚，你原谅我，我不否认我是一个多么渴于爱情的女人，我知道你对我的爱，我理解你几次为人蓑笑后生出来的对我关系中止的意念。你原是随意掷出你的面包来的，既然有人说扔得不对，你犯不上为这一点事情惹起公愤，不扔对你也无所谓损失。但人究竟还有感情，感情不是那么说揪就两断的东西，这也就是你今晚所以来了，也就是我迟疑着不能从林省民的怀中离去的原因。

我明白你，我知道我自己，但我不能放你走出去，我知道在暴风雨里一人独坐是什么滋味，我要那温煦的慰藉，我要一个存放我的丰盛的感情的地方。我知道我要的不是你，但我，琳，我身边只有你接近了我，我，琳，你原谅我吗，你生我气吗？你……

原载于《中国文艺》，1941 年第 4 卷第 5 期

选自《伪满时期文学资料整理与研究 作品卷 梅娘作品集》，

北方文艺出版社 2017 年

蟹

捕蟹的故事

捕蟹的人在船上挂着灯,蟹自己便奔着灯光来了,于是,蟹落在已经摆好了的网里。

一

"山里的天,黑得可快呢,刚落下日头去,就黑得看不见东西了。一黑就睡觉,躺到被里,若赶上月亮的天,可以从矮的窗户里望见对面的青色的山脊。这时候,有人踏着山间的小茅道'拍哒''拍哒'地过来了。你准得以为是人吧!这可看不得,是大黑熊。听着,听着,那沉重的脚步声直奔地里去了。爷爷就拿好了火枪,蹑脚从后门绕出去。

"'叭'的一穗苞米劈下来,接着又一声。得了,这回这几垄开出缨的苞米又全完了。"

老祖母停了停,在硬木的炕边上,梆梆地磕着烟袋。

"怎么就完了呢?"七岁的福子不解地望着奶奶的嘴。

"那还不完,熊瞎子又笨又贪,有多少都劈下来挟在胳臂底下。挟一穗掉一穗,末了带了一穗去。"

"那为什么不打它?"这回是比福子大一点的兰说了。

"打,山里的东西还打得了?有的是,都是吓吓,伤不着人就算了。再说,打一条熊费老大的劲,打了也没用,熊从上到底没一点地方值钱。熊掌得碰着行家,不然也是白扯的。"

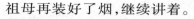

祖母再装好了烟,继续讲着。

"是兽都怕火,山里的人走路都带着火镰,遇见狼什么的,就就地笼荒火。那回,是谁来的呢?"祖母含着烟杆沉吟着。

"噢!是了,是二伯,念夜书回来,按说学房离家倒不远,可是路上遇见狼了,火镰短了,又加上头一次害怕,把大褂前襟烧了。一家人心痛得没法。"

老祖母摸着自己的黑缎子袍,尚不胜可惜地说。

"什么好东西,破大褂烧了还心痛,谁稀罕穿那玩意。"

小小的兰撇着小嘴,轻蔑地说。

"什么好东西,唉,傻孩子,做件衣裳那么容易的。没钱不能做,有了钱还不定哪一天能买着布。那时候哪像现在,出门就是铺子,都得去赶集,为赶集去早了把耳朵冻下来的都有。唉!"祖母叹息着,"傻孩子,你们做梦也不知道那份苦,做件衣裳哪是那么容易的,谁不是短撅撅的小袄呢!"

"大伯呢?"兰问,眣着自己的眼睛。

"大伯也是。"

"三叔呢?"福子问,用手摸着祖母的膝盖。

"三叔也是。"祖母瘪起嘴来笑了。

"是么?"

两个孩子纵声地大笑起来。

"就我爸一人不是。"福子骄傲地扬起了好看的小头,眼睛放着凌人的光亮。

"就我爸一人不是。"福子重复地说,挑战似的望着兰的脸。

"你爸好,你也好,你们都好还不行?咱们不好,咱们自己带着。"兰急了。

"兰!你想想大伯能是什么样?穿着跟老王一样的衣裳。"祖母笑望着兰的脸,岔开兰的愤怒。

"什么样,奶奶学一个看。"兰拉着祖母的手。

"奶奶不会,兰学。"祖母温和的。

"我会。"福子抢着插上嘴来。

"你会,你会拉屎。"兰挤动着自己的鼻子。

"你才会拉屎呢! 你会拉,你妈也会拉,你们都长得白,拉的屎也细,捡大粪的跟你们相好。"

福子说着,自己觉得自己的话说得俏皮,高兴地笑了起来。

"奶奶,你听他骂人! 你长得黑,你拉的屎粗,臭死了。"

兰啧啧地往地上啐着吐沫,啐完了用脚踏,嘴里说:"踏,踏,踏死黑头,踏死臭黑头!"

"黑头就得死? 知道你爸爸美起来了,你们都白,你们活着吧! 得了,你有理,别说了。"

一直闷着的长生说了,用恶狠狠的眼睛瞪着兰。

瞧着气得快哭了的兰,祖母拉起了兰的小手说:"兰好乖,兰会学大伯穿短棉袄的样。"

"跟老王劈木头时那样吗?"兰因为受夸奖消去了气,用手折着自己的缎子袍,"就这样,上边棉袄到屁股,底下是个大裤裆。"

奶奶笑着点着头。

想起来穿着皮袍的大伯原来穿着小棉袄的样子,几个娇养的孩子都放声地大笑起来。小小的刚会走路的奶奶的重孙子勤,莫名其妙地看着大家的脸,也随着大笑着。

"奶奶! 再讲,再讲。"福子说着,扯着奶奶的袖子。

"你大姑给人家了。"

"哪个大姑?"长生问了。

"你没看见过,死了。"

"你爷爷下山到镇里去给买嫁妆,买回一面镜子来。这可成宝贝了。 全村里也没面镜子,你也来照,我也来照,叽叽咕咕的又挤眼又窃笑,看着也挺热闹。

"这天,正日子啦,男家的车也来了,你大姑照着镜子擦粉。照着,怎么后头又多了个脸? 一回头,对面山上站着个大白脸熊,正仿佛不解地望着镜中的自己的影子。大姑一句妈没叫出来,立刻摘

297

下来窗棂上的镜子,差点摔个跟头。这一嚷嚷,屋外的人有的也看见了,大家就拿着火枪出去打。"

"不是说不打吗？还打？"调皮的兰又插着嘴。

"白脸熊狠,山里人就怕它,它捉着人就没好,全身舐得血淋淋的一点皮也不剩。可是不常见,偶尔碰着了,大伙不能轻易地放它过去。"

"那一打熊,还娶不娶媳妇啦！"福子又说,用小舌头舐着嘴唇。

"什么玩意呢,就知道媳妇,明儿给你娶八十个,怕你养活不起呢。"兰说着,讨厌地眈着左边的眼睛。

"管得着吗？爱说,爱说。"福子被羞得急了,举起自己的小拳头来。

"就会打架,就这点本事,谁再说一句我就叫他脑袋起包。"长生摇着自以为是很粗壮的拳头,向着两个弟弟妹妹。

两人都不作声,兰咬着自己的小指头,不甘地眨巴着眼睛。

"别打架,听着讲,热闹的事情在后头呢。"祖母抽出嘴里的烟袋,吐了浓浓的一口烟。

"跑毛子了,山上也去了不少,黄头发,蓝眼珠子,个子比门框还高,见人就拿手往嘴里倒东西似的比画,要酒。先大家还都害怕,一来二去的也都看得有点顺眼了,胆大的就提着一瓶子酒给送去,送酒就给钱。喝得老毛子张着大嘴笑。有一天,你二姨夫的爸爸从镇店里打了一瓶豆油回来,走半道上遇着毛子了,不容分说抢过瓶子去就往嘴里倒。一倒,是油,老毛子急眼了,回手就给了个嘴巴子。嘿,那手,小簸箕似的,打得满脸发紫。你二姨夫的爸爸也不知怎么样好,吓得满头汗,后来幸亏旁边的老毛子给劝开了。两人也不知叽里呱啦的翻了些什么。喝油的老毛子气愤愤的给扔下了一张票,就走了。吓得你二姨夫的爸爸也没敢捡,就这样回家还吓得病了半个月,这事叫你爸爸听见了。"

"谁爸爸？"兰问。

"长生爸爸。"

"我爸爸怎么不会听见呢？"

"你爸爸还小，就像福子那么大。长生爸爸那年十二了。跑毛子一乱，学房老先生也不教了。正在家里闲着，听着这事就偷着装了一瓶子油一瓶子酒出去在大道上蹲着，看见老毛子来了自己就迎了上去。毛子一看见瓶子就伸手要，长生爸爸就把油瓶子打开叫他闻，又叫他看油的颜色，完了才给他酒，也叫他闻也叫他看，又随手揪把草叶滴上点油做出来炒菜的样子。这么一比画把老毛子比画明白了，也把老毛子比画乐了，拿过酒瓶子来咕嘟咕嘟地灌了一气，给了长生爸爸四五张票，还给了些个酸不酸甜不甜的糖。

"这回，可把家人吓坏了，你爷爷跟大伯就满山里找，一下子在大道上看见了，瞧见老毛子正比比画画地教给长生爸爸翻洋话，你爷爷叩头作揖的给领回来了。回家一说他，他反倒说：'怕的什么，都是一鼻子两个眼睛的人，你不惹他，他也不会平白地就揪脑袋。'唉，倒是他是有出息的，人从小心里就有理路。"祖母说着眼睛就湿了，想到那死了的儿子，老人的心上遮上来无限的思念。祖母把衰老的眼睛再看向一直在窗前无言仁立着的铃儿身上去。铃并没觉到祖母的注视，依然在凝眸地对着窗外逐渐为夜暗罩上了的暮色，一只手无意地在摆弄着窗帷。

"唉，大的又是个姑娘，婆家也没定，这两个小的能挡得什么？"

长生和福子正并坐在祖母的炕边上，长生坦然地望着祖母的脸，脸上有的是十四岁的少爷所有的娇懒的情意。福子憨然地扯着祖母的袖子。

"奶奶，说呀！爸后来怎的了？"

"后来吗？"祖母用着大的白布手帕擦着湿润的眼角，"后来你爸就一心跟鬼子学洋话，学得叽里哇啦的满处翻。那么一来，屯子人可就享福了。你有事也找孙家二先生，我有事也找，把你爸爸捧得就跟圣人似的。过了些日子，毛子要走了，头说是要上长春开银行，叫你爸爸跟去，你爸跟你爷爷一商量，爷爷山里的日子也过够了，也有心上长春活动活动去，就把家搬了去。搬去后，你爸给银

299

行里当伙计。慢慢地混熟了后，又把你大伯找去给跑街买东西。两人挣钱。你爷爷也出去做工。年下，爷三个同心合力地典进来了一所房子。

"搬到新房子里，月间省下来房钱，二伯就说把三弟送去上学吧！就当咱们是还租房住一样。二伯自己没能念书，就怕自己的弟弟还念不上书，老说就是少穿件衣裳也非供三弟上学不可。"

"你爸爸呀！"祖母拍了拍兰的头说，"真是辜负了你二伯的心了，从上学那天就不爱念，一直这么大还没脱了老脾气，除了吃就是乐。唉，要是个知事的，你二伯一死，这个家还不早接过来了？能闹到这样吗？你二娘一个女人家，什么也不挡的。大伯算完了，从小就是这套，见娘们没命，他算完了。

"唉，先年，你二伯挣钱就往家拿，你大伯就爱胡花。到底有二伯伯看着，没出了大错，两人挣的钱合起来一年也不少呢。这么的，第三年上兑了一个当铺。兑了当铺后，爷爷死了，二伯就叫大伯家里管账。你二伯还住银行。这样一来二去的谁也赶不上二伯的俄国话好，一年比一年升，钱可就挣下了。奶奶冬天也穿上狐狸皮袍了。唉！年头差了，人又死了，这个家……"

祖母重新叹息着，摸索着自己的大白手帕。

站在窗前的铃突然低声说：

"三叔回来了。"

兰啪地甩开了门出去。

兰随着穿着皮大衣的父母亲的身后再进来。

三叔擦着自己的眼镜，脸上不知道是因为春风吹的还是生气，森然地露着紫色。

三婶拉起长皮袍的底边，扑地坐在椅子上。

"呀！妈！您不知道，可要把我吓死了。刚出澡堂子门，兰爸就说后头有人，我还说他瞎扯呢，走着，走着，可不吗，黑乎乎的后头真有人瞟着。一前一后，老离我们这么一丈来远，也瞟不清穿的什么衣服。那大个子，唉，妈！"

三婶尚不胜惊悸似的颤动着嘴唇说着，用手抚摩着自己的胸口。

谁都没说什么，老太太张了张嘴，像是把涌到嘴边的话又咽了回去。孩子们仿佛也嗅到了严重的空气的涩味，默默地瞪大了眼睛。

春风挟着暮冬的冷气从窗隙中吹进来，坐在窗边的三婶激灵灵地打了个冷战。

三叔站起来，扯开面街的一只窗帷，由半敞着的大门探视着外面。

夜落下来，黑暗弥漫了屋子。

探看房外面的三叔不时地左右地挪动着身子，但没说什么。

三婶也凑到身边去，轻声地问着："走啦没有？"

夜色逐渐地加重，屋子里暗得看不见自己的手指。突然在近门的处所，响起了军用的小汽车开动时的响声。

屋子里的人都突然一惊，骚动了一下，又静默下来。恐怖由这一个角落爬向那一个，瞬时便抓住了整个屋中活动着的神经。勤突然委屈地大声哭了出来。祖母忙着搂过来勤，拍哄着用自己的大白手帕捂着孩子的嘴。

响亮的哭声断续地由手帕底下泄出来。

谁向祖母的屋中走来。

三叔皱着眉，扯开了电灯。

孩子们舒出口气来的长吁着，福子扯住祖母的手，要说什么，看见了三叔的严峻的眼睛，又用力地把话咽了回去。

门开了，大少奶奶秀的纤细的身子闪了进来。

"回来啦，您！"秀向着地下的三叔和三婶招呼着，三叔冷冷地点了点头。

秀走到祖母身前去："又闹什么，勤，不好好跟奶奶玩。"从祖母怀里抱过来勤，"走，睡觉去吧！"这样又推开门出去。

福子也从炕上跳下来。

301

三叔张了嘴。福子忙着又靠着炕沿站直了身子。

"老提早头的话,您真是越老越糊涂,这年头什么人当道,就得说什么人的话。俄国人好也没把您请去当老太太。若不叫我二哥跟俄国人有那样的关系,咱家能闹得这么鸡犬不宁的么!这时候俄国人是共产党,见人就杀脑袋。要不怕惹祸,就讲,出了事可别找我。要不叫您那成家立业的好儿子,我能出去洗回澡还叫人瞟着吗?这是我沾我好哥哥的光了,幸亏死了,不死我还得蹲监狱去也不一定呢。我不认得什么高鼻子蓝眼睛的菩萨。发财,运气,有财命。别人怎没发呢?"

三叔倚着窗,脸色凛然地向着祖母说。兰滚动着眼睛,瞧着爸爸又瞧着奶奶。

祖母受了委屈的瘪起了嘴,在这性情不好的老儿子和嘴上刻薄的媳妇眼前,她知道什么也不能说,饶不说这排揎还是没完没了。祖母默默地摸起自己的烟袋,用着颤抖的手去拿烟荷包。

铃往炕边走着,手里拿着盒火柴。

"铃!"三叔叫了。铃抬起脸来。

"看看你的书,沾一点俄国边中国边的都不要,拿厨房叫厨子给烧了。福子也去,告诉你妈,把你爸爸那些好朋友的什么相片和俄国信都给烧了。你爸活着也这些年没沾俄国事了,死了更没保存的必要了,你就说我三叔说的,明儿要从家里翻出来的时候,那可不得了,知道不?"

福子得了大赦似的点着头,忽忽地推开门出去。

铃放下手中的火柴盒,预备跟着福子出去。

"铃!"

祖母颤巍巍地叫着。

铃站着望着祖母的布满了皱纹的脸。

祖母顿了顿,望了望地上的三叔:

"等一会过来给我看看眼睛,眼睛磨得难受,把你那洋眼药拿来。"

"啊!"铃答应着,轻轻地推开了祖母屋中的厚且重的门出去,长生随在铃身后。

屋中,仿佛是三婶,在他们姊弟的身后投了轻轻的一啐。

二

从祖母屋中出来,铃走过了黑暗的矮树丛,到自己的屋里去。

到门口,她停住了,望着在黑暗中轻摆着的自己屋中的纱窗帷。她放掉了已经握在门钮上的手,过去关上了那开着的小窗,再从短树丛穿过,走到院正中去。

院中黑暗地通着各个屋门的弯曲的石甬路在夜暗中蜿蜒着,闪着冷漠的白色的光亮,铃踏着它,下意识地走向了大门。待发觉了门已经关好而且上了锁的时候,她失望地站住了脚。

她站着,把身子贴紧了大门。外面,如院里一样的静寂,间或一辆马车迂缓地走过去,车夫用着沉重的声音吆喝着马匹,马的铁掌打在水门汀的地上,响起了有节奏的声音。有时,一个路人匆匆地通过,可以想见他正是怎样在急于赶回他的家。鞋,急促地敲过地面,瞬间便消失在遥远的街口。

铃觉得心上的那个东西落下来了,她旋转了身子,沿着石甬路走回来。

伫立在院中的柳树前,抚摩着那绽开了枯皮的树干,一个希望在她心中滋生出来,但瞬间便消沉下去。她摸索着,沿着那株据说在庭前生了三十年的树干,想找到一茎嫩芽。这一点小小的想头使她焦灼着,她不管枯皮在她灼热的手掌下发着沙哑的响声。她摸遍了它。从向阳的地方转向底下,从齐着脚踝的地方一直到手可能达到的高度,终于她找到了,在齐她肩的高度的地方,她摸到了一个浑圆苗实的小叶包。她用快乐的心情握紧了它,突然,她想起了什么,她用劲地捏紧了指间的这一点小生命,压扁它,从枝上挖下来而且捏碎了。向着眼前的夜暗,她把手中的一点东西掷出去。

在夜暗中她寻找着那抛出去的东西,她幻想着那可怜的小东西怎样在空中划了弧线，又怎样无声地落在地下。

也许它钻到土里，再成为一枝嫩芽吗？

傻东西，被毁灭了的是不会重生的，你能被掐断了嗓子之后还站起来走路吗？

仿佛做错了什么，又仿佛向谁报复了，铃用抚在树干上的手捉着自己飘忽的头发，她想把那柔软的头发掀起来缠在枝上，做一个吊死鬼去吧！这难耐的活囚的生活。

头发虽然长，但终不及能够缠到枝上的长度，铃放下手，双手放在棉袍的口袋里，索然地扬起了头。

一颗星在天边出现了，亮得一眨一眨的。

风吹过来，冷透过了薄薄的棉袍，铃轻轻地打着冷颤。于是她开始蹀着，绕着那个爸爸发迹后特意建造了的住宅，从连脊的九间正房的前面绕到后面，再绕着东西的配房，走着大圈子。

走近了西侧的月亮门，她突然想起了小翠，那温柔的可爱的朋友，现在做着什么呢？去看一看她吗？

小翠是她家的功臣之一的王福的女儿，王福是爸爸发迹了之后特地从故乡里叫出来的远房的亲戚，这伶俐的乡人在做着爸爸的长随的日子里，在孙家二爷显赫的当年，曾替孙家尽了忠，尽了不少的力。但也因为生活在阔老之间，把乡间一点的质朴的本性完全消磨尽了，习得的只是吃喝和享乐。又因为是仆人，缺少再享乐的第一要件的钱，就拿着伶俐的本质做着谄媚和欺骗的事情。从孙二爷辞官到事变后二年中的孙家家道中落，王福也遭到了同样的厄运。一来年纪老了缺少活动的精力，第二也因为时代不同了，从前的显官都逃走死亡，失去了活动的门路。因此待在家里，喝酒和骂老婆算作正事，逢人便讲说从前那年头，把美丽的女儿看作一棵摇钱树，幻想着一天女儿能嫁给一个有钱的人，借了女儿的光来享点晚年的福。

但女儿并不那样想，女儿只想活得安分，活得别出什么坏事，安安本本地嫁个人，能养活自己就好。女儿明白穷人到富人家是找不出好来的。

　　因为父亲和孙家的关系，因为住在孙家的跨院，翠有了熟识这庞大的家族中的人们的机会。孙家的人们也都不讨厌她，太太爱她的一手好针线，孩子们爱她的温柔的性格。但翠与她们之间的关系并不亲密，太太只在要给那个小少爷做一件红肚兜或者想送给那位牌友一对家做的绣花枕头时才想起了她，孩子们也只是在受了责打后才跑到翠那儿去听她的清丽的安慰的声音。

　　铃和翠的关系却与众不同，一来年龄相仿，再也因为铃没有架子，使翠觉得能够亲近。铃在家本是孤寂的，除了年老的祖母的爱抚外，她在这奢侈的家里得不到一点什么，继母总是看她如外人，深恐她泄露了自己的什么。叔叔、婶婶、伯伯，只是吃饭时打一声招呼而已。因此十七岁的铃的心里永远是郁郁的，于是，拼命地读着书，在日记上记着悲哀的句子，把眼泪印在枕头上。可是从翠那儿，她可以得到一点温馨的友情。清贫的生活使得十八岁的翠懂得许多铃不懂的人世的风浪。翠用姐姐的温柔安慰了铃。虽然铃以为是的地方翠听了仿佛是笑话，但铃很眷恋这温柔的女伴。

　　跨过了月亮门，铃轻轻地走向了翠的房前。翠正呆呆地望着灯，眼里转着晶莹的泪，外屋，醉了的王福正在唠叨着，一边从一堆花生的细皮中寻找着花生米。翠的懦弱的母亲倚着墙坐着，唯一的弟弟默默地整理着破旧的书包。

　　铃知道又是王福喝醉了拿一家人泄愤。可怜的老实的翠的母亲许又挨了无辜的踢打。想到了美丽的翠的黑暗的将来，铃有点恨自己刚才的无聊了。有书读，有饭吃，还不想多努力上进，瞎感伤什么呢？

　　铃不想惊动翠，又悄悄地走回来。

　　院子里静得怕人，往常喧嚣的三婶的屋中今日过早地关了灯。祖母的屋中也黑了。继母的屋中透出来黯淡的光亮，窗帷上映着大的黑影，仿佛继母正在翻动什么。

　　铃想起来三叔刚才说过的话，院中的稀有的静寂助长了她的恐

蟹

怖,她想起一切以前脑子所存有的情景,她的心狂跳着,像真的墙外有了停放小型军用车的声音。

仆人们也都安静的,平日的谩骂一声也听不到。风折着枯枝嚓嚓地响,天阴了,星隐藏着,黑暗窒闷地垂下来。

一只飞鸟不安地从头上的高空掠过。铃听到了今年的第一声雁唳。

重走到那株柳树前,铃紧紧地用两臂抱住了粗糙的树干。

辽远的地方有朦胧的人声,一只狗狂吠起来了。接着谁家的孩子,委屈地哭着。

铃的脑中无边际地摇晃着一些恐怖的画面,心不能制止地跳动了。

她想起来自己的书。

三叔吩咐烧了,自己也曾听说过因为存留着某种书籍而出事的故事,这故事从幻想中带来真的血泪走出来。故事的情景加上三婶的描绘,使得铃的心怎样也不能从恐怖的网中跳出来。她开始在记忆里搜索着。得烧的正是自己所爱的。另外,有红色书皮或者有着党国字样的也不许,邻家的王瑛把毕业证书上的总理像都剪下去了。

铃惴惴地回到自己房里,站在书架前翻动着书籍。

一本又一本从书架上丢落在地板上,铃的心里凄楚一点一点地代替了恐怖,仿佛被迫舍弃了爱人时一样的凄楚。铃记起了许多寂寞的黄昏:雨打着玻璃,婶娘的房里正笑得热闹,铃躺在祖母的大硬木椅子上,翻着手中的书,不意地抬起头来的时候,雨不知什么时候停了,有时候看见青的月亮。祖母坐在炕里抹着眼泪,絮叨着死去的爸爸。

书在地板上堆积着,架里逐渐空起来。望着空了的书架,铃的心上突然袭来愤恨。这半年三叔的日益专横,使得原对三叔没有好感的铃更加恼恨。她看不起他,那个原来只知道看着爸爸笑脸要点钱的嫖妓的公子,在爸爸不在的时候向下人们发威风的老爷。他懂什么呢？他懂得吃，懂得乐，连吃、乐都懂得不到家。但如今统治了爸爸遗下的这个庞大的家族，他称王了。懦弱的祖母，直性的大伯，小气的继母，那个仿佛跟家里断了线的大伯的儿子祥哥。

不烧！为什么烧呢？出事的时候反正得找三叔，不管也脱不了。自己拼了，去尝尝狱中的生活也好，反正学校上课是敷衍，家里乱得一团糟。这样想了，铃真的又把书捡起来摆在书架上。又想了想，把书再拿起来乱掷到床下去。她想起那位嘴上刻薄的三婶，想起来那个和她母亲一模一样机灵的兰妹。

把架上的书略微地整理了，铃倦极了地躺在床上，脑中许多事情涌上来，许多事情被压下去。她想着自己的未来，她想着爱情，许多事情都离开自己很远，她觉得自己宛如坐在纱帐中，书教得她过于敏感了，敏感得甚至觉得一切对她都含有敌意。前途，她曾为自己计划了怎样在高中出来，怎样去投入北平的大学，怎样再从北平到外国去，怎样将来做一个不凡的女人，她是计划学工程的，电气也好。女技师，为国为民，中国不正缺乏这样的人才吗？

但事变粉碎了她的梦，如今连写封信到北平去都得两个月才能邮到，到北平去上学，更是梦想，要学也得尽着这个圈子，但女人学什么呢！第一点钟古文，第二点钟烹饪，第三点钟裁缝。

爱情呢，许多崇高的青年向古城堡中的美女献花的情节，在她脑中作祟，她幻想有一天能够接到一个理想青年的花束。但那也得要离开家，家里是只许大伯包人家，三叔嫖妓，而不许女孩子讲恋爱的。

一切计划中的道路都被堵塞了的时候，铃觉得被扼住了咽喉似的窒闷。她变得很沉默很少说话。除了祖母的屋子外，她谁的屋子也不去，放学回来便闷在自己的小屋子里。疼爱孙女的祖母只以为是想爸爸了，继母不给零钱花了等等的琐事，于是偷着给钱，偷着安慰。这慰藉有时使铃流泪，有时使她觉得桎梏，她想死，又想逃，她想着许多女英雄怎样脱开家的故事。

朦胧地又响起了汽车的吼声，躺着的铃再把精神聚集到听觉上

307

去。她走下地来，轻轻地推开了一扇小窗。

院中有人走路，向来迟归的祥回来了，他摇摇晃晃地走着，仿佛喝醉了酒，年老的更夫在他身后呛咳着，手里提着一只古旧的马灯。

祥进了上房西侧的自己的屋子后，更夫迟缓地旋回身来，他的臃肿的皮外套在地上的马灯的光圈里奇异地移动着，仿佛许多黑蝙蝠飞起又停住，互相扭结着黑色的羽翼。

铃目送着衰老的更夫，遽然幻想到他正走向坟墓。心蓦地凉下来，铃迅速地拉上了手中的窗子。

大门琅琅地响起了铁锁声。一会一切又沉寂下去。铃倚着墙，下意识地望着疏落的书架。一会，她蹲下了，把床底的书掏出来，一本一本地仔细地撕去了封面、插画和出版地，再掷回床下。

拂去了身上的灰尘，把撕下来的书皮包在一起。铃拉灭了灯，钻到被里去。

三

十一点，孙府上开了早饭。

因为昨夜的辗转，铃今日起得晚了，直到祖母打发张妈去唤她的时候，她才起来，匆忙地梳洗过了，便跑到饭厅里来。

她想起来了，今天正是死去的大伯母的祭日，昨天祖母说过上供的事。她们家有一个这样的习惯，每逢有一点事情的日子，家人便都聚拢来一块吃饭。那一天的菜特别好。

爸爸在世的时候，大家趋奉着爸爸，这一天都争向爸爸敬酒。饭厅里一直是嬉笑不断的。大家之间的感情也都仿佛因为爸爸而彼此之间也亲密了。

爸爸一死，大家失了轴心，情感一天一天地疏远，欢乐的相聚的日子也觉得无味了，虽然菜并不减当年，但大家都不愉快，只为了以往是这样，现在不做不好似的才来吃饭。

慢慢地便都不来了，先是三叔，跟着三婶，跟着大伯、祥，最后秀也不来了。到祭日的时候,是二伯的祭日,继母便带了铃和自己的孩子随了祖母后边上了供。到大伯母,大伯带着祥和秀随着祖母上供。供后吃饭,祖母一看到身边空起来的座位便流泪。不知是记起了逝去的人,还是感伤眼前的冷落。这样,要吃饭的人也闹得无心绪,勉强劝慰了祖母,便各自走回屋里去。

今日,多么难得的齐全啊!铃隔窗望着,祖母,祖母身边的大伯和三叔,下边的祥、长生、福子。这边的桌上,继母、三婶、秀嫂、兰,还有继母和秀嫂之间空着的自己的座位。

大伯母的像在饭厅北头的小桌上摆着,供已经摆好了,炉里燃着檀香。檀香的香气随着烟氤氲地弥漫了整个的饭厅,那强烈的香气从窗的隙缝中挤流到院里来。

怎会都来了呢?铃的心转着,仔细地看了看三叔的脸。

三叔的脸并没有什么异样,只是严峻得怕人,铃想起三叔昨晚说过的话,心有点不安了。

她跑到厨房里去,把昨夜扯下的书皮交给打杂的,才慢慢地走到饭厅里来。

大家都不说话,只有祖母多皱的脸上带着微笑,可别出什么事吧! 望着祖母的笑脸,铃自己在心里这样祈求了。

铃记得祖母很久没有这样高兴了。

铃过去,在大伯母的相片前行过礼后,折回来坐到自己座位上。

"开饭吗?"年老的厨子老王进来,望着祖母这样说。

祖母环顾着身边的儿孙,这罕见的情景又惹出来老太太的眼泪,祖母故意笑着,用手帕去印眼角,向老王点点头。

老王算起来是比铃在孙家的年月还长的,在铃未生的前两年,他已经来了。生铃的时候,家里请满月,老王卖力气,一个人做菜成席,赢得了客人特别的称赞,于是老王在孙家打下了永住的根基。

二爷在世,客人多,赏钱厚,好心的二爷为老王积存起来,积到相当的数目的时候,替老王娶了亲。

耿直的老王感激得肝脑涂地，发了誓后半生对孙家服役。他一切都像自己的事情，常常在买菜的时候，因为一个小钱的争执，和卖菜的闹翻了。

这样，他的同伴怨恨着他，厨房本是最有油水的地方，有老王，你休想从中挖出一个铜子去。米、面，老王也锁起来，把钥匙带在自己的腰带上。

"老王，老太太认你干儿子了吧?"仆人们打趣着老王。

"没认也差不多，哪个少爷小姐不叫我声王大爷。那个，铃小姐生下的时候，我给做满月。那客人，嘿，黑压压的，忙得我一天没抬起头来。完了，二爷发赏钱，特别地把我叫到上房去，手里抱着铃小姐，说:'都是为你这小东西，把王大爷累了一天，明儿长大了，可别忘了王大爷的好处哇。'唉，二爷那才真是好人，说话也——"老王又兴高采烈地讲起了当年。

"二爷那么一说，你就算老太太的干儿子啦，怪不得你这么省呢! 将来老太太把干字一去，你干脆排作四爷得了。"仆人们挤着眼，大家应和着。

老王才明白他们又是在打趣自己了，嘟囔着走出门去。

"谁理你们呢，没良心的东西，将来不得好报。"

"你得好报，明儿你家的一块生五个儿子，五子登科。"一个仆人从后头追出来说。

老王真急了，转过身来站着。

"怎么的，挑火的来，咱们干!"

看见了老王一急，追出来的人两步跑回去，到屋里，大家拆了房似的哄笑起来。

老王一人站着，没声息了的时候，便气昂昂地走到菜市去。

那一天，他在菜市上没好气，说不定就打了人。打得人跟到家里来的时候，大伯说服了给打发回去，说老王:

"老王你把你那倔脾气收收吧! 总惹事。"说的大伯并不严厉，听的老王也不生气，下次，有事大伯还这样说，老王还改不了老脾气。老王,在实质上是一如孙家的人的。孙家的人也都喜欢他,相信他。只有三婶不愿意要他,因为老王惯常拒绝她正饭以外的零吃。

老王端进菜来,把菜摆到桌上后,去给大伯母的遗像行了礼。

大家开始吃饭。

铃从饭碗底下看了看三叔的脸,三叔的脸难看得很。

老王端进一条长鱼来。

蓦地,三叔站起来,把鱼连盘子掀到老王身上去,跟着骂起来:"老王你找死,我跟你说什么来,谁叫你买鱼,东西这么贵,家里没进项,你当是二爷活着呢。混蛋,二爷活着也不行了,这不是那年头,不是二爷当参议的年头了。你想把我们吃光你看笑话,你诚心愿意让我们一家人挨饿,你痛快给我滚蛋,要不是看你住这些年了,我非打你个满脸花不可。卷行李去,一会上房算账。"

大家都怔了,老王气昂昂地用抹布擦着身上的油渍,盘子在地下很脆地碎成了四块,鱼躺着,尾巴被砸得歪了。

老王翕动着嘴唇,要说什么。

老祖母知道倔强的老王是不会让过去这无辜的侮辱的,专横的儿子自然更不能听老王的反驳。她想着调停,颤着声音说:

"老王,三爷脾气不好,看过去的二爷面上算了吧!什么都有我。"

"您别老糊涂,"三叔横过来脸,"有您算什么,您会念佛!看什么二爷,二爷死了就算完事,谁当道说谁的。二爷活着大伙都得蹲监狱去也不一定,什么都是二爷。我连个厨子也管不了吗?我管不了叫二嫂,二嫂这家怎么管的,谁这年头兴吃一块多钱的鱼!"

老太太被噎得瘪了嘴,继母放下筷子转身抽啼起来。

蟹

"这都是早先的规矩,一顿三块钱菜钱。你二哥早就说过这话,说什么俭省都行,有老太太,吃上可不能缺。"

继母抽啼地诉说着。

"老太太能吃多少,别拿老太太压人,谁看见三块钱都买

311

菜了？"

三叔坐回座位上，拎起自己的筷子冷嘲着。

"人可都得有良心，我的天，你扔下我们受这个罪呀！"

继母放声哭了出来，叫着死去了的丈夫。

"有良心，有良心就知道往自己腰里头装钱，家业是大家的，有你的就有我的，凭什么一月三百五百地养活别人。"三叔翻了翻眼睛，夹起了一块腰花。

"你还反了呢，你，我养活别人，我愿意，我兄弟活着的时候都没管的呢，你算谁呀？家业是我跟二先生挣的，你个毛孩子才兴起几年来，你怎么的吧！"就怕别人提起自己养活妍头一家的事的大伯搂起袖子，直向三叔奔过来。

老妈子拥上来挡着，祥站起来扯着自己的爸爸。

勤吓得大哭起来，秀嫂抱起他来。

福子走到自己的妈妈的面前去，扯着妈妈的袖子叫妈妈不哭，长生坐着，低下头去，偷着瞪着三叔。

"你兄弟没管，我就管了，话今天说清楚，你们可别两股吞，管他谁挣的，谁叫我姓孙，我是孙三来的，谁能说没我的份！你们再横横，我就上宪兵队报去，说我二哥私通俄国，家业是俄国人给的赃。都归官完事，坐监狱大家去，别叫我一人整天地挨骂遭厌，大家享福。"

三叔索性把一盘腰花都倒在碟里，大吃起来，吃一口叨唠一句。

"你、你、你、你报去，没有亏心事，不怕鬼叫门，算俄国人给的也不行，他妈的，宪兵队也得讲理。"

大伯气得浑身战抖着，大声地吵骂着，抄起手中的碗直向三叔掼来。大伯伸出来的手臂被祥扯着，三叔一下子从座位上跳起老高来。

"你要打我，你摆哥哥架子，我不怕，本来你们两股受用，我一个人挨憋吗？有话也不许说，你们的天下，不像那年头啦！"

三叔说着搂起袖子来。

"我管家,我可是凭良心,若是多吃了伙里一个子也对不起死去他爸爸,他爸爸一腔热血都倒在这个家上了,谁享福谁知道,若不是死鬼这会还不都在山里头……"继母抹去了眼泪转过身来。

"说你们两股合伙你们不认,说话都一条线,欺侮我行吗?"

三叔站起来,怒冲冲地抱起了双手。

"欺侮就算是欺侮,我就欺侮你啦!"大伯又挣着往三叔处奔着。

"大先生,你看我吧!你们想气死我,等我死了你们再打吧!"

祖母颤巍巍地哭了出来,铃扶着她。

吵骂的两个人暂时住了嘴,继母继续抽啼起来。

王福来了。

"看,这是怎么说的,这、这、这,大爷看我,都是这年头赶的,谁心里也不痛快。都别上火,一家人上哪讲理去。走,走,大爷跟我散散心去。老太太也别着急。二奶奶,也平平气,左不过是话赶话呗,哪家还短得了吵架呢?"

王福满面堆笑地向着大家,拱起双手来向大伯作着揖。

"得啦!大爷,我替三爷赔不是,您是老大哥,您就得多原谅点,走吧!我家刚开水,喝壶茶去。喂,老王,你也别闲着,掼身油算什么,大爷还能少了你穿的。去,去,把大爷喝的龙井给我们小翠送点去,叫她好好地洗洗茶壶,干干净净地泡好茶水,叫你大嫂把红线毯铺上,难得大爷赏光。"

王福推着怒气冲冲的大伯往外走着,回过头来说:

"二奶奶,您也回屋歇会去,有什么事都找我,二爷活着,王福尽过忠,二爷故去,也是一样。三爷也消消气,回头我陪您喝两盅。"

怒气冲冲的大伯被推走了,福子也把妈妈拉下地来,铃扶着祖母回了屋。祥和秀也带了勤默默地回到自己的屋里去。

三叔一人据着桌子,不停地翻动着盘中的菜,但并不往嘴里夹,三婶捏着细脚的杯子,无事似的慢慢地啜着酒。

313

兰解放了地挑着菜中的肉,把肉嚼过了再皱着眉吐在桌子上。

那边的桌上,长生一个人坐着,发着很大的响声在嚼着一块鱼。

饭厅里由极度的骚乱转到静寂,静寂得窒人的空气中,只有长生的咯咯的嚼着鱼的声音。

各屋里的娘姨都随着自己的主人回去了,只有三婶房中的老李,在饭厅通到厨房的甬道中站着。

"来,老李。"三叔敲着桌子。

老李走过来。"把那桌上的鱼端过来,给三奶奶下酒。"老李踌躇着,瞅着三叔发青的脸。

"听见没有?"三叔急了,把筷子梆地往桌上一放,"别人不听我的,你也不听,不听滚蛋,快端去。"

老李慢慢地过来。

长生把筷子往鱼身上一戳,突然站起来把盘子往地下一推。

"我吃是我爸爸挣的,我借我爸爸的光,我是他儿子,我应该享受。别人谁吃谁长疗。"

说完了把门猛摔了下跑出去。

"小兔蛋,你也反了,你要你爸爸,上棺材里找去,我看你们娘们还能美几天!"三叔瞧着窗外的背影骂着,重重地啐了口吐沫。

三婶依旧啜着酒,轻蔑地嘿着。

"老王!"三叔瞪着眼睛嚷,"老王!"

"老王来啦!"是王福,王福笑眯眯地进来后指着自己的鼻子。

"这个老王可比那个中用,您用什么,吩咐吧!"

三叔的气脸松弛下来,淡淡地笑了。

"可当不起,正得你帮忙呢! 坐下,李妈,把这菜温温,挑柜里有好吃的再拿上两样来,我跟王先生喝两盅。"三叔说着。

"真是,王先生,兰他爸直性,像今个,不多余惹这个气!"

三婶翻动着自己好看的眼皮,把一只空杯子送到王福前面:

"我们这个家,你知道,哪有我们这般的日子。大爷吧,外头包个人,哪个月不得个三百五百的! 二奶奶吧,管家,管家那钱可没数，多写上笔花账，什么都有了。就我们难，这会一切的来往交际又都堆到他爸身上了，挨憋受气都他一个人受，家里还不能说他好，前个不是叫人瞟了半宿，连澡都没洗好，要不是我们二爷跟俄国人有交情，能担这个心吗？王先生，这会可不比从前了，稍有个风吹草动，就连命都搭上呀！"

王福连连地点着头。

李妈端了整整齐齐的四盘菜进来。

三叔把自己的杯子和王福的都倒满了，王福慌忙地站起来，捧过来杯子，嘴里连连地告着罪。

"所以呀！"三婶继续着，"就得王先生帮他忙，有他不知道的事情多指教他，论亲戚辈分，您又是老大哥，也说得着……"三婶说完了，笑得底下的话断了。

"三奶奶真是，真是，这我怎么受得了，只要三爷用得着我，我没有不尽力的，侍候二爷，侍候三爷，不都一样吗？"

王福连连地笑着，脸上做着极其热心的颜色，频频地摩索着自己的下巴。

"可不是。"三婶笑着，"都是孙家的人，谁也不能待错了你。"

"喝！"三叔端起来酒杯。

铃惦记着长生，从祖母屋中踅回饭厅来。在房角，她听见了笑语，那是王福的狡猾的笑声，还有三婶的尖锐的。

她不知道为什么特别憎恶王福，她不能忘记王福跪在爸爸身前求爸爸饶恕他拐走女人而把女人卖了钱的事情时的卑鄙的情状，她一看见他就讨厌，仿佛他身上有坏人的毒液。她平常是不屑和他说一句话的，虽然王福很尊敬她。

铃旋回来自己的身子，她知道长生一定不会还在饭厅里的，她放弃了走向饭厅的念头，她也不想回到祖母的屋里去看祖母的泪眼，她向自己的屋中走着。

王福要是和三叔打成一条线，这个家就完了，铃不知为什么这样不幸地想着。

315

她拉开自己的房门,长生在她床上躺着。

"长生!"铃叫着。

"我把三叔骂了。"长生坐起来,简单地说。

"我说谁吃鱼谁嘴上长疗,凭什么他谁都欺负,本来爸爸挣的嘛!"长生脸上一脸的怒容。

"你……"铃瞧着这异母的但跟她感情很好的弟弟不知说什么好。

"给我五毛钱,大姐,我看电影去。真憋气,你看看妈去。哭什么呢!"

铃没出声,慢慢地把手插入口袋里。

四

跟着春天的行进,孙家表面上冲突渐渐少了。大伯不再大声地吵骂,三叔也不立起眼睛来发脾气了。只是,谁都不到饭厅去吃饭,长生们跟着自己的妈妈,兰也跟着自己的父母。早晨上学去的时候,只有铃一人在啜着粥,有时候大少奶奶秀带了小小的勤来。

菜换了,老王叫三叔撵了,新来的蒋师傅是三婶远房的表弟。蒋师傅专管三叔屋中的小吃,大家的饭一回做出来完事。凉了不管温,早了没有,碗也不洗。祖母只好又从乡下叫了个十四岁的孩子来,经管着厨房的杂事。

外面的物价随着日子往上涨,继母把日用的三百五十元交给祖母,声称自己不再管家了,没本事,又不认得多少字,管也管不好。交出来,一来自己省心,二来也省得大家生气。

祖母按日子交给厨子八元买菜。厨房里菜越来越少,旧存的油、盐也都吃得一干二净。但菜一天比一天糟,最后连祖母早饭的菜里也挑不出来肉星了。

三婶却带兰关在房里,从不露面,兰早晨带着夹着肉松的馒头去上学。

谁说到饭不好,蒋师傅就告诉你菜贵,再说三婶就接上来,七三八四地说了一串话。结果大家都噤着嘴。大伯整天躺在妗妇的屋里，继母坐在自己的屋里，祥不到深夜不回来，秀有有钱的娘家，娘家的自己的母亲派人给女儿送了吃食来。

只有铃自己吃着没有一点油水的菜，祖母叫她去跟祖母吃，铃又怕祖母的衰老的泪眼，每天糊里糊涂地咽了两碗饭去上学，在学校里混了一天再走回来。铃年末就要结束高中的学程了，但校中的功课并不紧张，教科书大部分都买不到，担任专科的先生也都跑回自己的故乡去。上课就是自习，不然就是日本女先生教烹饪，教的是日本菜，先还因为好奇，觉得有兴味，慢慢地因为口味不合，觉得特别没趣，上课便敷衍，只要瞒过去先生的眼睛不挨说就好。因此学校里的生活显得异常枯燥，书也无处买，有时候一个人从小书摊上得到了一本纯文艺的刊物，同学便互相传借着，贪婪地吸收着书中的液汁。到对这本书的热恋过去了，闷极了便看张恨水的《金粉世家》，看刘云若的《红杏出墙记》。许多一向说着高调的朋友们都改了行，唱着得过且过，唱着及早行乐。铃也看，那庸俗的故事常惹得她蔑笑，但那些恋爱的场面煽惑了她的正在需要爱情的心，她常常幻想着爱，用幻想的爱盖上了一切心中的不愉。

家里从喧嚣热闹跌到静寂和阴郁上。饭厅里七零八落，野猫在厨房的窗边聚集着，等候着去攫取盘中的残肴。厨房里打杂的孩子看见了便拿了棍子打，结果猫没打着反倒砸碎玻璃。玻璃碎了也没人管，就那样任风把沙尘从破口的窗中带进来洒在菜和饭上。

饭里夹了沙子更没人吃了，各屋的娘姨在自己太太的檐下支起小炉子来做饭，院中到处抛满了菜根、碎纸，往日的整洁像和现在隔了几世纪一样，兰和长生、福子见了便互相咒骂，刚一进院，情形仿佛进了一个住着几十家人家的大杂院一样。

懦弱的祖母只嗟叹着，整天用手帕擦着泪眼。没有人有闲工夫来理老太太了，各房都自己打算着自己的将来。继母虽然交出来日用，但并没交出来一部分收在继母手里的财产的收入，继母收进来便收在自己的箱子里。大伯管着的地产也不再交出来。三叔据说

蟹

317

是在地窖里找到了一本爸爸活着的时候遗失了的银钱出纳账,用那本账和王福勾连着讨回许多家里不知道的账目来。家里的人互相地做着贼,互相地提防着,谁也不肯走出自己的房门一步来。年轻的听差都被三叔遣散了,只有年老的忠心的更夫在院中迟缓地移动着脚步,用着不灵活的手打扫着凌乱的院子。他的沉重的姿态加重了院中的萧条。有几处门漆剥落了,今年到了油饰的时候并未整理,孩子在斑驳的柱子上写着骂人的字句。

外面空气渐渐安定下来,许多谣传也渐渐消灭了,各地方早已恢复了安定,官厅也积极地办公了,孙家的人们也从三叔预言的网子里挣出来,三婶的"等着吧,早晚大家叫抓去"的话也不能使人听了便脸白了。

一安定,因为记着不安定的情景,大家变得更贪婪了,一个小钱都看得比往日一元钱还重。大家都有一个信念,那就是多抓钱,有钱天塌了也好办,互相猜忌的心情越来越浓重,仿佛谁和谁之间都存了一层解不开的怨恨一样。

日子在猜忌里,铃被隔绝于这个家之外了,继母生怕她得知了自己的秘密去告诉奶奶,面子上对铃特别慈爱客气,把铃要的钱送到铃自己的屋里来,暗地里表示了拒绝铃到自己的屋里去的意思。长生有时和福子来找铃,继母自己或者娘姨便在后尾随着,一听到长生说起来妈的话,便隔窗把两个孩子强叫了出去。

三婶和秀嫂原来关系就远,看见铃也都躲避着,三婶是怕铃探知了自己的什么,秀嫂则是怕和铃接近了惹出闲话来。

一家人耍着把戏,糊涂的只有铃和祖母,有时候祖母听见了兰和长生打架骂着些冷嘲的话的时候,问铃是什么意思,铃只有摇着自己的美丽的头,大声地告诉着耳朵渐渐聋了的祖母说不知道。

三叔越来越忙了,整天携了王福出去,王福穿着崭新的湖绉夹袍,面上笑孜孜红扑扑的。

外边又传起了种种的传说。

在这些的传说里附带了许多怕人的传言,说要金子银子去盖金銮殿,还要有嫔妃、宫女⋯⋯

谣传从这一条小巷爬向那一条,很快地传遍了全城,全城都为这可惊的消息骚动了,大人们在街上看前顾后地耳语着,一看见外国人就立刻四散。家里的妈妈用外国人吓着夜哭的孩子。学校里的女学生虽然不信这谣传,但这谣传给了好诙谐的同学一个好的取笑的资料,同学互相叫着名字,在名字下面添上了什么嫔妃、宫女的一些诨号。

这谈笑波及了整个的学校,学校仿佛因为这些生动的笑声活泼了,但笑声过后更显出悒寂,这无聊的消息虽然使得年轻的女孩子笑了,但这无聊的消息也加重了女孩子们心上的郁结的惆怅。

年老的更夫一天把这消息带到家里来,铃前一天虽然听同学说过了,但她并没有告诉祖母。祖母听到了惊异地张大了眼睛,张大了模糊的眼睛打量着这年已及笄的孙女。她不怕这些话,她想她不能再活几年了,吃苦也临不到这濒死的老婆子身上。但孙女的处境是危险的。好看的孙女,年轻的孙女,祖母心中的古老的故事助长了祖母对老更夫的话的恐怖。她嘱咐着铃不要再到学校去,她叫铃去叫三叔,叫三叔打听这话是不是真的,若真有这事,她要带铃躲到乡下去。

铃安慰着祖母,用可以使祖母相信的语言证明着谣传的无味。但老祖母到底不放心,她叫铃扶起了她,去到三叔的房中去问个究竟。

铃踌躇着,她不知是扶祖母去还是不去好,她脑里旋着三叔和三婶躲避着她的尴尬的模样。她婉言地劝阻着祖母。

老祖母急了,她不愿意她心爱的孙女有一点损伤,她想保全了铃,也就是对死去的儿子的一点可以告慰的地方。她摸起拐杖,自己颤抖抖地推开门出去。

铃无可奈何地随在祖母身后,她知道这几天老抓不着面的三叔是不会在家的,她真怕三婶的刀子似的嘴。

祖母缓慢地走着,院里的杂乱使得在屋里过了一冬的祖母吃了

蟹

319

惊,这完全相异于以往的情况唤出来老太太的眼泪,她咒骂着自己的儿子,呼唤着已去了的管院子的听差的名字,待听铃说已经被儿子打发走了的时候,便哭着唤起铃的死去的爸爸来。

铃不愿意这伤感过分地侵害了祖母,她强扶着祖母走回去,她们正靠近饭厅的门。从饭厅的里房有一个小甬道可以走回祖母的屋中去,铃愿意祖母即刻走进屋里,她知道别人看见了祖母的眼泪又得给自己加上罪过。

饭厅里椅子歪着。白的桌布上铺满了灰尘,只有靠门的一小块地方稍稍干净一点,那是老更夫为铃扫出来的。

过分的伤感使得衰弱的祖母更软弱了,泪纵横地流过了多皱的脸,腿颤抖得再也不能动了,她跌坐在铃常坐的小椅子上,只剩了叹气的力量。

祖母的伤感掀起了铃隐藏在心里的一切难过,她靠近窗子,把脸躲在窗帷后面,用那发灰了的白色窗帷偷印着眼泪。

祖母坐着,一会,她站起来了,没叫铃,也没有拿拐杖。铃惊奇地望着祖母,她觉得祖母的脸上有一点特别的样子,她过去,祖母推开了她。

祖母自己蹒跚地在屋里移动着,背贴着墙,手里摸着能够触及的物件,眼睛发着光亮,奇异的眼里没有了泪。

铃的心惴惴的,她不知怎样做才好,她跟随着祖母,她不知道祖母现在想的是什么,她尽着自己的智识想去明白祖母的特异的行动,她想祖母是记起了昔日的事情。

祖母在屋里旋转着,从这一个角落移向那一个。一会倦了地坐下,微微地喘着气。

"回去吧,奶奶。"

铃过去扶着了祖母。

祖母瞧着铃的脸,半晌说:

"铃!去找抹布来。"

"您别管了,待会我来收拾。"

"不!"祖母执拗的,"我帮着你,你把窗帘和桌布拿下来,明儿叫人去洗。我就擦擦桌上的尘土,累不着的。"

祖母说了,铃想再去强迫祖母不做也是不可能的。她飞快跑到厨房去,向打杂的小孩要着抹布。

孩子在团得泥球似的一堆中挑了一个给铃,铃扯开它,抹布上布满了霉点。"没有干净的啦?"铃问。

孩子摇摇头。

"这是干什么的?"

铃指着头上一排五条洗得雪白的布块。

"那呀! 那,"孩子附着铃的耳朵,"那是蒋师傅新裁的面袋给三奶奶屋用的。"

"那么大家呢?"

"大家就是这些。"孩子指着刚挑过的一堆泥球,"不要紧,一洗就干净了。"

"我是要擦桌子。"铃想擦桌子一定会另有的。

"擦桌子也是这个。我给你洗出两条来。"

孩子拿了两个泥球,扯开来伸到水龙头下面去。

还没瞧见怎样三动两动,孩子的抹布便洗完了,他捏了捏,就那样湿淋淋地递给铃。

"行啦!"铃皱了皱眉,"我自己洗吧! 你放在槽子里。"

铃悄悄地走到甬路里,向饭厅看着。

祖母依旧坐在那里,手摸抚着桌子,眼睛望着窗外。

"你去饭厅门口等着,老太太要干什么你就帮忙,不用吵吵地说话,别碰着老太太。"

铃小声地对孩子说。

孩子会意了地跑去。

铃把一块抹布在水槽里洗了又洗,洗了又洗,拧干了拿进屋里去。

祖母正指挥着孩子挪动着桌椅,把桌子拉开了,把椅子推到桌

蟹

321

上。在祖母的旁边,祖母叫把墙角的那张高椅子搬进来。那是死去的爸爸日常用的。

铃把抹布交给祖母,强忍着眼中的泪,搬过一把椅子来去拿下窗帷。

风无忌惮地从厨房中的破窗户直灌到饭厅里来,暮春的潮湿的空气弥漫了整个的屋子。太阳落下去,黑暗一点点地逼近。铃抱了一束脏的窗帷跳下椅子来。

祖母拂拭着爸爸的座椅,细心得连一个小圆孔都擦到了。祖母的身后悬着一只褪了色的壁挂,壁挂上灰暗的人衬着祖母佝偻的身体。

黑暗中,那只被擦着的椅子,发着凌人的光亮。

铃向祖母身边走着,她按着了祖母的瘦的手掌。

"奶奶。"铃叫着,眼泪溃了堤的水一样地倾流出来。

五

一切的传说平定下去,老祖母安心了。但另一件事掀动了整个孙家的神经,那就是收回银币的明令。

这个有过相当积蓄的家族,对于由于新的银行发出来的纸币是抱着敌意的,他们以为那是饵,用来勾取他们的真正的银钱用的。待把人民手中的钱都收回去,这印着财神爷的花纸便一定一天比一天低落,直到一文不值的程度。好久以前的羌帖,最近遽然低落到不能当钱用的奉票,都给他们吃过了苦头。这次大家都观望着,但观望中包藏着惧怕,那就是真的一旦到了明年六月有钱也不好用的时候不更糟了吗?这样藏居自己屋里的继母出来了,各处装着不露声色地但很焦灼地探听着消息。大伯也坐不住了,但大伯比较安心一些,他还有明内的在官厅中做事的儿子可依赖。继母这时觉得铃有用了,铃到底是常在外面走的人,知道得也清楚。可是往常自己对铃的提防阻碍了自己去接近她的脚步,又真的怕铃从中取了利去,甚至会把自己辛辛苦苦积攒的全部财产奉献给祖母。

外边收回旧纸币银币的声浪一天比一天增高,许多附会的谣言又起了,某家为了私存银币,某家地窖里搜出来银币,而被严罚了的故事一批接着一批地生出来。这许多故事使得少见识的继母焦愁到万分。这一点银钱她是看得比她的性命还重的。丈夫活着的时候,她一切都听从着,唯恐那超人的丈夫弃了她。因为过于小心的结果使得她对一切事情都拿不定主意,一切事情都要在那伟大的丈夫批准了后才去办。由于那伟大的丈夫的庇护,她所过的都是太平的日子,被人尊敬的日子。她只按时候由丈夫手里接过来家用,再把它交给管事的人去办,就算完了全部管家的责任。她吃着好吃的东西,穿着华贵的衣裳,从一些阔气的朋友之间学到了怎样打牌,怎样吸烟,怎样在适合她们这样年纪的样式的衣裳上缀上花边。

丈夫辞了事,他们由喧嚣的生活转到安静的生活里,可是舒适依旧。有丈夫手创下的澡堂子、饭店、当铺这些挣钱的买卖来供给日用,而且那大批的正在市场旁边的房产,在他们的账本上占了收入的一大页。

朋友们的来往并未因为丈夫辞了事而冷落,他们的钱支持了他们以往建筑起来的华贵的门面。她依旧坐汽车出去会女友,慢慢地燃起一支烟卷来计算着手中的牌怎样能做成三番。

突然,事变来了,许多朋友都被炮声轰到内地去,明白世情的丈夫虽然没盲然出走,但也一收往日的排场,闭门念佛,在自己的产业收入里过着安静的生活。这样,家里摈去了往日的浮华,一团和气地过着日子。因为丈夫的宽大,家中没有一点争吵,丈夫在恕道上做到了极峰,哥哥死了嫂子,在外边包人家,丈夫以为是将近老年的人应有的安慰,因此从不说一句反对哥哥的话。三弟浪费,三弟妹尖酸,丈夫也用着世情不够还得磨炼的话宽恕着。她有时虽然不能同意丈夫的论据,女人的小性使得她为他们的浪费而心痛,便尊敬丈夫教她容忍了一切。

事变只在他们的身上限制了活动的范围,无形中丢掉了往日阔

蟹

323

绰的朋友。另外，因为丈夫的能干的周转，虽然有的房子被收去，拆了修马路，但实际生活上并未受任何影响，谣言袭来的时候，也由于丈夫的解说和压制，事变没有在她的心上留下了恐怖的痕迹。

但霹雳一声丈夫逝去了。丈夫逝去，她宛如失去了她的心脏，家庭宛如失去了骨骼。许多意料外的不幸接着来临，最好的房子住了外来人，因为不会说话常常要不来房钱，买卖里少了经营人一天比一天亏累。而且，家里的三爷兴起来了，那只知道玩乐的公子抓住了这大家族丢了主宰的机会抬起了头。用他的以往被压抑在哥哥手下的怨恨对这家庭施行了报复，在无能的哥哥和少见识的嫂子手里强攥着能攥到手的收入，他的刻薄的太太帮助他，他做了这家里的王者。

这一切使得原是出身贫家的继母捡起了以往压在心底的吝啬。她开始在每一个小钱上计算着，连给那先房遗留下的铃的零用钱里她都尽可能地省出来一个子。她把全副精神放在钱上，她要竭尽她的智慧为她的两个儿子留下一点什么，为她的两个儿子在这动荡的社会里积存下一点她认为可以保身保命的钱。

大房的无能，老太太的懦弱，加上这每况愈下的家境，这每况愈下的家庭所遭受到的在丈夫的庇护中从未遇见过的险阻，她的视野被圈得更小了，她脑里只有两个儿子——她自己亲生的儿子和能保全儿子将来生活的钱。慢慢地她觉得一切人都对她含了敌意，她用她的智慧躲避着，像一匹夜行的耗子似的把能得到手的油偷回洞里。

什么事都溢出了她的常识外，好好的会不叫用现洋了，有现洋还犯罪，真是没影的事。这没影的事扰惑了她的神经，她不信，她各处去打听，待长生把贴在街上的告示给她揭家来看的时候，她几乎急得失去了意识。她是至死也不相信洋钱会不好用的话的，银子还会比纸票不好吗？

可是那不交处罚的话牵动了她，三叔以前说过的被人瞟着的事混合了她心中的恐怖。她怕一旦警察把钱从她箱子里翻出了的时候,惹动了从前丈夫靠着俄国人发财的话题,这样长生被拉去了,父罪子承,那是受不了的。

她为这事愁得日夜不安,她箱子里历年积存的现洋总在五千以上,这些都是瞒着家人的。就是去换,这沉重的东西也决非她和她的两个娇养的儿子所能拿得动的。一点一点去换,怕次数换多了招人注目,一次都换了又怕惹出另外的罪名来。自己去吗?她觉得见人是说不出话来的。长生太小,她又怕有事了连躲都没有工夫。另外可靠的有谁呢?她没有一个亲近的娘家人,连一个娘家的远亲都没有。

在这家族中,比较再亲近一点的只有铃了,铃虽然不是那样有坏人心眼的姑娘,可是因为自己长久地提防着她,自己心里给铃做了个不可靠的记号。而且,隔层肚皮隔层山,到底不是自己养的,怎样也不能和自己一心。

大伯一向虽然没有表面的冲突,一旦知道了自己从公账中剥削出来这些钱存着也不会轻饶的。祥虽说是一切都躲避着,一切都不管,可是儿子能有不跟爸爸一条心的吗?

三房倒是对这事全明白的,那个馋猫,沾着腥味都不得了!何况有真的鱼送去?钱换不回来还许惹上另外的麻烦,那位三奶奶,鬼似的,鸡蛋里都要找骨头的手。找他们去,那真是等于送礼一样。

还有谁可靠呢?

换钱人选的事在继母心里聚结着,她长久想不到一个万全的方策,一面又怕耽误过了限期。她不安地各处走着,偷窥着家里每一个人的脸和表现在脸上的感情,她想在仆人中找到一个可以胜任的人。结果她只有失望。精明的原来可以办点什么事的人早都去找了另外的好职业,剩下的只有老的更夫和更老的声称是管院子的,其实什么也做不动了的老李。

女仆精明的倒有。三奶奶屋里的老李,又精明又细心而且人挺忠厚,可是三奶奶的边是沾不得的,万一老李透出一点口风,三奶

325

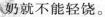

奶就不能轻饶。

大少奶奶屋的老张也不错,那是大少奶奶的陪嫁,轻易不跟家里人说什么,更无由借口去叫她干点什么了。

自己屋里的老太太,是就会看堆的,出大门后都找不着自己的家。

继母日夜地焦虑着。最后,她想破一点工夫笼络铃。铃到底是和长生血缘最近的人,她总不至于昧着心眼害自己的弟弟。

继母想把铃今夏的衣服提早做出来,她可以给铃买一件铃最心爱的材料。这钱还是可以出公账的。

继母想先去看看铃的态度,看见铃提了书包进来后,便到她屋里去。她知道再晚一点铃换完了衣裳就要上奶奶屋了。

她去找铃。推开门的时候,她看见了翠,翠手里拿着书和纸笔,正往铃屋走着。

翠的出现,使她捡起了心中久已忘却的王福。王福是最适合于办这事情的。她在记忆里搜寻出许多以往王福忠于自己的丈夫的事件,叫自己对选上的王福安心。可是,最近王福和三房来往得挺频繁的,不行吧?

不,王福穷。王福是最看钱高兴的人,给他一点甜头,再加上以往丈夫提拔他的情意,一定可以的。有钱能使鬼推磨,王福的现状不正是要钱用吗?

在给王福的佣钱上,又计算了好久,她实在舍不得从她辛苦积攒的数目里抽出太多。后来,她狠心地决定了,她要给王福五十块钱,做全部换钱的代价。

六

祖母病了,咳嗽加喘,软弱得几乎不能从坐褥上直起腰来。

家人们都忙着自己的事。大伯说是跟妦妇吵嘴了,没好气,整天在院子里骂人。听说老太太病,只告诉老更夫请了一向给祖母诊病的王先生来看看便完事。继母正为自己窝存的几块钱愁得不可开交,连早晚的时候都很少露面。三叔忙得脚不沾地,整天不在家。从王福家里传出来消息说三叔要做官了,有从前跟二爷相好的一个地方事务长官来到本地来接任了差事,因为不忘二爷往日相助的好处,要提拔提拔二爷的弟弟。三婶倒是常来,来了可不是为侍候老太太,看见自己中意的零星陈设便携了去。拿的时候嘴一定要扯上旁人怎样欺侮了他们的故事,还说这回三爷要出头了,屋子里自然要摆设摆设,不然也丢二爷的脸。

能够侍候祖母的只有一个和祖母一样衰老的娘姨,另外就是铃了。铃放学就到祖母屋里,帮助老的娘姨做些杂事。

祖母只剩了流泪和叹息的力量,祖母说她活够了,福也享足了,早死了倒好,不然活着也受罪。她只不放心铃,年纪大了还没定亲,她怕铃的继母不管铃的事。

病弱的老太太看见铃的时候就流泪,絮叨着铃的爸爸。

铃呢?铃只单纯地愿意祖母快好起来,偶尔也相反地愿意祖母死。家里越来越冷酷的空气使得她觉得和祖母之间的感情的联系越发坚固了。她想逃出她的家,逃出那闷人的学校,她想远远地走出去,走到一个陌生的地方去做女工也比做家里的小姐好。

但她扔不下祖母,那残年的少人照顾的老太太。她想她走就等于促成老太太早死一样。

可是祖母的泪眼使得她窒闷,她在祖母的伤感里常常不知所措,她不知是安慰祖母还是安慰自己好。

祖母的病只是不好不坏地继续着,有时突然厉害得几乎喘不过气来,有时一天只咳一次。这样铃的全部心绪都紊乱了,碰巧一天她在家看着祖母,结果祖母倒一点没咳,她上学了,祖母却又几次咳过去。没有人能来尽心地看着祖母的。铃想索性停在家里,祖母又不愿意为自己耽误了铃的功课。

铃开始想找一个人来替代自己。

谁呢?可能的只有秀嫂,可是秀嫂的勤呢?秀嫂是以为自己孩子所有的动作都是一件可夸耀的事情,像勤提着棍子去追人打,秀嫂则以为这样小的孩子能拾起棍子来打，实在是件出奇的事，不但不加阻止反倒以为是乐事，有时候甚至玩笑地指示孩子去打某一个人。把这位吵闹的小少爷放在屋里，祖母是一刻也得不到安静的。

而且，秀是最不爱惹事的人，无论什么事情也不愿意有一个人说不好，和大家都保持着平衡的关系。来看祖母，或将因此惹出三婶的闲话，秀是不能这样做的，何况娇贵的秀还得别人侍候着呢。

小翠，铃突然想到小翠，她可以去找她，无论在哪一方面来说，小翠都是看护祖母的最适任者。那温稳的姑娘一定比自己还会体贴病中的祖母的。

铃去找小翠，在一个飘着细雨的暮春的黄昏里。

翠正坐在炕里折衣裳，簇新的男人的夹袍和马褂，和破损了边的炕席显出不调合的色素，偶尔折着的衣襟滑到铺在席上的褥子外面来，擦着粗糙的炕席发出来沙沙的响声。翠的母亲正在外面煎鱼，把一条半尺长的黄花鱼铲起又放下。

里间王福正捏着酒盅，面前摆着半条炸得金黄的鱼。翠的弟弟贵站在桌角，细心地在一个小砚台上磨着墨。

铃走进去。

"呦！大姑娘，这些天也没来，快上屋里坐着，外屋有烟。"

翠的母亲看见了铃，忙忙地站起来，慌不迭地在围裙上擦着双手，由衷地欢迎着。

"忙吧？大娘！"

铃笑语着跨进屋里。

那诚朴的妇人把鱼盛在碟里，端进来送到里间的桌上后立刻出来张罗着铃。

王福也在里间探出头来招呼着。

小翠赶快包好了衣裳走下地来。

贵拘谨地向铃鞠了躬。

"真好些天没来了，大小姐上学忙，哪能像我整天闲着呢。"

翠笑语着到桌上去拿茶叶罐。

妈妈跑出去烧水。

"快别客气,大娘,我就回去,我来跟您商量点事,我不喝茶。"铃拉着了那诚朴的妇人。

"哪有连碗水都不喝的,"翠的母亲笑挣着,"可是,我也老糊涂了,忘啦! 老太太好点了?"

"还那样。"铃皱了皱眉。

"老病慢慢将养将养就过去了。"翠宽慰着。

"我就是为奶奶病的事,奶奶屋里的老李太老了,什么也干不了,我妈她们都忙,我想叫翠姐在我上学去的时候去帮助侍候侍候我奶奶。"

铃说着,看着翠的母亲的脸。

"那……"翠母亲迟疑着,目光指着小屋的王福。

"好极了,我早就想叫翠过去侍候老太太去,这几天瞎跑跑忘了,去吧,翠! 跟大小姐一块过去吧!"

没等询问,王福爽快地这样答应出来。

王福意外的爽快使得外屋的三人同时一惊。铃望着翠的脸再看翠母亲的,想在那上面找出点线索来。但那极其相似的一张年轻的和一张年老的脸都堆着和自己一样的诧异。

想起王福往日的重利,铃携了翠的手说:

"翠姐! 你跟我来吧! 奶奶不能缺了你的。"

"这说到哪上去了,翠该去侍候侍候奶奶,我现在不行了,什么也干不了,她妈更是废货,翠正该替我们两个去孝敬孝敬老太太。"王福放下手里的筷子站到里间的门口来说,"去吧! 翠,晚上忙就在大小姐那睡吧!"

蟹

翠仔细地瞧了瞧父亲的脸。

父亲的脸上描满了难得的笑容。

"那么走吧! 大小姐。"翠放下了手中的茶碗,跟在铃的后面。

"那我就带翠姐去了,大娘。"向王福和翠的妈妈点头便携了翠出去。

跨过了月亮门,铃悄悄地问了翠:

"你爸爸今儿怎这样痛快?"

"这几天就挺高兴,我们也不知道是什么事情,我妈不敢问,我也不愿意问。高兴了我妈少挨两次骂比什么都好。"翠小声地说着,慢慢地回过头去看了看那已经被遮在正房后面的自己的家一眼。

"反正不能是什么好事,好事早说出来了!"翠怨恨地说。

铃看了看翠的好看的眼睛。

走过西配房,踏着石甬路走向正房东头的祖母的屋去的时候,翠四周瞧了瞧,伏在铃的耳朵上说:

"三爷要做官了,奶奶知道吗?"

铃摇着头。

"日本人给找的,我爸爸也跟着跑,我妈不愿意我爸跑这事,说好了倒是好,万一有个舛错,不是对不起老太太和死去的二爷么?这年头的事情上哪讲理去。我爸不听反把我妈骂了一顿。"

翠轻轻地故意把身子挪得离铃远一点说。

"奶奶病得……"铃说着,听见后面有人走来,便把底下的话咽了回去。

后头,叫着铃。

"呀! 是你,祥哥,今儿怎么这样早?"铃回头过去望着这长久不见了的叔伯哥哥,把诧异的眼光放在祥的苍白的脸上。

"奶奶病怎样了?"祥望着铃身边的翠,躲着铃的问话。

"还那样。"铃去分提祥手中提着的包裹。

"铃!"祥叫着,翠知趣地加紧了脚步,一面把院中散扔着的破瓶子捡起来扔到墙角的垃圾筐里去。

"铃!"祥看着铃的脸,"大伯回来了?"

"不知道。"铃说。

"嫂子呢?"

"也不知道。"铃笑了,"秀嫂大概没出去吧!……今儿怎么这样早?"

"每天这样早,我没回家就是了。"祥不好意思地笑了。

"铃!"祥叫着,环顾着四周,"铃! 到这里来。"

祥领铃到花圃去,自己先蹲下了,摇着一枝花的嫩叶。

铃会意了地蹲下去。

"铃!"祥瞧着花,轻轻地向着铃,"二婶叫你替换现洋去了?"

"什么,钱么? 没有。"铃摇着头。

"你知道她叫谁换去不知道?"祥再问。

"也不知道。"

祥瞧着铃的脸,铃的脸上是一如她的话一样的茫然。

"奶奶的钱呢?"

"奶奶还没提这个。"铃说,检查似的一个字一个字地瞧着祥手中包裹上的包纸,"不过,我想奶奶手里是没多少的,每年给我和你压岁,奶奶不都是给现洋吗? 这几年也没人给奶奶钱了。"铃叹息起来。

"别替奶奶多心,小姐,我不是为查问奶奶的私账来问你的。"

祥说着,带笑地望着铃的脸。

"什么,我也不是那意思,我说的是实话。"铃脸红了起来。

"我也是好意。"祥说,"有钱拿到市面上用,可以一元当一元二以上,如果到官办的兑换所去大批地换,恐怕没那么多。如果奶奶有,我想我可以替奶奶办这事,奶奶不要零找头,便宜我们也比便宜别人好,是不是,铃?"

铃无言地点了头。

"大小姐!"久站在墙角等着的翠叫着,"我先进去了。"

"好。"铃望着翠,翠的好看的脸在白墙前显得更好看了。

祥把眼睛注在那闪进门去的婀娜的腰肢上,门关了,还不肯收回遥视的目光来。

祥回头,看见铃正在瞧着自己,稍稍窘了一点地站起来。

蟹

"铃！这是我给奶奶买的点心，你先给奶奶拿去，我一会就去。"

铃提起来大大小小的一群纸包。

"大伯为换钱的事着急了，今天特意把我找回来的。"祥在铃耳边说，向自己的屋里走去。

铃提着包裹，快乐地拉开祖母的屋门。

"奶奶!"铃大声嚷，"祥哥给您买吃的来了。"

七

意外的祥这几天晚上都留在家里了，吃过晚饭便到祖母的屋中来，祖母为长孙意外的陪伴，瘦得多皱的脸上平添了微笑。铃也不再觉得祖母的泪眼十分地窘苦自己了，祖母的伤感有了翠的巧妙的安慰常是无形中消灭，祥买来的点心和果子也常使祖母发出高兴的声音来。虽然祖母还不能吃长孙特意带回来的细软的食品，但她愿意看祥和铃抢着吃，看翠怎样去排解兄妹间的玩笑的纷争。这些在祖母的心里唤起了甜蜜的回忆，她想起祥和铃小的时候怎样在铃的爸爸前抢着点心的情景，二伯待祥是一如自己的儿子的。小小的铃爬上爸的腿，刚要攫到爸爸手中的点心的时候，祥跑来从后头抢下去。于是铃哭了。祥来安慰她，把自己所得的和铃的全部放在铃怀里，做着怪脸来引铃发笑。这样愉快的情景已经消失好久了，从祥出去上学到祥的母亲死，祥从学堂里踏入社会，祥便一天一天地跟家疏远起来，回来便在妻的房里，早晨不吃早饭便出去，也不知他都忙的是什么。

这意外转变了的祥的姿态，使他祖母的心十分高兴。她想她死去后，祥可以代她来照看铃的。

她半正经地抬起了身子，倚在翠特意为她垫好的软枕上，看着祥说：

"祥，我死了，你可看着铃，她没爸没妈，你得格外地照应她呀!"

说完了用手帕擦着不知是安心还是不放心的泪。

"您又说这话,您几天就好了,您的福还没享足哪,明儿铃小姐做了官太太,接您一块享福去呢!"

翠怕老太太的伤感扩大,立刻把话引开去。

"唉!真是机灵的孩子,祥,我还得托你,小翠,你也照看着她。这么好的孩子真是……看着有好主给她找一个,等她爸爸呀……"

祖母说了细细地瞅着翠的花一样的脸,脸上的慈爱是不减于看着铃时的。

"看您,又说我……"

翠半生气地替祖母撑起滑下来的枕头,把头伏在祖母身后,半天不肯抬起来。

祥坐在窗前的软椅上,在逐渐黑起来的暝色中,把目光长久地停在弯曲着的翠的背上。

他觉得那聪明的温柔的女孩子如今是活在他心里了。

他明白他已经无力脱过她一颦一笑的支配了。每天,下班,往常惯在一起走的朋友招呼他出去走走的时候,他用祖母病了的话推脱着,朋友们要来看望祖母,他也推辞着,他怕他们看了翠去,看了翠,自己就仿佛损失了什么一样。他不能确切地分析出来翠在他心中占了多大的地位。他下意识地想占有她,幻想着有一天能携翠出走。但和翠之间,却把这些都藏在心里,表示给翠的,只是长久的深情的注视。

几次,朋友们把他不愿意在外面的理由推在他太太身上,他不承认也不否认,他知道他的转变是使得朋友们过于诧异了的,能把原因放在太太身上,不是省了许多另外的麻烦了吗?

祥是最不愿意由自己身上出点什么事的人,最不愿意去管理已经规定了局面的事业,也不愿意去做反抗家庭的角色。

学生时期,他也像一般青年人一样,拼命地吸收了一切懂的和不懂的东西,在懂和不懂的智识里给自己树立了自己的世界观。

从学堂到家里,正遇上事变和二叔的逝去,社会和家庭都踏上了一个多变幻的前途,这多变幻的前途里的主角,是得承受多方的指责的。按理祥是应该承继起二叔的遗业来替自己的爸爸掌管的。但祥从那里面退出了,虽然并不是怎样甘心。

三叔来向他说爸爸怎样在妍妇身上用了过量的钱,他听了,并不向爸爸去说,也不附和三叔的话。二婶来向他说,三叔怎样霸道,怎样私用了大家的钱,他也只是听着就算了。爸爸抱怨他不和自己父亲一心的时候,他依然是垂头不语。这样大家都对他失去了希望,他也自安于自己的小范围里。他并不是否认自己的能力,他很相信他能做出一番事业来,可是他不愿意反抗自己的长上,他想他们都是活不了多久的,他们死了后他才能拾起这个家来,他想他一定比二叔造的家,更堂皇伟大。

于是,他躲避着一切与家人见面的机会,晚上和同事们去坐咖啡店,去听夜戏,偶尔也到妓馆里去坐一会。

这样生活习惯了后,他几乎忘了家里的人,家里的事,他的薪金足够供给他这样的生活,虽然知道家里的人一定互相往自己腰里收钱,但,不动产是动不了的,有了那大批的不动产留下来了,在他已经满足了。

他不满意于他的这样生活,但他也不愿意费力去另开一条新生活的道路,他只那样往前推着日子,随着自己前日的脚步。

衙门里一有了人事更动的消息,许多人为这消息不安着,骚动着,各处探听着去寻出不利自己的风声。祥不管,他原不爱做这样承人色笑的工作,他不愿意照着别人的意见在公事本上做着公文,如果他被辞了,他可以去找一件更好的工作,离开这枯燥的地方,在那里他可以发挥他的才能。就是暂时走了出去,他也不愁没地方去领这一笔生活费的。

因此在同事的不安里他显得特别安宁,他们都为此称赞了他,说他镇静,说他是伟大的人,他为他们的赞语高兴着,他想等一个合适的机会,他可以给他们做出点事情来看看。

这骚动阻止了他们一块夜游的事,许多传言都说政府上司要侦查职员们的私生活，看他们是不是有不稳和轨外的行动。聚会是最招人注目的事，坐咖啡店总不是什么好行为，祥的一块游逛的朋友都自动停止了这夜间的娱乐，祥过早地在人们惊诧中回了家。

在祖母的房里他仔细地看了翠，这美丽的姑娘在他荒芜了的感情上烙上一个强烈的印象。他想起那天，那细雨的黄昏中，她怎样故意躲开铃和他，体贴人地给他们留下一个说话的机会。她的收捡破瓶子的整洁态度也给他以好感，他家里的人连铃也在内，他从来没看过他们顺手整理过什么。

进祖母的屋的时候，他觉得翠看了他一会，用她的黑得天鹅绒一样的眼睛。

翠对祖母的体贴的看护，显露了美丽的躯体中的玲珑的心。祥直觉得在沙漠中看见了花朵。望着翠，他觉到蓬勃的生命力，总之她给他感觉是新鲜，可爱，这些都带着醉人的香气。

无论什么时候他都想着她，她伴着祖母屋中的红木家具一块出现，有她，那些古旧坚硬的东西都仿佛柔软了。他最爱幻想她怎样在紫呢子的窗帷后面伸出来笑脸，那甜得蜜一样的笑脸。他也想她的家，她的狡猾的爸爸，她的懦弱的母亲。他也想自己的环境，想迷醉于淫荡的姘妇的爸爸，想娇贵的只知道享乐的妻。要想获得翠是得费一番手脚的，对待她的狡猾的爸爸和对自己的妻就是两件撑天的难事，到此，他不再往下想，他自信他有一天能把翠带出去，用自己的智识去教导她，玲珑的翠一定能即刻就理解了，他要自己去创造自己的人。

在逐渐黑上来的暝色中，他把眼光长久地停在翠的弯曲着的背上，在那弯曲的背上做着将来的黄金梦。

铃倚着窗子，在黑起来的暝色中合上了手中的书，头低垂到肘上，像在休息又像在想什么。

黑的夜暗里，翠的蓝色的背脊，仿佛夜百合一样的弯在那，祥贪婪地在那上面停着眼睛，他觉到了那背脊的小小的翕动，他试想着温柔的气息怎样通过了翠的玲珑的心，又怎样从那红的柔润的唇

蟹

335

里吐出来,他把自己的双手交叠在胸上,他幻想他把翠拥在怀里听她香喘时的情状。

祖母在软枕上发着轻微的鼾声,这小小的声音惊醒了铃,她以为祖母在喘了,她抛下了手中的书走向炕边去。翠正倩笑着给祖母揉着胸,伸出一只手来向铃摇了摇。

铃会意地靠着翠的身子坐下来。

暂时都沉默着,任夜暗填满了屋子。

忽然,谁拉开了屋门,而且拉亮了灯。

秀。秀用着奇异的眼光扫视了屋子,斜瞥了丈夫一眼后,长的绸质的旗袍做得窸窸有声的走向祖母的炕前来。

翠跳下地来欢迎她,铃也站起来。

秀淡淡地回答了铃们的招呼,装着热心地看着祖母的脸。

"奶奶好点了吧! 铃妹妹。"秀瞧着铃,仿佛翠没有存在一样。

"好一点了。"铃点着头。

"有什么老李做不了的活,尽管去叫我屋里的张妈,张妈忙不过来,我再从勤姥姥家叫一个来。"

秀高傲地看着铃的脸,娇气从淡蓝的旗袍中直射出来。

"还好,有翠姑娘帮忙,明儿有事的时候再去叫张妈吧!"

铃说,拉起了翠的手。

"怎好尽麻烦翠姑娘呢?"秀淡漠的,仔细看看翠的神情,像是要在翠脸上发现点什么。

"大少奶奶太客气了。"翠平静地抬起自己的脸。

"奶奶睡了,我明天再来看奶奶吧!"秀转过身去向着祥,"真孝心啊! 我还以为大驾没回来呢。勤早就嚷饿了,你吃饭不吃饭哪,再晚我的老妈子也像府上的厨子似的,不侍候这份了呢。"秀怏怏地说完了便推开门出去。

祥想了想也跟在后头走出去。

炕边的铃和翠装作没听见品评着铃衣裳上的细小的花边。翠在祥的身后拉灭地中的大灯,把桌角的小绿纱灯扭开来。铃坐在祥坐过的躺椅上，假寐地合上了眼睛，翠轻轻地再走上炕去，把白天洗过了的枕套细心地套在枕上。

铃偷偷地睁开了眼睛，端详着工作着的翠。

淡绿的灯光在翠的椭圆的脸上做了一个柔和的光圈，红润的颊幻成一种杏黄的，黄得黯黯的颜色，黑的绒似的眼睛梦似的带着诱人的光辉。

想起祥对翠多情的凝视，铃觉得寂寞再从心底升上来，掩过整个的神经。几天来织成的跟家联系的梦，又破碎了，铃把自己比成一个小船，和母体隔绝了消息的漂在大海中的小船，她想着有一天大浪怎样从她的头上淹过，无言地夺去了她的生命，她那样悄悄地死去了，没人怜惜甚至无人知道。

铃以为祥的归来真是为了祖母的，跟祖母亲近也就一如跟自己亲近一样，她觉得家渐渐地可爱起来了，她爱晚上和祥相共的暗夜。

这暗夜也是为了别人存在的关系才如此的时候，铃的敏感的自尊心受伤了，泪静静地溢出来，停在眼角。

翠并没觉到铃的伤感，虽然她觉得铃没有她初来的时候高兴了，但她想那是有钱的小姐的脾气。

她抬起她好看的脸，轻轻地向着铃。

"铃!"她叫着，在她俩单独相处的时候，翠是把铃小姐的"小姐"取消了的。

铃装着无意的用手中的手帕盖上脸，"唔"地轻轻地答应着。"奶奶手里有现洋吗?"翠关切地小声问。

"怎么?"铃坐直了身子，在手帕角上印去了眼泪。

"有现洋快用了好，现在市价一元可以换到一元三四，将来说是不叫用了呢，若是有洋钱不报官还什么呢!"

翠平静地说，但注意地看着铃的脸。

"有一点吧!"铃想着，她已经早知道了兑换现洋的事，但怕因此又惹起祖母的伤心，或许怕祖母以为她想在祖母手里弄点钱什

337

么的,所以一直没和祖母说,而且她也不把钱的事情放在心上,过了几天就忘了。

"你听谁说的?"铃再问。

"你母亲叫我爸爸给换钱了,大概不少吧!我爸爸那天喝醉了唠叨,说什么有洋钱不用,去换,换吧!我一块顶一块,落得一块赚个三毛四毛的零用。谁叫找我来呢。我想奶奶有点钱不容易,还不如快用了好,省得将来白费。"翠把套好了的枕头再摆在祖母身边,轻轻地跨下地来。

"怕奶奶舍不得,奶奶也不信这新纸票子。"铃重把头靠在躺椅上,向逐渐走近了的翠长长地叹了口气。

"其实都一样,反正钱是为换东西,能换得来东西的就算好的,我也没有钱,我也不怕不好使,今儿挣的今儿能用就好,明天挣再明天用。有钱的人是不这样想的,是不是,铃?"

翠走过来站在铃身后,抚摩着铃的黑发。

"你真明白,翠姐,你又能干,你又好看,不怪谁都喜欢你。"

铃在头上捉着了翠的手,认真地说。

"谁也不会喜欢我的,我要有钱许行,这时候有人喜欢我,也不过瞧我新鲜,玩玩就是了。"

翠明白了铃的话中的意思,叹息着说:"有钱的人是没有真心喜欢穷人的姑娘的。我也不愿意有钱的人喜欢我,生就的穷命,想过舒服的日子不行。铃才是真正有福气的人,明儿嫁个大官的少爷,做少奶奶,那时候我去侍候你,给你干点杂活一定比你用别人强。"翠用自己的手抬铃的脸,半玩笑地说。

"我吗?"铃淡笑着,"我明儿去跳海,给龙王爷做媳妇去。"

"这话可不好听,好好的为什么说这话,我还不这样说呢!人活着得自个找高兴才能高兴。像我,那样的爸爸,就许哪一天喝醉了贪了钱把我卖出去,我妈能管得了吗?我妈有事就会哭,那个弟弟叫人打了都不会还手的人,唉!我还挣着学针线,跟你学念书,我想既活着就叫他有个活的样,到那时穷人也得自个去挣饭吃,有本事的吃饭,我这就是吃饭的本事。"翠说完自己笑了,"铃,铃成就的福命,怎么还不想活呢?"

"我太没用了,翠姐,不然,不会没人喜欢我的。"铃把手帕再遮在脸上,"你是知道的,家里谁跟我好? 你有妈,有弟弟,爸爸虽不好也是亲的,我呢,我一个人……"铃要哭了似的。

"铃!"翠拥住了铃,"何必要谁爱,铃是大姑娘了,铃还有奶奶。铃好好念书,明儿自个挣钱去,有本事谁也不靠,铃还怕没好丈夫爱吗?"说着自己的脸先红了。

"什么念书,念书就是骗人,出了学堂一样也不好用,还不如在家学点针线,将来还可以开成衣铺去呢。"铃的伤感转成愤怒了。

"这小姐! 看……"翠笑着扶着铃的脸,"看! 看看看,笑了,笑了!"铃真不自主地笑出来。

"铃!"翠的脸由戏谑转到庄重,"我知道铃的难受,铃自己想开一点就好了,谁都是一个人,谁都得指着自己,像我妈,到我有难的时候能管得了我吗? 我还得自己拿主意,我还得自己找我的道路,想法去爱别人,自己就不觉得难受了,铃!"

两颗晶莹的泪从翠的诱人的眼睛里坠下来,翠的脸上依旧笼着微笑,坚定的泛爱的微笑。

"铃,不是吗? 明白的铃。"

铃轻点着自己的头,泪泻流下来。

翠抱住了她。

"铃,我什么时候也忘不了你讲给我的故事,那好看的姑娘怎样为了爱大家勇敢地射死了自己的爱人的故事。我想若是有一个那样的心,就一定不会觉得寂寞和烦闷了。那真是人间最伟大的女人。"

翠望着灯,静静地说。

八

祥跟在秀的身后走出来,自己关上了那扇厚且重的门。

他觉得自己被迫逐到乐园之外了，他感到了甚于亚当被迫出走时的悲哀，亚当身边还有夏娃，他，他孤零的，夏娃留在里面，他还得去追那只缠着蛇的嫉妒的恶女神。

他想翠没有注意他是为了秀才走出的，他看见她正和铃看花边，用她好看的眼睛仔细地看着花边。

也许她以为自己有别的事出去了，他想玲珑的翠一定明白他的心，这样，他的心安定下去。

他望着前面的秀。

秀走着，仿佛不知道他从后边来了一样。

祥不知是追上秀好，还是不追好。

秀的一直硬装不见的态度伤害了他，他想秀太凌人了，他想起她给翠话听时的不得了的样。她把翠想成什么样人呢？那样纯洁无垢的翠。可恶的东西，祥向着秀走过的空中投了一拳。

慢慢地走向自己的屋子，走着，祥仿佛从春天回溯到冬天一样的觉得凉气由指尖渐渐地浸到四肢上来，心里有一种奇异难过的感觉。甬道的灯不知被谁拉灭了，只有甬路尽头的自己的屋亮着。强烈的灯光从有一点褪了色的桃色的窗帷透出来，落在甬路的地毯角上的小花朵上，小花幻成血块凝冻后了的赭色，肮脏得令人呕吐的凝血的紫色。他无端想起了情杀的故事，那一段白天读过的一册小说中的动人的场面。仿佛也就是类似这样的屋子，这样的没灯的屋子，好看的女人在地毯的角上躺下了，红的血从白的胸上涌流出来，染了有花的地毯。好看的女人是谁呢？若是在这屋里的话。是秀吗？娇贵的秀是不配的。是铃？铃也不是，祥不知怎样对铃存了一个奇特的观念，他想她也只有像秀那样由小姐做少奶奶，过着平凡的生活，慢慢地年岁高了，到了太太的年纪也就讲究打牌和吃饭了。虽然他觉得这时铃多少像是比秀进步点，多明白点什么。他想她也是和自己一样，抛不开这物质上舒适的家的。他并不知道铃在这舒适的家里是过着怎样的生活，说是厨房里的菜不好，他想至少祖母屋里的菜是不会坏的，铃绝不会傻子似的自己去到厨房吃

340

凉饭去。

有时他也想铃明白，想铃好，但他断定铃一定没有像他那样等待机会一试的雄心。他想到她是没有自己那样勇气和智谋的时候，他笑了，他觉得自己伟大得膨胀起来。家里只有铃一个是他认为比较明白的，其余的什么爸爸，什么叔叔，他们就是比自己长一辈的人就是了，他们明白什么呢？

那么，这女主角只有翠了，只有美丽的翠才配。可爱的翠会被压在地毯上在胸前插进一把刀子去吗？自己那样狠吗？他的心战栗了一下，那么，别人吗？谁也没资格动翠一根指头的，翠是他自己的。可是，刚才在翠眼前做了丢脸的事情了，怎能跟在秀的身后就出来呢？祥皱起了眉，他的自尊被自己灭消了，他恨起秀来，吃饭就吃饭好了，扯什么意外的闲杂呢？

走在前头的秀，已经拉开了自己的屋门，屋里的菜香随着光亮射过来。

祥觉得自己饿了。他希望秀回头招呼他一下，秀并没有，而且连脖子都没动一动，那样昂然地跨进了屋里。

甬路尽了时，祥在自己的门前迟疑着，门开着，他望着屋里。秀正俯身在看着小床中的勤，他讪讪地走进去。张妈在端着菜，从夹道的小里间里端出来摆在妆台旁边的桌上。菜真的先做出来了的样子。

他也过去看勤，勤睡得正熟，脸红润得苹果似的，他不自禁地用手摸了小脸一下。

秀突然抓起来他的手使劲往下一甩。

"没睡的时候你不管，睡熟了用你来喜欢他，弄醒了你管吗？"说完气呼呼地走到妆台前扯过把椅子来坐下，叫：

"张妈盛饭！"

张妈端了两碗饭进来，摆在秀面前一碗，一碗摆在了秀对面，把椅子拉正了说：

"大少爷吃饭吧！"

蟹

341

祥过去坐下，拿起自己的筷子来。两人都不说话也不抬头，默默地吃着。

秀吃了一碗便推开了，转过身去修着指甲，把指甲油涂上了又擦下去，擦完了再涂上。

祥吃了两大碗，吃完了便去斜歪在床上，用一张晚报挡着了脸。

张妈拿开了碗，回到自己住的小里间去。

祥把报纸拿开一点，用一只眼睛窥看着秀。

床是正对着妆台的，从妆台的镜子里可以看见整个的屋子，从隐在芭蕉树后的门到门旁的花架，从花架到小巧的衣柜，从衣柜到床头的高脚灯，高脚灯下的小方几，小方几亲昵地靠着的乳白的床头。床尾接着勤的小床，勤的小床后面的长椅，椅上一件猩红的旗袍。不得了，又做新衣裳了！祥偷偷地伸了伸舌头。

红底旗袍上缀着银的花朵，银的花朵在灯底下闪着光亮。

秀把脸转到镜子正面，用小刷子刷着细得线似的眉毛。"秀什么地方算美呢，还穿那么漂亮颜色的衣服？"

祥问着自己，从镜里端详着秀。

秀正为了要挤出腮间的粉刺，左颊鼓得球似的，眉毛聚集到一起，全脸呈显了一个可笑的姿态。

"什么样子，还照镜子呢。"

祥在心里啐了一口，重用报纸挡严了脸。

秀什么地方好看呢？额平平，没有一点奇突的兴趣。眉太细了而且短，若不是用眉墨添上一截，两条并一条正好。眼睛大，大可不是双眼皮，鼻子平常，嘴倒挺小，用口红一抹樱桃似的，可惜牙又太不齐了，长长短短参参差差。祥从没觉得秀这样不好看过，今天第一次在秀的脸上找出这些毛病来。他想拿开报纸看看，印证印证自己的想象，又怕秀发觉了发威，他不知今晚为什么觉得有点地方对不起秀，他知道秀是不愉的。

他爱秀吗，祥说不出来，他们并不是感情不好的夫妇，可是祥觉得秀跟他中间隔着东西，和秀在一起的时候他觉得枯燥无味，有时觉到甚于一人独在时的寂寞。秀一点不理解他，秀只要求他在陪她的时候漂亮潇洒就好。此外，只有揶揄他，笑他家穷，从没向他温柔地说过什么。

这样，秀并不是不爱祥，也不是十分爱祥。秀只愿意自己的舒适生活长久继续着。从小姐到少奶奶，她的生活上并没受一点拘束。她依旧用五元一小瓶的指甲油，三十元一瓶的香水。夫家钱不够用，可以回到妈妈那儿去取，反正爸爸有的是钱，姑娘不用给谁留着呢？

祥呢？祥只点缀了她的生活，祥携在臂弯里出去的时候并不比别的男人难看，祥给的抚慰也足够娱乐秀玩过牌或者听过戏的神经的。而且，秀骄傲着，祥没有一般公子的荒唐，祥每夜都回家来。下班后一点时间的游逛，秀想那是男人间的应酬。

秀对祥是有着自信的，她想自己的美丽和钱是足以系得住祥的。

她在镜中细看看自己的唇，小小的红得可爱的唇。秀骄傲地笑了，笑后，她想起刚才还跟祥生着气，立刻绷起了脸，回过头来。

祥把报纸紧盖在脸上，秀跑过去给扯下来。

"进屋就装死，有话明说，烦谁就说明白好啦！"

祥不作声，又拿过报纸。

秀生气了。

"出去，还回你奶奶屋看大姑娘去，我这不要你。"说着，往床下推着祥。

祥的脸红了一下。秀瞪起了眼睛。

秀原是顺嘴说出来的，她并没想祥会和翠有什么交代，她想祥是不会看上那穷得一文不值的女人的。只是她不喜欢翠，也不是不喜欢，她毋宁说恨翠，她最不爱听不爱发现那个女人比自己好。她如此说翠，是为贬翠的身价而已。

"别胡说，什么乱七八糟的。"

祥生气了的口气，重又抓过报纸来挡着脸，心禁不住地怦怦地

343

跳了起来。

"老盖脸干什么,准有亏心事,明儿我就找你爸爸去。你们家不是要求着娶我来的吗?来了你出去吊膀子,好,凭我,骨头也比你重三分呀!"

秀双手插着腰,威焰万丈地说着,她觉得她的尊贵被伤了。她想准得有什么事了,她想,一定是翠爱上了祥的钱,诱惑了祥。

"别胡说,干什么这么欺负人,谁做什么亏心事了?"

"谁做谁知道,噢,原来是这么回事,怪不得我叫你躲开这地方你不干呢!我早就跟你说了吧!走吧,上天津去吧!家这个样,逼得人连大气都不能出,你的叔叔,你的婶子,临了叫我跟里头受气。外边外边,亦是闹得心里整天不安静。孩子也没地方去,连好幼稚园都没有。走,躲开,眼不见心不烦,有钱哪儿都吃饭。左说右说你都不干,心里有病怎么能行呢?

"明儿我自个去,我孩子不能在这耽误着,将来养成一个大混蛋,跟你们孙家这些脑袋一样。我自个天津一住,孩子外国幼稚园一送,舒舒服服的比什么都美,你们家不管,我自个有钱!指你们家这点家当,连你二叔活着的时候都算上,还不够——"

秀气呼呼地说着,勾起过去的老账来。"行啦!行啦!少奶奶,你有钱,你走,用不着拉别人,我家不好,我家……"祥截断了秀的话,从床上下来,开始脱去自己的衣裳。

"什么行啦!我走,这个你说的,你叫我走,当初你怎么叫我来的,不是你家三媒六聘地娶来的吗?是我自个找你来的吗?要不叫我爸爸,我能嫁你?下一万个雨点也淋不到你身上。你说叫我走,行吗?"秀扯着了祥,"你别脱衣裳,气我一大阵,你想睡觉那可不行!"

"那么,怎么的!"祥止住了脱衣裳的手。

"怎么的,找地方讲理去,你外头吊膀子,回家欺负太太。咱们找人讲明白了你去你的,爱吊谁吊谁,我还不稀罕你呢!"秀扯着祥,往门口揪,床头的高脚灯碰翻了。灯泡爆了一个很大的响声。

勤被惊得大哭起来。

"好,你踢灯,你踢我好不好?吓着我孩子,你赔得起吗?"

秀揪紧了祥的衣领,怒冲冲地直对着祥的脸。

祥无可奈何地站着,他可以推开她,甚至可以把她按在地上打一顿。他足有压倒她的力量。可是,他不能那样做,他知道秀气极了什么都能说出来。秀最不爱听的就是人说她没有钱、不美,最不爱知道自己驾驭不了丈夫。

勤在床上委屈地大哭着。

"看看孩子,看!"祥皱紧了眉,"这是什么意思呢?"

"我看孩子,你为什么不看,孩子也不是我一个人的。"秀依旧扯着祥。

"好好!你不看我看。"祥借故脱开了秀的手,过去抱起来勤。

"本来得你看,谁叫你把他奶妈打发走了。什么是奶妈性情不好,怕孩子跟她学坏。我看是你那个吝啬的婶娘舍不得工钱了。"

秀说着坐到身边的椅子上,两手叉起来。

祥抱着勤走到里间门口去。

秀两步便过去拉着了祥。

"不用叫老妈子,来人也完不了。我们家的人不能像你们府上的,专会挖窗眼、躜墙缝,生怕有点事情少了自己。太太那样,老妈子也好不了。我不叫她,你叫破了嗓子她也不能来,你明白不?"

"那怎么样,摔的也不收拾,孩子也不叫他睡了?"祥做出了不耐烦的口调。

"就这么样,你烦这样,我就偏这样,有法,你就想去,不然你就听我。"

秀眯着自己的眼睛。

蟹

"我听你还不行吗?少奶奶!"祥让步了。

"那么你说你整天蹲在奶奶屋里为的什么?"秀逼上来。

"为的是陪奶奶。"祥壮着胆子说。

"另外?"

"另外没有。"

"真的吗?"

"真的。"

"我谅你也不敢!"秀推开了祥,一个字一个字地咬着说,"告诉你,我明天就走,你爱找谁找谁,我正不爱在你们家挨憋受气了呢。正好,省得我回娘家没话借口。"

说完,拉开里间的门,厉声地叫着:"张妈! 铺被!"

九

三叔要做官的话,三叔自己在祖母屋里说出来了。

那是一个礼拜天的早晨,铃梳洗过了后,便到祖母的屋里来。祖母还没醒,铃自己倚着窗子,望着外边花圃里的花。

春花萎谢了,夏天的花开着。阳光在那枯了和刚开的花上洒上了同样的温暖的光。光从叶隙间漏下来,在地上画成了一簇亮的斑点。铃想出去摘下那些残花,又懒懒的。她无心绪地倚着窗子。

长生在屋外走,这儿走到那儿,那儿走到这儿,手里提着一只旧了的捕虫网。

一双蝴蝶连翩地飞向花间来。

铃看着长生,长生并没去追逐那两只好看的蝴蝶。长生向大门处瞧着。

门开着,年老的更夫携着一把大的新扫帚,蒋师傅在他身后,提着一筐新鲜的蔬菜;厨房打杂的小孩跟在他们后面,手里捧着一叠新的饭碗。三人前后地走进来,老更夫的脸上露着孩子似的笑容。

蒋师傅和孩子走进厨房去,老更夫在院里唤着年老的听差。

另外两个短打扮的人进来了,手里提着肮脏的油漆桶。

长生突然扔下了手中的东西跑回继母的屋里去。

铃听见祖母醒来了,带了诧异的心情走到祖母身前。

"奶奶!"铃叫。

"你怎么没上学去?"祖母揉开蒙眬的眼睛,看着身前的铃。

"您忘了今儿是星期，昨晚上您不是说来的吗？您说您好了，明儿星期了，还叫我陪您出去走走去。"铃说，挪开祖母的枕头，扶祖母坐起来。

"我，唉！什么也记不住了。"老祖母敲着自己的头，笑了。

铃唤进老张妈来，收拾好了被。祖母坐在地下的小方凳上，看着铃在一只白瓷的碗边敲开了两只鸡蛋。

张妈提进来开水，铃为祖母冲好了鸡蛋。

老张妈向铃递着眼色，铃放下手中的东西要走出去，祖母叫住了她。

"铃！"祖母用花了的眼睛看着窗外，"外头是谁呢？那个，靠着屏风站着的那个。"

铃走到窗前去。

外边，人们正匆忙地整理着院子。靠门站着的是早就被辞了的厨房的买办小周。小周卷着袖子，提了一桶水走到饭厅去。

"是厨房买东西的小周。"铃说，把拧好了的毛巾放在祖母手里，祖母擦着自己的手。

"他不是早不干了吗？"

"是。"

"干什么来了呢？"祖母沉吟着，"铃，你告诉张妈看着他点。那小子手不老实，爱摸东偷西的。别叫他把你爸爸那套吃西餐的家伙拿去。他拿过一回了，叫人看见没走了，才不要他的。"祖母慢慢地啜着冲鸡蛋说。

"唔！"铃答应着，推开门想走出去。她想去找张妈，问她有什么事。她想她要说的一定是眼前这突然转变的景象。

铃推开门的时候，意外地蒋师傅来请吃早饭了。蒋师傅问着老张妈：

"老太太起来了？"

"起来了。"张妈拉开了门，铃正往外走。铃为这突然前来的蒋师傅惊得立定了脚跟。

蟹

蒋师傅走进屋来。

铃看着他,看着他身上的白围裙和手里崭新的抹布。

"起来啦,您!"蒋师傅向祖母行着礼,"三爷说今天晚上请客,请您去看看饭厅收拾得怎么样,还有今天晚上的菜也请您分配分配。"

"请哪儿的客?"老祖母摸不着头脑地问。

"请的是外国人。"蒋师傅说。

"多会认识的?"祖母追问着。

"也不是哪儿的,三爷一会准来告诉您。您先去瞧瞧去吧,我新来,没看见过旧日的排场。找来的那个老周,什么也不干,就知道躲到一边偷懒,别人都不行。您瞧瞧去吧! 我先回去看看去。"蒋师傅说完了退出去。

"什么事? 铃,咱们看看去。"祖母说,摸起了自己的拐杖。

铃不愿意扶祖母去,铃不愿意在没确知三叔是什么意思之前,叫刚恢复了心绪的祖母再看见那凌乱得叫人伤心的屋子。而且,铃为翠被叫回去的事悒郁着。家里起了一个谣言,是翠和祥的。谣言说是翠为了钱,利用自己的美貌勾引上了祥,祥被翠迷惑连班也不上了,专在祖母的屋里等着翠。把一切不堪入耳的话都加在翠身上。这谣言在老妈子间被加枝添叶地传述着,最后铃听说了。

"真是没影的事,我整天和翠一块都没看见,别人倒都知道了。"

铃说,看着小声地讲述给自己的老张妈,不信地摇着头。

"看,谁也没看见,"老张妈结束了自己的话,"可是,这会的年轻人哪里有准。"

铃默然了,她晓得跟张妈们辨别是没用的,也许因为自己的辨别,更在那传说的故事里加上了热闹的场面也不一定,但她这样说了:

"可别满处说去了,传出去不好看,叫老太太听了也不好,老太太病刚好一点,别惹她生气。"

"谁满处说去了,不想是和你近便才告诉你的吗?跟老太太说干什么!"老张妈有点愠怒了,磨磨叽叽地叨咕着,"还用说,这事谁不知道,好事不出门,坏事行千里。"

铃只好看着那愚昧的老婆子,再什么也说不出来。

秀归宁去了。

秀走,谣言越发扩大了,张妈临走前把砸了灯泡的事加大地传述给了这个家族的下层,大家都注意到祥了,祥那一天没上班也没出来,在自己的屋里躺着。

这更给了听故事的人们好的佐证,大家都以为祥羞了,没脸出来。孩子们聚集在祥窗下,从窗隙窥望着室内,你推我抢地闹得哭喊连天。

在铃担心着怕王家的人知道这传说的时候,王福来了。

王福什么事都没有的样子向着祖母:

"我想叫翠家去两天,她妈给我裁了个大褂,您这若是能离得开,叫她去做完了再来。"

并不知道这些变故的祖母欣然地答应了,而且说定了叫翠完了活计再来,当王福面,由衷地夸奖了翠一番,给了翠三十块钱。

再三地勉强了翠,翠才收了钱去。临行,背着王福,翠扯着铃的衣衫,指着自己的心,轻叹了一口气。

翠的样子令铃迷惑着,她想翠一定知道关于自己的谣传了,翠那样玲珑的人是难得瞒过她的,何况这又是关切她自己的事呢?

一整天,铃的心不能从翠的身上挪开,她为那无辜的女孩子可惜着,由衷地盼望着她家可别知道。

晚上,祖母给铃十块钱,嘱铃背着别人给翠,铃欣然地领了命跑向翠家去。

翠正在房后的地方整理着柴火,眼睛有些肿了。"翠!"铃叫,轻轻的,"奶奶给你的钱,给你自己的。"翠并没来接:"谢谢奶奶吧!我……"

铃把钱掖到翠怀里:"你怎么了,你爸爸说你了?"这样匆匆地

349

问着。

"说我，我也没法，没有亏心的事不怕鬼叫门，谁什么样慢慢地都看得出来。"

翠出乎铃意外的那样坚定，那样沉着地说，并没看铃的脸，手中依旧捆着柴捆。

"那么——"铃不知说什么好了。

"回去谢谢奶奶吧！等我爸爸气消了，我再侍候奶奶去。"翠停止了工作，抬起身子来，好看的眼睛湿汪汪的。

翠去了后，祥仍旧来，依旧坐在那只大躺椅上。这次没有人在暝色变黑了的时候来替他们拉亮灯了，铃也呆呆地倚着窗子向外看，有时无聊地过去捻亮了灯，有时则是老祖母黑得不耐了的时候，叫铃去捻亮灯。

翠走后，祖母的屋里重新静寂起来，祥不出声，铃也极少说话，别的人进来的时候也是转一圈便走。

蒋师傅是几月没来的人了。在蒋师傅身后，三叔来了。多么难得的三叔的笑脸哟！

三叔穿着崭新的黑西服，白衬衫白得照眼，头新剪的，梳得光而又光的。

"妈！您到饭厅去瞧瞧，有什么不对的地方好再收拾，您不知道，"三叔用着少有的温和又高兴的声调，"那个小田，日本人，从前做过这儿所长的，跟我二哥常在一起的那个。那回他买卖赔了，我二哥一下就借他二十万，他才翻过身来的那个小矮个，会说点咱们话的人，这回升这儿的税捐局，是副局长，不，实在就是局长了。那天看见我了，一听说我二哥死了，在大街上就哭出声来了。嘿，这会他可不得了啦，坐着头号的自用汽车，带着随从，看见我叫汽车站着，特意下来跟我说话，不然，咱们哪敢招呼他。妈，他说给我找个事，我带王福也去见了他几趟。他这两天还要到家里来瞧您，您起来看看去，他要来，咱们一家可就好了，妈。"三叔说着，过来扶着祖母的枕头。

"谁呢?"祖母在陈腐的记忆里寻找着,一面慢慢地坐直了身子。

"谁呢?"老太太的眼睛迷蒙地望着远处,"啊!是啦!是那个,那个太太还给铃做过小洋衣裳的是不是?"老太太有所得地望着老儿子的脸。老儿子的脸修饰得这样整齐呀。

"是,就是他。"三叔忙忙地接着说,"我扶您起来吧!"

"那可是好人,真忠厚,日本人里属第一,他太太一见我就行大礼,一个接一个的,好人总有好报!"老太太并没理会儿子来扶自己,脚不在意地在地上找着拖鞋,手扶着炕沿,自己轻轻地唠叨着。

找到了鞋,待要站起来的时候想起了什么的叫着:

"翠!小翠!"

"奶奶!"铃走过来,把祖母的拐杖放在祖母的手里。"铃啊!这回就好了,你小田大爷一来,谁也不敢欺负咱们了,那个巡警要再横,我就给他一拐杖。你,你,你也托他给找个人家吧!给——"

老祖母不知是玩笑还是真心地瞧着铃的脸,说:"你若有主,我死也放心,别人,别人我都不惦记着。你爸爸跟他好得很呢!你不知道,那个矮个专爱吃大虾,吃大虾。"祖母在回忆中找到了自己想说的故事,非常高兴地继续着讲,脸上平添了几月没有的笑容。"您别说了,快瞧瞧去吧!菜早就做得了,就等您去吃早饭,我大哥也找回来了,二嫂也过去了,就等着您呢,你快走吧!"三叔不耐祖母的唠叨,催促着。"饭厅都收拾了?"祖母不信地叮问着,"都收拾干净了?是?"

"是!"三叔简单地点着头。

"是真的吗?三,真是真的?像你二哥活着时候那样,收拾得跟你二哥活着的时候一模一样?"两颗大的泪从祖母多皱的眼里坠下来,祖母用着颤抖的手在三叔的身上摸索着,仿佛想拉三叔的手。

"是,妈,看您。"三叔握着祖母的手,双眉聚到一起。

"是就好,是就好。"祖母赶忙去擦自己的泪,把拐杖挪出一点

蟹

去,预备走了。

铃过去扶着祖母,祖母的伤感传给了她,她强忍着欲坠下来的泪。她想起慈爱的父亲来。

三叔走在最前,铃扶着祖母在后边,三叔开了门出去。铃想是走小甬道到饭厅里去。她不愿意祖母刚起来就走好些路,但祖母随着三叔开了门走出去。

初夏的朝阳温和地照着,雨后的叶子绿得滴油,花圃里的花都开了,芍药的粉花瓣在各角隅堆积着,混合着枯的树叶和草。

柳摆着轻柔的枝,叶子披下来了。铃想起了过去的一个晚上她曾挖下了一个柳的小叶苞的事,她想过去看看那地方有没有另一个叶子生出来,她挖过的地方她相信她是记得挺清楚的。

听差们在院子里打扫着,连厨房的打杂小孩也出来帮着忙,老更夫蹲在花径间,替一株紫红的月季扭掉枝上的黄叶。

这情景兴奋了老祖母,老祖母多皱的脸上发着光,嘴唇嚅动着,泪和涎水一块流下来,她想说什么,结果只能用着松弛了的嘴的筋肉做着喷喷的声音。

三叔向着工作的人们"快!快,一会多赏你们酒钱。越漂亮干净越好"地嚷着,随即扯了祖母的拐杖走向饭厅去。

所有的人都在,只少大伯。继母仿佛刚哭过,眼睛红肿着。三姊穿着漂亮的透纱旗袍,头发梳得镜子似的,左耳后戴了一朵大的白纱花。

铃扶着祖母坐了。三叔向着不知几时来到院子里的王福嚷:

"王大哥,您看看我大哥去,说家有事,请他回来一趟。"

"好!"王福笑应着去了。

大家都坐候着,祥手里拿着报,脸苍白得厉害。长生默默地挨着祥,不住地看着祥的脸。福子拉起了铃的手,用一小段粉笔在铃的手指上画了一个可笑的鬼脸。兰头上系着大蝴蝶,穿着短短的裙子。

继母望着窗外,偷偷印去眼中的泪。

老祖母左顾右盼,痉挛的手在雪白的桌布上轻轻地抖动着。屋子里的陈设都复旧了,门旁的花架子上,摆了一盆开了很大的红色花朵的花。往日白得发灰的纱帘说是洗去还没得。

逐渐灼热的阳光透过了毫无遮拦的玻璃,直射到屋里来。连椅腿上的灰尘都拂去了,特为小孩子预备的高脚椅寂寞地守着墙角。奶奶想起了勤。

"勤呢?"祖母向着祥。

祥没听见祖母的话。

"回姥姥家去了,"兰抢着说,"秀嫂跟祥哥——"三婶瞪着兰,兰把底下的话停止了。

"多咱走的?"老祖母问着铃。

"好几天了。"铃恹恹的,这屋里稀有的整洁令她感到了窒闷,她一点也找不出快乐的情绪来。她觉得大家都挺僵挺疏远,一点也不像爸爸活着的时候那样融洽,她倒宁愿像昨天那样凌乱肮脏,她以为那正是她家目前的本色。明亮的太阳特别使得她的视觉难受,在光亮的白日下,她在这所有的近亲的脸上,看到的只是灰败得近于骷髅的颜色,连小小的福子都在内。三叔更瘦得不好看,大的眼眶中圈着灰色的眼圈。

都沉默着,三叔脸上褪去了刚才的兴奋,陷入深沉的思索里。

继母不断地偷印着泪,躲避着别人的目光,显然地她是忆起逝去的丈夫了。

仆妇在饭厅到厨房的小甬道里站着,小声地交换着对主人家所以突变的忖度。蒋师傅在厨房里,间断地敲着铁勺。

大伯回来了。

大伯刚起来的样子,脸上留着朦胧的睡意,拖着鞋,待看见大家都在的时候,有一点讪了似的走到自己的座位前坐下。

王福也跟着坐下了,挨着大伯。

仆妇们送上菜来,三叔递了一个眼神给王福。王福放下了自己的筷子,向老祖母拱起了手:"给您道喜,老太太,大爷,二奶奶!"王

蟹

353

福的笑眼在每个人的脸上一转。

"三爷任了市内税捐局的总务科长了,全市买卖都归三爷一个人管,局长是二爷生前的至交,这肥缺抢都抢不上,轻轻地就落到三爷的手里,这真是善门自有天降福。跟自个家里的事一样,将来钱不用提,谁不得另眼看待孙府,比二爷活着的时候只有强不能差。老太太,大爷,二奶奶,三爷,三奶奶,大富贵在后头呢,连我王福也跟着沾光不少。真是喜从天来!"王福笑得脸上开了花似的,重又向大伯拱起来手,"您说是不是,大爷?"

"唔!唔!"大伯含糊地应着,脸上想做出来一个笑样,结果只动动两腮的筋肉便完了。

仆妇们端上菜来。

三婶笑指着桌上的菜,让着王福:

"请吧,王大哥!"

"生受,生受!"王福侧了侧身子,举起筷子来。孩子们巴不得吃的,看见三婶开始吃了,立刻匆忙地吃起来,祖母也叫铃给自己夹了一块松花蛋。

吃饭间,王福笑讲着昔日的盛宴,大伯只唯唯地应着。直性的大伯,为这稀有的景象震撼了,竭力地在自己的想象里寻找着三弟何以如此腾达的原因。

继母的伤感继续着,应景地举着自己的筷子。

祥锁着眉,吃了一点便推开了碗走开,在门口,瞧了自己的爸爸一眼。

真正高兴的只有祖母和三婶,祖母只以为这家再生了,昔日的荣华又返回来,笑孜孜地看着擦得发光的桌椅。

三婶则另有自己高兴的地方,她想象着将来怎样再舒适地装饰自己的屋子,怎样阔绰地打扮自己,怎样在丈夫的官位下,攫过来孙家的全部财产。

在大伯推开了手中的饭碗的时候,三叔发话了:

"我有点事跟大哥二嫂商量商量。这回我出去有这么点小差事,钱虽然还没有挣回来,可是,我是准能比得上二哥的。二哥那份交际连老太太都知道,一出手千八百的不算一回事。我倒不是要钱,可也得给我提出来点,原来二哥没死,一月有我二百元月费,二哥死,二嫂西支东支一回二百也没给过我。我知道二哥去世,家里紧,我可没逼着二嫂要过。这回,我可是得要了,不用说别的,同事们一块凑个牌局吧!腰里没三百五百的就不行,我想大哥二嫂也不能看我出去丢脸。反正家里的事谁也瞒不了谁。大哥手里的地产一年进多少,二嫂手里的房产、买卖进多少,都有一定的数目。"三叔一个字一个字地说了后,便一劲地吃着饭。

继母望了望大伯,泪断了线的珍珠似的乱坠下来。

大伯长长地吁了口气,抬起头来瞧着天花板。

三叔再继续着:

"还有,我既然干这样差事了,家里的房照地照将来也免不了受调查。这会,请大哥和二嫂都先交给我,合计合计怎样少报点,不也可以省出千八百的税金来吗?"

三叔瞧着老祖母的脸。

"外头是得点排场的。"王福笑着说,点着自己的头。

"王大哥的话真是对,可真是得点排场。"三婶附和着王福,笑着去摸头上的纱花。

望着三叔和王福,再望着满脸得意的三婶,继母觉得从头上突然凉到脚下,仿佛一切生路都被堵塞了,黑暗包围了自己。看着幼小的长生和福子,继母失声地哭了出来。

十

从那天三叔请了客后,孙府上又重新地洗刷了一次。三叔做官了,脱去了平常的洋服,穿上了草绿的制服,每天按时候坐车到班上去。局里的大汽车来接三叔,每天在大门口按着响亮的喇叭。汽车擦得贼亮,威武得很。

家里久已不用的车显得更破旧难看了,三叔找来人把它推出去

355

卖了。说有钱坐新的,旧的看着也不顺眼。卖的钱三叔收起来了,家里谁也没看见。

到继母知道车卖妥车价也拿回来的时候,已经是离开车推出去的日子十几天了。

继母心痛着,她是预备把那辆车传给儿子的。那车原也买来不久,买后不多时丈夫死了便堆在车棚里。孩子们进去淘气拉坏了垫子,砸碎了玻璃,实质上是没损坏一点的。继母想将来长生大了找一个车匠一修理就满好。美国车,现在说是没地方买了。可是,现在什么都晚了。

继母后悔她早没想到卖车的事情上来。

她想去问三叔讨还一部分车价,她想至少那也得上千。但,三叔目前的威武慑住了她。她自己嗟叹着,心痛那逝去的车子。

车棚空旷起来了,院中拆除了的小炉子都送到里边去,院中很干净整齐了。衬上新开的花,新涂的油漆,擦得晶亮的玻璃,表面上孙家又恢复了往日的景象。

客厅也收拾出来了,花架上摆着开着的花,常青树的绿叶上的尘土拂去了,露着油绿得漆布一样的原叶。花瓶里插着花白相间的花球。在红绿的交映里,古老的客厅活泼起来了。那只小田特意送给二爷的武士,曾被福子砸掉一只脚的瓷武士,也由三婶细心地粘好,摆在客厅入口的方几上。

三叔说他们的日本长官要来家里了,来给老太太请安。

这消息惊震了这整个的家庭,所有的人都兴奋起来了,大家动手整理着院子、房屋。在猜想着客人能到的地方,挂上了收在柜里的壁饰。所有的人都渴望着一见这掌握大权而又据说可亲的人物。

是谁呢?祖母又忘掉那既不姓张又不姓李的古怪姓字了。但她想他一定是好人,她记得三叔说过这样的一个好人。不管他是谁,他的光临总是可欣喜的事。祖母想三叔的官一定做得不错。她为老儿子的回头特别地高兴着,她兴奋地叫铃帮助张妈收拾了屋子,在红的躺椅上,摆上了织锦的软垫。

大家都趋奉着三叔,瞧着三叔的笑脸,一切隔阂、怨恨,仿佛都被这一个闯入的消息赶散了。三叔也一改以往凌人的态度,对大家摆出来笑脸。

　　全家都到饭厅里来吃饭,菜仿佛也随着大家的心情变了。继母把菜钱以外的日用也交出了,全家一团和气。

　　日子在期待里过,大家都捧着一个希望,三婶每天打扮得花枝招展的,预备迎接这尊贵的客人。

　　一天接着一天,一天比一天热了。大家期待的心却正和温度的上升成反比,一天一天地低落下来。

　　尊贵的客人终于没有来,三叔每天按时到班上去。

　　三叔这样按时的出入,给了一个极不好的印象,在孙家的人的记忆里,做大事情的人是不用出去的。二爷原来就无所谓上班,爱去就去坐一会,不爱去一个电话回事的就全来了,来了还不说,在门房里等着,多会爱传才敢进去。这可好,每天跑,一分钟也不敢晚。

　　三叔自己说,年头不同了,现在大官都按时候去,何况咱们。

　　说是大官按时候上班,谁看见了?

　　只是一样事情还令大家惊异着,那就是王福。王福在三叔没接事前陪着三叔跑了一大阵,三叔事成,王福反倒留在家里,而且王福出乎大家意料外的坦然,没有一点怨恨三叔的意思表现出来。

　　大家都把尊敬的眼光挪在王福身上了,王福穿着丝质的长衫,里里外外的忙得不得了。仆人们猜想着王福一定找到好差事了。大家追在他身后,求他携带携带自己。

　　王福笑着,拍着自己的大腿:"得啦! 哥们。我哪来的好事,有好事能不说出来,请大家顿喜酒不也是回乐事吗! 这么些年了,我也该请请诸位了。怎奈我并不是有事,左不过是闲不了,多溜两回街就是了。"

　　"别瞒着,也沾不着你什么,何必呢?"蒋师傅说着,拍着王福的肩膀。

蟹

357

"唉！老弟，别人不知道，你还不知道么？三爷的事都在你心里。真是没事，我一点也不说谎。"王福认真地说。

"那三爷是什么意思？"年老的更夫问着，抱着轻蔑的怀疑的态度。"三爷倒是挺好，叫我去，可话又说回来了，年头不同了，去也没意思。三爷说连局长都不带人，自己更不好带了。就是带去，也只有端茶倒水。我早都疏散惯了，跟二爷的时候，哪个人不是争着给我倒茶。这么大年纪了，反倒再去给人端茶，我是万万不能去的。诸位想想这个对不对？"

王福笑语着，环顾着捧着自己的听众。

"那三爷就这么白白地算了？"不知是谁问的，问后许是怕因为这句话惹出了无辜的风波，很快地闭了嘴。

"话又说远了，看去世二爷待我那份情意，待候三爷几天也是应当的。我上三爷的局里去了，三爷屋里三人，三张大桌上，桌上晶亮的玻璃砖，底下丝绒垫，真像办公的样。那边连着的屋子里，长桌子连排，黑压压地坐满了人，那些都是归三爷管的。一看就是不小的差事。"

王福描绘着，用着有声有色的口调。

听的人都索然地别转头去，大家认定了小职员才按时候跑的铁律，王福的话反倒惹起了他们的蔑笑。

天热得很厉害了，热得人头昏眼胀的。也许因为热，很少有人对院子加上什么整理了。前几天老看在院里走着的大伯重新不见了，大伯又躺到姘妇家里去。

大伯原想是老弟升官了，家里还来什么日本官，这就是将来走在这条街上，人们一说那是某某人的哥哥，而加以尊敬的。尤其老弟是干的人抢不到的肥缺，准得比二爷的钱来得还凶，简直就像流水似的往家里灌。

钱灌进来，就得商量处置的方法，他可以建议买地。土地现在最贱，土地出的钱也最实在。就是粮卖不了的年头，自个也不怕没吃的，买地真是最好的事。大伯暗暗地计算着要在现有的田亩之外添了一倍的时候,该有多少石粮被收获出来。

三叔刚接任,就没带出来赚大钱的形象,上了七八天班了,家里还连一个送礼的都没有。月底,干领了一包薪水,不管他薪水是一千,是八百,赚有数的钱终究没出息。

而且,那个要来的什么长呀,那长也不过是三叔说出来吓人,这年头是谁的,没看看人家什么身份,能平白地就上咱们家来吗? 这可比不上二爷,二爷多大的排场。

这样,大伯的热意全消了。

祥呢,祥为失去了和翠相见的机会不欢着。他不知道翠为什么离开祖母的屋子。他想是祖母好了怕费钱把翠打发回去的,他把一腔怨恨都放在祖母身上。又怨恨着铃,他想铃一定助成这件事,就是不然,铃也没在祖母前说过留翠的话。不然,翠决不会走的,他想翠是眷恋自己,并且明白自己对她的热爱的。

惹怒了秀的事情也在心上做成了一个不快的郁结,他怕秀的父亲听从了秀说的自己的坏话。秀没兄弟,只有两个妹妹,祥是把秀家财产的三分之一划到自己名下的。他怕由于秀而惹怒了老丈人,在秀家财产名录上削去自己的名字。

因此三叔做官,家里重圆,他只无心地填上了他的座位。他没有一点意见,既不捧也不冷淡,坐在喧笑的众人间,想着自己的事。他明白一切官厅中的现在情形。他准确地知道,三叔的官位也不过是听了好听和比自己多拿几个钱而已,所谓实惠那是没有的。

在大家趋奉三叔,做得令祥肉麻的时候,祥无言地抬起了头,心中蔑笑着,嘴角稍稍地歪一点,表示自己心里是明白的。

他依旧回到祖母屋里来,在躺椅上想着小翠,盼望小翠有一天能如一个奇迹似的出现。到祖母的屋子就是回忆也令他厌倦的时候,他不再进来了,到暝色掩过窗纱,黑暗罩上了大地的时候,从他自己的床上起来,在月亮门前徘徊着。

几次想跨过月亮门去,他怕惹怒了王福,而阻碍了将来的道路。一次他的徘徊被三婶遇见,而且在他身上投了奇怪注视后,他不再

359

回家了,他又把下班后的时间消磨在咖啡店里。

继母则为交出了菜钱以外的日用后悔着,她想交出了可以赢得三叔一点高兴,放松了对另外存在她手里的进款的逼出。三叔跟日本人当差,她希望他因为高兴而忘掉二爷做过俄国事情的事。她想只要他心里高兴,即使有什么为了以往曾吃过俄国人饭的事情发生变故,他还可以给说情的。她还想日用交出了,就等于给了三爷实惠,虽然钱数不多,她想他也是不肯舍的,不肯舍自然就得想法保护,能保护这一小部分,别的也沾了光了。三叔曾说过的被追过的故事在她心上强烈地打了烙印,她坚决地相信吃过俄国人饭的早晚都得摊上点事。

但三叔做官之后的表现动摇了她的信念,她猜想他是税局里的记账员,像原来家里的管账先生一样,一定要在一定的时候去开开锁着现钱的抽屉,晚了别人就不能办事情了似的。不然,何必非得每天按时候去不可呢。

这样,三叔又该在家里的钱上找准了,她后悔把日用交出失去了把握着收入的最好关键。她开始在心里捉摸着,怎样在学生的月费里,怎样在一家人的月费里,填上了用钱的数目。她又怕惹怒三叔,不管他事情做得多小,总归是官面的事情。她怕惹怒了他,他勾引了外面人来给她和她的孩子带来不幸。

那个给三叔找事的日本人是谁呢?她曾多方面地探询过,也曾装着无意的问过三婶,可是都没得到结果。三婶不知道是真的不知还是不说,说她还不清楚。继母自己猜想不出是不是真是小田,她知道只有小田跟丈夫过往的关系最密,可是小田在丈夫死前的半年回国了,一直没有回来的消息。如果他回来,他是能到自己家来的。

又想也许是他,如果是他,就好了。她计划着怎样去找他,怎样述说丈夫死后的一切不幸。求他帮忙,给他点什么也不要紧,能靠上他,她以后便一切都可以高枕无忧了,她可以安心地培养她的两个孩子,儿子成人就一切都不成问题了。

老祖母单纯地为儿子升官家里重和的事情欢欣着。三叔这样按时出入，一扫往日的专横骄懒的事，使得老太太有说不出来的高兴。她想她的儿子从此好了，事情不怕小，慢慢就会做大的。钱，她并不希望挣多少，她想只要兄弟们和美，这点家产足够他们的下半世的。

铃一如往日的觉得烦闷，这重兴的喧嚣景象，使她苦苦地忆起了爸爸。她完全不知怎样去排遣烦极的心绪，听差仆妇们穿梭的出入，加给她不能言说的难过，她宁愿像前些日子那样萧索，她明白三叔是做不出好事来的。

长生们就只有跟着大家起哄，瞧别人都笑的时候跟着笑，大人烦了时，便躲到一边去自己玩。

三婶在众人注目里渐渐地弛缓了紧张的神经，她不再换着旗袍，不再戴花，重新躺在屋子里，呼唤着蒋师傅给做道点心。

这态度更令家人趋奉的热意骤减，客厅里不再有人去收拾了。大伯整天在妍妇家里，祥又是一天不露面。为了失去的一部分钱，继母拼命地吝啬着，今年例外的没给铃们添制夏衣。

夏来，郁闷整个握着这没有心脏的家族。房柱的油漆，因为原料不好和涂得太粗陋，很多地方鼓着油泡，蒸腾着难闻的臭油的气味。花圃里的苇帘塌下来了，压折了花，花便萎死在帘下。没有帘子的地方，被太阳晒得憔悴得挺不起茎来。

突然，一天三叔午间回来了，说小田先生就来，来吃晚饭，还要给二爷的灵上供。

立刻，整个的家都骚动了，仆妇们都急于一见这统领全城商家的头目，好像见了他就可以沾光似的。年头久的便给讲述着当年小田先生的轶事，手里忙着工作，嘴里喊喳起没完。

打杂的小孩飞跑着去找大爷。三叔给铃和祥分别打了电话。

继母自己在房里踌躇着，这突然的消息令她几乎欢喜得跳起来，一会她重又陷入沉思里，她想怎样才能避开众人找一个单独向小田诉苦的机会，有几所被人强包租去的房屋，她想托小田要回

蟹

361

来，这份房租便可以不交家里了，以往那几所房租是最不好要的。她想她要穿越朴素越好，这样可以证明她现在在家里是怎样的不像以往的那样的被重视。还有，她不想叫上学去的长生们回来，这样可以显出来她的孩子勤学，小田才能愿意帮她培养他们的。客厅里得不着机会，她可以请他到她屋里，她想给丈夫的供一定要陈设在丈夫的照相前的。望着墙上的丈夫的照相，泪无由地坠下来，她把一只方几搬过去，端正地放在照相之下。

门外有了汽车声，她推开了一只窗子。

啊！小田进来了，小矮个，黑衣服，头上白发多了啊！眼镜换了，换了没边的，后边一个短衣的人拿着一只鲜花环。

三叔匆匆地接出门来，三婶跟在后面，一面整理着底襟的纽扣。

去招呼大爷的打杂小孩没回来，铃和祥也没回来。

泪蒙上了继母的双眼，一切决心都飞走了似的，她觉得失去了去见小田的勇气。她想起有好些地方自己做错了的不能说出口去，她疑惑到三叔早已在小田面前揭过她的短处。

过一会，她决绝地站起来，拉直了身上的黑布长衣，走向客厅去。

客厅门后，仆妇们堆聚着，手里尚拿着抹布。到门口，正要跨进屋去的时候，她向屋里张了张，那里只有三爷夫妇。她抽回自己的脚，折向老太太屋里，她预备扶了老太太一块进来。

十一

渐渐地三叔厌倦自己的官职了。

多么无味的生活呀！早晨忙着起来，忙着赶了去。去了坐在大桌子边，等人家有地理上不熟的地方来问，费大劲给解释半天从哪起到哪止，从哪起到哪止是归某某商号的时候，也不过换来个鞠躬礼外带谢谢而已。你的什么公事管不着，到时候可得盖图章签字。难为小田会想，找自己这么个地理鬼来真是合适。

长日坐着三叔觉得腰受不了，钱拿来不够开销，而且许多开心的地方都拘着不好去了。下级的日本科员见了非常恭敬客气,商量事的时候是日本话,坐到桌头上干听着没办法,问到自己时也只有点头。这样三叔想辞了不做,但又怕因为辞官惹出另外的事。又因为自己想借着官差总揽家事,所以只好忍着,每天坐到桌子边就像坐到刑场里一样。

晚上的应酬更令三叔苦恼,先因为图融洽,图自己地位稳固,好做手脚,三叔聚了许多职员到家里来,吃饭,玩牌,他预备联络好了他们在税局里发笔大财,结果一月过去了,连自己的蓄志都未能表达出来。税局里是账目清明,上下严正,连一个插足的隙地都没有的。

那些年轻的职员并不和三叔的心走一条道路,只不过,孙家的舒适的客厅和美味的菜纠缠着他们,独身的人下班后自然而然地就聚拢来了。于是孙家的客厅里不时地充满了异国情调的语言和嬉笑。

三叔在他们之中选了一个地位较高性情活跃的叫作中野的人来学日本语,特别对他表示了亲近。他想功到自然成,长了他可以利用这浮华的中野来蛊惑其他人的。

中野每天来,来了吃酒,醉了便睡在那里。三叔用了最大的忍耐忍耐着他的客人的骚扰。另一方面,他也因之获得了家人和邻里之间的人们的尊敬,为了和日本人接近,家里和邻居都惧怕着他。有被欺负了或者因为话说不明白而被误解了的事便来求他。轻易可以解决的事,三叔便托中野去跟管内的日本警官把话说清楚了而完事。比较重大的,三叔自己威吓着,要挟着,给放置起来不管。到那家求情的人送足了礼,才托中野出去问明白了究竟,想法解决了。最大的事件也不过因为房捐送晚了,当家的被拖到警署里去了。无知的家人就以为性命攸关,立刻就会要了命去似的。

这样三叔在这弃了可惜、不弃无味中度着自己的总务科长的生活。家里因为时常待客,日用和菜钱都不敷用了,二奶奶处怎样也再挤不出钱来。地产为了经理上的麻烦,他不想染指而且也怕惹翻了那位炮仗似的大爷,怕他糊糊涂涂的真上小局子告状去。另外一些二哥遗下来的二奶奶不知道的账目,他已经和王福都要进来用光了。能转念头的只有两处烧锅和一处当铺,但这三处是非有二哥的一向的图章是不能支钱的。他早已遣王福利用自己的地位去想法获得这买卖的支配权,疏通费一百五十交王福多次了,但王福并没将好音带回来。

班上寂寞,一向无羁绊的生活被套上了枷,钱不足用,不能驱逐的吵闹的客人,在在都使三叔悒闷、难过。一个热闷得窒息人的午间,三叔过早赶回了家。

三婶躺在凉席上,懒懒地吸着烟,头发散乱披着,脸上的脂粉被汗剥落了,露出本来的皮肤,斑斑点点像生了黄色的斑。

颊上,眼旁,额上都爬满了细小的皱纹。

一向认为好看的自己的妻,三叔今天骤然觉得丑了。这丑的三婶的姿态加重了三叔心上的不悦,他脱去了所有的衣服,只留一条短裤,一言没发地躺到凉席上去。

一向被娇宠着的三婶,淡淡地撩了丈夫一眼。

两人都沉默着,三叔望着凸花的天棚,许久以前打过交道的女人在他脑中旋转起来。穿着红色的衣衫的姗姗出现,穿着白色衣裳怎样向他娇嗔了,蓝色的怎样在座间偷搔了他的手,那都是漂亮得可人的东西。他计算着他和她们已经疏远多久了,他想怎样支开家中的客人,脱出晚间的时候去会会她们。他想到钱上了,许多蛇似的东西蜿蜒地爬进脑中来,他觉得眼前一阵昏黑,心像刀绞一样的难过起来。

三婶撩了下眼皮,扔掉手中的烟蒂。

"昨天说的东西呢?"三婶问。

"什么?"三叔脑中想着自己的事,漫应着。

"东西!"三婶急了。

三叔想起昨天三婶要的戒指来。三婶星期日要去参加一个同事的婚仪,嫌手中的戒指样式都旧了,要求三叔给买一只新的梭子形的。想到昨天含糊地应了的事，三叔闭起了自己的眼睛，心里憎恶地骂着，什么东西，就知道东西，钱。

但他没有说什么。

"难为你还做官，还是有钱人家的老爷，连个戒指都买不起，我为的是什么呢？嫁汉随汉，穿衣吃饭，不为的是吃穿，谁找个男的来管着干什么呢？处处得受你的拘着，处处得听你管，完了要东西没有。"

三婶气愤愤地说了，把脸转向了墙壁。

三叔矍起了自己的双眉，动了动嘴唇。

墙上挂着一张三叔夫妻四年前的合影，相片上，两人都笑着。三婶记起来那是从二爷手里领出来月费后，去洗了澡后照的。那时候钱就被拘着，月间有限的钱，连玩牌时都不能玩痛快，以致自己时常在女伴间受窘。这几年虽然比较宽裕了一点，但终究没随过意，而且背着别人得来的钱，三婶也觉得花得不痛快。她愿意在用钱的时候显示给人，特别是显示给她认为最吝啬的二嫂，好一吐心中一向的受窘的积怨。

一样孙家的人，不能用孙家的钱，真是没理。多么脓包的丈夫呀！三婶恨得牙痒痒地坐了起来。

"我就倒霉，偏摊上你这么个窝囊废，人家怎么都能要钱有钱，要东西有东西呢！自己用不算，还去填窟窿。不都是姓孙吗？不都是顶着孙字来的吗？怎么就单单地少我这份呢？"

三婶没有好声地说着，使劲地划着了一根洋火。

"怎么就单少你的了，你什么没有？"三叔转过脸来问，说完依旧瞧着天棚。

"我要的那样戒指我就没有，告诉你实话吧！反正我没儿子，我也不指望给后代留多少家财。何况这年头今儿不知道明天，现银子不能当钱用，留下金山将来就许当黄土堆，还不如自个吃点乐点图个痛快。姑娘我也不管，能供给得起书就叫她念，供不起的时候找个主去她的。嫁得着汉子就吃得了饭，饿不死就行。我不能像你们当家奶奶似的，一个小钱都捏出汗来。今儿乐今天得，明天再说明天的。"三婶仰天喷了一口烟，磕去了烟头的灰尾巴。

"你好，我们家人都不好，你可也姓孙了，你……"三叔想继续着抱怨下去，他想起了三婶有名的话说得噎人的嘴的时候，他忍住了底下的话。而且他也不敢过分地惹怒了她，她是他的罗盘，她是他的指针。一到他觉得无法的时候，她就指给他该走的路，给他一个走路的方针。一向联络王福，压抑家人，都是三婶做好的策略。想到还没到手的大批的家资，三叔忍住了自己的话。

"本来就是我好，好说不好也不行，你们家这几块料我早就看透了。整篓撒油满地捡芝麻，小处死紧，大处看不见。指着孙家过一世的享福日子，别想。二爷一死就算丢了心，家人不拿，也得落到外人手里。趁早，谁有本事谁花，什么叫人情、道理，明儿老太太一死谁还认得谁。老太太也就是一年中的事，一咳嗽成一堆，还两天半就犯咳嗽病，没个好！先下手为强，谁得算谁的，这年月上哪讲理去？我娘家没有，我不能像大少奶奶，你没有我有，我躲开你。我就是认定了，我嫁了你就吃你，你叫我在人前丢脸，一百个不行。要不咱们就换换姓，别姓这个孙字。你们孙家不是有钱吗？我的男人不是做官呢么？戒指我算要定了，有也得有，没有也得有。"三婶理直气壮地说，眼睛故意望着别处。

"东西你要多少都有，可也得我有哇。"三叔想起了一再迟延的王福，他需要太太教给他一个有效的催促的方法了，这样纳下气来说。

"你没有，你熊货，那么些个人，能吃你喝你，不能帮你弄钱？还是你自己不会调动，人家怎么就能指着个会说点……三百五百地进呢？"

三婶昂起了头，磕落烟尾巴。

"不都是得你教我吗？"三叔勉强剥去心上的不愉，凑到三婶眼前来，攀着三婶的肩膀。

"躲开点，别这么拉拉扯扯的。"三婶推着三叔。

"看，我的都是你的，我有就是你有，你不帮我谁帮我？"三叔凑近来，索性用脸去贴三婶的肩。

"别发贱！"三婶推开了三叔，脸上露出来得意的微笑，"还是得找我不是，去，你去把那位王先生给我叫来，看我有没有方法治他。"

"好，听你的。"三叔点着头，披了大褂，拖着鞋。

"我去吗？叫老妈子去吧！"三叔停在门口。

"老背人，老怕人知道，这怎么又不怕了？叫老妈子去，就该传得谁都知道了。别脚懒，赶快去，看没人再说，叫王福偷偷地来。"三婶扔掉了手中的烟，伸了一个懒腰。

三叔拖了鞋慢慢地出去。

在月亮门那儿，三叔看见小翠了。

翠劈着劈柴，预备晚饭的燃料。

她正背向着三叔。包在月白色的小布褂里浑圆的肩，因为这费力的工作凸出来，凸成那样苗实又美丽的斜坡。凸出来的肩下的婀娜的腰，轻轻动着，动着的腰下是圆美的臀。将下的夕阳在她身上投下了金黄的光亮，金黄的光亮衬着她裸露着的修长的颈。

三叔的心里骤然一亮，他仿佛饿极了的狗看见了鲜肉一样，他嗅到了她的新鲜诱人的气息。

翠听见有人来，回转了身子。

在翠的凝视里，三叔觉得自己飘浮起来，心飘飘的想飞上天去。他把眼睛注在她的黑发上，丢失了注视她的面庞的勇气。

"有事情吗？三爷。"

发觉了三叔的贪婪的注视，翠问了。立刻低下头去，抱起了劈好的劈柴。

"唔，唔，王大哥在家吗？"三叔迷茫地随在走向屋子的翠的身后，慌乱地问。

从被爸爸从孙家叫回来的时候起，翠加倍地蔑视了孙家的男人，倒不是为自己名誉的被污，因为接触的时候多了，她看透了他

367

们的无能与无情。她赞同铃的话，认为他们就是玩女人也还没玩得到家的。

眼前的三叔的不自然的情态，伶俐的她立刻就发觉了。

"我爸爸出去了。"她严正地说，下垂着眼睛。说完了立刻跨进屋去。

遗在屋外的三叔停立着，望着消失了的她的背影，重重地咽了口吐沫。

他想起怎样在老太太的屋里初见她，怎样为她小小的美丽所惊异，长成了的她更令人销魂了。

望着随在她身后关紧了的门扉，三叔不舍地揉搓自己的双手。

他垫起了一点脚，向屋里望去，透过小板墙上露出来的一点窗棂，他只能看到灰白的墙和贴在墙上旧了的年画。

他想跟踪她进去，他还一次没到过王福的屋里来过。他想她是睡在里间的，他无缘由地想看一看她的睡觉的地方。

他整理整理自己的衣裳，梳理了头发，走向关着的小板门前来。

正当他要推开门的时候，翠的妈妈在里边拉开了它。

"请进来吧！三爷。"翠的妈妈说。

这朴实的妇人是不惯和男人说话的，虽然孩子都很大了，到都市里也有年头了，但她诚朴的性格使得她依旧保持着乡间女人的羞涩。

开了门，和三叔几乎互相碰着，更使她不好意思，她的脸不自然地烧红了。

她向后退了几步，三叔跨进门里来。

"王大哥呢，没在家？"

三叔笑语着，端详着翠的妈妈的脸。

在那憔悴了的面孔上，他看到了女儿的美丽的脸。他想，就是这半老的女人打扮起来，也是胜于自己的妻的。

王福真有福气，他想着她年轻时的漂亮的模样。还有，三叔想她一定胜于自己的女儿，女儿的好看的脸上有一股夺人的冷气，他想她一定是婉媚的,刚才她的羞涩令他相信她年轻时候一定是爱娇的。

他垂涎地往心咽了一口吐沫。

"他,"女人低声地说,"他不是和谁去喝酒,没说多咱回来。"

女儿授意叫她追逐眼前的男人的话,她只这样笨拙地说出了。她想说丈夫不知什么时候回来,他是决不好意思到屋里去等着的。

三叔并没注意到女人在说什么,他把全副精神都灌到屋里,他们站着的地方,恰好在里间的窗前。在炕上,铺着花的床单的一块四方的垫子上,放着一件熨平了的淡粉的布褂,布褂边,摆着针线篮子,屋里并没有翠。

"他,他出去喝酒。"女人重复地说着,稍稍地提高了一点声音。

"噢,噢!"三叔不自然地收回来自己的注视,匆匆地应着,"王大哥不在是不是?"

"那么,我待会再来吧!"

三叔犹疑了一会,他想起了一个主意,他要找王福去。

三叔向女人摆了摆手,跨出月亮门来。

十二

三叔去找王福,在五香居里找到了,有王福,还有烧锅里的管院子掌柜的。

两人都带着酡红的脸,还在那儿边谈边喝。这附近的人都认得孙家的人们。三叔一来,堂倌便领他直奔向王福所在的单间来,三叔和王福是惯常在这儿相聚的,王福也可以吃了饭写在孙家的账上。

屋内的人并没理会到三叔,但三叔从透花的隔扇望见了他们。

三叔脑里起了一个奇异的思想,他想起管院子的张贵是有一个年轻力壮的儿子的。他悄悄地伫了足,倾听着他们的谈话。

屋内的谈话已经到了尾声了,两人的声音都很迟缓,没有初谈时的兴奋。

一个人给另一个斟酒了，王福的声音：

"总之，一切都得掌柜的照应，三爷那儿全有我，出事我担着。"

"那是，那是。"张掌柜唯唯地应着，呷了一口酒，"什么事都一样，瞒上不瞒下。东家的除外，王先生的事绝没错，包在我身上。有我一斗少不了你十升。"张掌柜的说完笑了。王福也随着哈哈地笑了起来。

隔扇外边的三叔也笑了，他想王福到底没负所托，真的替自己办完了大事。继之，他在张贵的话里找出来破绽。张管院子不管钱，而且这移交的大事也绝非张的一言半语所可决的事，他想起张的上面还有着三个经理，其中的一个是位倔强得厉害的老头。

三叔沉吟着，忖度着所商量的事。

"一斗，十升"，他突然醒悟了，管院子正是管理粮米出入的。王福一定是要在卖粮人奉送的粮份子里替自己找点出项。

自己怎么会没想到这上面去呢，这只要勾通好了管院子的人，一天石八斗的是很容易剩出来的。王福真是鬼，稍一疏忽他就找缝蹿了进去。

三叔的愤怒无边地袭上来，许多为王福弄得丢了不甘忍受的吃亏的事都翻转上来，他想进去直劈王福两个嘴巴。他无意中触了隔扇一下。

屋里的人发觉了，王福站起来，来掀帘子。

三叔走进去。

两人都起来欢迎他，王福喊堂倌拿碗箸来，三叔不说什么，皱了眉坐在那里。

张贵倒了酒，恭恭敬敬地放在三叔面前。

三叔叫堂倌换新菜来。

菜来，三叔向张掌柜的举起了杯：

"张掌柜的，论理东家不该说这话，可是咱们哥们说了也没什么关系。掌柜的若看出来有出息的事，也算我一份。"

说完，三叔干笑了笑。

两人对望了一下，很快地对望了一下。张掌柜低了自己的头。

"三东家哪来的这话，有出息的事我们看出来也是东家的，东家挣钱我们跟着享福。"张掌柜的说，勉强压抑着内心的慌乱，带笑地望着三叔的脸。

"哼——"三叔哼着，没有另外的话，检察官一样的望着两人的脸。

张贵被哼得手足无措了，他去看王福，王福无事似的啜着酒，张贵的心恐缩地跳了起来。他想王福一定是三叔主使出来试采大家心的，看谁有坏事就把谁撺出去，省得将来三叔接办的时候棘手。

虽然是和王福做鬼，小得东家看不到眼的小弊病，可是也是对孙家不忠，张贵想起三叔是有名不认亲的人，翻脸就不讲情理的。

他想他这次不会得被撺了？不但被撺，还许当小偷捉到警察署里去吧？

他用慌恐的眼睛去窥视王福，在王福脸上他看到了一点莫名其妙的表情，他的心闹得更没底了。

他看见王福让菜，便也跟着让菜，看王福喝酒也跟着喝酒。他悔恨自己的莽撞，自己的沉不住气了。

王福在桌下暗暗地踏了他一脚，他慌乱的心境不能理解王福传递给他的心意，他想他是叫自己安心的。

他悄悄地向王福一点头。

王福端起酒杯来，笑向着三叔：

"以为您不能这么早下班呢，不然也就请您去了。张掌柜老实人，一心想给您帮忙，找我，叫我带他见您来。他不知道您什么时候有空，抓柜上的闲时候就出来了。来了，我想也不好叫他白等着，就在这喝两杯酒。这会儿，三爷来了，张掌柜的直接跟三爷说说吧！"

王福上边说着话，底下踢着张贵的鞋。

张贵自己拿不定主意，他不知道王福是叫他说什么，他想也说照王福那样份子给三叔，他想那不行。一来他是东家，二来这是偷

蟹

371

着，一定得多多给点才行。他又怕说这样的话惹怒了三叔，他想三叔总是孙家的人，孙家的人一定不爱孙家该得的权利跑出去。他急得额上冒出汗，手里端着酒杯，嘴只一劲地唔唔地做出声音。

这样，急坏了身边的王福，他是示意叫他随便说两句好听的话来给三叔听的，他可以给他编谎语润色，使得三叔看不出他俩是蓄意到这里来商量欺骗他的。

张贵的慌乱证实了他们的行为，王福心里气急了，他在桌下重重地踩了张贵一脚，然后，用脚推开张贵的脚。

王福企图用喝酒来遮过张贵的慌乱，他向三叔笑举着杯，瞧了瞧壁上的时计，再瞧了张贵一眼：

"三爷今儿真早，还没用午饭吧？您少喝点！"

那边张贵却错会了意，他以为王福叫他出去，他感觉出来他是往门那边推了他的。

他站起来，瞧着王福的脸。

王福气得低下头去。

张贵向三叔拱了拱手，嗳嚅着说：

"都仗三东家栽培，有我没办到的事，您叫王先生告诉我。我出来不少时候了，想回去看看，看有什么事别人不知道的——"

张贵偷望着王福。

王福不耐的脸色。

张贵收束了自己的话，再拱起手。

"再坐一会，没什么事吧！"三叔淡淡地留着。

"不了，您和王先生多谈会吧！"

张贵脱逃一样的走出来，王福在后面送着他。

送张贵回来，王福在门口停止了，堂倌向他说了什么，王福恍然地点着头。

王福进来，三叔一人倒着酒。王福赶快接过酒壶来，倾尽了三叔杯中的残酒，为三叔斟上热的。

三叔依旧不说话，看着王福的脸。

王福轻叹了一口气：

"唉！真是，这群买卖人真难办。耗子似的，胆又小又贪。事也看不清楚，一句话不定说几遍才能明白。明白了还不行，还得前思后想，想够了还不定能办不能办。像您看见的这个，也是堂堂的大管院子掌柜的，您看见了吧！遇事那个缩头缩脑的样。"

"他心里有鬼焉能不缩头缩脑的。"三叔没好气地说。

"看您，这是哪的话，他心里有鬼怕咱们干什么，咱们办的是事情，有鬼有他的。凭您，谁敢哪！"

王福奉承着。

"他不敢你还不敢？"三叔森然地笑了，喝了一大口酒。

"您若说这话，您可太辜负王福的心了。我知道您是说着玩的。可也真对不起您，这些天了，也难怪您着急。可是，三爷，您是明白人，您也得明白我的难处。我先跟二爷，这会跟您，买卖人脑筋慢，您也得给留一个想想的工夫呀。"王福笑语着，再替三叔斟上酒。

三叔不说话，在他心中现在是愤恨压倒了一切。

"您别惦记着，一两天内准有好言。"王福瞧着三叔发青的脸，心里盘算着。他明白这位公子是只好顺着的，逆他一点也不行。顺了他，哄得他高兴了，天大的事情也可以化为乌有。

"一两天内……"

"还一两天呢，从我没接事就说起，这多少日子了，这……"三叔呷了一口酒，把杯重重地放在桌上。

"爷，您真是，唉，人若都像您这样宽宏大量的就什么都好办了。人不是不一样么？尤其是买卖人，一家吃嚼都担在肩膀上，什么都得合计个八天十天，非得一个小窟窿都不漏才能放心，不用说他们，就是我，我也是得三番五次地想了才敢做，一家的性命都在一个人手里，哪是闹着玩的？"

王福做着诚恳但无可奈何的神气，这样半诉苦地说。

说到家，三叔想到翠，当那新鲜的脸庞闯到他意识里来的时候，他觉得身子麻了一下，心微微地痉挛起来。他想起他今天是不该跟王福生气的。意外地发觉了妻的丑态的今日的心情，怎样也不能从那浑圆苗实的肉体上挪开。他单纯地想着怎样获得她，怎样把她拥在怀里，他想她有十七岁了，也许是十八岁，他刚看见她的时候她不过十岁。以后，她成长起来了，为泼辣的妻和妖娆的女人们绕着的他虽然也惊叹她那随着日月增进的美丽，但他对她像过路的花，看过就完了。

前些日子，他听见了她和祥的故事，听的时候他觉得无聊，想祥能娶她做二姨奶奶也未尝不好。但现在他不那样，他想占有她，他有官职，他有就要到手的钱，他正少这样一个娇滴滴的姨太太。

他恨起祥来，他觉到了从未在他体内发生过的嫉妒。

他看着王福，不晓得怎样收束刚才的愤怒，他为这一点小事焦灼着，他想笑一笑，结果只动了动脸上的筋肉。

狡猾的王福已经看出了他情绪的转变，以为他又有了另外需要自己相助的秘密的事情。关于买卖中三爷支钱的事，他早已做好了。这原是轻易就可以办到的事情，他说孙府上的当家人换了三爷了，三爷又正管着商家的事，支钱得有三爷的图章，不然得罪了他，可不好办，人家全家都认可归他了，外人帮助分什么呢？这样连劝带吓的早已成了功。商人们原怕事，又都知道三爷一向无赖，真的仗了势力明来勒索也受不了。反正都姓孙，钱只要交到孙府就完了。

但王福却迟延着不肯把这消息带回，他知道三叔是不会看清楚这底蕴的。他拖延着，一方面可以从三叔手里领疏通费，另一方面他可以借故白吃五香居。就是单单地为拉长和买卖里的下级人员相处，这样拖延对他也是有利的。

他想三叔若是真明白了，他疑惑他和张贵说的话全被他偷听了去，他就说出点实在的来，省得太僵了，堵塞了以后的门路。

他看见三叔收起了愤怒，他也收起了预备好了的一点实话。

王福再为三叔倒上酒。

三叔喝口酒,抓抓自己的头皮。

"贵十几了?"三叔不着边地问,"挺老实,念书念得挺不错吧!"

对这不着边的话,王福一惊,但明白了他一定是有求于自己的时候,三叔一向在说什么事的时候总是这样起始的,他安心地笑着。

"什么念得好,没降级就是了,熊蛋,见人连话都没有。"王福说着,夹了一块虾放在嘴里。

"我看也不错——"三叔把声调拉得慢慢的,"姑娘呢,有婆家了?"说到姑娘的时候,三叔的脸红起来,他故意喝了一口酒。

王福仔细地瞧了瞧三叔。

"没有,穷人家咱们不能给,富人家又不要咱们,高不成低不就地等着呢,今年十八九了,快二十的人了,我这种景况您是明白的,哪养得起多大的姑娘。您看着,有合适的给提提,您也积一份德,不都说是保一个媒,多活十年吗?将来您有福有寿,我王福也跟着沾光。"

王福说了哈哈地笑了起来,他想起了点什么,这样故意用话挑逗着。

三叔的脸继续红着,他怕王福知道了他的本意,他又愿意他知道,他不知道怎样才能把话题转到自己身上。

"叫什么名字来的?"三叔问。

"叫翠,名字就土气。"王福说,他有一点明白了。

许多话在三叔心里转,他抽不出一个头来把话引出来,他按铃,叫堂倌再换新菜来。

王福假意地阻止着,但三叔不听,他硬叫了王福爱吃的菜。

等菜的时候,三叔倚在沙发上,眼睛红红地望着王福。

"你说,王大哥,我这个人怎么样?"

"这话,这话可早就在我心里,哪有做大事情的人没几房太太的。凭您这份人才,这份家当,别说一个,三个两个也是应当的。这话可又说回来了,这事您自己不说,别人可不好提。您既有这份

375

意思包在我身上,您要什么样的吧!别看我土气,这事可准保办得妥当。"

王福奉承地瞧着三叔的脸,用手"啪啪"地拍着自己的大腿。

看出自己的话真发生了效力,三叔坐起来,兴奋地盯住了王福。

"人,得好人家的。"

"那自然,咱们办人也是为的过日子。娶唱戏的什么的,一天哼哼呀呀的也不像样子。"

王福附和着说。

新菜来了,堂倌把桌面收拾好了,摆好了菜退出去。

两人重入了座,三叔替王福倒上了酒。

"这么说,您有人了吧!"王福笑望着三叔脸。

"这哪有的事情!"三叔的脸再绯红起来,羞红加酒红,红得关公一样。

"要不是看中谁了?"

王福再问。

三叔不承认也不否认,捞着一盏汤里的稀少的冬菇。

"你姑娘你想给个什么样人家?"三叔岔开刚才的话。

"像您这样的人家自然是高攀不上的。"王福擦了擦嘴。

"那,那,那也看怎么说。"三叔吞吐着,终于把整句话说了出来。

王福的心下雪亮了。

先他还疑惑到祥,在孙家传起了翠和祥的故事的时候,他并没有相信,他很明白翠是怎样的人。尤其有铃相伴,祥在的时候铃总在,管前顾后的祥是绝不会在人前做出和别人有关系的事来的。他所以愿意叫翠到孙府上去侍候老太太,因为那时他正为一点秘密的账目和三叔奔跑着,铃常去找翠,他怕铃万一发觉了对他不好。所以他愿意翠去,借此杜绝铃的足迹。

谣传发生的时候,恰好他的事完了,他便把翠叫了回来。他是一点也看不上祥的,他明白他就是只鹦鹉,能说不能做,到头来也得听人摆弄。

他疑惑到祥,但想到三叔和祥的隔阂的时候,他判定自己的疑惑错了。

那么是三叔自己吗?王福自己笑了,三叔就是有意也是惹不起家里的母夜叉的,何况一向三爷就是宠着三奶奶的呢。

如果真的是三爷呢?

王福踌躇着。王福倒没有以为姑娘给人做姨太太是不好的事,他早就有这样心思,他原把美丽的姑娘看作摇钱树,想借她换回点晚年的清福来。

他在核算着,假如真的三叔有意了,对他有怎样的好处呢?

愈接近孙家,愈觉得孙家的可口,二爷活着的时候,王福只敬佩二爷的精明、能干,而且那时候王福正学着乖,对孙家,他以他的聪明做了最好的奴隶。二爷去世,王福的世情也学到了毕业的程度,因为当家的二奶奶的小性,王福的月费削去了,王福早已不把那一点有限的钱看到眼里。他很明白这失去了心脏的家族是怎么回事,他拉拢了那只知玩乐的三爷,用自己的比孙家人对孙家事都清楚的一点记忆,用那位只知消费的公子的名义,做了许多二爷在世不肯开罪人去要账的事,在这里他得到了半数以上的实惠。

得到一点也就更想多的,这一点不费力就得来的享受使得王福的心痒痒的,骨头虽香到底还不如肉,但肉是不能轻易就捞到手的,想捞一定得付一点代价。

如果把翠付给三爷呢?

他可以利用翠去操纵他,他明白三叔是最好操纵的人物。外边他可以做他的管事,按时把钱送上来,供给他玩得高兴就好。这样至少两个烧锅一个当铺的实权就落在王福手里。两个烧锅,啊!王福暗暗地咽了口吐沫,一个烧锅一年最坏剩十万吧!天,多么庞大的数目呀。

孙府上呢?他很容易就可以对付了他们。二奶奶发觉了烧锅的事,一定得来找自己想法子的,因为她所知道和所能依赖的人只有自己。那么,今天给她一点,明儿给她两句好话,她就得完完全全地听自己调动了。大爷处,不动他地产他就不能来火。慢慢地想法子,老头子最信他的姘妇,把那位淫荡的女人拉拢好了就什么都好,女人就怕钱,有钱就好办。慢慢地等老头子一伸腿就把整个的地产利用三爷的名义攫过来。攫过来之后,祥也就只有白瞪眼了。还有,听说那骚娘们是有点特别本事……王福在心里算起来。房产呢,先不动最好,事不能做到绝处,何况二爷活着的时候待王福不错,王福不能欺负孤儿寡妇,房产是得给二奶奶先留一步的。

王福只管想着自己的事,旁边三叔却慌了。他尽可能地在王福没有表情的脸上发掘他的心意,他怕他是恼怒了。

三叔的心忐忑着,拿起筷子夹不着菜,端起酒杯来忘了自己是在喝酒。

他听见王福轻叹了。

"怎么不喝了,王大哥?"三叔急急地问。

"我替您核算了半天,我明白您的意思了。"王福苦着脸说。

"什么? 你明白了? 你真明白我意思了?"三叔乐得跳起来,揪着王福的袖子。

"王大哥,你是明白吗? 你是真明白吗?"

王福点点头,附在三叔的耳边。

"您是说到翠吧!"

"唔! 唔! 唔!"三叔不知怎样好,在自己的座位上左右转着。

"那,那,那您的意思呢?"

"我倒是……"王福含糊的,"谁,行吗?"王福竖起了三个指头。

"谁,三奶奶?"三叔问,"她吗?"三叔踌躇了。

妻从他头上重重地压了下来,他的一切希望都被压扁了。

"她,她管不着。"三叔勉强这样强硬地说。

"我姑娘,您可得知道,可最烦这回事,她是准不愿意,若说叫她过门再受气,那可更——"

王福一个字一个字地说着,不放松地望着三叔的脸。

"那王大哥是没问题了？"三叔躲开别的，先盯问着。

"我是，反正得看孩子，一辈子的事也得她自己乐意。"王福用手指敲了敲桌子。

"您若是没问题就成了。"三叔放心了地微笑着，"别的事您都帮我办了，这回就全听您的，您不是和我一样吗？"三叔拱了拱手，满面诚意。

"那么？"王福皱起了眉。

"您别这么那么的了，难道说您还真叫我这就行大礼吗？"三叔笑语着，屈着身子离开了自己的座位。

"别别别别，"王福急揽着，"这，这怎么说的，我，我不是——"王福为自己急出来的口吃笑了起来。

"我是想三奶奶这关怎么过。"

"您有好主意快说吧！"三叔恳请着。

"简单的还是瞒着好。"

"对！"瞒！比什么都痛快。三叔拍着自己的腿。

"瞒，一来为三奶奶，二来家里也省得出闲话，不管怎么的，七嘴八舌地讲究起来总不好，您说是不是？"王福郑重的。

"还是您想得到。"三叔恭维着，脸笑得开了花。

"还有——"

"还有什么，您还有什么条件吗？我的事就等于您的事，将来您替我一切都支撑着，您管不是比我自己管得都妥当吗？"

三叔生怕再出什么变故，立刻拣出来王福最爱听的说了。

"我那孩子有这点硬骨头，就许不干，她妈也得跟着费话。"王福为难地说。

"有您一句话不就全行了吗！"三叔把椅子拉得靠紧了王福，脸逼近了脸问。

"我——唉！"王福叹息起来。

"您别难为我，我说什么好呢？"三叔苦着脸，用着可怜的祈求的声调。

蟹

379

"那么——"

王福想了一会，忽然喜形于色地拉过来三叔，把嘴贴在三叔的耳朵上。

听着话的三叔的脸色，慢慢地由焦灼转到安静，由安静转到兴奋。

"是，是，我明白，我准照办。"三叔望着王福的脸，肯定地说。

王福在他眼里一分钟比一分钟地伟大起来。

十三

翠失踪了。

铃去找翠，翠的母亲坐在炕边擦泪，弟弟在墙角低头不语，王福唉声叹气地啜着酒，屋子里阴惨惨的。

"翠呢？大娘。"铃问着，看着翠妈的脸。

翠妈越发抽啼起来。

"翠姐呢？"铃再问。

王福过来挨近铃，对着铃的脸：

"唉！大姑娘，还找你翠姐呢！翠要再在家待上两天说不定遭上什么事呢。"王福摇了摇头。

"到底怎么回事？"铃急了，抢着问。

"她呀！她，大姑娘你可别传到前院去。一个什么人看上她了，非得娶她不可。那不等于要咱们命一样吗？三爷把这信透给我了，我想咱们惹不起还躲不起吗？把你翠姐送乡下去了，躲个三月四月的再回来，就完了。"

王福轻轻地，轻轻地说完后，还看着铃的脸。

铃讨厌他那样紧挨着，听完了便别过脸去。

王福依旧走回原处去啜着酒。

许多绳索从四面八方投到铃身上来，铃觉到了被缠得快窒息了的郁闷。

翠妈依旧啜泣着，悲哀的抽噎声一丝丝地刺向铃心上。铃觉得像丢失了一件最心爱的东西一样的难过,她无缘无故地感到王福的屋子逐渐增大,空旷起来。

"上哪去了?大娘。"

铃拉着翠妈的衣裳,再恳切地问。

"谁知道她爸爸把她送哪去了,我要去看看,他又说忙什么,三天五天的屈不着你姑娘。"

翠妈住了泪,望着铃的脸:"大姑娘,你是明白人,你给评评这个理。人家要娶你翠姐,咱们说早就定了人家不就完了吗?有主的姑娘他怎么也不能要。我这么说,他就骂我混蛋,坐在家里就会吃饭。这会人家说东你不能说西。你说有主就能行了?非送走不可,这要有点舛错可怎么好。"

翠妈的泪零散了的珍珠似的乱迸出来。

"谁呢?"铃问,没向着翠妈也没向着王福。

"看,是什么名字来的,挺古怪的四个字,我怎么就想不起来了?"

王福捶着自己的头,苦苦地追忆着。

良久,铃在侧面偷窥着王福的脸,王福的脸上是没有如他话所形容的那样悲哀的情绪的,铃觉到一点蹊跷。她猜想是祥对翠又有进一步的举动了,王福为避开他,把翠藏起来的。祥能吗?

铃记起祥许多夜没有回来了。连家里哄传起秀要到天津去了的时候,祥都没有早回来。

翠失踪的前一日,三叔不见了。

到下班的时候,车子去接,说因为病早就回来了。

这真是一个使整个孙家骚动的消息。大家都聚到客厅来,用着各人的智慧,忖度真正的原因。大半的意见都认为是被捕了,许多谣传和三叔前日自己说过的话,做了这个忖度的骨干。老祖母怕了,她唤人去追回铃和祥,还叫人去找回来大伯。

三婶并没有到客厅里来。

兰自己跑过来,还没卸下背上的书包,也不进来,在屋门口,转

381

动着眼睛看了这个再看那个。

从祖母到二伯母,到二伯母身边的长生,长生椅边的福子。

福子向兰睐了下眼睛,蔑视地眨了下眼睛。兰报复地做了个大鬼脸。

窗前,听差和仆妇们立着,小声地讲论着。

"兰,去叫你妈去!"老祖母说。

"我妈头痛了!"兰说,在门上贴着自己的小身子。

"去告诉你妈去吧! 你爸爸丢啦!"长生大人似的向兰一扬脸,用着冷淡的口调。

"你爸爸才丢了呢!"兰生气地反驳着,"我妈说我爸爸上外城办公事去了。"

"办公事衙门里还说不知道?"长生偷瞧了自己的妈妈一眼,妈妈正陷在沉思里,眼睛注视在窗前一株谢了的珍珠梅上。

长生说,向兰一努嘴。

"衙门还非得告诉你? 你在家是少爷,衙门里谁认得你是什么东西。"

兰鼓起嘴来骂了。

"你是好东西,你是大大的好东西!"福子帮上来,把中指伸长,其余的四指弯曲起来,做成了一个王八的模样。

"二娘,你不瞧你们福子骂人?"兰高嚷起来。

继母收回驰走了的神经,回头呵止着福子。

大伯回来了,趿着鞋,非常不悦又疲倦的样子,进屋,呵欠了一下,他为被人把他从热闹的牌局上叫下来不高兴着。

祖母说三爷不见了。

"什么?"大伯淡淡的,"三爷不见了,他那鬼灵精似的还能出事? 不定自己捣什么鬼了呢。去吧!"大伯向着聚在窗前的仆人,"去,该干什么干什么去,都堆在这干什么。三爷没事,不用借引子偷懒。"

人慢慢地散开去。

"没事,您放心吧! 三奶奶不着急就准没什么大事,再说,平常三爷跟日本人常来往,若有什么不好的信还不早就透出来了?"

大伯把坐在大椅子上的身子伸起来,又推开门出去。

屋里,祖母瞧着壁上的老挂钟,想起了一千样转危为安的过去事,大伯的话在她心上发生了安定的效力,她看着钟,她想她的铃快回来了。

祖母去了,继母一人留在客厅里,她把身子深深地埋在椅子中,用一只手托着腮。

她尽全力在她脑中发掘着三叔所以失踪了的事。

长生、福子不耐这突然冷落下来的屋子,一前一后地跑出去。

继母并没有注意到他们的出走,她完全陷入自己的思索里。

如果三叔真的被捕了,那倒安静了。她可以免去许多惧怕和勒索了,她一点也不希望因为他的官位而获得什么,虽然一切旧账都因他的做官而容易讨还了,房租也易于收进了。但易于讨还的和容易收进的都被三叔强挪到自己怀里,她失去了整个受领的权利。她现在能收到的只凭住户的一点好心,特意送给她或者是自己捷足在三叔没去要之前自己要了回来。

如果三叔这时被捕了,秋天烧锅里开分的时候她便可以很顺利地收进这笔最大的进款了。

三叔被捕,在她毋宁说是希望着的事。

可是三婶的不动声色,动摇了她的这种信念。若是真的有事,三婶不会不急的。

如今的事上哪说理去呢?

外人是不可靠的,她想起上次小田来,她怎样向他诉说了自己的窘苦,求他援助。小田只笑着,劝她怎样去谋家里和美的话。这话她自己也知道而且会说得很好的,说是说,实际的厉害是实际的厉害。她从小田那儿得到的只有绝望。这样,她更坚信着人只有一条稳当的路,靠自己。别人都是白扯的。

三叔这次是自己捣鬼,是自己另去谋别的事,她想她一定得好好地跟他干一回。她可以借他不在的机会去房户处通知了,说他失踪了,房钱非交她不行,如果别人用三叔的名义去要了去的时候,那房户就是被骗了,她是要去要第二回的。

烧锅里呢?她明天可以去找经理,把这暗示给他,才巩固自己的脚步。不管三叔是真的出事与否,她是要认定他失踪了去做的。她想,这样,她可以和她的儿子不再受什么骚扰了,她可以安心地培养他们。

她旋回头去看身边的孩子。

他们不知在什么时候跑出去了,她身边只有一只被推得歪斜着的椅子。

她无缘由地觉到孤寂,一种凄凉的寂寞,她想起她的伟大的丈夫,就是每天受他的斥责也还是有他活着好的。

她再望着那株谢了的珍珠梅花。她把眼睛长久地停在那萎黄了的小花朵上。

三婶屋的老李把翠失踪的故事带到前院来,她说她怎样两三天去抱柴火给三奶奶煮粥的时候都没遇见翠,她去扒窗户,翠妈坐着哭,王福坐着叹气。屋里连翠的影儿都没有。她偷着问王福,王福说什么谁要他的姑娘,不给不行。王福不叫她说,怕传出去惹事,这年月是只好躲着的。

这消息立刻就大家都知道了,人们把翠失踪的事和三叔连在一起,说因为透露消息给王福,三叔把人得罪了,结果翠和三叔都没得了好。

老张妈把这消息带到祖母屋里的时候,铃正和祖母摸着纸牌。

祖母听说了立刻放下了手中牌仔细地问着。老张妈把听得的故事加大地传述着。

"是么?铃。"祖母向着铃,"可坑了那孩子了,真是要活计有活计,要人样有人样,怎么摊上这样事呢?去张妈,你去把王福给我找来,他怎么不快想法子呢?用钱我这有,把那么大的姑娘可送哪去了呢?"

祖母说着,不胜焦灼地搓着自己的手。

　　张妈去了,铃扔下手里的牌,走到躺椅前躺下。

　　两天来翠的事就纠缠在她心上,她为这丢失了的女伴担心着,她怕真的有什么事已经落在她头上了,她并没有躲开。

　　三叔不见,铃想三叔一定是又弄到一笔钱,去住在那个妓馆里了,像爸爸没死的时候他做过的一样。

　　她想着翠,翠的被迫离家的事激动了她,她知道翠比她有主意,看事比她看得清楚。她遇事会比翠还惨的。她想她的继母快收拾她了,她不久就要离开学校,继母一定要嫁她出去,那个她家早已蓄意的乘龙婿,那个家资百万的公子,她是一看他就恶心的。

　　她想她该给自己想个法子了,走吗? 多么大的问题呀! 铃抱起了自己的头。

　　老张妈回来,她说王福出去了,翠妈说也不知道他上哪儿去了,每天都得半夜才回来。

　　老张妈的回报更使得祖母焦灼,她骂王福混蛋,她叫铃去唤祥,她要叫祥去找王福,老祖母说:

　　"哪有这样没良心的,自己姑娘的事不管,上哪死去了呢?"

　　铃说怕祥没回来,铃知道祥是没地方找王福去的。

　　老张妈证实祥回来了,她说她看见大少奶奶的门开着。

　　祖母催促着铃,叫铃找祥去。

　　铃去了。

　　祥果然在家,在床上躺着。

　　"翠不见了。"铃说,望着祥的生满了酒刺的贫血的脸。

　　祥点点头。

　　翠的事在铃来之前他已听说了。他刚去接秀,他想这样和秀隔离着是不好的,他还没有到摆脱开秀的时候,他还没得到翠,他还没得到可以奋飞的机会。

　　秀不肯回来,秀说他家一日不安静她一日不回来,秀懒怠看他们那些你争我抢的样,什么大不了的事,争抢的全部也不过有限

蟹

385

的钱。

秀还说，如果祥要和她走，那是可以的。

但祥不能离开家，附属于家的有一个系着他的东西，他不能忘去翠，他忘不了她的笑，她的娇嗔。他想她的玲珑的心一定早已理解他对她的情愫了，她也和他一样，碍于眼前的一切障阻，没得向着他表示的机会。

如今翠去了。

翠！留给祥一段美丽的回忆去了，一段纯洁、馨香得晚香玉一样的清新的回忆。祥觉得自己的心从体腔内飞出去了，他觉到无比的空洞。听的一刹那间，他疑惑自己的脉络都停止了，它们没有把血带回他心里去，他的心干缩得到了消失的程度。

过一会，他把自己摆在床上，抱着软的枕头，他唤着翠，对它诉说了自己的心意和歉疚，把泪印在它的身上。

泪流尽了，他觉到了更甚的空虚，他推开枕头，他想它太蠢了，不能代表翠，翠是玲珑的，玲珑得跟那只八面透光的小挂镜一样的。

一切希望都逝去了后，祥觉到自己的无用了，他推翻了全部的自信，他咒骂着自己。他记起他是有不少次可以向翠诉说一点什么的机会的，但他都轻轻地放过去，空留下痛心的悔恨。

他捶着自己，撕扯着自己的头发，揪着自己领带想把自己勒死。他像虐待另一个人似的鞭挞了自己。

一切兴奋都安定后，他不动地躺下来，一切思索都停止了，一切忆念都消逝了，他僵直地卧着。

铃惊动了他，他恨她来得奇突，他闭上了眼睛。

铃看着祥，祥的奇异的冷淡伤了她的心，她感到了过分的孤独，她确切地觉得了自己在这家中的地位，她想她是这家里的赘瘤。去了她，大家都会舒口气的。

翠的坚定的姿态在她脑中旋转起来，她想起学校，想起朋友，想起家里的每一个人来。

"走！"信念在她脑中逐渐加大加强起来。

她想起祥怎样在淡绿的灯光下向翠展开了多情的凝视的场面，她想祥一定是甚于自己的伤心的。但她蔑视他，她想起祥的许多懦弱的怕前惧后的举动，他这样人只好承受这打击的。

自己呢？许多因循，许多得过且过，许多自暴自弃占去了大部的时候。因为祥，因为失去了翠，铃觉到了从未觉到的警惕，铃看见了许多自己欺骗了自己的弱点。

铃知道自己该给自己开辟路途了。

她再去望祥，他依旧闭着眼睛，大的眼珠塌陷在深的眼眶里，两颊瘦得尖削的。嘴唇白的，白得污染了的白纸一样，血管透过了青色的皮肤，奇怪地蜿蜒着。

铃的心骤然恐惧地跳起来，她看祥只如一架尚未完全干缩得只剩骨头的骷髅，她过分地想到他的气息一定是很微弱了。

她唤着他。

祥不耐烦地睁开眼睛。

"奶奶叫你。"铃说。

"叫我干什么？"

"叫你去帮王福找小翠。"

"上哪儿找去，大海捞针，我不去。"

铃望了祥一眼，她觉到了初次在祥身上感到的憎恶。

铃无言地走出祥屋来。

院子里濯满了夕阳的最后的光亮，花朵上，叶子上，都留着可爱的金色的微光。许多花都活泼地伸直了腰，轻俏地摇动着美丽的躯体。闷热退去了。北地特有的凉爽晚风迎人吹过来。

铃停在房角处，用手做成了一个圆筒看着夕阳。大的红的将落的太阳给她一个温暖的感觉。她看着它一点点地沉没，终于不见。但她并没有感伤，她知道它明天还要来，更光明，更伟大。

她想起追太阳的人的故事，她一向是佩服那坚定的志愿的。她想她也要去追太阳，她要把自己的生活看作太阳，她要去追赶它，

蟹

387

她明白它是不会反来就她的。

她带着坚定的心走向祖母的屋里。

从房角，她绕着后面过去。在祖母的后窗下，她听到了急促的哭诉，她从那枚开着的纱窗里望进去。

继母气极地哭诉着，她听见继母说三叔怎样叫王福拿去了烧锅中今年所有的红利。

铃的心一惊，她看见继母的铁青的脸上挂着抑制不住的泪。

祖母要说什么，三婶突然疯了似的推开门闯进来。

进来就扯着了祖母，三婶头发披散着，脸上沙尘混着眼泪。

"好哇！老太太，你做的好事，你给你儿子拿钱叫你儿子外头去娶姨奶奶，瞒着我，瞒着我就完了吗？"

三婶哭着，过来撕扯着老太太。

老祖母被闹得摸不着头脑，挣脱着三婶的手，气急败坏地问：

"什么事呀？三怎么的啦！"

"别装傻，你办的事你不知道？"三婶嚷着，放开了祖母，脚跺着地板。

"我看见王福小舅子了，那个在当铺里站柜台的混蛋，看见我躲，躲什么？准有亏心事。叫我给揪住了，连嚷带骂，两个嘴巴就全说了，说我没儿子，老太太主意叫再办个人，怕儿子绝后，你看我就不能生养了吗？你看准我生不出儿子来？我非跟你拼了不可。"

三婶哭着，只向祖母闯过来。

地下的继母先听着、忙着，想了想突然跌坐在地板上痛哭起来。

窗外的铃吓得手凉了，她叫着奶奶，拼命地砸那只纱窗。

梅娘 1941 年 4 月尾二次离日本前

原载于《华文大阪每日》，1941 年第 7 卷第 5 至 12 期

选自《伪满时期文学资料整理与研究 作品卷 梅娘作品集》，

北方文艺出版社 2017 年

敬　启

　　《百年中国女性文学作品选》精选 20 世纪初以来中国女性作家创作的优秀之作,呈现百年来女性文学取得的辉煌成就。丛书依体裁编排,分为小说、诗歌、散文、戏剧文学和电影文学五种。在编辑出版过程中,我们对个别文字内容视具体情况做了调整。由于收录的作品众多,时代不一,编辑出版时间有限,我们未来得及与部分入选作品的著作权人取得联系。为保护著作者合法权益,我社真诚敬告:请拥有丛书入选作品著作权者联系我们(hljupress@ 163. com)。

黑龙江大学出版社